그 겨울
그리고
가을

그 겨울 그리고 가을

나의 1951년

유종호

현대문학

우리 세대에게 가장 놀랍고 충격적인 사건은 8·15 해방과 6·25 전쟁이었다. 강렬한 충격을 안겨준 경험은 쉽게 잊히지 않는다. 충격의 강도에 따라 기억의 농도가 짙어지고 지속시간도 마디어진다. 유소년기에 보고 듣고 경험한 바를 적은 『나의 해방전후』를 몇 해 전 상자한 바 있다. 경험한 것을 가감 없이 재현해서 그 시대의 한 모서리를 직접 경험이 없는 세대에게 알리자는 취지에서였다. 근접 과거에 대한 젊은 세대의 이해가 너무나 허술하다고 생각됐기 때문이다. 기억의 앨범을 만들어보자는 감상적 이유를 배제할 수 없지만 소소한 대로 사회사적 기여를 염두에 둔 것이다.

6·25 경험에 대해서도 같은 일을 하고 싶었다. 그러나 자신과 근친의 모든 것을 드러내는 게 내키지 않아 선뜻 시행에 옮기지 못했다. 수통스러운 자기 노출에서 자유로운 허구 소설을

시도해 보자는 생각도 안 해본 것은 아니다. 젊은 시절엔 막연히 그런 생각을 하고 있었지만 영 틈을 내지 못했다. 그러나 이제 시간도 없고 망각의 두려움도 커지고 있다. 안 하던 짓을 하는 노년의 모험이 일변 생소하고 일변 겁나기도 해서 이번에도 회상 에세이의 형식을 빌렸다. 진흙탕과 진펄 길을 기어온 주제에 새삼 체모 따질 것이 무엇이냐는 심정이 된 것도 사실이다. 그런 한편으로 나만이 전달할 수 있는 진실이 있고 그것을 허구로 번역하는 것이 진실의 순도를 훼손할지 모른다는 심정도 작용했다. 자신의 모든 것을 드러내는 것 또한 한 시대의 진상에 육박하는 길이라 생각하고 캄캄했던 시절의 재현에 힘썼다.

지난번의 『나의 해방전후』나 이번 글의 연재 부분을 접한 독자 가운데 혹 메모를 해둔 것이 있느냐고 묻는 분들이 있었다. 60여 년 전의 내가 무슨 메모를 했을 것이며 설사 했다 한들 전쟁 통에 남아났을 리 있겠는가? 이번 책은 1951년에 겪은 일을 다룬 것이다. 발등에 떨어진 불끄기에 급급하며 하루하루를 살아가는 처지에 먼 훗날에 대비해 메모를 남긴다는 것은 생각해 볼 수도 없는 일이었다. 다만 시골에 있는 소규모의 초중등학교를 다녀서 교사나 동급생들의 이름을 잘 기억하고 있는 편이다. 또 미군 보급부대에서 일한 것은 최초의 사회경험인 셈이어서 비교적 생생하게 그 세목이 기억에 남아 있다. 충격적인 첫 경험이 많아 그 후에도 곰곰이 되씹어 경험 보존에 도움이 되었다. 내 나름으로 '망각에 대한 기억의 투쟁'을 전개해온 셈이다.

망각이 과거를 지워 없애는 한편 기억은 과거를 변형시킨다는 것을 잘 알고 있다. 또 동일한 사건을 엄격하게 동일한 방식으로 두 번 기억하지 못한다는 기억의 이론에 대해서도 생소하지 않다. 하지만 그러한 기억의 취약점을 딛고 씌어진 많은 회상기와 회고록이 있고 그런 기록은 모두 고유의 덕목을 가지고 있다. 뮤즈가 기억의 여신 소생이라는 것은 우연이 아니다. 의도적인 왜곡이나 꾸며낸 얘기가 이 책에 없다는 것만은 자신 있게 말할 수 있다.

반세기 전의 일이기 때문에 뜻하지 않은 착오도 있을 것이다. 가령 사건의 선후관계에서 착오가 있을지 모르지만 크게 문제되지 않을 터이다. 정확한 시기와 날짜에도 자신은 없다. 부대가 청주를 떠나 충주 달천으로 이동한 정확한 시기를 기억하지 못한다. 그러나 이동 직후에 미군 병사가 맥아더 해임을 환영했다는 얘기를 들은 게 생각나 대충 4월 10일께로 추정하고 있다. 맥아더가 유엔군 총사령관직에서 해임된 것은 1951년 4월 12일이다.

여기 등장하는 인물은 모두 실재인물이고 또 실명이다. 다만 몇 사람의 경우엔 내가 명명을 했다. 청주 소재 미 해병대 노동사무소의 책임자였던 파슨 준위와 부관 서전트 헤일은 분명히 기억하지만 파슨 준위의 후임으로 온 중위의 성은 기억에 없다. 상당히 흔한 성이란 게 생각나서 테일러 중위라고 작명했다. 감독으로 일했던 미스터 홍은 남씨였으나 내가 함께 기거했던 통역 미스터 남과 구별하기 위해 미스터 홍으로 해두었다. 희성인데도 우연히 성씨가 같아 성을 지어준 경우가 또 있다. 원주 간현에서 부대 통역을 한 이는 본래 송씨다. 그러나 젊은 시절 사회운동을 했다는 유자코 송씨와 구별하기 위해 미스터 손이라고 했다. 그 이외에는 모두 실명 혹은 실제 성을 썼다.

여기 등장하는 인물은 대부분 세상을 떴을 것이다. 부산 출신의 부대 통역 미스터 손이나 달천 RTO 사무실 통역인 대학생 김씨는 살아 있다면 여든을 갓 넘긴 노인일 것이다. 미스터 남의 돈 심부름을 해준 권씨도 비슷한 나이다. 서울 수복 후 명동에서 피살된 나비 박사의 최후를 목격했다는 중학생 양은 일흔여덟쯤 되었을 것이다. 이들이 살아 있어서 내 얘기의 진실성을 보강해준다면 재미있겠지만 그럴 개연성은 극히 희박하다. 혹 생존해 있는 이가 있어 그들의 입장에서 본 경험담을 들을 수 있다면 더욱 재미있겠지만 세상은 각박한 곳이지 재미있는 곳은 아니다.

여기 나오는 인물들은 부정적으로 그려진 면이 없지 않다. 세상 물정 모르던 숫보기의 눈에 비친 대로 적다보니 그렇게 되었을 것이다. 그 후 이들보다 보기 흉하고 적극적으로 고약한 사람들을 많이 보았다. 그런 맥락에서 전시라는 특수상황을 고려할 때 반장 황씨 같은 모사꾼을 제외하면 대부분 평균적인 인물이라 할 수 있다. 앞서도 말했지만 젊을 때는 허구 소설로 언젠가 한번 쓰겠다는 생각을 막연히 했었다. 그 바탕에 깔린 것은 사적 울분과 사회적 공분의 감정이었다. 그러나 세월과 함께 부정적 감정이 퇴색하면서 동력動力도 쇠잔해졌다. 따라서 이 책에는 과거와 현재의 시선이 얽혀 있다.

이 책을 쓰면서 전에 경험하지 못했던 독특한 쾌감을 맛보았다. 지배당하고 번롱飜弄당하기만 했던 시절을 이제 내 쪽에서 지배하고 있는 듯한 환각이 주는 쾌감이다. 타자에게 떠밀리고 휘둘리기만 했으나 이제 휘두를 수 있다고 생각하는 것만으로도 흐뭇하고 유쾌하였다. 소설을 쓰는 괴로운 즐거움의 하나는 작중인물을 마음대로 부리는 일이요 그것은 시인이 넘보지 못하는 작가의 직업적 특권이라는 생각이 든다. 본문 첫머리에 내건 '이 고생을 옛 얘기할 날이 꼭 올 것이다'란 속담이나 『오딧세이아』 제12권에서의 인용은 과장이나 자기연민에서 내건 게 아니다. 피란 때 무수히 들어온 어른들의 말을 희망적 관측일 뿐이라 여기고 믿지 않았다. 그러나 이렇게 살아남아 옛 얘기를 하게 되니 옛말 그르지 않더라는 감회가 일어 적어놓은 것이다. 지금 어려움에 처해 있는 사람들에게 힘이 되고 위안이 되는 말일 것이다.

이제는 관광명소가 된 아우슈비츠 수용소 어느 건물 입구에 "역사를 기억하지 않는 자는 그 역사를 다시 살게 마련이다"라는 스페인 태생 미국 철학자 조지 산타야나의 말이 적혀 있다. '지나간 고난을 잊어버리는 것은 그 고난을 야기했던 힘들을 무찌르지 않고 잊어버리는 것'이라는 마르쿠제의 말과 같은 곡조요 같은 춤사위다. 개인이나 정치공동체에 두루 해당하기 때문에 우리 모두가 되새기고 통감해야 할 명제라 생각한다. 이 책이 무기력한 망각에 저항하는 끈질긴 기억의 투쟁에 기여할 수 있다면 더 바랄 것이 없다. 그런 의미에서 한 권을 더 채워 회상 에세이 3부작을 완결하고 싶다.

이 책은 굳이 분류하자면 자전적自傳的 에세이라 할 수 있다. 회상록 혹은 회고록이라 할 수도 있겠지만 길지 않은 특정 시기의 경험을 집중적으로 다룬 것이기 때문에 어울리지 않는다. 뿐만 아니라 회고록은 정치경제를 위시해서 모든 분야의 거물들이 역사에 남긴 흔적을 적은 것으로 이해하는 것이 우리 쪽 통념인 것 같다. 그래서 회상기 혹은 회상 에세이라 명명했고 그리 불리기를 바란다.

이 글은 월간 《현대문학》지에 1년간 연재된 것이다. 양숙진 주간의 격려와 성원이 없었다면 다달이 또박또박 써내지 못했을 것이다. 이 자리를 빌려 깊이 감사의 뜻을 표한다.

2009년 1월 柳宗鎬

차례

이 고생을 옛 얘기할 날이 꼭 올 것이다. ─이언

언젠가 살아생전 이 고초 기억하리니 내 그것을 믿어 의심치 않노라.
─「오딧세이아」─제12권, 241-2행

1. 북풍한설 찬바람에

청산 못 미쳐서

너무 까마득해서 정확한 날짜는 이제 헤아릴 길이 없다. 어느 날 갑자기 당장 집을 떠나 피란을 가라는 공고가 났다는 소문이 나돌았다. 고랑포高浪浦에서 격전 중이라는 좀 때늦은 신문기사를 본 것이 바로 며칠 전이었다. 예상은 하고 있었지만 그야말로 엄동설한에 광목천의 배낭 하나를 달랑 메고 떠나자니 속이 시려왔다. 서둘러 점심을 대충 먹고 난 뒤였다. 고명이랍시고 밤콩을 넣은 백설기가 내 배낭 속엔 가득 들어 있었다. 뜨거운 백탕에 타서 훌훌 마시면 요기가 될 것이라며 모친이 쪄 말린 것이었다. 집을 나서니 돌아올 때까지 무사히 서 있어줄 것인가, 하는 생각이 불쑥 들었다. 뒤돌아보니 마당가의 살구나무가 눈에 크게 들어왔다. —너라도 제발 무사해주려무나.

부친은 사십 대 중반이었고 막내아우가 일곱 살인 6인 가족이었다. 갓난이가 없어서 참 다행이겠다는 투의 인사를 피란길에 많이 들었다. 난리 통에는 별 게 다 선망의 대상이 되었다. 별것 아닌 것이 강제된 죽음의 사유가 되는 것이나 마찬가지다. 읍내는 벌써 장터가 되다시피 했다. 국도가 온통 등짐을 지고 배낭을 멘 인파로 가득 찼다. 집이 수안보와 연풍으로 통하는 국도 근방이어서 어느 길을 골라잡을 것이냐 하는 고민은 없었다. 뿐만 아니라 비교적 편안한 길인 청주와 대전 쪽 국도를 택했다가 북쪽 군대에게 추월당해 불행한 최후를 맞은 선례를 알고 있는 터였다. 눈 덮인 호암지와 함지못을 지날 때 다시 한 번 북풍한설의 엄동설한임을 실감했다. 연못 둥지에는 언제나 바람이 세었다.

국도를 꽉 메운 인파도 가지각색이었다. 어린이를 업고 양손에 보따리를 든 아줌마는 보기에도 아슬아슬했다. 등에 산더미만 한 짐을 지고 양손에 각각 어린애 손을 쥔 채, 졸졸 따라오는 꼬마를 연신 돌아보는 아저씨도 아슬아슬하기는 매한가지였다. 아이에 손수레에 짐을 잔뜩 싣고 앞뒤에서 끌고 미는 늠름하고 호기 있는 가족도 있었다. 이미 방위군이다 뭐다 해서 소집되어 간 탓인지 젊은 장정의 모습은 별로 보이지 않았다. 중년의 아저씨와 아줌마, 노인들과 꼬마들이 대종을 이루고 있었다. 이렇게 많이들 몰려가는 물결 속에 끼어드니 한편으로 든든한 마음이 되기도 하였다. 이 많은 사람들이 설마 어떤 변이야 당하랴, 하는 터무니없는 안도감이었다. 지옥은 아무래도 초만원은 아닐 것 같았다. 그때는 초만원 지옥편이랄 강제수용소의 기록을 아직 접하지 못한 터였다.

어떻게 오는지 모르게 단월 강가 유주막까지 와 있었다. 인파는 끊임없이 수안보 쪽으로 나가고 있었다. 노루목에서 살미, 그리고 살미에서 대안보, 그리고 조금 더 가면 수안보였다. 수안보에서 연풍延豊을 거쳐 이화령을 넘으면 문경이다. 그러나 국도 연변에 큰 마을은 없었다. 이 많은 사람들이 어디서 잠을 자며 밤을 날 것인가. 그래서 유주막에서 강을 건너 괴산 쪽으로 가는 게 낫지 않으냐는 생각이 났다. 한참 지리를 살피던 부친은 강을 건너자며 나룻가로 갔다. 그쪽에도 적지 않은 사람들이 옹기종기 모여서 대안에서 오는 나룻배를 기다리고 있었다. 얼마인지 모르지만 뱃삯을 꼬빡꼬빡 받고 있는 사공은 강 건너 고개를 넘으면 곧 동네가 나타난다며 괴산으로 빠지는 길이 훨씬 편할 것이라고 말했다. 얼마나 지속될지 모를 호경기를 초로의 사공은 적잖이 즐기는 듯했다. 한참을 기다려 나룻배를 탔다. 짐을 잔뜩 지고들 있었지만 스무 명은 좋이 태웠을 것이다. 한겨울 갈수기라 그런지 강폭은 보기보다 넓지 않았다. 나룻가 아닌 여느 강 줄기엔 얼음이 깔려 있었다. 아마 나룻길 위아래 쪽 얼음은 깬 것이리라. 강을 건너니 우리를 뒤쫓는 군사를 멀리 따돌린 것 같은 생각이 들었다. 사공은 서둘러 사람들이 기다리고 있는 대안으로 다시 배를 저어 갔다.

가파르다고 할 수는 없으나 만만치 않은 고개를 하나 넘으니 곧 동네가 나타났다. 달은터月隱란 동네였다. 황혼녘이었다. 시오 리 남짓 와서 벌써 날이 저물다니, 막막한 생각이 들었다. 촌가의 벽에 목행리 박 모, 이 모가 지나갔음이란 엉성한 방이 붙어 있었다. 지나면서 보니 그런 등속의 마구잡이 소식과 허드레 벽보가 계속 나타났다. 백지나 신문지에 아무렇게나 붓글씨로 써 붙인 것이다. 우리는 어서 방을 정해야 한다고 길가에서 조금 떨어진 인가를 찾았다. 벌써 사람들이 차 있었다. 몇 집 만에 빈방이 있어 하룻밤을 구걸했다. 한쪽 눈이 찌그러진 큰 키의 주인은 고생들이 많다며 건넛방을 치워주었다. 저녁을 준비하려 하자 장이라도 끓이라며 건네준 된장으로 끓였다는 된장국에서 나는 고린내가 이만저만이 아니었다. 아무리 피란길이라고는 하지만 마음 한구석에 달뜬 소풍 기분 같은 것이 없지 않았는데 그게 싹 달아났다. 저녁을 끝내고 나니 눈이 오기 시작했다. 그나마 낮 동안을 잘 참아주었다며 모친은 다행으로 생각하는 눈치였다. 그날 달은터의 그 첫날 밤에 아주까리 등잔불이라도 켜 있었는지는 알 길이 없다. 지푸라기 썩은 내 같은 퀴퀴한 토방 냄새를 맡으며 잠이 들었다는 것밖에 생각나는 것이 없다.

이렇게 시작된 나의, 아니 우리 집의, 일사후퇴는 괴산과 보은과 보은군 삼승면을 거쳐 원남면으로 이어졌다. 괴산으로 가는 굽이굽이 신작로 고갯길에선 함박눈이 내렸다. 쫓기는 피란길만 아니었던들 운치 있는 나그넷길이 될 수도 있었을 것이다. 배낭을 메고 눈 내리는 고갯길을 넘어가는 것은 오랫동안 내 악몽의 항상적인 주제의 하나가 되었다. 괴산 못 미쳐서 하룻밤을 보낸 집에서였다. 제법 너른 건넛방이어서 한 서너 가구 스물댓 남짓한 사람들이 묵고 있었다. 베틀이 한구석에 놓여 있었다. 벌써 코 고는 사람도 있는 초저녁 무렵이었다. 갑자기 대포 소리가 나기 시작했다. 가까운 것은 아니나 포성은 일정한 간격을 두고 끊이지 않았다. 버럭 겁이 났다. 부친이 벌떡 일어나더니 아무래도 심상치 않다며 아직 초저녁이니 조금이라도 더 가는 게 낫겠다고 입을 열었다. 이 밤중에 어딜 가느냐고 모친은 딴 소리를 했다. 지난여름 굼뜬 동작 때문에 혼이 났고 그 여독에서 자유롭지 못했던 부친은 우리를 재촉해서 모두 배낭을 지게 했다. 문을 열고 나가니 한기가 얼굴을 후려쳤다. 눈이 온 끝이라 추위가 한결 매서웠고 사람 발길에 녹았던 길도 다시 얼기 시작했다. 방 안에서 비축한 몸의 온기가 소진되자 밤공기는 점점 따가워져갔다. 피란은커녕 애저녁에 온 식구가 다 얼어 죽겠다며 모친은 돌아가자고 말했다. 야밤길 몇 걸음에 풀이 죽은 부친도 방 안에서처럼 호기를 부리지 못했다. 우리는 할 수 없이 10리도 못 가서 되붙잡힌 탈주병처럼 베틀이 놓인 그 방으로 되돌아갔다. 아까와는 달리 문간 쪽의 변두리에서 자리를 잡을 수밖에 없었다. 우리가 처음 자리 잡았던 방 한가운데는 딴 사람들이 차지했기 때문이다.

"아니, 그새 돌아와요?"

"바깥이 이만저만 차야지요. 길도 새로 얼고."

동숙자들은 우리가 돌아온 것이 물론 탐탁하지 않았다. 좀 널널하게 누워 자려던 것이 도로아미타불이 되었기 때문이다. 공연한 경거망동으로 우리는 좋은 자리 빼앗기고 찬바람 쐬고 웃음거리만 된 셈이었다. 그런 생각이 들 때쯤엔 또 포성도 뜸해졌다. 반시간 넘게 계속된 포성의 의미는 하나의 불가사의다.

이튿날 괴산에 당도해 보니 미군 지프차와 스리쿼터의 왕래가 빈번해서 피란민의 국도 이용을 금지시키고 샛길 이용을 유도하고 있었다. 전선이 가까이로 다가온 것도 물론 아니었다. 수수께끼여서 그 후 참조해보아도 일사후퇴 당시 중공군의 최남단 장악지역은 문막과 원주 정도였다. 혹 대게릴라작전을 생각해볼 수 있지만 당시 게릴라 출몰지역이 충북엔 없었다. 또 몇 안 되는 유격병에게 대포를 쏠 리도 없었다. 지금껏 풀리지 않는 수수께끼다.

청천青川 근처의 신작로 변에서였다. 정미소 바로 옆의 밭뙈기에서 어떤 사내가 구덩이를 파고 있었다. 아주 큰 것이었는데 넓이도 깊이도 상당했다. 사내는 구덩이 속을 오르내리며 흙을 퍼 올리고 있었다. 보나마나 피란 가기 전에 무엇인가를 묻어두기 위한 구덩이였을 것이다. 이렇게 많은 사람들이 지나가는 신작로 옆에 파묻어놓은 물건이 과연 온전할 것인가, 궁금한 생각이 들었다. 그러나 한편으로 저런 대로변이 더 안전한 곳인지도 모른다는 생각도 들었다. 미원米院에서는 금융조합 숙직실에서 하룻밤을 보냈다. 애초에 조합을 목표로 한 것은 아니었다. 변소를 찾아 나섰다가 살펴보니 금융조합 건물이 보이고 숙직실이 비어 있고 한구석에 땔감도 남아 있어 불을 지피고 주저앉은 것이다. 끼어드는 동숙자도 없었고 피란생활 중 가장 호화로운 하룻밤이 아니었나 생각한다. 지금도 더러 생각나는 때가 있다. 세상에는 어려운 사람을 위로해주는 횡재 같은 아담한 숙직실이 어디엔가 반드시 있을 것이라고.

보은報恩 읍내를 지날 때 큰 정미소가 보이고 창고가 보이고 많은 사람들이 웅성웅성했다. 걸음을 멈추고 보니 피란민들이 쌀가마를 뜯고 쌀을 배낭에 퍼 담고 있었다. 창고를 가리키며 쌀이 수천 가마 쌓여 있다고 그중의 하나가 큰 소리로 말했다. 그러니 좀 퍼 가도 무슨 상관이냐는 말투였다. 그러나 북새통에 비집고 들어갈 엄두는 나지 않았다. 뒷날 한자리에 눌러앉아 피란생활을 할 때, 그때 버겁더라도 한 말 정도 나누어 지고 올 걸 그랬다는 생각을 많이 했다. 보은에서는 읍내에서 하룻밤을 보냈다. 토방에 멍석을 깔아놓은 것이 기억에 남아 있다. 그 집에서도 앞마당을 파고 김칫독을 묻고 있었고 자기들도 곧 집을 떠날 판이라며 김치를 듬뿍 건네주었다. 이튿날 보은을 떠나면서 처음으로 동사자의 시체 대여섯 구를 보았다. 길가의 논두렁에 버리고 거적뙈기로 덮어놓았는데 어떤 것은 얼굴이 드러났고 어떤 것은 신발이 삐져나와 있었다. 모두 사내들이었다. 그 후에도 동사자의 시체를 본 적이 있지만 모두 남성이었다. 당시엔 그 점을 예사롭게 보아치웠을 뿐이다. 그러나 서울역의 노숙자에도 여성은 없다. 잉여인간의 대부분이 남성이라는 사실은 여성보다도 남성이 쓸모없는 경우가 많다는 남성중심사회의 반어라 하지 않을 수 없다.

당초 집을 나섰을 때보다야 한결 줄어들었지만 남으로 가는 인파는 국도를 따라 여전히 끊이지 않았다. 도중 중학 동기도 두어 명 만났다. 피차 경황이 없는 처지여서 그저 건성으로 인사를 나누었을 뿐이다. 몇 며칠 만에 우리가 마침내 당도한 곳이 보은군 원남면 소재 백여 가구가 안 되는 마을이다. 국도를 따르지 않고 샛길인 고개를 넘고 보니 국도에서 비켜선 구석지고 아늑한 마을이 나타났다. 우리는 그 마을에서 쉬어 가기로 하고 늦은 오후 일찌감치 방을 구했다. 본채와 행랑채가 꽤 큰 마당을 두고 격해 있는 비교적 톡톡해 보이는 집이었다. 집 안에는 헛간과 외양간이 따로 있고 초로의 주인은 말수가 적었다. 초저녁이 되자 피란민이 계속 들이닥쳤고 밤중이 되니까 거의 스무 명이 넘었다. 마지막으로 들이닥친 가족의 가장은 비좁아 답답하다며 나갔다가 들어오더니 헛간에 짚단이 가득 쌓여 있어 따스하다며 막내딸아이를 데리고 나갔다. 이튿날 아침 그는 잘 잤다며 흡족한 표정이었고 보라는 듯이 막내에게 '그렇지?' 하고 물었다. 막내도 정말 그랬다는 듯이 고개를 끄떡였다.

이렇게 해서 우리는 옥천군 청산靑山 못 미쳐 몇 십리 밖에 있는 원남면 마을에서 한겨울을 나게 되었다. 청산에서 영동군 황간黃澗을 지나면 이내 추풍령이다. 동숙자들은 모두 남행을 계속했지만 어쩐지 한갓지고 안정감을 주는 마을이 마음에 들었다. 그러나 가장 큰 매력은 쇠죽 쑤는 가마솥이었다. 쇠죽가마에 불을 때는 바람에 방이 늘 따뜻하였던 것이다. 방에는 우리 말고도 모녀와 어린 아들로 된 3인 가족이 함께 머물렀다. 무작정 남행을 한다고 무슨 수가 나느냐는 모친의 말에 공감한 듯 사모님과 함께 있으니 든든하다며 우리와 행동을 같이 한 것이다. 남행을 한다고 무슨 수가 나느냐는 말은 실은 우리 가족끼리 한 얘기였고 좀 더 가보자는 부친의 말에 모친이 반대하고 나선 것이었다. 처음엔 막연히 며칠 쉴 작정이었지만 눌러앉고 보니 심신이 편하였다. 저녁때마다 방 구걸을 하지 않아도 되었기 때문이다.

어느 날 군복 차림의 청년이 좀 쉬어 가게 해달라며 방에 들어와 염치불구하고 드러눕더니 코를 드르렁드르렁 골기 시작했다. 잠에서 깨어난 청년은 이말 저말 끝에 영동까지 갔다가 다시 이천으로 가야 한다고 말했다. 퍼뜩 불길한 생각이 들었다. 모두들 남으로 남으로 발걸음을 옮기는 판국에 영동까지 갔다가 다시 이천으로 돌아가다니! 무슨 곡절이 있는 것 같았고 혹 북쪽의 공작원이 아닌가 하는 생각조차 들었다. 군복은 군복인데 계급표지나 그런 것은 전혀 없었고 개인행동을 하고 있었던 것이다. 자꾸 물어보면 의심을 살까보아 더 물어보지 못하고 이천 쪽은 괜찮으냐고 물었다. 물론 읍내는 텅 비었지만 별일 없다는 답변이었다. 우리는 충주서 왔는데 그쪽으로 중공군이 들어오지 않았느냐니까 이천이나 충주나 별일 없다는 것이었다. 그것이 당시에 들은 최신의 뉴스였다. 서둘러 도망 와서 그렇지 사실 중공군의 추격이 그리 절박한 것은 아니라는 소식은 적지 않은 안도감을 주었다. 몇 마디를 더 나눈 후 청년은 다시 가보아야 한다며 방을 나섰다. 정체를 알 수 없어 궁금해지는 인물이 난리 통에는 참 많은 법이다.

이렇게 해서 눌러앉았지만 할 일이 없었다. 부친은 무슨 새 소식이라도 들을까 하고 더러 청산 쪽으로 나가보기도 하고 역시 충주에서 피란 와 한마을에 묵고 있는 수리조합의 김씨와 함께 인근의 동네로 마실을 다니기도 하였다. 이름이 좋아 마실이지 사실은 구변 좋고 배포 좋은 김씨를 따라다니며 끼니나 얻어먹는 것이 고작이었다. 부친보다 다섯 살은 좋이 아래인 김씨는 농업학교 졸업 이후 줄곧 수리조합에 근무해서 농사일이나 농민 사정에 밝았다. 또 눈썰미가 있고 눈치가 빨라 절에 가서 고기를 얻어먹는다는 유형의 재간꾼이었다.

하루는 우리 쪽에 들러 마실이나 가보자고 부친을 부추기더니 함께 가자며 내 옆구리도 찔렀다. 무료하기도 하거니와 이들이 도대체 마실 가서 무얼 하는지가 궁금해서 따라나섰다. 시오리는 족히 되는 이웃 동네로 들어가 그래도 톡톡해 보이는 집 앞에서 김씨는 멈춰 섰다.

"계십니까?"

"주인장 계십니까?"

그제야 중키에 부한 체격의 중년이 방을 나서 대문으로 나왔다.

"저 건너 동네에 묵고 있는 피란민입니다. 하도 무료해서 마실을 나왔습니다……. 참 명당을 차지하셨네요. 삼대 적선을 해야 남향집에 산다는데 정남향에다 뒷산이 가려주고 앞이 탁 틔었으니 거칠 것이 없으시겠네요. 화가 들어오다 도망가는 명당자리입니다."

"무슨 말씀이세요. 그저 굶지 않고 구구하게 사는 처지입니다. 좌우간 들어오시죠."

"조반석죽에 무병 무탈이면 상팔자라 하지 않습니까? 신수가 아주 좋아 보이시네요."

우리 세 사람은 주인이 안내하는 대로 안채와 마주 앉은 바깥채 방으로 들어갔다. 마당에는 수목도 몇 그루 보였다. 자리에 앉자마자 김씨는 다시 입을 열었다.

"오다가 보니 냇물이 아주 맑고 모래가 기막히게 고와요. 혹시 사금이 나지 않았습니까?"

"예, 일정시대엔 한동안 사금을 캤어요. 그러나 오래 못 가 그만두었지요. 큰 재미는 못 보았단 소문이었지요. 그러나 그 덕에 동네 사람들이 푼돈 구경은 좀 했지요."

어느 틈에 사금 연구를 한 것인지 혹은 사금 캤다는 정보를 미리 알고 활용하는 것인지 알 수 없었지만 재주가 용하다는 생각을 금할 수 없었다. 그의 재주와 입심은 점입가경이었다.

"문패를 보니 한씨 성자시던데 그렇다면 본이 청주 아닙니까?"

"그렇답니다."

"인사가 늦었습니다. 저는 김상윤이라 합니다. 충주가 고향입니다. 그리고 보니 우리는 골수 충청도네요. 충청도는 옛날부터 청풍명월이라 했는데 제 본이 청풍입니다. 청풍 김씨지요."

나는 속으로 다시 한 번 감탄했다. 어느새 문패 보고 본 따지는 준비를 해두었을까? 청풍 김씨가 과연 있기는 한 것인가, 순간적으로 꾸며댄 것인가? 나중에 알고 보니 김상윤 씨는 정말 청풍 김씨였다.

"하관이 반듯해서 강직하십니다. 다만 한 가지 혈상血相으로 보아 흥분이나 열기는 삼가셔야겠어요. 그저 참는 것이 이기는 것이지요."

"예, 욱하는 성질이 있다는 소리를 가끔 듣는답니다."

이렇게 해서 우리는 청주 한씨 집에서 저녁을 얻어먹게 되었다. 한씨는 우리와 합석해서 식사를 했는데 시래기국에 동치미와 짠지의 소찬이었으나 오랜만에 현미밥을 배불리 먹었다. 저녁상을 물릴 때 김상윤 씨는 숭늉을 더 청해 벌떡벌떡 마시더니 기분을 내어 육이오 때 경험담을 꺼내었다. 감곡에서 겪은 일인데 거기서 격전이 벌어졌다. 인민군의 포탄이 마구 날아와 터지는 바람에 움푹 파인 구렁이 있어 들어가 피하려 했는데 거기엔 벌써 먼저 온 사람들이 있었다. 한군데 여럿이 모여 있으면 아무래도 더 위험하지 않으냐며 한 아낙네가 심하게 눈치를 주었다. 김씨는 구렁을 나와 다른 자리로 옮겨 갔다. 그런데 얼마 후에 포탄이 날아와 아까 그 구렁에 떨어지는 게 아닌가? 아낙은 즉사하고 몇 사람이 모두 중상을 입었다. 야박하고 고약한 사람은 끝이 좋지 못하게 마련이라며 실화인지 꾸민 얘기인지 모를 얘기를 김씨는 아주 그럴듯하게 얘기했다. 주인도 고개를 끄떡이며 동감하는 눈치였다.

구변 좋은 사람들이 흔히 그렇듯이 김상윤 씨는 얘기하기를 즐겼다. 상대방에게는 틈을 주지 않았다. 하찮고 예사로운 일도 그의 입을 타면 재미있게 들리는 게 사실이었다. 국군이 후퇴할 때 보도연맹 사람들이 다수 희생을 당했다. 충주에서는 함지못가 언덕배기에서 몇 십 명을 처단했다. 그런데 그 와중에 살아

난 사람이 하나 있었다. 총소리를 듣고 쓰러졌는데 나중에 보니 시체 밑에 깔려 있었고 다친 데도 없었다. 슬그머니 사방을 둘러보니 군인들 모습도 보이지 않았다. 정신을 차리고 일어나 현장을 벗어나 무사히 생환했다. 바로 한 집 건너 이웃사촌이었다. 이런 얘기 끝에 그는 지혜의 도사나 되는 듯이 진득하게 덧붙이는 것이었다.

"인명은 재천이지요. 살 사람은 총알도 비켜가고 불운한 즉슨 평지낙상으로도 가는 게 세상 이치지요."

"아무렴요. 그건 그렇지요."

한씨는 연신 고개를 끄덕였다. 밤이 늦어 돌아갈 시간이 되어 나는 초조한 기분이었다. 집에서는 가족들이 기다리고 있을 터였다. 눈치 빠른 김상윤 씨는 재빨리 나에게 눈을 찡긋하더니 다시 새 얘기를 꺼냈다. 결국 그는 주인에게서 하룻밤 묵어가시라는 인사말이 나오게 했고 당연히 그 제의를 흔쾌히 수락하였다. 별로 쓰지 않는 방이어서 외풍이 심했으나 우리는 이부자리도 얻어 덮고 그런대로 괜찮은 하룻밤을 보냈고 이튿날 아침상을 물린 후 한씨 집을 나왔다. 마실을 간다는 것이 이런 것이었구나, 하고 깨닫는 순간 연하인 김상윤 씨에 전적으로 의존해서 따라다니는 부친이 딱하기도 하고 속상하기도 했다. 늘 이렇게 마실을 가서 대접을 받느냐는 물음에 부친은 대답하였다.

"어디 요즘 인심이 그리 후하냐? 어쩌다 한 번 대접을 받은 것이지. 연때가 맞지 않아 김씨 재간이 통하지 않는 때가 더 많더라……."

들고 나서 생각해보니 부친이 김상윤 씨와 마실을 가서 하룻밤을 유하고 돌아온 적은 없었다. 그 후 그들이 다니는 마실에 다시는 따라 나서지 않았다. 한 번으로 족했다.

우리 동네엔 전염병이 돌고 있습니다

그 무렵 정떨어지는 정경을 본 적이 있다. 열대여섯 살쯤 돼 보이는 동네 아이들이 한 중년 아저씨를 둘러싸고 시비를 벌이고 있었다. 가까이 가보니 피란민이 동네 야산에 가서 검부러기를 긁어모아 지게에 지고 내려오는 것을 본 아이들이 찍자를 붙이는 것이었다. 왜 동네 공동산에서 나무를 해오느냐는 것이 동네 아이들의 소리였다. 이게 무슨 나무냐, 검부러기 아니냐며 중년의 사내는 어이없다는 듯이 대꾸했다. 검부러기는 땔감이 아니냐, 검부러기도 묵혀두어야지 나무가 자랄 것 아니냐며 아이들이 대들었다.

"그러면 우리 피란민은 밥도 못해 먹으란 말이야?"

"그건 댁의 사정이고 왜 남의 산에 함부로 손을 대느냔 말입니다. 검부러기라지만, 봐요, 이렇게 잔솔가지도 베었잖아요."

"이건 내가 벤 게 아니야. 떨어져 있는 것 주워 담은 것이지. 원 별걸 다 트집 잡네."

"별거라니요. 허가 없이 공동산 벗겨 먹는 것 보고 따지는 게 트집이요?"

"허허, 참 못하는 소리가 없네. 인심 참 되게 고약하네."

"그렇담 인심 좋은 데로 갈 것이지 왜 우리 동네에서 얼쩡거려요?"

"얼쩡거리다니! 말 함부로 하는 것 아니야. 세상은 어떻게 될지 모르는 거야. 아닌 말로 너희들이라고 피란 가지 말란 법이 어디 있어."

"우린 피란 가서 남의 산 벗겨 먹지 않을 겁니다."

이놈 저놈 한마디씩 던지는 걸 피란민은 잘 받아넘겼지만 동네 아이들의 막돼먹은 트집엔 어쩔 수 없었다. 결국 그는 다시는 그런 일이 없을 것이란 말로써 체통 잃은 막심한 창피와 봉변을 끝장냈다. 사람이란 시비를 통해서 영악해지고 난리 통엔 시빗거리가 많게 마련이다. 동네 아이들의 위세를 납작하게 만들어주기 위해서도 무슨 변이 일어나야 한다는 심정마저 들었다. 순박한 시골 사람이란 총칭 명제를 나는 믿지 않는다. 알로 까진 서울 깍쟁이도 문제지만 꽉 막힌 데다 막돼먹은 촌놈들도 대책 없긴 마찬가지다.

정 떼는 조홧속인지 처음엔 미처 몰랐던 텃세 같은 것이 점점 실감되어왔다. 바람을 쏘이러 나가도 참 오래도 죽치고 있다는 둥 공연한 시비를 걸어오는 동네 아이도 생겨났다. 백탕에 털어 넣어 훌훌 마시던 마른 백설기도 떨어진 지 오래고 월급쟁이인 부친이 따로 비축해둔 저금이 있는 것도 아니었다. 정직 처분을 받은 부역자인 그는 반년 넘게 월급 한 푼 받지 못한 처지였다. 여기저기 들려오는 소리로는 중공군의 진격도 일단 멈춘 것이 사실인 것 같았다. 김상윤 씨도 발걸음을 돌려 되돌아갔다.

일단 그곳을 떠나 청주 정도로라도 가서 무슨 수를 쓰든가 방도를 찾아야 한다는 쪽으로 부모들은 생각을 굳혔다. 국도에서 얼마쯤 떨어져 있기는 하나 조그만 동산을 넘는 샛길이 있어서 사람들의 왕래도 심심치 않게 눈에 띄었고 봇짐을 지고 돌아가는 듯한 가족의 일단도 더러 보였다. 초로의 주인집 할머니는 어제도 두 가구나 피란민들이 마을을 떠났다는 동네 소식을 전했다. 당신들도 이제 옮겨보라는 소리처럼 들렸다. 남양南洋으로 징용 나간 아들이 돌아오지 않은 터여서 아직껏 자기 딴엔 공덕을 쌓고 있다는 소문이었으나 아무리 노는 행랑채라도 남이 들어 있는 게 개운할 리 없었다. 소소한 것으로라도 무언가 보답을 해서 환심을 살 만한 처지도 못 되었다.

한겨울도 얼추 지나간 듯했다. 날짜는 딱히 알 수 없지만 2월 초순이나 중순 쯤 되는 어느 날 우리는 그때까지 한 달 넘게 묵고 있었던 원남면의 백 가구가 채 안 되는 마을을 등졌다. 다시 좋은 세상이 되면 꼭 한번 찾아와 인사를 하겠다는 말을 잊지 않았지만 하는 쪽이나 듣는 쪽이나 그런 날이 오리라는 믿음은 없어 보였다. 그저 하는 소리였으나 모친의 인사말을 듣고 보니 꼭 그래야 할 것 같고 꼭 그렇게 돼야 할 것 같은 생각이 들었다.

갈 길이 바쁜 것도 아니고 올 때처럼 쫓기는 처지도 아니었다. 그러나 이사 날짜를 잡고 보면 어서 빨리 새집으로 가야겠다는 생각이 들면서 심란해지는 것이 사람 마음이다. 살던 집이 어쩐지 궁상맞게 여겨지기도 한다. 그런 기분으로 며칠을 지낸 터라 어서 청주에 가야 한다는 심정으로 길을 걸었다. 올 때처럼 붐비는 인파가 있는 것은 아니지만 그래도 내려오고 올라가는 사람들의 초라한 보따리 행색은 그치지 않았다. 점심을 거르던 참이라 좀 늦은 아침으로 끼니를 때운 뒤 떠난 행차여서 일찍감치 방을 구해야 했다. 그런데 국도 변의 마을 어귀에는 '우리 동네엔 전염병이 돌고 있습니다' '이 마을엔 돌림병이 들었습니다. 피란민 사절' 따위의 글귀가 적힌 마분지나 신문지가 붙어 있었다. 아주 광목에다가 큼직하게 써서 마을 앞 전봇대나 나무에 걸어둔 곳도 있었다. 지난번 내려올 때는 보지 못한 새 풍경이었다. 내려올 때는 '여주 강천면민회 통과' '홍천 이 아무개 전 아무개 지나감' 따위의 후줄근한 신문지 벽보 같은 것을 많이 볼 수 있었지만 '피란민 사절'은 처음 보는 방문이었다.

"피란민 등쌀에 넌더리가 나서 못 들어오게 하는 거지 뭐."

모친은 이렇게 잘라 말했고 그럴싸하게 들렸다. 그러나 한편으로는 겨우내 목욕 한 번 못해본 수많은 사람들이 불결한 환경에서 비벼대며 살았으니 필경 악성 전염병이 떠돌아다닐 만하다는 생각이 들었다. 난리 통에는 역병도 극성이라는 말이 있지 않은가. 아직 해도 있고 하니 더 가보자고 작정했으나 돌림병이 없는 동네는 좀처럼 나타나질 않았다. 해가 질 무렵 할 수 없이 '전염병이 돌고 있는 동네'로 들어섰다. 길가를 피해서 좀 으슥한 집을 찾아 하룻밤을 구걸했다. 검은 구레나룻이 있고 목소리가 우렁우렁한 중년 아저씨가 군말 없이 그러라고 하더니 일자집 윗방 문을 열어주었다.

"구들이 시원치 않아 방이 차요. 평시 같으면 벌써 고쳤을 텐데 그냥 두어두고 있어요."

아랫방의 구레나룻 아저씨는 두 내외뿐이었다. 대충 냄비밥을 해먹는데 부인이 짠지를 내놓았다. 구레나룻 아저씨는 어디까지 갔다 오느냐, 집은 어디냐며 열어놓은 장지문 사이로 얘기를 걸어왔다. 그러나 제일 궁금한 것은 동네에 정말 전염병이 돌고 있는가 하는 것이었다.

"올 때 보니 동네마다 돌림병이 돈다고 해놓았어요. 무슨 전염병인가요?"

"괜한 소리지요. 피란민 들지 말라고 붙여놓은 거지요."

"그러면 이 마을에도 돌림병 같은 거 없는 건가요?"

"없어요. 그래 방문 보고 정말 곧이들었단 말입니까?"

"긴가민가하면서도 또 혹시나 했지요."

식구가 단출하다는 말에 아이들도 다 남쪽으로 내려가고 두 내외만 남아 있다는 것이었다. 아우도 있었는데 벌써 떠나갔고 자기네도 오늘내일 하는 참에 당분간은 괜찮다는 얘기여서 그냥 눌러앉아 있었다 한다. 그러면서 하는 말이 이 동네에는 유난히 과부가 많다고 덧붙였다.

"군인 가족들이 많은 모양이군요."

"아닙니다. 군인 가족이야 생과부라면 생과부지만 이 동네엔 진짜배기 과부가 아주 많아요."

"?"

"두 집 건너면 과붓집일 겁니다."

"그렇게 과수댁이 많아요? 인공 때 많이 다쳤나요?"

"웬걸요. 그 전에 다 당했지요. 인근에 권 아무개라는 유력자가 있었걸랑요. 부잣집 아들이고 일본 유학을 갔다 온 인사지요. 그에게 홀린 젊은이들이 한둘이 아니었어요. 몰려다니며 한동안 세력이 대단했지. 이들이 그 후 모두 보도연맹에 들었어요. 작년 여름 바로 동네 뒤 고개 너머에서 몰살당했답니다. 한참 후에 동네 사람들이 동원되어 한 구덩이에 마구잡이로 파묻었지요. 파리 목숨이라고 하긴 하지만 참 끔찍했지요. 생때같은 젊은이들인데."

"그 권 아무개는 그 후 어떻게 되었나요?"

"육이오 전에 벌써 튀었지요. 그러나 육이오 때 다시 나타났다는 얘기는 없었어요."

안 그런 듯하면서도 구레나룻 주인은 죽은 청년들 편이라는 느낌이 들었다. 차근차근하면서도 우렁우렁한 목소리에 어떤 섬뜩함이 배어 있었다. 그러고 보니 벌써 떠나갔다는 아우도 바로 작년 여름의 희생자가 아닌가 하는 생각이 들었다. 검은 구레나룻조차도 심상치 않게 생각되었다. 직업이 무엇인지도 대중할 수가 없었다. 뭐 말실수한 것은 없나 경계심이 생겨났다. 나도 말참견을 했다.

"우리 국민학교 때 선생님들 중에도 그런 분이 있었어요. 잘 가르치는 선생들인데."

"인공 때는 또 인공 때대로 얼마나 많이 죽었다고요. 의용군으로 끌려간 사람들도 어디 한둘인가요."

모친이 끼어들었다. 덕 보는 것도 없이 공연히 어느 한쪽을 편들 것이 뭐냐는 지론을 가지고 있던 모친다운 말이었다. 어느 쪽이건 사나운 극성꾼들 때문에 살기가 버거워진다는 것도 그녀의 지론의 하나였다. 이튿날 아침에 다시 본 구레나룻 주인은 컴컴한 구석이 없어 뜻밖으로 맑은 인상을 주었다. 공연히 겁을 먹었다는 생각도 들었다. 그는 안녕히 돌아가시라고 깍듯이 대꾸 인사를 하였다. 두 집 건너 과붓집이란 과부마을을 등지고 돌아서면서 어서 집으로 돌아가는 것이 제일이라는 진부한 생각을 다시 했다. 낯선 사람들이 공연히 두려워지고 이것저것 눈치 보며 방 구걸하는 것이 정말 싫었다. 정나미 떨어지고 덧정이 없었다.

2. 내가 받은 첫 새경

형무소와 양관 사이

보은을 지나서도 '전염병이 돌고 있는 마을'은 그치지 않았다. 마을 어귀에 적어놓거나 걸어놓은 글귀는 조금씩 달랐지만 전언은 매한가지였다. 방 구걸하는 피란민에 염증을 내는 심정이야 이해가 가지만 어떤 배신감 또한 금할 수 없었다. 집을 떠나오기 전 소집당해 가는 국민방위병을 위해 우리는 얼마나 하노라고 했는가? 한 열흘 남짓 우리는 따뜻한 아랫방을 칠팔 명의 장정을 위해 내주고 가족은 윗방에서 찡겨 잤다. 물론 동회를 통해 반마다 인원 배정이 오고 그래서 집집마다 손님 대접을 하지 않을 수 없었던 것은 사실이다. 게다가 그들은 단순 피란민이 아니었다. 경기도 광주나 여주 등지에서 대오를 지어서 행군해 온 엄연한 방위병이긴 하였다. 그들 자신이 어디까지 가는지 행선지를 알지 못하였고 대구나 부산까지 가는 것이려니 생각하고들 있었다. 며칠 동안 강행군을 계속해서 발에 물집이 생겼고 담뱃불로 상대방 물집을 서로 지져주는 것을 보니 남의 일로 여겨지지 않았다. 그래서 아껴 쓴 땔감도 아끼지 않고 방을 따뜻하게 해서 그들의 잠자리를 조금이라도 편하게 해주었던 것이다. 또 그들을 위해 아침에도 양동이 몇 통분의 따뜻한 세숫물을 준비해주지 않았는가? 그것이 불과 달포 전의 일인데 우리는 가는 곳마다 눈치꾸러기가 되지 않았는가? 젊은 장정들만 제일이고 나머지 국민들은 아무래도 좋다는 것인가? 방위군 장정들의 침식편의를 돌보아주라고 주선하고 독려했던 동장과 반장이 나서서 '전염병 유행'의 방 따위를 못 붙이게 했어야 할 것이 아닌가? 그런데 도리어 이들이 이런 일에 앞장서는 것은 아닌가? 그런 배신감이 동네를 지날 때마다 새로워지는 것이었다.

미원까지 며칠이 걸렸는지는 생각나지 않는다. 미원을 지나 청주 쪽으로 10리쯤 가니 해거름이었다. 국도변의 꽤 큰 집 행랑에서 하룻밤을 보냈다. 신문지가 벽지 구실을 했는데 일제 말 《매일신보》가 발라져 있었다. 목적지가 가까워져서 무언가 새 기대감 같은 것이 생겨났다. 아침을 끝내자 우리는 서둘러 청주로 가는 신작로를 따라 걸어갔다. 신작로에는 우리처럼 봇짐을 진 초라한 행색의 사람들이 적지 않게 눈에 뜨이었고 앞에서도 뒤에서도 뚜벅뚜벅 걸어가는 것이 보였다. 우리와 반대쪽으로 걸어오는 사람들은 거의 없었다. 해가 난 날이어서 매서운 기운은 없었으나 바람은 제법 차가웠다. 쉴 곳도 마땅치 않아 천천히 걸어가는 것이 상책이었다. 쉬었다가 다시 걸어갈 때의 피곤함이 먼 걸음에는 결국 부담이요 손해라는 것을 우리는 경험을 통해 알고 있었다. 한낮이 다 기운 오후 늦게 겨우 청주 외곽으로 접어들었다. 이곳만 하더라도 충주보다는 남쪽이요 그동안 많이들 피란지에서 돌아온 듯 사람 사는 대처라는 인상을 풍겼다.

양관洋館이 있는 동네가 우리의 목적지였는데 미원 쪽에서 들어가면 청주 초입에 위치하고 있었다. 부친이 신세질 면모를 몇 사람 생각하다가 제일 유력하게 떠올린 인물이 이중복李重復 씨였고 그의 집이 양관과 형무소 중간이라는 것을 알고 있었기 때문이다. 그는 부친과 학교 동창이었고 또 한동안 교신하는 사이였다 한다. 굳게 닫혀 있는 우람한 형무소 정문을 지나니 건너편으로 선교사의 양관인 듯한 아주 근사한 벽돌집이 나목 사이로 보였다. 그쪽으로 난 작은 길을 따라 제법 번드르르한 큰 집이 몇 채 들어서 있었다. 철조망 안으로 생 울타리가 서 있고 그 안침 멀찌감치 안채가 보이는데 그중 한 대문에는 분명히 이중복이라는 한자 문패가 붙어 있었다. 우리는 반가운 마음으로 안도의 한숨을 내쉬었으나 한편으로는 주인이 보일 반응에 적잖이 조마조마한 심정이었다.

이번에도 모친이 먼저 나섰다. 부친은 혹시나 해서 신학균 씨라는 또 한 사람의 지인 집을 가보기로 하고 나중에 이중복 씨 댁으로 들르기로 하였다. 모친이 앞장서서 안채로 들어서고 우리 사 남매가 뒤를 따랐다. 큼지막한 함실아궁이가 파여 있는 건넌방임 직한 데를 지나 안방일 성싶은 곳 마루 앞에서 모친이 말했다.

"저, 안에 계신가요?"

이내 문이 열리고 얌전한 인상의 아주머니가 얼굴을 내밀었다.

"사실은 저희 바깥양반이 친구라고 해서 찾아왔습니다. 염치 불구하고 말씀드리는데 우선 방에 들어가서 좀 쉴 수 없을까요. 애들이 오늘 한 40리 넘게 걸었거든요."

주인아주머니는 처음 뜻밖이라는 표정임이 역력했으나 별 내색 없이 들어오라고 이르면서 문을 활짝 열어주었다. 우리는 모두 배낭을 마루에 내려놓고 방으로 들어갔다. 방 안에는 나와 동년배쯤 되어 보이는 여자아이가 뜨개질을 하고 있었다. 갸름한 얼굴에 단정한 용모였다. 사변 통에 집안에 변고는 없었느냐고 모친 편에서 안부를 물었다. 피차간에 큰 우환은 없었다. 충주를 떠나 보은을 거쳐 옥천군의 청산 못 미쳐 원남이라는 데서 피란생활을 했다는 자초지종을 모친이 짤막하게 얘기했다. 충주로 돌아가기는 아직 이른 것 같아 일단 청주에서 관망할 작정으로 왔다는 얘기를 덧붙이고 부득이 며칠 동안 신세를 져야겠다고 실토하였다. 물론 부친의 성명도 대었다. 지난여름 이후의 경험이 그런 떼쓰기를 어렵지 않게 만들어주었다. 한때 남으면 친척집으로 가 있기도 했으나 곧 돌아와 집을 지켰다는 주인아주머니는 방이 네 개나 되고 큰 사내아이들 셋이 나가 있어서 집에는 자기들 내외와 딸아이 그리고 근 열 살 터울인 꼬마 사내아이만 있다면서 건넌방을 쓰라고 일러주었다. 바깥양반은 볼일로 출입을 했는데 저녁이 다 되었으니 곧 돌아올 것이라고도 했다. 말수가 적고 차근차근한 말씨의 주인아주머니는 첫날인데 저녁은 자기가 준비할 터이니 건넌방의 군불이나 지피라고 모친에게 일렀다. 모친은 그럴 것 없다면서 늘 하던 대로 우리 저녁은 우리가 준비할 터이니 걱정 말고 이따가 김치나 좀 달라고 막무가내로 우겼다. 어른들이 얘기를 나누는 사이 우리는 모두 입을 봉하고 얌전히 앉아 있었다. 나중에 연호라는 이름임을 알게 된 동년배의 여자아이는 눈을 치켜뜨는 법도 없이 뜨개질에만 열중하고 있었다. 오랜만에 여학생다운 여자아이를 본다는 생각이 들면서 얼마쯤 마음이 설레었다.

우리는 모두 짐을 건넌방으로 옮기고 거기서 다리를 뻗고 벽에 기대어 앉았다. 겨우내 쓰지 않은 탓인지 궁둥이가 시린 냉골이었다. 땔감과 장작을 주인아주머니가 갖다주었다. 모친이 함실아궁이로 내려가 아궁이에 불을 지폈다. 나중에 안 일이지만 이재에도 밝고 규모 있는 살림을 꾸려온 이중복 씨는 뒤꼍 헛간에 장작을 제법 쌓아놓아둔 처지였다. 한참 있다가 부친이 돌아왔다. 철도 건널목 근처에 있는 집을 찾기는 찾았으나 신학균 씨는 출타를 해서 만나보지 못하였다는 것이었다. 우리는 따뜻해진 방바닥의 편안한 쾌감을 맛보면서 간단한 저녁을 들었다. 주인집에서 내준 김치 맛은 한나절의 행군 끝이라 더욱 입에 당겼다. 모친이 밥상을 들고 나간 뒤 한참이 지나서다. 우렁우렁한 남자 목소리가 났다. 안방 쪽에서 계속 우렁우렁 소리가 나더니 건넌방으로 건너오는 발소리가 났다. 이내 "자네 이리로 건너오지 그래." 하는 소리가 문 앞에서 났다. 시원시원한 목소리였다. 부친이 문을 열고 마루로 나가고 두 사람은 "이렇게 살아서 만나니 다행일세. 별고 없었나." 하는 등속의 이럴 때 흔히 주고받는 인사말을 교환했다. 부친은 곧 방문을 열고 "이 어른께 인사드려라." 하고 우리에게 일렀다. 우리는 모두 일어서서 공손히 인사를 했다. 건장하고 부터 나는 그 어른이 구세주처럼 생각되었다. "사 남매구먼. 우리는 오 남매야." 하더니 고생이 많다고 무어라 인사말을 덧붙였다. 씨억씨억하고 거침이 없는 말소리요 인품이었다. 부친은 곧 안으로 들어가서 주인과 얘기를 나누다가 돌아왔다.

저녁을 끝내고 불 지핀 것 보려고 함실아궁이에 내려가 있는 사이 등 뒤로 인기척이 나서 아무래도 이중복 씨인 것 같아 일부러 그대로 아궁이를 향해 앉아 있었는데 아궁이 앞에서 걸음을 멈추더니 크게 한숨을 쉬더라고 모친이 말하였다. 불 때는 것을 보고 내쉰 한숨일 게라고 모친은 주석까지 붙였다. 부친은 대답은 않고 임의롭기는 신씨네가 임의로운데 하면서 더 이상 말은 하지 않았다. 모친도 신학균 씨에 대해서는 알고 있는지 이중복 씨는 여러모로 좀 어렵게 느껴진다고 말했다. 살림 규모나 난리 통에 해놓고 사는 것이나 여간한 사람이 아닌 것 같다고 덧붙였다. 영농을 하면서 자영업을 했다는데 집도 크고 텃밭도 넓고 살림도 넉넉한 것 같아 그런 집에서 신세지는 것이 어쩐지 대견스럽게 여겨지면서 한편으로는 좀 켕기는 듯한 느낌이었다. 이렇게 우리는 청주에서의 첫날 밤을 맞고 보내게 되었다. 방도 널찍하고 깨끗하였다. 호강한다는 느낌이 들었고 아무래도 생판 모르는 사람의 집이 아니니 뭔가 안전감 같은 것도 느껴졌다.

　이튿날 처음으로 한 일은 신세지고 있는 이중복 씨 댁 근처를 둘러보는 일이었다. 형무소와 양관 사이의 동네 이름은 탑동塔洞이었다. 집집마다 사람들이 살고 있었고 빈집이라고 생각되는 집도 더러 눈에 뜨였으나 많지는 않았다. 전쟁이 소강상태로 접어들면서 많은 사람들이 서둘러 피란처에서 돌아온 것이다. 형무소를 지나 직선으로 뻗어 있는 거리를 내려가보았다. 왕래하는 사람들이 제법 있어서 비로소 사람 사는 대처로 왔다는 안도감 비슷한 것을 느꼈다. 불안과 공포는 공통 경험의 동료가 많으면 많을수록 누그러지는 법이다. 한참 내려가니 상점이 줄지어 있는 거리가 나왔다. 나중에 그곳이 중앙시장이란 것을 알게 되었지만 드문드문 가게가 열려 있고 사람들이 제법 드나들었다. 신발가게도 보이고 북어나 미역을 파는 식품가게도 보였다. 신기한 생각이 들어서 한참이나 가게 안을 기웃거렸다. 우리가 보은군 원남면의 산골에서 언제 끝날지 모르는 난민생활을 할 때에도 이 시장에서 저렇게 사람들이 물건을 사고팔며 일상생활을 꾸려나갔다고 생각하니 무언가 억울하고 한참 손해를 보았다는 생각이 들었다. 그러고 보니 시장거리 사람들의 차림새도 한결 두둑하고 정해 보였다.

　해방 전 큰이모 댁이 청주에 있었다. 그래서 서너 번 청주에 들른 일이 있었다. 그때 가장 인상적인 것은 포장도로였다. 물론 아스팔트란 이름은 몰랐지만 반반해서 걷기 좋아 기억에 남아 있었다. 중앙시장을 돌아 나오는데 옛날의 그 포장도로가 눈에 뜨이었다. 포장도로를 따라 사뭇 내려갔다. 시장은 아니었지만 왕래하는 사람들이 역시 적지 않았다. 한참 만에 철로 건널목이 나왔다. 놀라운 것은 불타버린 집이나 파괴된 집 같은 것이 전혀 눈에 뜨이지 않는다는 점이었다. 청주 시내가 전쟁을 전혀 모르고 지나온 것 같았다. 옛날 대수정이란 시장거리가 거의 다 파괴되어 폐허가 되고 연초 경작조합 창고 건물의 태반이 소실된 데다 폭탄으로 패인 자리가 심심치 않게 보이던 충주와는 사뭇 달랐다. 청주가 수원과 함께 육이오사변 중 폭격 피해가 거의 없다시피 한 도시라는 것은 나중에 가서야 알게 되었다. 건널목을 지나 한참을 가니 이번에는 청주역 역사가 보였다. 역시 옛 모습 그대로였다. 청주 탑동에서의 첫날들은 이렇게 시내 둘러보는 것이 큰일이었다. 그렇지 않으면 대개 집 안에 눌러앉아서 공상을 하는 것이 고작이었다. 언제쯤 집에 돌아갈 수 있을까, 집은 그대로 있을까, 변했다면 어떻게 변했을까, 따위를 생각하곤 하였다. 전황에 대해서는 소강상태라는 것밖에 떠도는 얘기가 없었다.

하루는 모친과 함께 청주 근방의 정하井下란 곳을 찾아갔다. 우리에겐 이모가 두 분 계셨다. 우리는 큰이모, 작은이모라 불렀다. 모친보다 연상인 큰이모는 오랫동안 청주에서 살다가 해방 직전에 이모부의 세거지지世居之地인 충주로 와서 나중에는 연수동에서 살았다. 작은이모는 해방 전 청주에서 초등학교 교사생활을 하다가 식량영단食糧營團 직원으로 있던 이모부와 결혼한 터였다. 본시 전시에 식량배급 체제가 되면서 생겨난 식량

영단은 해방 후 얼마 안 되어 해체되었고 고학으로 일본에서 대학을 나왔다는 작은이모부는 충주 농업학교의 영어 교원이 되었다. 작은이모는 딸만 넷을 줄줄이 나았다. 다섯째가 생겼을 때 뗄까 말까 하다가 낳아보니 아들이었다. 육이오가 일어나기 전해 겨울의 일이었다. 후퇴령이 내린 1월 그날로 충주를 비우라는 얘기여서 우리는 서로 연락할 여유도 없었다. 서둘러 짐 싸고 집 정리하기에도 바빴다. 거리에 사람이 넘쳐나서 옮겨 다니기도 어려웠다. 단월강을 건너 달은터月隱란 동네의 농가에서 방을 얻어 하룻밤을 보내기로 정하고서부터 모친은 작은이모네 걱정이 태산 같았다. 그 후 어찌 됐는지 늘 궁금해하였다. 막내인 작은이모는 상냥하고 자상해서 조카들도 모두 좋아하였다. 모친한테서 전염이 되어서인지 나도 작은이모의 처지가 가끔 걱정이 되었다. 막내를 맏이가 업은 채 둘째의 손을 잡고 이모와 이모부가 보따리를 진 채 아이를 하나씩 손 붙잡고 나선 모양을 상상하는 것만으로도 신산하고 위태롭게 생각되곤 하였다.

그런데 작은이모부의 먼 친척 되는 이가 정하에 살고 있다는 것을 알고 있었던 모친은 청주에서 자리가 잡히자마자 혹시나 하고 정하를 찾기로 한 것이다. 모친과 나는 철로를 따라서 북쪽으로 갔다. 철로보행은 물론 금지사항이었으나 기차가 다니지 않아 문제가 되지 않았다. 바람이 좀 있어서 차가운 날씨이긴 했으나 그런 대로 괜찮은 나들이였다. 시오 리 정도 걸어서 정하역이 나타났고 마을은 역 근처에 형성되어 있었다. 몇 가구되지 않는 마을이었다. 모친은 쉽게 집을 찾았으나 정작 이모부의 친척 되는 이는 출타 중이었고 저녁에나 돌아온다는 것이었다. 모친은 전부터 안면이 있는 그의 부인과 얘기를 나누었는데 이모네 소식은 전혀 모른다는 대답이었다. 혹시나 해서 찾아온 것이고 꼭 기대했던 것은 아니지만 실망스럽기는 마찬가지라고 말하면서 모친은 곧 인사를 하고 나왔다. 아는 사람이 찾아와도 별 반갑지 않은 난시라서 그런지 본래 성격이 그런 것인지 부인 되는 이는 그저 데면데면하게 굴면서 시큰둥하게 대답할 뿐이었다. 혹시 나중에라도 들를지 모르니 그리되면 우리가 청주 탑동의 이중복 씨 댁에 있다는 얘기를 꼭 전해달라는 말을 남기고 돌아섰다. 어째 제대로 전달될 것 같지도 않다면서 모친은 영 못마땅해하였다.

"내일 아침 아홉 시"

어느 날 외출에서 돌아온 부친이 미군부대가 얼마 전에 들어왔는데 심부름꾼 남자아이를 쓰는 경우가 있다니 가서 좀 알아보라는 것이었다. 미군부대에서 일을 하게 되면 우선 먹을 것을 실컷 먹을 수 있을 것 아니냐, 옷도 얻어 입을 수 있지 않느냐고 덧붙였다. 집안 사정이 다급하다는 것은 훤히 알고 있었으나 도대체 어떻게 알아보아야 하는 것인지 막연해서 시장거리나 배회하다가 돌아가곤 하였다. 그러나 매일 그럴 수만도 없는 일이어서 하루는 용기를 내어 미군부대가 있다는 청주중학교 쪽으로 가보았다. 중학교는 청주역에서 북쪽으로 조금만 가면 있었다. 과연 미군들의 모습이 보였다. 말쑥하게 군복을 차려입고 집총을 한 미군이 교문에서 보초를 서 있고 몇몇 군인들은 운동장에서 시시덕거리며 럭비공 비슷한 것으로 공놀이를 하고 있었다. 세탁물인 듯 군복이 교실 창틀에 늘어져 있는 것이 멀찌감치 보였다. 미군부대 주변은 어디서나 아이들이 얼씬거리며 기웃거리는 곳이다. 여럿이 철조망이 있는 측백나무 산울타리 근처를 서성거리며 안쪽을 두리번거리면 군인이 와서 "게러리!" 하며 쫓는 손짓을 하였다. 그러는 모양을 둘러보고 돌아와서는 사실대로 얘기하였다. 사람을 쓰기는커녕 얼씬도 못하게 하더라고.

정확한 날짜는 물론 생각나지 않지만 아마 3월 초쯤이었을 것이다. 미군부대에서 노무자를 쓴다는 소문이 나돌았다. 처음 어디서 들었는지도 분명치 않다. 우선 청주역 쪽으로 가보았다. 한나절이 지난 역사 근처에는 미군들의 모습이 보였고 역사 안으로 많은 사람들이 모여 있었다. 모두 남자였고 옷차림으로 보아 청주에 눌러 있는 피란민일 것이라는 생각이 들었다. 나 비슷한 중학생 또래의 아이들은 보이지 않았다. 한참 동안 서성거리는데 역전의 꽤 큰 광장과 신작로를 사이에 두고 역과 마주보고 있는 통운회사로 미군 병사나 단정한 옷차림의 내국인들이 출입하는 것이 보였다. 해방 전에 '마루보시'라고 불렀던 짐꾼들이 드나들던 곳이다. 가까이 가보니까 'Labor Office'라는 페인트 글씨가 보이는 허름한 나무현판도 붙어 있었다. 바닥이 마루로 되어 있으나 아무것도 놓인 것이라곤 없는 꽤 널찍한 사무실 안쪽으로 다시 아늑한 구석방이 있었다. 드나드는 사람들은 거기 모여 있는 것 같았다. 한참 있으려니 늙수그레한 중키의 미군 하나가 지휘봉 비슷한 것을 들고 나와서 사무실 이쪽저쪽을 살펴보았다. 그는 붉은 점이 박힌 노란색 계급표지가 달린 군모를 쓰고 있었고 사병은 아닌 것 같았다. 틈을 보아 그의 곁으로 다가갔다. 나는 다짜고짜 속으로 준비한 대로 그에게 말하였다.

"헬로, 아이 원트 투 워크Hello, I want to work."

그가 재미있다는 듯이 나를 빤히 쳐다보았다. 용기를 내어 다시 말하였다.

"아이 원트 투 워크."

그가 무어라고 말했는데 도무지 무슨 소리인지 알아차릴 수가 없었다. 되풀이하는데도 내가 못 알아듣자 그는 지휘봉으로 따라오라는 신호를 하고 나서 안침에 있는 구석방 사무실로 들어갔다. 사무실 안에는 장신의 미군 한 사람과 군복을 입고 장총을 멘 내국인 한 사람 그리고 평복 차림에 안경을 쓴 내국인이 서서 무엇인가 얘기들을 하고 있었다. 한구석에 사무용 책상과 의자 하나가 놓여 있을 뿐이었다. 지휘봉을 든 미군이 내국인에게 무어라고 말하자 장총을 멘 내국인이 내게 말하는 것이었다.

"내일 아침 아홉 시에 나와봐."

그 말을 듣고 나자 아까 미군이 한 말이 "나인 어클락, 투모로

우 모닝Nine o' clock, tomorrow morning."이란 생각이 뒤늦게 나면서 창피한 생각이 들었다. 내일 아침 나오면 어떻게 하겠다는 것인지 미심쩍어 머뭇머뭇하자 지휘봉을 든 미군은 나를 향해 한 눈을 찡긋하더니 다시 말하는 것이었다.

"나인 어클락, 투모로우 모닝."

일이 잘 되어간다는 느낌이 들어 "땡큐, 땡큐." 하고 절을 했다. 그는 내게 손까지 흔들어 보였고, 그러자 틀림없이 잘되어간다는 확신이 들었다. 탑동에서 당시의 청주역까지는 5리가 훨씬 넘는 거리다. 날아가는 듯한 기분으로 걸어갔다. 참으로 오랜만에 맛보는 뿌듯한 충만감이었다.

이튿날 난생처음으로 일자리를 구했다는 다소 들뜬 마음이 되어 일찌감치 집을 나섰다. 아홉 시가 되기엔 아직 이른 시각에 통운회사 사무실로 들어섰다. 아무도 없었다. 왔다 갔다 하면서 누가 오기를 기다리는데 아무도 오는 사람이 없었다. 일이 잘되어간다는 확신이 근거 없는 착각이 아닌가 하는 불안감이 엄습해왔다. 아홉 시에 나오란 말만 했지 아무런 보장을 해준 것이 없지 않은가. 불안감이 바야흐로 공포감으로 변하려 할 때쯤 어제 보았던 장신의 미군이 들어섰다. 그의 뒤를 이어 사병두 사람이 오일 스토브를 맞들고 왔다. 장신의 미군 군복 팔뚝에는 갈매기 다섯 개가 그려져 있었다. 내가 "굿모닝" 하자 그도 사람 좋게 웃으면서 "굿모닝, 보이" 하고 인사를 받았다. 장신 군인의 지휘를 받는 사병들은 오일 스토브를 구석방 사무실에 설치하고 연통을 끼워놓고 불을 피우더니 나갔다.

자세히 보니 구석방 사무실 내부가 많이 바뀌어 있었다. 어제는 분명 사무용 책상이 하나였는데 세 개나 놓여 있지 않은가. 뿐만 아니라 책상 앞에는 명패까지 놓여 있었다. 맨 구석 쪽 책상에는 'Noncommissioned Warrant Officer, J. M. Parson'이란 명패가 보였다. 그 옆으로 놓인 책상에는 'Technical Sergeant, D. Hale'이란 명패가 놓여 있었다. 그러나 장신의 서전트 헤일 맞은편에 놓여 있는 책상에는 아무것도 보이지 않았다. 이어 어제 보았던 장총 멘 내국인과 안경을 쓰고 평복 차림인 내국인이 들어와 인사를 하더니 각자 하사관 맞은편의 책상 앞에 놓인 의자에 앉았다. 서전트 헤일이 장총 멘 내국인에게 뭐라 말을 했고 내국인이 내게 말하였다. 아침 아홉 시에 나와서 청소를 하고 오일 스토브 기름통에 기름을 넣고 불을 피우는 것이 내가 맡은 일이라는 것이었다. 파슨 준위 책상 맞은편에 나무벤치가 놓여 있어 나도 그 자리에 가 앉아 있었다. 벤치는 출입문 쪽으로 향해 있어 파슨 준위의 책상을 마주 보고 있는 것은 아니었다. 이윽고 전날 "내일 아침 아홉 시"라고 일러주던 중키의 미군이 들어왔고 그가 바로 파슨 준위였다. 모두의 인사에 답한 뒤 그는 사무실 안을 이리저리 살피더니 지휘봉으로 벽면을 가리키며 뭐라고 말하였다. 그러자 장총을 멘 내국인이 밖으로 나갔다. 한참 만에 그는 포스터 한 장을 들고 들어왔다. 서랍을 뒤지더니 압핀 몇 개를 건네주며 출입문 맞은편 벽면에 붙이라고 내게 일렀다. 나는 나무벤치를 당겨놓고 그 위에 올라가 시키는 대로 포스터를 붙였다. 포스터는 맥아더 장군의 커다란 얼굴 사진이었는데 그 아래에 무적의 유엔군이란 커다란 글씨가 보였다. 내가 미 해병대 부속 노동사무소에 취업해서 처음으로 한 일은 이렇게 유엔군에겐 맞수가 없다는 전언의 포스터를 벽면에 부착하는 일이었다. 덕분에 'invincible'이란 꽤 어려운 영어 단어를 일찌감치 알게 되었다.

당시 미 해병사단의 보급본부는 경상남도 마산에 있었다. 청주중학교에 주둔하고 있던 미 해병대는 보급부대로서 마산에서 이동해 온 지 얼마 되지 않은 터였다. 해상보급로를 통해 마산에 도착한 보급품은 그다음 철도편으로 청주로 수송하게 되었다. 1951년 3월 초의 시점에서는 청주가 철도 이용 가능한 중부전선보급선의 최북단 지점이었던 것 같다. 청주역에 도착한 보급품을 노무자들을 부려 내려놓으면 당시 중부전선 최전방이었던 춘천에서 해병대 트럭이 스무 대쯤 한꺼번에 몰려와 그 보급품을 싣고 돌아갔다. 그 트럭부대를 '칸보이convoy'라 했는데 얼굴에 뽀얗게 먼지가 묻은 젊은 운전병들의 모습이 인상적이었다. 그러니까 청주역의 노무자들이 맡은 소임은 철도 화물차에서 일단 보급품을 내려놓았다가 그것을 다시 미군 트럭에 싣는 일이었다.

노동사무소에서는 이 노무자들의 급료를 계산하고 임금표를 작성하였다. 초기에 노무자 수는 200명 안팎이 되지 않았나 생각한다. 노무자 20명이 한 반을 이루고 있었다. 반마다 반장 foreman이 정해져 있었고 이들이 반원의 출결을 날마다 체크하였는데 반장 자신도 문자해독이 가능한 노무자였다. 반장은 출결사항이 적힌 출석부를 노동사무소에 매일 저녁 제출하게 되어 있었고 노동사무소에서는 노무자의 임금표에 기록하여 그것을 근거로 주급을 산출하였다. 주급을 지급할 때는 본인이라는 다짐을 받고 임금표에 적힌 출결사항을 보여주면 끝자리 서명란에 서명하게 되어 있었다. 한자나 한글로 서명을 할 수 없는 사람들은 ×표를 하게 되어 있었고 ×표를 하는 사람 수도 상당수에 달했다. 그러니까 노동사무소에서 근무하는 내국인들이 하는 일은 임금표 명단을 작성해두었다가 반장의 일일보고를 받아 기록하고 주말에 개인별 지급액을 계산해놓는 것이었다. 당연히 결석한 날의 임금은 지불되지 않았다. 내국인들은 그래서 수판을 썼다. 반장이 사용하는 출석부를 작성하는 것도 그들의 몫이었다. 그 밖에 노무자들의 자질구레한 민원사항 같은 것을 듣고 서전트 헤일과 상의하여 처리하는 것도 그들의 몫이었지만 그런 일은 많지 않았다. 반장 위에 감독supervisor이 있어서 민원사항을 노무현장인 열차 플랫폼이나 트럭이 서 있는 역전 광장에서 처리했기 때문이다.

장총을 메고 사무실로 출근하는 내국인은 청주중학교에 주둔해 있는 부대에서 미군과 함께 기거하였고 상의에 영문 이름을 박아놓았고 박시인朴時仁이란 이름이었다. 육이오 전에 한양공대 교수로 있었고 그전에는 서울사대부속중학교에서 영어를 가르쳤다고 한다. 똑같이 부대에서 통역으로 근무하는 미스터 노라는 청년이 있었는데 어느 날 노동사무소에 들렀다가 부속중학 때 박 선생에게 배웠다고 말해서 알게 된 것이다. 미스터 노는 이목구비가 반듯한 미남이었는데 늘 허리에 권총을 차고 다녀 장총파인 박 선생과 대조를 이루었다. 평복 차림으로 출근하는 이는 김용한金龍漢이란 이름으로 당시 청주중학교의 영어교사였다. 그는 미 해병대 보급부대가 청주로 이동해 오면서 부대와 관련을 맺은 신입사원이었다. 그래서 그런지 파슨 준위나 서전트 헤일과 대화 중에 막히는 경우가 있으면 박 선생에게 도움을 청하고는 하였다. 박 선생은 영어가 유창하였고 의사소통에 전혀 문제가 없어 보였다. 청주 역전 통운회사에 자리 잡은 미 해병대 노동사무소의 직제는 그러니까 책임자 파슨 준위, 실무 서전트 헤일, 통역 박시인, 김용한으로 되어 있었다. 내가 제니터janitor란 직종으로 일하고 있다는 것을 알게 된 것은 첫 주급을 타던 날 밤의 일이었다.

내가 받은 첫 새경

일주일이 후닥닥 지나갔다. 구석방 사무실을 청소하고 오일 스토브 위에 거꾸로 세워놓는 기름통을 가지고 청주역 광장 한 모퉁이에 있는 급유소Fuel Point로 가서 기름을 채워 와 호스에 연결하고 불을 피우는 것이 나의 일과였다. 처음엔 아침에 일찍 나와서 청소를 하였으나 그보다는 직원들이 퇴근한 뒤에 청소를 하고 귀가하는 것이 편할 것 같아 박 선생을 통해 파슨 준위에게 얘기했더니 그는 '굿 아이디어'라며 그러라고 일러주었다.

사무용품은 서랍에 넣고 잠그면 그만이었다. 가끔 물건 따위를 구해오는 잔심부름이 있기는 하였으나 우두커니 나무벤치에 앉아 있는 것보다는 나은 경우도 있었다. 괜찮은 일자리였다. 주말이 되자 한가하기만 했던 통역들도 장부 정리에 분주한 모습이었다. 토요일 오후 여섯 시가 되자 파슨 준위가 커다란 백을 들고 사무실로 들어섰다. 평소 그는 사무실에서 자기 자리를 지키고 앉아 서전트 헤일과 얘기를 나누기도 하고 찾아오는 부대의 장교를 맞아 환담을 하는 것이 고작이었다. 벤치에 앉아 있는 나에게 한 눈을 찡긋하면서 외마디 말을 걸기도 하였다. 그런데 이날만은 아침에 잠깐 얼굴을 비친 뒤에 곧 외출한 채였다. 그는 구석방 사무실의 책상을 바깥쪽 넓은 사무실로 옮기게 하고는 의자에 앉았다. 서전트 헤일과 통역인 김 선생도 임금표를 들고 옆에 의자에 앉았다. 박 선생은 어쩐 일인지 부대로 돌아갔다.

그때쯤 노동사무소 건물 앞에는 노무자들이 장사진을 치고 있었다. 주급을 본인에게 직접 지불하기 때문에 모두 대기하고 있는 터였다. 파슨 준위가 백에서 네모진 커다란 상자 비슷한 것을 꺼내더니 포장지를 뜯었다. 그것은 한국은행 발행의 새 지폐를 차곡차곡 쌓아놓은 것이었다. 처음 보는 새 지폐 뭉치였는데 큰 돈과 작은 돈 두 가지가 있었다. 파슨 준위는 백에서 이번엔 멜빵이 있는 가방을 꺼내더니 거기에 지폐 뭉치를 넣고는 내 어깨에 걸쳐놓았다. 노무자에게 지불할 빠닥빠닥한 지폐 다발을 메고 서 있는 것이 그날 저녁의 내 소임이었다. 사무실 문이 열리고 일단의 노무자들이 실내로 들어왔다. 통역이 이름을 호명하면 본인이 책상 앞으로 다가왔고 그러면 파슨 준위는 노동일수를 확인시킨 후에 돈을 세어서 본인에게 직접 건네주었고 서명을 하게 했다. 호명 후에 책상 쪽으로 가서 현찰을 받고 서명하면 끝나는 간단한 동작이었지만 통역이 되풀이 설명해야 하는 경우도 있었다. 게다가 파슨 준위의 돈 세는 속도도 아주 더디었다. 다발에서 한 장 한 장 떼어다가 책상에 놓는 미국식 돈 세기를 그때 처음으로 목격하였다. 처음엔 그런대로 재미있었으나 나중엔 무료해지기 시작하였다. 시간이 가는데도 도무지 보수를 탈 사람들은 줄어드는 것 같지 않았다. 여섯 시 조금 넘어 시작한 주급 지급이 열한 시가 넘어서야 끝났다.

마지막으로 통역과 내가 서명하고 돈을 받았다. 임금표의 김 선생 란에는 '통역interpreter'이라 적혀 있었고 내 이름 란에는 '제니터janitor'라 적혀 있었다. 그때 처음으로 내 직종을 확인한 것이다. 통행금지 시간이 가까워 김 선생도 나도 귀가를 서둘렀다. 빠닥빠닥한 새 돈을 받고 돌아가는 기분은 썩 괜찮았다. 유치한 충족감이었다. 집에 가자마자 가지고 있던 조그만 사전을 펴서 'janitor'를 찾아보았다. 건물의 문지기라 되어 있었다. 자신의 직종에 환상을 가지고 있지는 않았으나 막상 '문지기' 노릇을 하고 있다고 생각하니 그리 좋은 기분은 아니었다. 청주 역전 마루보시회사의 문지기라—그렇게 생각하니 약간 자존심이 상하는 느낌이었다. 산지기라면 혹 몰라도 문지기가 뭐냐. 내가 내민 알량한 돈을 헤어보고 그나마 다행이라며 대견해하는 부모들을 보니 얼마쯤 부아도 나고 씁쓰레한 느낌이었다.

이튿날은 일요일이었지만 노동사무소는 문을 열어놓고 있었다. 요일과 상관없이 보급품 수송은 이어지고 있었고 따라서 청주 역구에서의 하역작업은 계속되었기 때문이다. 그러나 이내 일요일에는 노무자에게 교대근무를 시켜 그들에게도 휴식의 기회를 제공하게 되었다. 일요일 사무소를 나오자 곧장 중앙시장으로 가서 검정 고무신을 사 신었다. 사 신으려고 작정한 운동화는 없고 농구화 비슷한 것이 있었으나 터무니없이 비싸 다음 기회로 미루었다. 피란길에 오르면서 줄곧 신고 다녔던 다 닳아빠진 운동화는 그냥 시장 바닥 한구석에 내버렸다. 고무신을 사 신은 것을 본 모친은 같은 값이면 운동화를 사 신지 웬 고무신이냐고 혀를 끌끌 찼다. 그때 받은 급료가 얼마나 되는지 지금으로서는 헤아릴 길이 없다. 첫 주급을 받고 나서 며칠 뒤 박 선생 책상 위에 놓인 보수규정표를 우연히 보게 되었다. 박 선생이 펴놓은 채 자리를 비웠기 때문이다. 타이프지 한 장에 정리된 보수규정은 직종을 세 가지로 분류해서 적어놓고 있었다. 세목이 많았지만 다 잊어버리고 기억에 남는 것은 다음 직종 정도다.

숙련직Skilled—속기사, 감독, 통역, 목수, 도장공
반숙련직Semiskilled—주방경찰, 서기
비숙련직Unskilled—노무자, 청소부, 제니터

이렇게 분류하고 임금 액수를 적어놓았는데 당연히 숙련직이 가장 많았다. 목수가 통역보다 고액이어서 의외였다. 속기사를 기억하는 것은 너무 어려운 단어여서 찾아보았기 때문이다. 반숙련직에는 서기clerk 이외에도 몇 가지가 있었으나 지금 생각나지 않는다. 주방경찰은 'kitchen police'를 직역해본 것이고 KP로 약칭한다. 부대식당에서 일하는 종업원을 가리킨다는 것은 얼마 뒤에 알게 되었다. "이웃집 서방님은 군도 칼 차는데 우리 집 저 문둥이 정지 칼 차네."라는 남도민요가 생각나서 속으로 웃었다. 반숙련직 서기의 일당이 노무자보다 적고 비숙련 제니터와 같다는 것도 다소 의외였다. 그러니까 나는 청주 역전소재 미 해병대 노동사무소가 관장하는 노무자 중에서 최저임금을 수령하는 최하위 말단 고용인인 셈이었다. 이력서에 써본 적이 없는 내 고용 경력의 첫 세목이다.

3. 은하수 밀크초콜릿

고속 승진

급유소에 가서 기름통을 채워 와 오일 스토브에 불을 당겨놓고 나면 크게 할 일은 없었다. 청소는 전날 저녁에 해놓은 터였다. 빗자루로 바닥을 쓸고 책상 위의 먼지를 걸레로 닦고 바닥도 물걸레질을 했다. 가끔 부대의 장교가 사무실에 들러 얘기를 하다 가고는 했지만 파슨 준위도 할 일이 없기는 매한가지였다. 때때로 《뉴스위크》나 《타임》 같은 시사잡지를 읽다가, 심심해지면 그는 내게 한 눈을 찡긋하고 말을 걸어오기도 했다. 한번은 몇 살이냐고 내게 물었다. 미국인들의 나이 세기가 우리네와 달리 만으로 셈한다는 것은 알고 있었고 열여섯이라고 말했다. 무엇인가 내 편에서도 말을 해야 할 것 같아 덩달아 '몇 살이냐'고 물어보았다. 연장자의 나이를 묻는다는 것이 결례가 된다는 생각을 미처 못했던 것이다. 파슨 준위는 빙긋 웃더니 '몇 살이라 생각하느냐'고 묻는 것 같았다. 사실 외국인의 나이를 알아맞히기는 어렵다. 그러나 파슨 준위가 상당한 고령자라는 것은 분명했다. 피부도 맑고 몸가짐도 꼿꼿했지만 눈꼬리에 잔주름이 많고 중년을 넘긴 것은 분명해 보였다. 그래서 대충 '오십'이라고 대답했다. 그는 웃으면서 긍정도 부정도 하지 않았다. 나중에 서전트 헤일이 그러는데 파슨 준위의 나이는 더도 덜도 아닌 오십이라는 것이었다.

사무실에 들르는 장교 중에 'Townsend'란 명찰을 단 중위가 있었다. 둥그스름한 얼굴인데 어떤 분위기를 가지고 있는 인물이었다. 사무실에 드나드는 장교 중에서 제일 멋쟁이라는 생각이 들었다. 그가 가고 난 뒤 파슨 준위에게 그가 '핸섬'하다고 말했다. 대화를 위한 대화로서 한 말이었다. 타운슨 중위가 사무실에 들렀을 때 파슨 준위는 "저 아이가 너를 좋아한다. 핸섬하다고 한다."고 일렀다. 그 후 사무실에 들를 때는 물론이요 사무실 바깥 역전 광장에서 우연히 마주쳐 인사를 하면 그는 꼭 "굿 애프터눈, 유." 하고 이름까지 붙여서 인사를 받았다. 가는 말이 고우니까 오는 말도 고운 것이구나 생각했지만 그 후 그런 이치를 지혜롭게 활용해오지는 못한 것 같다. 한번은 장신의 장교가 사무실로 들어섰다. 파슨 준위와 서전트 헤일이 민첩하게 기립해서 경례를 붙였다. 소령 계급장을 달고 있었고 소령은 사무실을 두리번거리더니 무언가 질문을 하는 것 같았고 파슨 준위가 답변을 했다. 소령은 대개의 장교와는 달리 웃음 짓는 법도 없고 장신의 몸집을 꼿꼿하게 하고 사무실을 나갔다. 그가 머문 사이 파슨 준위와 서전트 헤일은 줄곧 차려자세로 서 있었다. 나중에 들으니 그의 성은 로즈였고 로즈 소령은 청주 주둔 해병 보급부대의 최고 지휘관이었다. 미군의 엄격한 지휘체계를 그때 처음으로 실감했다. 소령 정도는 우습게 알았는데 그게 아니었다. 얼핏 생각하듯이 미군부대가 자유분방한 곳은 아니다. 해병대라서 특히 더 그랬는지도 모른다.

하루는 또 파슨 준위가 넌 무얼 제일 하고 싶으냐고 묻는 것 같았다. 나는 영어공부를 하고 싶다, 말을 잘하고 또 《뉴스위크》같은 것도 술술 읽고 싶다는 취지로 낑낑거리며 말했다. 그것은 사실이었다. 사무실에서 통역 신분으로 일하는 박 선생, 김 선생이야 모두 경험 많은 영어교사이니 영어를 하는 것은 당연해 보였다. 그러나 노동현장에서 감독으로 일하는 미스터 홍은 아직 젊어 보이는데도 영어를 잘하지 않는가? 그는 어쩌다 사무실에 들를 때마다 《뉴스위크》같은 잡지를 바지 뒤 포켓에 찌르고 다니며 수시로 꺼내 보고는 하지 않는가? 그때마다 나도 영어책을 술술 읽게 되면 얼마나 좋을까, 하고 생각하곤 했던 것이다. 파슨 준위는 참 좋은 생각이라고 말하는 것 같았다. 나중에 김 선생이 그러는데 파슨 준위가 '교육이란 놀라운 것'이라고 말하면서 내 칭찬을 하더라는 것이었다. 공부하고 싶은 생각을 가지고 있기 때문에 맡은 일도 착실하게 하고 동년배의 다른 아이들과 다르다고 하더라는 것이다. 거리를 지날 때 저 아이 또래의 사내아이들이 졸졸 따라붙으면서 초콜릿을 달라, 껌을 달라, 하는데 얼마나 다르냐고 덧붙이더라는 것이었다. 칭찬을 해주었다니 기분은 좋았지만 도대체 거리의 잡배 소년들과 비교를 하다니 가당치 않다는 생각이 들었다. 어떻게 중학 4학년생과 국민학교 학생이나 학교를 다니지 않는 동년배를 비교한단 말인가? 이래 뵈도 나는 중학교 4학년생이 아닌가? 총기 좋다고 더러 칭찬도 받지 않았는가? 역시 외국인이라 판단에 한계가 있는 것이라는 생각이 들었다. 그러나 미군들에게 무얼 달라기는 고사하고 비록 암시로나마 무얼 갖고 싶다고 말한 적은 그 후에도 없었다. 비위가 없기 때문이었다.

두 번째 주급을 타는 밤이었다. 전번처럼 노무자들에게 임금을 지급하고 나니 통금시간이 가까웠다. 이번에도 어쩐 일인지 박 선생은 초저녁에 퇴근하고 없었다. 김 선생이 서명을 하고 임금을 받았다. 전번에는 주목하지 못했는데 영어로 서명을 하는 것이 아닌가? 고지식하게 지난번에 나는 한자로 서명했고 어쩐지 밑졌다는 생각이 들어 나도 영자로 서명을 했다. Chongho Yoo. 그러자 파슨 준위는 아주 신기하다는 듯이 서명과 내 얼굴을 번갈아 보며 영자를 쓸 줄 안다고 감탄하는 것이었다. 내 윗옷 호주머니에 무언가를 집어넣어주면서 그는 김 선생에게 뭐라고 일렀다. 김 선생 말이 내주부터 당장 직급을 올려 서기 clerk로 해주라고 했다는 것이다. 한자 서명 대신 영자 서명을 했기 때문에 중학생 Chongho Yoo는 보름 만에 문지기에서 서기로 고속 승진을 한 것이다! 그러나 임금표를 봐두었기 때문에 문지기나 서기나 임금이 같다는 것을 알고 있었다. 문 앞에서 출입자를 눈여겨보며 망이나 보는 비숙련직 문지기와 사무실에서 펜대를 놀리는 반숙련직 서기의 임금이 똑같다는 것은 아무래도 부당하다는 느낌이 들었다. 그러나 다시 한 번 무엇보다도 이상한 것은 파슨 준위의 감탄이었다. 내가 중학생이란 것, 또 핸섬이니 루테넌트 같은 영어단어도 알고 있다는 것은 그도 알고 있었다. 그런데 알파벳을 쓸 줄 안다고 감탄하다니! 아무래도 잘 납득이 가지 않았다. 그러나 곰곰이 생각해보니 무리가 아니란 생각도 들었다. 한국에 온 지 얼마 안 되는 외국 군인이 어떻게 한국 중학의 교과과정의 세목을 알 수 있단 말인가? 쌀값이 비싸면 사과를 사 먹으면 될 것 아니냐고 말했다는 해방 직후 군정청 미군 고관의 유명한 삽화가 생각나 혼자 고개를 끄덕였다.

장성해서도 이 문제를 생각하게 될 계기가 많았다. 미국은 육체노동의 천시가 없는 나라이다. 미국인들의 직업의식이 건강하다는 것이 나의 관찰이다. 그런데 영자를 쓸 줄 안다고 임금 차이도 없는데 문지기를 서기로 만들어준 것은 어찌 된 영문인가? 그들도 요즘 말로 화이트컬러를 블루컬러보다는 사실상 속으로 높이 여기는 것은 아닌가? 근 30년간 군에서 복무했다는 파슨 준위의 개인적인 성향인 것인가? 지금도 잘 모르겠다.

사무실을 나와 집으로 가다 밝은 데서 파슨 준위가 윗 호주머니에 넣어준 것을 꺼내보았다. 예상대로 과자였고 'Milky Way'란 상표의 밀크초콜릿이었다. 미군에게서 그런 것을 받아보기는 처음이었다. 저녁부터 줄곧 돈다발 백을 메고 있었으니 위로 삼아 준 것인지 혹은 영자 서명을 한 것이 기특해서 준 것인지는 헤아릴 길이 없다. 밀크 초콜릿을 먹어본 적도 없었다. 일곱 살배기 막내아우의 얼굴이 제일 먼저 떠올랐다. 피란길에서 콧물을 질질 흘리며 따라오는 것이 안쓰럽게 생각된 적이 여러 번이었다. 얼마나 좋아할까? 집에 가서 타 온 새경을 내놓고 나서 상표 이름도 아름다운 은하수 초콜릿을 내놓았다. 반은 막내아우에게 떼어주고 나머지는 한 점씩 떼어 맛이나 보자고 말했다. 그러나 소유권자의 사려 깊은 제의를 모친이 가로막고 나섰다. 그까짓 거 조금씩 맛보아서 뭘 하느냐, 공연히 입맛만 버린다, 주인집 막내에게 선물을 하자, 우리가 얼마나 신세를 지고 있느냐, 그러니 조그만 성의라도 표시해야 할 것 아니냐, 우리는 또 기회가 있을 것 아니냐? 모친은 그러면서 소유권자의 동의도 없이 당장 마루로 들고 나가 안방에다 대고 "저 좀 보실까요?" 하는 것이었다. 방으로 돌아온 모친은 말 한마디로 천냥 빚 갚는다고 조그만 성의나마 그때그때 보여주는 게 얼마나 좋으냐며 더 이상 말을 못하게 했다.

1930년대 말 만주 하얼빈에서 해 질 무렵 30분간 번화가에서 과일을 파는 노점상이 있었다. 그는 혁명 후 하얼빈으로 쫓겨와서 망명생활을 한 백계 러시아인이다. 처음 과일 노점상으로 곤궁한 생활을 하다 근검절약해서 나중에 갑부가 되었다. 갑부가 된 후에도 그는 망명생활 초기의 어려움을 명심하기 위해 해질 무렵 한시적으로 과일 노점상 노릇을 해서 하얼빈의 명물이 되었다. 초심을 잃지 않기 위해 자신에게 부과한 일종의 회고적 극기훈련인 셈이다. 젊은 시절 무슨 운동을 한다고 국내외와 큰

집을 드나들며 집안에 큰 어려움을 안겨주었던 외가 쪽 어른에게 들은 얘기다. 삼십 대 후반 눈이 많이 오는 북국에서 뒤늦게 학생생활을 할 때 은하수 밀크초콜릿을 박스로 사다놓고 며칠에 하나씩 꺼내 먹었다. 시월 이후 초봄까지 도무지 쾌청한 날이 없는 곳에서 가족과 떨어져 살자니 곧잘 막막한 생각이 들고 앞날에 대한 회의가 생기곤 했다. 그럴 때 지금의 생활이 얼마나 소중하고 행복하며 풍요한 것인가를 자신에게 상기시키기 위해 하얼빈의 백계 러시아인을 떠올리며, 그 한 조각이 기막히게 멀어 보였던 은하수 초콜릿을 사다놓고 꺼내 먹고 한 것이다. 그의 회고적 극기훈련의 의도적 모방이었다. 중년이 되어서도 단것을 좋아하는 것이 계면쩍게 생각되어 무의식이 지어낸 자기합리화일지도 모른다. 줄곧 억압당했던 옛 사춘기 식욕이 곤궁했던 시절에 대해 벌인 자기 훼손의 복수극이었는지도 모른다. 담배를 끊은 데다 운동 부족도 작용해서 이태 만에 귀국했을 때 나는 과체중이 되어 있었다.

어떤 해후

3주째가 되었다. 반숙련 서기직으로 승진은 했으나 하는 일은 매양 같았다. 겨울철의 피란생활이란 것이 그저 방 안에 꼼짝 않고 처박혀 있는 것이 예사여서 갑갑하고 따분하였던 터였다. 그저 죽지 않고 탈 나지 않고 지내는 것을 고마워할 따름이었다. 그러다가 비록 문지기일망정 일터에 나가 있으니 시간이 더 잘 가는 것 같았다. 노동사무소란 간판 때문인지 가끔 점잖은 차림의 사람들이 들르고는 하였다. 어느 날 노크를 하고 누군가가 들어왔다. 중키에 얼굴이 누르퉁퉁하고 약간 부은 듯한 얼굴이었다. 그는 안침 책상에 앉아 있는 파슨 준위와 그 옆의 서전트 헤일을 보자 약간 당황한 듯한 표정이었고 얼마쯤 난감해하였다. 나는 즉각 그를 알아보았다. 사변 전에 잠시 충주중학교 국어교사로 있었던 김동원金東元 선생이었다. 나는 그 앞으로 다가가 인사를 하였다. 그도 나를 알아보았고 그러자 더 어쩔 줄 몰라 난감해하였다. 길을 가다가 노동사무소란 간판이 있어서 무얼 하는 곳인가 궁금한 생각이 들어 잠깐 둘러본 것이라며 슬그머니 문을 열고 나가는 것이었다. 나는 따라나갔다. 단둘이 되자 선생은 여기서 하는 일이 무어냐고 물었다. 제니터란 직책인데 사무실 청소하고 오일 스토브 불 피우고 가끔 잔심부름도 한다고 대답하였다. 김 선생은 "그런 일 하기는 아까운 학생인데 때가 때이니 만큼 별수 있나, 꾹 참고 견디어내야지." 하더니 들어가보라고 일렀다. 내가 머뭇거리자 갈 데가 있으니 가본다면서 총총히 건물 밖으로 나가는 것이었다.

　김 선생은 사변 전 국회부의장을 지냈고 작가 김동인의 이복형이 된다는 이와 이름이 같았다. 한자가 똑같았다. 충북 음성의 유복한 집 아들이었던 그는 해방 후 국학대학을 다녔고 처음엔 충주농업학교에서 교편을 잡다가 사변 나기 1년쯤 전에 중학교로 전근해 왔다. 우리보다 하급 학년을 가르쳐서 직접 배울 기회는 없었다. 그러나 문학청년이라는 소문이 나 있는 처지였다. 학교라는 데에서는 지금도 교사와 서무과 직원 사이에 갈등이나 충돌이 잦은 법이다. 김 선생은 어쩌다가 서무과장과 언쟁이 붙었고 그러자 한참 연장인 서무과장이 김 선생의 뺨을 쳤다. 이런 더러운 직장은 당장 그만둔다고 선생은 학교에 나가지 않았고 얼마 안 되어 전쟁이 났다. 고향에 가 있던 그는 의용군을 피하기 위해 읍내 인민위원회에서 일을 하였고 그러다 보니 이른바 부역자가 되어 수복 후 잠시 고생을 했으나 동네에서 인망도 있었고 해서 곧 무사했다는 얘기는 나중에 들었다.

아마 일거리라도 알아보려고 노동사무소에 들렀으나 영어를 못하는 처지에 미군들이 진 치고 앉아 있으니 난처했고 거기다가 아는 학생이 있으니 구차한 소리도 못하고 해서 서둘러 나가버린 것이라고 생각했다. 내가 김 선생을 다시 만난 것은 50년대 말 종로2가에서였다. 선생은 조금도 변하지 않았고 인사를 하자 몹시 반가워하였다. 그는 당시 충주 출신 국회의원인 김기철 씨의 비서가 되어 종로2가에 있는 여관방에 머무르며 지역구 사람들을 만나고 있다고 털어놓았으나 청주 역전 사무실에서 만난 일은 함구하였다.

그 무렵 우리 집에선 좋게 말해서 점심을 거르고 있었다. 점심을 굶었다는 것이 더 정확한 말이 될 것이다. 남행길을 끝내고 보은군의 원남에서 눌러 있게 되면서 길들여진 새 버릇이었다. 어차피 주머니 사정도 그렇고 할 일도 없으니 좀 느지막하게 아침을 먹고 방 안에서 빈둥빈둥하거나 누워 있다가 저녁을 일찌감치 먹고 일찌감치 자는 것이 관례가 되었다. 해가 짧은 겨울이기도 했고 습관이 되니까 별 불편이 없었다. 청주에서도 마찬가지였다. 한낮 점심시간이 되면 미군과 박 선생은 청주중학교 부대 안으로 점심을 먹으러 갔고 청주 거주의 김 선생은 자기 집으로 갔다. 나도 뒤따라 집에 가는 척하다가 돌아와 사무소를 지켰다. 사무소에 앉아 있기가 무료해서 건물 앞에서 왔다 갔다 하며 바람을 쏘이고 있는데 누가 나를 향해 다가왔다. 윤봉혁尹奉赫이었다. 그는 초등학교 동기이자 중학 동기생이었다. 충주에서 가장 오래된 윤치과 집 장남이다. 본정에 있는 반양옥의 번듯한 그의 집은 처음 전학 간 나에게 부잣집의 징표로 여겨졌다. 그의 부친은 본래 청주 사람이었고 그래서 그는 청주의 큰집에 와 있다는 것이었다. 그는 대뜸 충주엘 다녀왔다는 얘기를 털어놓았다. 놀라워하는 나에게 그는 군인 차를 얻어 타고 들어갔다고 태연히 말하는 것이었다. 그는 말을 이었다.

"느이 집도 가보았는데 끄떡없더라. 사실 문짝이나 대문 떨어진 집이 수두룩해. 피란민들이 땔감으로 마구 뜯어 썼거든."

집이 그대로 있다는 것이 갑자기 신기하게 생각되었다.

"느이 집 방에도 들어가보았어. 사실은 영어사전 같은 것이 있을까 하고 뒤져보았는데 안 나오더라. 책이 방바닥에 마구 널려 있고."

전시의 특수상황이라고는 하나 주인 없는 집에 가서 우리 방을 뒤졌다고 생각하니 처음엔 꺼림칙한 느낌이었다. 그러나 아무 거리낌 없이 얘기하는 그의 말에 티는 없었다. 좋은 소식을 전해준 동기생이 고맙게 생각되었다.

"야, 넌 참 잘됐다. 여기 있는 줄 알았으면 진작 놀러 오는 건데. 야, 고즈카이(小使)면 어떠냐. 돈 벌면 되는 거지. 받기는 얼마나 받냐? 부럽다, 야. 우리는 곧 충주로 들어갈 거야. 무어니무어니 해도 집이 최고 아니냐."

나중에 들으니 그는 그 직후에 충주로 돌아갔다.

통역 선생들

세상은 참 좁다. 그 무렵의 어느 날 또 아는 이를 만나게 되었다. 아침에 김용한 선생과 함께 나타난 이는 사변 전에 잠시 충주중학에서 영어와 독일어를 가르쳤던 권희준 선생이었다. '코밑엣섬'이란 별명으로 통했던 그는 우리보다 상급생을 가르쳤기 때문에 직접 배운 바는 없었다. 겨울이 되면 몸을 몹시 웅크리고 다녀 유난히 추위를 타는 듯한 인상을 주었고 코맹맹이 소리를 해서 잘 알아듣기 어려운 때가 많았다. 말끝에 킁킁 소리를 내는 버릇도 있었다. 아돌프 히틀러처럼 코밑에 수염을 길렀는데 어느 학생이 독일어 비슷한 발음으로 '코밑엣섬'이 무슨 뜻이냐는 질문을 했고 그는 영 눈치를 못 채서 학생들은 박장대소를 했고 일자이후 '코밑엣섬'이 그의 별명이 되었다. 김 선생은 내게 이번에 사무실에서 일하시게 된 선생님이니 인사를 드리라고 일렀다. 나는 충주중학에 다닌다며 인사를 했고 권 선생은 별다른 내색도 별다른 말도 없었다. 본시 쌀쌀맞고 거만하다는 평이 나 있는 것을 알았기 때문에 무안하긴 했으나 그저 그러려니 하였다. 파슨 준위와 서전트 헤일이 출근하자 김 선생은 서둘러 권 선생을 그들에게 소개시켜주었다. 전후 맥락으로 보아 김 선생이 권 선생 취직을 두 미군에게 부탁했고 그들이 좋다고 해서 그날 함께 출근하게 된 모양이었다. 사실 사무실 업무량이 많은 것은 아니지만 미군 입장에서는 현지인을 도와주는 셈 잡고 부탁받은 인물을 새로 채용한 것 같았다. 주말을 제하고서는 오후 시간엔 환담하는 시간이 더 많았다. 그러나 통역의 임금이 노무자에 비해서 크게 많은 것은 아니었고 한두 사람 더 써보았자 별 상관없을 것이었다. 아무래도 원조 차원의 채용이라는 느낌을 받았다.

권 선생은 오전 시간에 무얼 끼적거리는 시늉을 하기는 하였다. 그러나 두 미군이 보다가 둔 《뉴스위크》 같은 것을 펼쳐 보기도 하고 신문을 보면서 시간을 보냈고 연신 손목시계를 보고는 했다. 책상 앞에 앉아 있기가 어지간히 답답한 모양이었다. 당시 청주에는 《국민일보》라는 지방신문이 있었다. 당시에도 본래대로 일간으로 나왔는지 혹은 격일로 냈는지는 분명치가 않다. 권 선생이 신문을 보다가 혼잣말을 하였다.

"어, 박치우가 죽었군. 쿵."

혼잣말을 못 알아들었는지 옆자리의 김 선생은 아무런 대꾸도 하지 않고 서류를 뒤적였다. 박치우朴致祐라면 나도 알고 있었다. 『사상과 현실』이란 평론집을 본 일이 있기 때문이다. 해방 직후 물자가 희귀한 시기에 저질 종이에 인쇄되어 나온 책에는 칸트의 삽화로 시작해서 학문의 자유를 옹호하고 주장하는 글도 있었다. '조선에 반미론자가 없는 이유'란 단문 제목도 생각났다. 내가 좋아한 편인 김동석의 글처럼 명쾌하고 시원시원한 글은 아니었으나 어쨌건 무엇인가 생각을 하는 사람이란 느낌을 받았다. 철학자라는 칭호가 붙기도 했던 그가 죽다니! 권 선생이 다 보고 난 뒤 슬며시 그 신문을 찾아보았다. 홑 2면으로 된 타블로이드판 신문의 제2면 한구석에 사살한 공비共匪의 시체 한 구에서 박치우임을 보여주는 신분증이 나왔다는 조그만 기사가 나와 있었다. 기사 제목은 '박치우 사살'이었다고 기억되는데 자신은 없다. 박치우 이름이 제목에 나온 것만은 틀림없다. 권 선생이 『사상과 현실』 같은 책을 볼 사람은 아니었다. 뒷날의 내 경험으로 판단건대 오로지 경성제대 졸업생이란 헛된 긍지로 세상을 사는 이였던 만큼 대학 동창으로서의 박치우를 알고 있었을 뿐이라고 생각한다. 어쨌건 권 선생의 혼잣말 덕분에 박치우의 빨치산으로서의 죽음을 지금껏 기억하고 있는 것만은 사실이다. 박치우는 서울대에서 가르쳤던 박종홍朴鍾鴻, 고형곤高亨坤, 이진숙李鎭淑의 철학과 동기생으로 권 선생보다 1년 아래다. 하루는 《뉴스위크》를 보고 있던 권 선생이 또 혼잣말을 하였다.

"미국이 언젠가는 군대를 빼갈 모양이군. 쿵."

이번엔 옆자리의 김 선생도 가만히 있지 않고 대꾸를 했다. 한참 손아래인 김 선생은 권 선생에게 깍듯이 대했다. 처음 나는 그것을 단순히 나이에서 오는 상하관계라고만 생각했다. 본시 김 선생은 사근사근하고 붙임성 있는 편이었다. 그렇긴 하지만 한편으로 경성법전 출신이 경성제대 법과 출신에게 보내는 경의이자 자격지심이기도 하다는 것을 한참 뒤에 알게 되었다.

"무슨 말씀이세요?"

"여기를 좀 봐요. 킁. 아무래도 불원장래에 빼갈 것 같아. 킁."

"당장에야 뭐 별일 있겠습니까?"

"그야 그렇지만. 킁."

권 선생은 처음부터 혼잣말 비슷하게 한 소리이기 때문에 더 이상 자기주장을 하지는 않았고 김 선생도 보고 있던 서류에 다시 눈을 주었다. 궁금하기 짝이 없었다. 미군을 빼간다면 어떻게 되는 것일까? 아니 세상이 또 한 번 바뀐단 말인가? 무슨 기사가 나 있기에 저 양반이 저런 소리를 하는 것일까? 정말 궁금하였다. 한참 후 권 선생이 변소에 간 사이에 김 선생에게 《뉴스위크》에 무슨 기사가 나 있느냐고 물어보았다. 김 선생은 중학생이 그런 건 알아서 무엇 하느냐며 도무지 상대할 생각을 하지 않았다. 《뉴스위크》를 훑어보려고도 하지 않았다. 우리가 살아가는 데 필요한 정보가 아닌가? 커다란 뉴스감이 아닌가? 옳지! 《뉴스위크》를 읽어낼 능력이 없는 모양이군. 그러니까 거들떠보지도 않지. 그래 그런 기사가 궁금하지도 않단 말인가? 그렇게 속으로 생각하며 중학생이라고 얕보인 것에 대한 내 나름의 보복을 단행했다. 권 선생이 그런 질문에 대답해줄 이가 아니라는 것은 알고 있었지만 상냥한 김 선생은 그래도 내 궁금증을 풀어

주려니 생각했는데 정말 실망이었다.

　누가 보아도 권 선생은 편편약질이라는 인상을 주었다. 몸이 구부정한 데다 걸음걸이도 이상하게 안정감이 없었다. 아니나 다를까 취업한 지 얼마 안 되어 서전트 헤일에게 약을 달라고 부탁하곤 하였다.

　"복통이 있어요. 킁. 소화제 좀 얻을 수 없을까요? 킁."

　"어제부터 설사를 만났어요. 약을 좀 얻을 수 없을까요? 킁."

　그 때문에 나는 설사를 뜻하는 'diarrhea'란 꽤 어려운 단어를 일찌감치 알게 되었다. 권 선생의 영어는 우선 알아듣기가 어려웠다. 특유의 코맹맹이 소리에다 억양도 이상했다. 통역 선생들 가운데서 제일 시원치가 않았다. 더구나 이렇게 구차한 소리를 하니 더 빈약하게 들렸다. 허약한 신체와 시원치 않은 언변으로 인간의 존엄성을 주장하기는 참으로 어렵다. 존엄성도 우선 건강해놓고 보아야 한다. 그런 생각을 당시에 한 것은 아니지만 지금 옛날 겪은 일을 적으며 다시 그런 생각을 하게 된다. 적어도 나는 그처럼 미군에게 무얼 달라고 대놓고 직접 부탁한 적은 없었다.

　귀공자풍에다 상냥한 성품인 김 선생에게 나는 호감을 가지고 있었다. 그는 때때로 보호자 같은 배려를 베풀어주기도 했다. 왜 고개를 숙이고 다니느냐며 머리를 반듯하게 들고 다니라는 말을 해주기도 했다. 내가 의식하지 못하는 버릇을 귀띔해주어서 무안한 한편으로 고맙게 생각되었다. 그러나 그에 대한 호감이 차츰 감소해가는 것을 느꼈다. 김 선생은 서전트 헤일과 얘기를 해서 부대원들의 군복과 내의 세탁을 맡기로 한 모양이었다. 중학교에 있는 부대로 가서 보초에게 노동사무소에서 왔다고 하면 세탁감을 건네줄 것이니 그걸 받아오라고 하였다. 그걸 받아온 날 퇴근 때 함께 가자며 내게 세탁감 보자기를 들려 중앙시장 지나서 있는 자기 집까지 데리고 갔다. 그리고 여기가 우리 집이니 앞으로는 세탁감을 찾아오면 이리로 전해주라고 말하는 것이었다. 김 선생 댁에서 누군가가 세탁을 담당해서 약간의 보수를 받는 것이 아닌가 생각되었다. 물론 부대원 전원의 세탁을 맡은 것은 아니고 아마 장교나 서전트 헤일과 각별한 사이의 하사관 세탁물을 맡은 것일 테고 빈도도 아주 잦은 것은 아니었다. 그러나 부대로 가서 세탁물을 가져다 김 선생 댁에 전하고 세탁 후 말린 의류를 다시 부대에 전해주는 것은 작은 일은 아니었다. 물론 김 선생이 사무소의 상관이라는 것쯤은 알고 있었다. 그러나 김 선생의 세탁 아르바이트는 노동사무소의 본래의 소임과는 관련이 없는 사적인 일이 아닌가? 내가 임금을 받는 것은 노동사무소와 직결된 업무에 대한 보수가 아닌가? 미군이 주는 임금을 받는 내가 왜 내국인의 사적인 심부름을 해야 한단 말인가? 집에 가서 그런 얘기를 했더니 모친은 그건 경우에 맞지 않는 일이라면서도 어른의 심부름이니 그저 바람 쏘이는 셈 잡으라고 말했다. 부친도 어른들 심부름 좀 하면 어떠냐, 모든 게 경험이고 많은 경험을 쌓을수록 얻는 게 많은 법이라고 누가 아니랄까봐 꼭 훈장 같은 소리를 덧붙였다. 그것이 사실은 자기변호임을 알아차리기 위해서 군이 영악할 필요까지는 없었다. 아르바이트 심부름은 적잖이 했지만 김 선생은 엿 한 가래 사주는 법이 없었다. 그리고 보니 그가 나에게 다정한 배려를 해준 것도 사실은 심부름을 시키기 위한 전초작전이 아니었나 하는 의혹마저 들면서 아저씨 아저씨 하면서 짐 지운다는 속담 생각이 났다. 내가 김 선생에게 결정적으로 실망한 것은 그의 입을 통해 자세한 신상담을 듣고 나서다.

바람편의 소식

장남에게 일자리를 알아보라고 채근하던 부친도 노무자로 일하게 되었다. 청주역 주변에서 새 노무자를 수시로 쓴다는 얘기를 듣고 주위를 배회하다가 기회를 얻은 것이다. 노동사무소가 문을 연 지 3주쯤 지나서다. 노무자 중에는 몸을 다쳤다든가 노역을 견디지 못해서 중간에 이탈하는 사람들이 있었다. 그러면 반장이 나서서 그때그때 현장에서 충원을 하는데 중도 이탈자는 심심치 않게 생겼던 것 같다. 노무자는 대개 피란민이었고 하역작업 같은 일에 익숙한 사람들이 아니었다. 따라서 작업이 능률적이지는 않은 것 같았다. 노동현장에서 일한 것이 아니기 때문에 정확한 사정은 모르지만 부친의 얘기로는 레이션 박스나 궤짝 같은 것을 화물차에서 내리거나 트럭에 올리는 일이 주종인데 서두르지 않고 완만히 일을 해서 처음엔 견딜 만하다는 것이었다. 그러나 며칠 계속하니 삭신이 결리기 시작하고 아무래도 감당하기가 힘들다는 것이었다. 그러면서 급유소에서 기름 넣어주는 일 같으면 쉬 할 수 있을 것 같으니 한번 사무소에서 알아보라는 것이었다. 충주중학교에서 근무하던 권 선생이 통역으로 새로 들어왔으니 직접 부탁을 해보는 게 어떠냐고 말했다. 부친은 표정이 변하더니 그럴 것까지는 없다고 잘랐다. 옛 동료인데 한 사람은 노무자고 한 사람은 통역이니 창피해서 그러는가 보다 생각하고 지금 이판에 그런 것 따질 것이 뭐냐고 속생각을 말했다. 부친은 그러나 그게 아니라며 고개를 저을 뿐이었다. 납득이 안 됐지만 그 이상 어쩔 수 없었다.

이튿날 오후 바지 뒷호주머니에 《타임》지를 찌른 감독 미스터 홍이 사무실에 나타났다. 특별한 볼일이 없어도 가끔 나타나서 미군과 통역들에게 야단스럽게 악수도 하고 인사말을 건네는 처지였다. 임금 지급일 같은 날 반장들은 그를 깍듯이 대했는데 아마 노동현장 고유의 특수권한 같은 것을 가지고 있는가 보았다. 미스터 홍이 사무실을 나갈 때 따라나가 부탁 드릴 것이 있다고 말했다.

"뭔데."

"감독님이 작정을 하시면 아주 쉽게 도와주실 수 있는 거거든요."

"뭐야. 말을 해봐."

"제가 아는 사람이 있는데 노무자로 일하고 있어요. 몸이 감당을 못해 적당한 자리를 하나 맡겨주시면 해서요."

"몸에 부치면 반장에게 말해놓고 이틀이나 사흘거리로 쉬었다 일을 하라고 해. 그런 사람들 아주 많다구."

"형편도 그렇고 일을 거르기는 어려운 처지걸랑요."

"어떤 사이인데."

"고향 이웃 아저씨예요."

"그러면 부탁해두었다고 해둬. 난 무슨 가까운 친척이라도 된다구."

부탁을 들어주지 않겠다는 말이나 진배없었다. 아차, 잘못했구나 싶었다.

"실은, 사실은 우리 아버지입니다. 나이도 있고 몸도 약한 편이에요."

"그래? 직업이 무언데?"

"교원입니다. 저, 퓨얼 포인트fuel point 같은 데서 일할 수 없을까요?"

"거기가 제일 편한 자리라고 소문났어. 너도 나도 하고 머리 싸매고 덤비는 자리야."

"감독님만 오케이 하시면 되잖아요? 안 그래요?"

"담배 피우냐?"

"아니요."

"그렇다면 당장 데리고 와봐."

역구로 들어가서 나는 부친을 찾았다. 한참 만에 부친 쪽에서 먼저 알아보고 내게로 다가왔다. 성인 노무자 사이에 중학생짜리가 보이니 단박에 눈에 뜨인 모양이었다. 미스터 홍은 부자간임을 확인하자 같이 가보자며 역 광장 한구석의 급유소로 앞장서 갔다. 급유소 담당 노무자에게 다짜고짜로 "오늘부터 둘이서 함께 일을 해요. 이분이 몸이 불편해서 하역이 어렵거든. 교대로 슬슬 해요. 담배 절대 피우지 말고." 라고 말했다. 미스터 홍은 부친에게 "아주 착실한 아들을 두었네요." 하더니 부친이 5반 소속임을 확인하고 자리를 떴다. 조백루白인 부친은 앞머리가 백발인 데다가 하루 두 끼로 버티어와서인지 어쩐지 허하다는 인상을 주었다. 미스터 홍은 그 점을 고려해서 씨억씨억하게 일을 처리해준 것 같았다. 일이 너무나 쉽게 풀려서 실감이 잘 안 될 정도였다. 경비를 선 미군들은 도난방지에나 신경을 썼지 노무자들의 작업에 관해선 별 관심을 보이지 않았다. 모든 책임은 감독에게 있느니만큼 그만 눈 감아주면 급유소의 편한 일을 두 사람이 한다 해도 문제 삼을 사람은 없을 터였다. 노동사무소 내의 실상을 보더라도 미군은 인원을 적게 쓰고 많이 부려먹는다는 투의 경영마인드와는 거리가 멀었다. 사람 쓰는 것도 너른 의미의 원조의 일환이라는 생각을 가지고 임하는 듯했다. 늘 시사주간지를 뒤꽁무니에 차고 다니니 영어는 잘하겠지만 어쩐지 상스러운 구석이 있고 더펄더펄하는 미스터 홍을 나는 내심으로 썩 좋아하지는 않았다. 그러나 일자이후 그를 다시 보게 되었고 그 또한 깍듯이 인사하는 내게 생색을 내며 알은체를 하곤 하였다.

그날 저녁 집에서 대한 부친은 예상과는 달리 안색이 별로 좋지 않았다. 노무자들이 제일 부러워한다는 급유소 담당으로 영전한 행운아의 얼굴이 아니었다. 이상하다는 느낌이 들었는데 알고 보니 까닭이 있었다. 급유소 선임자와 얘기를 나누다가 부친은 그가 충북 제천 사람임을 알게 되었다. 제천 어디냐고 물으니까 모산이 고향이라고 대답했다. 좁은 충북땅에서 사람들이 온통 청주로 몰려 왔으니 세상이 더 좁아질 수밖에 없었을 것이다. 모산은 유명한 의림지 근방이요 우리 큰집이 있는 곳이기도 했다. 반가운 나머지 장조카의 이름을 대며 아느냐고 물었다.

"알다마다요. 한 동네인걸요."

"실은 내가 창호 숙부 되는 사람입니다."

"아, 그러세요? 아이고, 세상이 참 좁네요."

"정말 그러네요. 별고 없나요? 사변 후 통 소식을 못 들었거든요."

"아, 그러세요? 소식 들은 거 아무것도 없나요?"

"전혀 없지요. 사변 나기 두어 달 전에 조카가 상처했다는 소식은 들었지만요. 사변 후 내 쪽도 부산해서 한 번 가보지도 못하다 피란길에 오른 것이지요."

"아, 그렇군요. 언짢은 일이 계속 닥친 셈이지요."

"?!"

사변이 나자 보도연맹에 들었던 막내인 문호 씨가 화를 입었고 인공 때는 외지의 상업학교 교사이던 그의 매부가 화를 입었다. 보도연맹으로 화를 입은 것이 무슨 가문의 업적이나 되는 듯이 인공 때 동네 사람들은 굳이 형인 창호 씨를 모산의 인민위원장으로 만들었다. 위로의 뜻도 있었는지 모른다. 이제 인민공화국 세상이 되었으니 어쨌건 좌익이라고 해서 희생된 집안의 인물이 맡아서 일을 보아야 할 것 아니냐는 취지였다. 나서기 싫어하는 창호 씨는 마지못해 위원장 노릇을 하긴 했으나 무던한 인품에다가 나댈 일이 없어 수복 후에 동네 사람들이 모두 감싸주어 별일이 없었다는 것이 제천 사람이 전해준 소식이었다. 부친은 급유소 선임자의 입을 통해 처음으로 조카와 조카사위의 죽음을 알게 된 것이다. 그러니까 백부는 몇 달 사이에 며느리, 아들, 사위를 연달아 잃은 것이다. 며느리는 병사요 아들과 사위는 강제된 죽음이었다. 그것도 아들은 대한민국 군경에 의해서 사위는 인공 때 부역세력에 의해서 죽음을 맞은 것이다. 남의 얘기로 들으면 지어낸 신파극 냄새가 난다고 할 것이다. '화불단행禍不單行이라더니' 하고 부친은 자못 비감해하였고 그러면서도 장조카가 무사하다는 말에 위안을 받는 것 같았다.

말이 나온 김에 큰집 얘기를 조금만 더하기로 한다. 백부는 청주농업학교를 나와 제천에서 농회農會 기수技手로 근무했다. 농회는 일제 때 덴마크의 농회조직을 본받아 조직한 단체로 지금의 농업협동조합의 전신이라 생각하면 된다. 그 뒤 영농으로 돌았고 일제 말기에 제천 장락에 사과 과수원을 조성한 독농가다. 사과가 열려서 과수원 조성과 영농의 과실을 즐길 만한 무렵에 사변이 났다. 몇 달 사이에 연거푸 험한 꼴을 본 그는 얼마 안 있어 뇌출혈로 쓰러지고 1952년 겨울에 세상을 떴다. 종형인 창호 씨도 농업학교를 나와 농회에서 근무하며 영농에 종사했고 문호 씨는 해방되던 해 청주중학을 나와 제천 군청에서 근무하였다. 그 무렵 좌익조직에 가담했고 정부 수립 후 군청에서 해고되었다. 해직된 직후 우리 집에 들른 일이 있다. 부친은 대체 한 일이 무어냐고 책망조로 물었다. 종형은 아무것도 한 일이 없고 그저 친구의 권유로 별 생각 없이 도장 한 번 찍은 것뿐이라고 멋쩍은 듯이 대답하였다. 한 일이 없다는 것은 일할 생각이 없기 때문이 아니냐, 일할 생각도 없으면서 그런데 왜 끼어드느냐, 빚보증을 위시해서 도장이란 함부로 찍는 것이 아니란 말을 못 들었단 말이냐, 하면서 부친은 민망할 정도로 다 지나간 일을 나무랐다. 그 정도로 끝난 것이 다행이다, 붙잡혀 들어가도 할 말이 없지 않으냐, 그러니 큰 공부한 셈치고 과수원 일이나 돌보다가 다른 수를 강구하라고 일렀다. 운명은 다른 수를 강구할 기회를 그에게 허여하지 않았다.

백부상을 당해 부모와 함께 제천에 갔을 때다. 나를 보자 백모가 달려와서 우리 문호를 빼박았다며 내 손을 잡고 흐느끼기 시작하였다. 어쩔 줄 몰라 하는데 모친이 다가와 "형님 진정하세요."를 반복하며 둘 사이를 떼어놓았다. 그 후 모친은 내가 제천 가는 것을 한사코 말렸다. 제천 가서 큰어머니 울릴 게 뭐냐는 것이 모친의 명분이었다. 그러나 비명으로 간 종형과 똑 닮았다는 말 자체가 꺼림직해서 그러는 것임을 나는 알고 있었다. 본시 왕래가 잦은 편은 아니었지만 이래저래 큰집과의 왕래도 더 뜸해질 수밖에 없었다.

세상이 자유화되면서 해방 직후의 좌익을 미화하는 듯한 경향이 엿보이는 것이 사실이다. 오랫동안 쉬쉬하던 끝의 반동현상이라 생각하면 이해하지 못할 것도 없다. 우연한 순간의 첫

걸음 탓으로 기구한 길을 가게 되고 불운을 맞은 이들에 대한 애석한 마음이 그 바탕에 깔려 있다. 도저히 맞수가 될 수 없는 망자나 패자에 대해 베푸는 손해날 것 없는 아량의 발로인 경우도 없지 않다. 그러나 그 이상의 경의나 미화는 사실에 맞지 않는다는 것이 나의 생각이다. 그 무렵 급진파의 실체에 대한 일차적 경험과 지식을 갖고 있기 때문이다. 좌우를 막론하고 당시 정치 청년들의 지적 수준이란 것은 빈약하기 짝이 없었다. 좌익의 역사 이해나 사회 이해도 극히 단순하고 피상적인 것이었다. 종형만 하더라도 당대 중등교육 수혜자의 평균 수준에 지나지 않았다. 그나마 책을 읽는 독서파도 어떤 종류의 것이건 남다른 재능을 가진 수재파도 아니었다. 적당히 선량하고 적당히 무지하고 적당히 둔중하고 적당히 민첩하고 그리하여 적당한 연민에 값하는 평균적 인간이었다. 내가 정말로 애석하게 생각하는 인물은 이종형이다. 일제 말 근로봉사가 지겹다고 중학을 무단 중퇴한 그는 세속을 거부하고 자기 나름의 삶을 추구하는 순수 예술가의 살아 있는 실례 같은 인물이었다. 좋은 세상을 만났다면 아니 전쟁만 일어나지 않았다면 틀림없이 개성 있는 화가나 서예가로 발전했을 것이나 오랜 군복무에다 좌절의 일생을 살다가 슬며시 자취를 감추고 말았다. 의도한 행방불명이었다. 그에 비하면 작은 종형은 세속의 남루한 행복에 무자각적으로 자족할 수 있던 인물이란 게 나의 판단이다. 두 사람은 동년배로 같은 중학을 다녔으나 피차 모르는 사이였다. 모두 미혼이어서 더 슬픔의 씨를 뿌리지는 않았다.

작은 종형에 대해선 특별한 기억이 있다. 초등학교 1학년 말의 봄방학 때였다. 당시는 4월 개학이어서 3월의 마지막 주가 학년 말 봄방학 기간이었다. 당시 청주중학을 다니던 종형은 증평 우리 집에 와서 하루를 묵었고 나를 데리고 가서 의림지를 구경시켜주겠다고 했다. 증평서 제천까지의 거리는 240리다. 당시 충북선의 종점은 충주였고 충주에서 제천까지는 버스를 타야 했다. 버스를 타고 가던 중 어떤 노인이 우리말로 "백운이라, 이름 한번 좋다."고 큰 소리로 말하던 기억이 난다. 창밖으로 백운白雲이라 쓰인 글자가 보였는데 그것이 무슨 간판에 씌어 있었는지는 잘 모르겠다. 우체국 간판이었을 성싶다. 제천의 큰집은 마당이나 집채가 증평 우리 집보다 훨씬 커서 정말 큰 집이라는 생각을 했다. 의림지도 구경하고 조성 초기의 과수원에도 가보았으나 봄방학 기간에 비 오는 날이 많아서 집 안에서 갑갑하게 보냈다. 부모 곁을 난생처음 떠난 셈인데 여러 가지로 편편치 못하다는 느낌이 들었다. 개학 바로 전날 제천을 떠났다. 그러나 충주행 버스가 도중에 고장이 났다. 오랜 시간이 걸린 후 버스가 다시 출발했는데 충주에 도착했을 땐 청주행 막차가 벌써 출발한 뒤였다. 여관을 정했고 우리 방엔 종형의 학교 친구랑 나까지 네 사람이 자게 되었다. 저녁을 먹고 나서 여관 쪽 사람들과 수군수군하더니 종형네들은 모두 어른 복장으로 갈아입고 모자도 뒤집어썼다. 활동사진 구경을 가는데 너는 봐야 뭐가 뭔지 모를 테니 일찌감치 자라고 꼬드기더니 나가버렸다.

초저녁에 낯선 여관방에 혼자 있으니 잠이 올 리 없었다. 한참 앉아 있다가 보니 갑자기 무서운 생각이 들었다. 겁 많은 여덟 살배기가 아마 울음소리를 냈던 모양이다. 누군가가 문을 열더니 왜 그러느냐고 물었다. 종형과 동패는 아니었지만 역시 학생이 아니었나 한다. 그 일행도 세 사람이었다. 여관을 나가 바람이나 쏘이려던 참에 훌쩍이는 소리가 나서 문을 열어본 것이리라. 그들은 나를 데리고 나가 거리를 거닐다가 조그만 외톨이 가게에서 단팥죽을 사주었다. 이튿날 증평역에서 첫차를 내리니 부모가 모두 플랫폼에 나와서 기다리고 있었다. 단팥죽이 미각의 기억으로 남아 있는 것은 아니다. 곤경에 빠지면 단팥죽을 사주며 다독거려주는 이가 꼭 나타나리라는 요행수의 기대감을 평생 불어넣어준 것이다. 사실 삶의 어려운 고비마다 팔을 당겨주거나 등을 밀어준 고마운 귀인들 덕분에 지금껏 버티어온 것이 사실이다. 곤경에 빠지거나 행운을 만날 때마다 여관방에서 혼자 훌쩍이던 한시적 고아의 후견인이 되어준 알음 없는 이들을 생각하곤 했다. 단팥죽은 내 삶의 상상 속 마스코트다.

4. 4월의 올드 랭 사인

가지 않은 길

학교에 다닐 땐 토요일과 일요일을 기다리면서 시간의 흐름을 의식한다. 휴일이라고 해보았자 무슨 뾰족한 수가 있거나 큰 즐거움이 기다리고 있는 것은 아니지만 어쨌건 학교를 쉰다는 생각 자체가 해방감을 주게 마련이다. 그래서 주말은 우리의 시간 의식이나 기억에 어떤 매듭이 되어준다. 그러나 피란생활 동안 그런 시간 흐름과 기억의 매듭이 사라졌기 때문에 어떤 일이 언제쯤 일어난 것인지 도무지 상고할 길이 없다. 그나마 노동사무소에서 일하게 되면서 토요일에 주급을 받았기 때문에 새로운 매듭이 생긴 것은 사실이나 근 60년 전의 일이라 아무래도 자신이 없다. 일어난 일 자체는 분명히 기억하는데 그게 언제쯤인지 또 어떤 것이 앞선 일인지 선후관계에 대한 지각은 흐릿하기만 하다.

어느 날 오후 사무실에 들른 미스터 홍은 투덜투덜 하면서 기회 있을 때마다 강조하는데도 꼭 사고를 낸다면서 어제저녁엔 두 사람이나 걸려서 자기가 무안했다고 털어놓았다. 그 당시 미군은 휴한기의 농경지가 있는 넓은 벌판에다 낙하산으로 보급품을 투하하기도 했던 모양이다. 미군이 낙하산을 수습해서 트럭에 싣고 와 역구내의 보급품 퇴적장에 쌓아놓았다. 보급품 수송기로 반품하기 위해서다. 그런데 노무자 두 사람이 낙하산 산체傘體의 실크를 몸에 감고 나오다가 수상히 여긴 미군이 몸을 수색해서 실크를 압수당했다는 것이었다.

"아니 어떻게 낙하산을 몸에 감고 나온단 말입니까?"

"노무자들이 귀한 물건은 귀신같이 알아내요. 그러니까 몸에 지니고 있던 창칼로 잽싸게 잘라서 윗도리를 벗고 몸에 감은 거지요. 웬만큼 했으면 표가 안 나는데 욕심이 과했어요. 몸을 워낙 불룩하게 하고 나오니까 경비병이 몸수색을 한 거지요."

"낙하산이 정말 명주입니까?"

"우산같이 생긴 부분은 명주지요."

"그래 노무자들은 어떻게 처리했어요?"

"당장 잘랐지요. 내 면전에서 그런 일이 벌어졌는데 어찌나 민망한지⋯⋯. 그러나 며칠 뒤에 다시 와서 통사정을 할 겁니다. 아주 골치 아파요. 한두 번도 아니고."

통역들의 질문에 그렇게 대답하고 나서 미스터 홍은 너털웃음을 웃었다. 낙하산을 몸에 감고 나온다는 것이 도대체 상상이 잘 안 되었다. 그 많은 사람들 가운데서 또 미군 경비병이 왔다

갔다 경계하고 있는데 어떻게 윗도리는 벗으며 몸에 감는단 말인가? 정말 몸에 감아지기는 하나? 낙하산을 가까이에서 본 일이 없으니 알 도리가 없었다. 사무실을 나가는 미스터 홍을 배웅하러 사무실 밖으로 나가니 그는 생색을 내면서 물었다.

"아버지는 요새 어떻대?"

"감독님 덕분에 아주 편하다고 해요. 원체 일거리가 많은 것도 아니구요. 칸보이가 오면 다르지만요. 아주 고마워하고 있어요. 그건 그렇고, 일단 잘린 사람들은 어떻게 되나요?"

"왜? 목 붙여달라고 부탁할 사람 있나?"

"아닙니다. 한 번 부탁했으면 됐지요, 뭐. 아까 낙하산 감고 나오다 잘린 사람들이 어떻게 되나 궁금해서 그냥 물어본 거예요."

"또 며칠 후에 나타나서 나한테 징징거려. 정 사정이 어려우면 다시 쓰는 거지 뭐. 양키들이 한국 사람 분간을 잘 못하거든. 나하고 소속 반장이 봐주면 돼. 그러나 그런 사람들이 너무 많으면 곤란하지."

꽁무니에 시사 주간지를 찌른 미스터 홍은 역시 씨억씨억하게 말해주고 나서 광장을 질러 역구로 향했다. 그때까지만 하더라도 그가 일자리를 되돌려주면서 슬슬 잔재미를 본다는 것은 전혀 모르고 있었다. 노동현장에선 떨어져 있었기 때문이다.

그 무렵에는 해가 길어져서 점심을 거른다는 것이 점점 버거워지기 시작했다. 한겨울에야 아침 늦게 먹고 저녁 일찍 먹으면 그런대로 견딜 만했지만 이제 사정이 많이 달라졌다. 그러나 우리는 여전히 하루 두 끼로 버티고 있었다. 부자父子가 노무자로 푼돈벌이를 하는 것은 사실이지만 '비 오는 날'에도 대처해야 할 처지였다. 뒤주 긁히는 소리를 들으면서 굶으면 허기지게 마련이지만 그냥 끼니 거르는 것은 상관없다면서 모친은 하루 한 끼 절식의 필요성을 되풀이 강조했다. 경험에서 나온 것인지 속담을 인용하는 것인지 혹은 주방경찰로서 임기응변으로 지어낸 소리인지는 알 길이 없다. 말해놓고 보니 당신도 그럴싸하게 생각돼서 되풀이한 것인지도 모른다. 점심때가 되면 미군과 박 선생은 부대로 가고 김 선생과 권 선생은 집으로 향하는 사무소의 동정動靜 구도에는 변화가 없었다. 나는 하던 대로 집으로 가는 척하다가 다시 사무소로 돌아와 빈 사무실을 지켰다. 그러나 혼자 우두커니 앉아 있으려니 출출한 생각이 더 간절해졌다. 하루는 거리로 나가 한참을 걷다 보니 큰길가의 꽤 큼직한 지물전이 눈에 띄었다. 안쪽을 흘낏 쳐다보니 한구석에 책 꽂힌 것이 보였다. 책을 본 것은 오랜만의 일이었다.

들어가 보니 학교 부교재나 수학 참고서 같은 것이 꽂혀 있는데 혹시나 하고 찾던 영어교재 같은 것은 보이지 않았다. 그런데 이 어인 일인가! 한구석에 꽂힌 시집이 눈에 띄지 않는가! 정음사판으로 『현대시집現代詩集』 Ⅰ, Ⅱ, Ⅲ권이 나란히 꽂혀 있었다. 나로서는 처음 보는 것인데 발행일자는 4283년 즉 1950년으로 되어 있고 표지에 수록시인 네 사람의 이름이 나란히 적혀 있었다. 그리고 표지 안쪽에는 구성構成 장만영張萬榮이란 글자가 보였다. 그때만 하더라도 나는 정지용의 팬이었고 나의 문학적 영웅은 단연 정지용이었다. 제일 먼저 정지용 시편이 수록된 책을 펼쳐보았다. 그것이 Ⅰ권인지 Ⅱ권인지는 전혀 기억에 없다. 또 정지용 시편이 실린 책에 수록된 다른 세 시인들이 누구인지도 전혀 기억에 없다. 다만 정지용 수록시편의 제목이 '춘뢰春雷'라는 것과 그가 적은 짤막한 머리말의 대요만은 또렷하게 기억에 남아 있다. '신시 이후 우리에겐 설중매雪中梅나 한국寒菊 같은 시인이 많이 있었으나 자기는 울지 않아도 좋은 봄 우뢰를 울렸을 뿐이니 춘뢰라 했다는 것, 수록시편 고르는 것은 목월, 지훈, 두진에게 일임했다.'는 내용이었다. 겸손의 말이기는 하지만 해방 직후 문학가동맹에 가담해서 정부 수립 이후 난처한 입장이 되고 보도연맹에도 가입했던 그의 곤혹스러운 입장에서 나온 말이라는 것이 분명해 보였다. 나는 탐하듯이 책을 읽었다. 모두 낯익은 시편이었으나 피란지에서 접하는 시집 서서 읽기는 기댈 언덕조차 없는 황야에서 맛본 오랜만의 문화 접촉이었다. Ⅲ권에는 서정주와 청록파 시인들의 시가 수록되어 있었다. 얼마나 서서 있었는지 모른다. 주인은 지물전 한구석에 멀뚱하게 앉아서 아무 소리 하지 않았다. 피란생활을 통해 상당히 낯이 두꺼워진 것은 사실이나 좀 미안한 생각이 들어 다음에 또 들르겠다며 깍듯이 인사를 하고 나왔다.

서둘러 사무소로 돌아오니 박 선생이 대뜸 어디를 갔다 오느냐며 오래 기다리고 있는 참이라고 말했다. 아마 점심시간을 넘기고도 한참 된 모양이었다. 원주에 주둔하고 있는 미 육군부대의 장교가 부대에 들러서 심부름할 아이를 구한다며 적당한 사람 없느냐고 하더라, 유 군 생각이 나서 사무실로 함께 와보니 보이지 않더라, 한참 기다리고 있다가 장교는 조금 전에 광장 한쪽의 2층 집으로 건너갔다, 는 것이 박 선생의 설명이었다. 청주 역사와 통운회사 사이에 있는 조그만 광장 한옆 그러니까 역사에서 보면 왼편으로 꽤 번듯한 일본식 2층 집이 서 있었다. 미군들이 드나들고 있었는데 해병대 군인들은 아니었다. 아마 미군들이 무슨 연락사무실 같은 것으로 사용하지 않았나 생각되는데 간판이나 표지 같은 것은 없었다. 박 선생은 원주로 따라가면 우선 먹는 것을 제대로 먹을 수 있고 또 영어공부 같은 것도 잘될 것이라면서 가보라고 말했다. 일선이 가까운 것은 사실이나 전투부대가 아니니 걱정할 것은 없다면서 쪽지에 간단한 메모를 해주었다. 순간 기대도 되고 약간 겁이 나기도 했다. 부친도 먹을 것을 제대로 먹을 수 있다는 점을 강조하면서 미군부대 일자리를 알아보라 했는데 박 선생도 똑같은 소리를 하는 것이 아닌가! 파슨 준위는 자리에 없었고 김 선생도 박 선생 말에 동조하는 듯했다. 권 선생은 잔뜩 찌푸린 얼굴로 시사 주간지에 눈을 주고 있었다. 그는 평소에도 시사 주간지 보는 것을 근무의 일환이라고 치부해둔 것 같았다. 메모쪽지를 들고 2층집으로 갔다. 아래층엔 아무도 없었고 층계를 올라가 보니 넓은 2층 방에서 오일 스토브를 에워싸고 미군 몇 사람이 앉아 얘기를 나누고 있었다. 입구 쪽에 앉아 있는 군인에게 쪽지를 보여주었다. 미군이 고개를 저으며 무슨 말을 했다. 제대로 알아들을 수 없었지만 네가 찾는 사람은 지프차가 와서 조금 전에 자리를 떴다는 내용임은 분명했다. 사무실로 돌아가 얘기하니 박 선생은 저녁 전에 부대로 가야 한다고 했으니 장교는 원주로 돌아간 것일 게라고 말해주었다.

요즘은 별로 들어보지 못하지만 해방 이후 미군이 진주하면서부터 하우스 보이란 말이 크게 번졌다. 또 그런 직종으로 일하는 사람들이 꽤 있었다. 본시 집이나 호텔에서 허드렛일을 하는 소년 잡역부를 가리키는 말인데 미군부대에 기거하면서 구두도 닦고 청소도 하고 잡역도 하는 고용인을 그렇게 불렀다. 미군부대에서 일한다면 통역 아니면 하우스 보이였다. 원주에서 온 미군장교가 구한 것은 이 하우스 보이였을 것이다. 뒷날내가 미군부대에서 일했다고 하면 중학 동기들은 하우스 보이로 일한 줄로 알고 그렇게 놀리는 축도 있었다. 그러나 미 해병대에서는 하우스 보이를 쓰지 않았고 그게 기율이었다. 그날 저녁 집에 가서 전반은 빼버리고 낮에 있었던 일을 얘기했더니 부친은 기회를 놓쳤다는 투로 아쉬워했다. 제대로 먹을 수 있고 또 입성도 아무래도 나을 것 아니냐, 경험도 쌓을 것 아니냐는 지론의 되풀이였다. 모친은 그러나 잘 먹으나 못 먹으나 난시에 식구가 한데 모여 있어야지 무슨 얘기냐고 잘됐다고 말했다. 그 후에도 가끔 그날 일이 생각나곤 했다. 점심시간이 지났는데도 사무소를 비운 적은 그때까지 전혀 없었다. 혼자 앉아 있기가 무료해서 통운회사 앞을 오락가락하며 바람을 쏘인 것은 사실이나 그리 긴 시간이 아니었다. 또 미군이나 통역이 식사 끝내고 돌아오기 훨씬 전에 꼭 자리를 지켰다. 그날따라 좀 멀리까지 갔다가 책 꽂힌 것을 보고 들어가 시집 서서 읽기를 한 것이 자리를 지키지 못한 사단의 시초였다. 숫보기 추종자가 서기에서 하우스 보이로 전락하는 것이 안쓰러워 뮤즈가 인간사에 개입해서 구해준 것인가? 아니면 주제파악을 못하고 꼴에 뮤즈에게 추파를 보내는 멍청이를 행운의 여신이 매몰차게 내친 것인가? 하우스 보이가 되어 영어회화를 웬만큼 하게 되었으면 내 삶도 얼마쯤 달라지지 않았을까? 하기는 하우스 보이 노릇 하다가 마약중독자가 되어 사십 대 초반에 세상을 뜬 초등학교 동기생도 있기는 하다. 간발의 차이로 사람의 갈 길이 달라지는 것이 세상의 조화라는 생각을 금할 수 없다.

그 후에도 나는 몇 번인가 책이 꽂혀 있는 지물전을 찾아가곤 했다. 중학 때나 고등학교 때나 용돈이라는 것을 타본 적이 없었다. 그때그때 꼭 필요한 것을 타 썼을 뿐이다. 당연히 당시에도 나는 용돈이라는 것이 없었고 받은 새경은 그대로 집에다 내놓았다. 그다음 주급을 탄 뒤엔 시집 한 권 정도의 값을 챙겨두었지만 선뜻 사지는 못했다. 몇 번 망설이다가 결국 한 권을 샀다. 『현대시집 III』인데 이 책은 용하게 지금도 수중에 남아 있다. 막내아우가 보관하고 있다가 얼마 전에 보여주어 비로소 일실을 면했음을 알았다. 그 시절의 때가 묻어 있는 유일한 현물이다. 판권장에 4283년 3월 20일 발행으로 되어 있는 이 책의 정가는 먹으로 지워져 있고 옆에 철필글씨로 1500원이라 적혀 있는데 송료가 50원이다. 저자대표는 박목월로 되어 있고 모두 234페이지며 수록시인의 순서와 소제목은 다음과 같다.

「밀어密語」　　서정주　31편
「산우집山雨集」　조지훈　27편
「구름밭에서」　박목월　22편
「청산도靑山道」　박두진　25편

　이렇게 세목을 적어두는 것은 이 책을 어디서도 보지 못했으니 혹 독자의 참고가 될지 모르겠기 때문이다. 흔히 시문학사나 시론 책이 선보이는 책 사진에서도 이 책을 보지 못했다. 아마 육이오 직전에 나온 것과 관련이 있지 않은가 생각된다. 『현대시집』세 권 가운데서 Ⅲ을 고른 것은 서정주의 초기작품이 실려 있기 때문이다. 시집 『화사집』의 성가는 자자했지만 수록작품을 접할 수 없었고 내가 읽은 것은 『귀촉도』뿐이었다. 그러던 차 이 시집에 초기 시편이 수록되어 있는 것을 알고 큰마음먹고 사본 것이다. 물질적 궁핍과 문화적 갈증을 동시에 절감하고 있던 시절이라 시집을 읽고 나니 나도 무엇인가 끼적이고 싶어졌다. 사무소가 텅 빈 점심시간에 심심파적으로 연필로 종이에 끼적이고 나서 그 이튿날 다시 호주머니에서 꺼내어 고쳐보곤 했다. 피란지에서 집 생각을 한다는 유치한 세월 내 지사비추志士悲秋의 낙서다.

　눈 오는 날

　선불 맞은 노루가 쫓기던

골짜구니로
젊은이들 줄지어
가고 또 왔다

모든 것은 그대로
지난줄 알았더니만
아! 어느 나라
눈보라가 이리 호될 것인가

뜯겨진 울타리
임자 없는 마당에
지금은
흰 눈만 찬 눈만 쌓이나 보다

배에서 쪼르륵 소리가 나는데 무슨 청승을 떨고 있느냐, 그런 걸 끼적거릴 생각이 나느냐고 할 사람도 있을 것이다. 그러나 배에서 쪼르륵 소리가 나고 막막하기만 하기 때문에 이런 낙서도 해본 것이다. "시가 시를 낳고 소설이 소설을 낳는다. 좋은 시가 좋은 시를 낳고 나쁜 시가 나쁜 시를 낳는다." 뒷날 이런 말을 많이 하고 글로 쓰기도 했다. 들은풍월의 메아리가 섞여 있긴 하지만 그 밑바닥에 이런 소싯적 원체험이 깔려 있는 것 또한 사실이다.

3월은 가고

아마 4월 초였을 것이다. 얼마 전에 서울도 수복한 터라 그때쯤엔 청주 거주자들은 대개 피란지에서 돌아와 평상을 회복하였고 거리를 거니는 사람들도 많아졌다. 시장 거리에는 사람들이 제법 북적였다. 우체국 같은 곳도 정상적으로 문을 열고 적어도 청주 이남 지역과의 체신 업무는 제대로 작동했다고 생각한다. 이렇게 말할 수 있는 것은 그 무렵의 어느 날 박 선생의 심부름으로 마산으로 보내는 편지를 부친 일이 기억나기 때문이다. 편지봉투에는 우표가 붙어 있었고 박 선생은 이왕이면 우체통에 넣지 말고 안전하게 우체국에 가서 집어넣으라고 일렀다. 마산에서 미 해병사단과 인연을 맺은 박 선생의 가족은 당시 마산에 그대로 눌러 있었던 것이다. 수신인 이름은 알아보기 뚜렷하게 여성 이름이었다.

그 무렵 노동사무소가 통운회사에서 청주 역사로 옮겨 갔다. 옮긴 이유는 분명하게 생각나지 않지만 통운회사 사무실을 본래 주인들에게 돌려준 것이 아닌가 추정된다. 당시 충북선은 조치원과 청주 사이만 보급용 화물차가 운행하고 있었고 객차 운행은 없었다. 또 청주가 종착역인 셈이었으니 민간인 철도 이용자는 전혀 없었다. 대합실 한구석을 판자로 가리고 책상을 놓아 통역들이 사무를 보았다. 사무실이 횅해서 아늑한 느낌이 없는 것이 흠이라면 흠이었다. 그러나 바닥이 송판이 아니라 '공구리'여서 청소하기에는 도리어 편했다. 물을 뿌리고 나서 비질만

하면 그만이기 때문이다. 청주 역사로 옮기면서 주말에 있는 임금 지불은 매표구를 통해서 하게 되었다. 파슨 준위와 통역은 사무실 안쪽 차표 판매원이 앉았던 곳에 자리를 잡았고 노무자들은 차표 사는 사람들 모양 줄지어 있다가 호명에 따라 서명하고 임금을 받았다. 사무소를 옮긴 이후 파슨 준위는 어쩐 까닭인지 책상을 지키는 법이 없었고 한 열흘 남짓해서 사무소는 다시 이동하게 된다.

노동사무소 한구석에 노동사무소와 관계없이 한 피란민이 책상을 놓고 그림을 그렸다. 사실은 그가 먼저 자리 잡고 있었으니 선주민이라는 편이 옳았다. 턱수염을 길게 기른 그는 미군의 파카 뒤쪽에 쌍용이나 정체를 알 수 없는 동물의 그림을 그려주고 돈을 받는데 옆에서 지켜보니 벌이가 쏠쏠했다. 멀쩡한 새 파카에다 수상한 페인트칠을 해주는 것인데 젊은 병사들이 심심치 않게 와서 물색없이 버려놓은 새 파카를 입고 좋아하는 것을 보면 참 아깝다는 생각이 들곤 했다. 문신을 한 팔뚝이나 몸뚱이 같은 파카 때문에 미국 병사를 볼 때 파카 뒤쪽을 보고 사람됨을 판단하곤 했다. 얼굴도 반듯하고 허우대도 멀쩡한 청년들이 얼룩덜룩 페인트칠한 파카를 입고 좋아하는 것은 이 세상 수수께끼의 하나였다. 그리 크지 않은 패널에 여인 얼굴을 그려달라고 사진을 맡겨두고 갔다가 찾으러 온 미군 병사가 있었다. 미군은 턱수염이 그린 그림을 보더니 고개를 저으며 "노! 노!" 하면서 무어라고 소리를 쳤다. 턱수염은 영어를 못했고 오직 손짓과 눈짓 그리고 예스, 노, 오케이만으로 의사소통을 하는 처지였고 그럼에도 의사소통에 별 문제는 없는 것 같았다. 그러나 이번엔 달랐다. 여인의 얼굴 그림에 불만이 있다는 것은 눈치 챘으나 어디가 문제인지 알아차릴 수가 없는 모양이었다. 모르 겠다는 듯이 고개를 갸우뚱거리더니 패널을 들고 사무소 쪽 통역 선생 책상 쪽으로 다가왔다. 미군 병사도 따라왔다.

"죄송합니다. 뭐라고 그러는지 알아들을 수가 없네요. 통역 좀 해주세요."

김 선생이 미군을 향해서 왜 그러느냐고 묻고 나서 말했다.

"자기 애인인데 얼굴이 닮지 않았다는 겁니다."

"그림이 사진하고 같을 수야 있나요? 코딱지만 한 사진 한 장 보여준 터에 어떻게 실물 같은 그림을 바란단 말입니까?"

"그래도 한 번 다시 그려달라네요."

"다시 그려야 마찬가집니다."

"돈을 더 얹어준답니다. 웬만하면 좋게 그려주지 그래요."

"돈이 문제가 아닙니다. 어떻게 이보다 더 좋게 그린단 말입니까? 얼굴을 그릴 때는 누구를 막론하고 실물보다 좋게 그리는 법이거든요."

"이 사람 말이 얼굴이 너무 넙적하게 됐다는 겁니다. 눈도 불만이고."

"괜스레 트집을 잡는 거지요. 제 눈의 안경이지. 못한다고 해주세요. 돈 받을 생각 없으니 어디 딴 데 가보라고요."

이렇게 말하며 패널을 건네주고 턱수염은 미군한테 다시 한 번 단호하게 고개를 저어 보이더니 제자리로 돌아갔다. 딴 데

갈 데가 없다는 것은 그 자신이 제일 잘 알고 있었다. 미군 병사는 영 이해하지 못 하겠다는 표정으로 패널을 들고 자리를 떴다. 그러자 잔뜩 상을 찌푸린 채 묵묵히 앉아 있던 권 선생이 나지막하게 말하는 것이었다.

"쇼꾸닌곤조〔職人根性〕를 부리는구먼, 지가 뭐 그리 대단하다구. 킁."

평소 권 선생의 언행을 마음속으로 마땅치 않게 생각하는 처지였던 나도 그때만은 그의 말이 틀린 것은 아니라는 느낌이 들었다. 이발소 그림 솜씨로 젊은 애들 돈을 우려먹는 주제에 뭐 그리 위세를 떠나 싶은 생각이 들었던 것이다. 뭐 하는 사람일까? 극장 간판을 그렸을까? 아니면 중도 퇴학한 화가 지망자인가? 알 길이 없었지만 생각이 거기에 미치자 근거 있는 위세일지도 모른다는 느낌이 들기도 했다. 그 후 그를 볼 때마다 직업이 무얼까 하는 추리를 계속했지만 아무런 단서도 잡히는 바 없었고 미군 사병을 상대로 한 그의 소소한 재미보기는 큰 기복 없이 계속되었다. 그의 턱수염은 무슨 미술가 행세를 하기 위해서가 아니라 젊음이 재앙이 되던 시절이어서 노티를 내기 위해서가 아니었나 생각한다.

그런 어느 날 노동사무소에 또 새 얼굴이 나타났다. 중키지만 체구가 작고 예쁘장하나 어쩐지 병색이 도는 듯 누르스름한 얼굴을 한 청년이 트렌치코트를 입고 파슨 준위와 함께 나타난 것이다. 파슨 준위는 그를 통역 선생들에게 소개시켜주면서 함께 일을 보라고 일렀다. 책상은 남아도는 편이어서 의자 하나를 구해 와서 그의 자리를 마련해주었다. 나중에 남완희南宛熙란 이름임을 알게 된 미스터 남은 대학 재학생이고 청주중학 졸업생이었다. 나중에 본인에게 직접 들은 바로는 통역 선생들과 알음이 있었던 것은 아니고 청주역에 노동사무소가 있다는 것을 알고 근처를 서성거리다가 장교 계급장을 단 파슨 준위를 보고 다가가서 직접 취직 부탁을 했다고 한다. 몇 가지 인적사항을 물어보더니 함께 가자며 곧장 노동사무소로 데려온 것이다. 그의 직종도 통역이었다. 『열국지列國志』를 보면 배회徘徊란 본시 들녘 귀신의 이름이라고 나온다. 들녘 귀신이 너른 들을 왔다 갔다 하기밖에 할 일이 뭐가 있을 것인가. 아마 그래서 이렇다 할 목적도 없이 이리저리 거니는 것을 뜻하게 되었는지도 모른다. 청주 역전 광장에서 목적 있는 배회를 하다가 귀인을 만나 취직을 했고 그 귀인이 동일인물이란 점에서 미스터 남과 나는 공통점이 있었고 그래서 각별한 사이가 예정되어 있었는지도 모른다. 그 후 반년 동안 같은 솥 밥을 먹게 되기 때문이다. 사실 노동사무소에서 통역이 더 필요한 것은 아니었다. 세 사람만으로도 주말 이외엔 크게 할 일은 없었다. 원조 차원의 선심 고용이라고 처음 생각했으나 곧 다른 사정도 있음을 알게 되었다.

목소리가 가늘고 힘이 없어 허약한 인상을 주는 그의 영어는 별로였다. 잘 알아듣지 못해 "유어 파든"을 연발했고 시종 더듬거렸고 한 소리를 또 하곤 했다. 그는 부족한 영어를 벌충하려는 듯이 늘 얼굴을 생글거렸고 또 선임자들에게 깍듯이 대했다. 주말 임금 계산 때도 자진해서 임금표 작성을 거의 도맡다시피

해서 연신 손목시계를 보곤 하는 권 선생의 잔뜩 찌푸린 오만상을 잠시 펴주기도 했다. 트렌치코트 주머니에 일본 산세이도(三省堂)에서 낸 영화사전을 넣고 다녔고 사무소에서도 자주 펴보았다. 또 파슨 준위나 서전트 헤일과 대화할 기회를 잡으려고 보기 민망하리만큼 애를 썼다. 윗전에게 깍듯이 대해 그들 눈에 드는 사람들이 대체로 그렇듯이 유일한 아랫것인 내게 그는 아주 뻣뻣하게 대했다. 나를 보면 자동적으로 요즘 말로 목에 힘이 들어가는 모양이었다. 하기는 그 단서를 제공한 것이 나 자신이었는지도 모른다. 첫날 선임자들이 인사 삼아 묻는 말에 대해 그는 서울대 정치학과 재학 중이라고 말했다. 법과가 있고 영문과가 있고 의과가 있다는 것은 알고 있었지만 솔직히 정치학과는 금시초문이었다. 그냥 가볍게 얘기를 나누는 자리여서 별 생각 없이 나는 정치학과란 것도 있느냐, 거기선 무슨 공부를 하느냐고 물어버리고 말았다. 단순 호기심의 발동이었다. 순간 미스터 남은 한심하다는 표정으로 경멸에 찬 눈길을 내게 보내었다. 커서 공부를 하면 차차 알게 돼, 하고 그는 목소리를 깔고 점잖게 말했다. 실수했구나, 하는 느낌이 들면서 무안했으나 그게 뭐 그리 대단하다고 클 때까지 기다린단 말인가, 하는 반심이 드는 것도 어쩔 수 없었다. 나의 호기심 발동이 그의 허영의 급소를 건드렸다는 것은 한참 뒤에 가서야 알게 되었다.

미스터 남이 사무소에 오고 나서 얼마 안 되어 여전히 장총을 메고 다니던 박 선생은 부대가 이동을 하게 될 것이라고 여럿 앞에서 말하였다. 어디로 가느냐는 물음에 그건 파슨 준위가 애기해줄 것이라며 자기는 가족이 있는 마산으로 돌아갈 작정이라고 말했다. 그러면서 다른 통역 선생들도 거취를 결정해야 할 것이라고 덧붙였다. 서로 얼굴을 바라보며 의외라는 표정이었다. 박 선생은 나를 향해 "유 군은 파슨 준위가 데려가고 싶어 해." 하고 말해주었다. 그 이튿날 오전 파슨 준위는 부대가 현재 이용 중인 철도의 종점인 달천으로 이동한다, 노무자 중 희망자를 데리고 가지만 현재의 인원 전원을 데리고 갈 수는 없다, 노무자 수가 줄어들기 때문이다, 란 취지의 말을 통고하였다. 달천이란 말에 통역들은 모두 실망의 기색이 역력했다. 권 선생은 즉석에서 못 따라간다고 분명히 말했다. 김 선생은 파슨 준위와 한동안 애기를 나누더니 가족이 있는 청주에 남아 있어야 한다고 말하는 것 같았다. 파슨 준위는 헤어지게 되어 유감이라고 그동안 수고가 많았다는 인사말을 했다. 미스터 남은 부대를 따라가겠다고 말했다. 한 눈을 찡긋하더니 파슨 준위가 나에게 어쩔 것이냐고 물었다. 물론 따라간다고 대답했다. 그리고 달천은 내 고향인 충주에서 3마일 떨어진 곳이라고 덧붙였다. 김 선생이 통역을 해주자 파슨 준위는 "아 그러냐"며 놀라워했다. 파슨 준위는 노무자 중에서 따라가고 싶은 희망자를 조사해서 내일 오전 중에 명단을 넘겨달라고 하면서 사무실을 나갔다. 미스터 남이 재빨리 파슨 준위를 따라 사무소를 나갔다. 박 선생은 김 선생을 향해 통역 때문에 걱정이라고 말했다.

"미스터 남이 있지 않습니까?"

"그 사람 가지고 안 돼요. 겨우 더듬거리는 처지인데."

"그러다 차차 늘겠지요, 뭐."

"사무소 안에서 다루는 조그만 일이야 문제가 없겠지요. 그렇지만 부대에 무슨 일이 생길지 모르잖아요? 노무자와의 관계에서도 일이 생길 수도 있고. 그럴 때 정확하게 사태를 미군에게 알리고 매끈하게 일 처리할 정도의 영어가 못 돼요. 걱정입니다."

말할 때 명쾌하다는 느낌을 받긴 했지만 박 선생이 그리 딱 부러지게 말할 줄은 몰랐다. 군인들과 생활하다 은연중 군인 기질에 전염된 것인지 박 선생에겐 아주 단호한 구석이 있었다. 그러고 보니 늘 장총을 메고 다니는 것이 다 까닭이 있구나 하는 생각이 들었다. 그러니까 부대에서 박 선생이 담당한 역할을 대신할 통역이 필요한데 미스터 남은 그럴 재목이 못 된다는 뜻이었다. 미스터 남이 박 선생 자리를 대신하는 것은 내게도 가당치 않아 보였다. 뻣뻣하게 구는 그에 대한 엷은 반감이 박 선생의 발언에 힘을 얻은 탓도 있을 것이다. 곧이어 현장감독인 미스터 홍이 들렀고 박 선생은 그에게 반장을 통해 부대 이동 때 따라갈 노무 희망자 명단을 작성해달라고 지시했다. 불과 이틀 사이에 상황은 급진전했다. 박 선생 이외의 사무소 통역 선생들은 전혀 예상하지 못한 사태였다. 그러고 보니 파슨 준위가 미스터 남을 새로 채용한 것도 부대 이동에 대비한 것이었다.

청주에서 충주 사이의 거리는 68킬로미터다. 이곳 지리에 소상하지 않은 사람들은 충주나 청주나 비슷한 것으로 이해하는 것이 보통이다. 그러나 충주가 청주보다는 훨씬 북쪽에 있다.

청주와 충주 사이에는 두 개의 터널이 있다. 어느 초봄 충북선을 타고 청주에서 충주를 가던 중 터널을 하나 지나니 산에 잔설이 남아 있어 놀란 적이 있다. 청주에서 터널까지는 눈이 다 녹았는데 터널을 지나니 온통 눈이 남아 있는 것이다. 순간 가와바타의 유명한 『설국雪國』 첫 문장이 떠올랐다. 달천達川은 충주에서 4킬로미터 정도 청주 쪽으로 들어앉은 마을이다. 달천강에 놓여 있는 철교가 폭격으로 두 동강이 나서 달천이 충북선의 사실상의 종점이 되어 있었다. 그러니까 철도 보급선을 조금 더 북으로 연장하기 위해서 부대가 달천으로 이동하고 거기서 경부선 경유로 운송돼 온 보급품을 하역해서 칸보이에게 넘겨주게 된 것이다. 청주에서 노동사무소가 처음 문을 열었을 때는 200명 남짓한 노무자가 일하고 있었다. 그런데 그 수가 줄어들었고 이제는 더 줄이는 듯했다. 희망자를 데리고 가서 노동력이 부족하면 현지에서 조달할 수 있을 것이었다. 그러나 그보다는 보급품의 물량 자체가 줄어들었기 때문이 아니었나 생각한다. 처음엔 부대 주둔을 위한 기본장비를 대량 수송하고 거기에 무기와 탄약을 운송하다 보니 많은 인력이 필요했을 것이다. 그러나 기초물자를 웬만큼 수송한 뒤에는 의류, 군화, 참호용 샌드백, 식품 등을 주로 보내게 되고 따라서 인력도 감소하게 된 것이 아닌가 추정된다. 정확한 숫자는 물론 알 길이 없지만 청주에서 달천으로 따라간 노무자는 70~80명 정도였을 것이다.

4월의 Auld Lang Syne

　해병대와의 인연이 끝나는 것이 확실해지고 부대 이동 날짜도 확정되자 김 선생이 간단한 송별연을 준비했다. 같이 회식이나 하자며 권유했지만 파슨 준위, 서전트 헤일, 박 선생은 부대 식사에 대어 간다면서 고사하였다. 당시의 느낌으로는 해병대의 기율이 부대 밖에서의 식사는 금한 것이 아닌가 생각된다. 김 선생 쪽에서도 인사 삼아 한번 말해본 것이었다. 결국 발의자이자 경비 부담을 자청한 김 선생, 권 선생, 미스터 남, 감독 미스터 홍, 그리고 나 다섯 사람이 모임에 참석했다. 어느 조촐한 식당인데 방 몇 개가 있고 주인은 우리를 좀 큰 방으로 안내하였다. 김 선생은 주인과 알음이 있는 것 같았다. 요즘말로 한식인 셈인데 그러그러한 반찬이 차려져 있고 약주가 나왔고 마지막으로 저녁이 나왔다. 그 과정이 더디기 짝이 없었다. 손목시계를 자주 보는 버릇이 몸에 밴 권 선생은 일찍 들어가 보아야 한다면서 밥을 먼저 달래서 먹고 자리를 퇴했다. 나중의 경험으로 보면 권 선생은 술을 즐기는 이가 아니었다. 술자리에 자주 갔지만 젊은 여자를 옆에 앉히고 손을 쓰다듬는 것이 낙이지 식음은 별로 하지 않는 편이었다. 젊은 여자도 없는 술자리가 그로서는 사무실 이상으로 답답했을 것이다. 결국 김 선생, 미스터 남, 미스터 홍이 주거니 받거니 술을 마셨다. 나는 권 선생처럼 먼저 달래서 먹을 수는 없고 술판이 끝나기를 바라고 앉아 있을 수밖에 없었다. 그러나 주석에서 흔히 그렇듯이 세 사람은 좀처럼 저녁 먹을 생각을 하지 않았다. 김 선생은 서서히 음미하면서 마시는 애주가 타입이었고 미스터 홍은 술이 세서 술이 들어가자마자 호기를 부리는 타입이었고 미스터 남은 계제가 되면 분위기를 깨트리지 않을 정도의 주량이었다. 좌장격인 김 선생은 술이 들어가고 좌중이 모두 자기 말에 고분고분하자 흥이 나서인지 호화찬란한 자서전을 읊조리기 시작했다. 그야말로 배에서 쪼르륵 소리가 나서 상에 놓인 반찬 따위를 눈치껏 집어먹으면서 들은 얘기 중 기억나는 것은 대충 이렇다.

천석꾼 소리를 듣는 안동 김씨 문중의 장남으로 태어난 그는 어려서부터 호강하고 살아왔다. 먹고 입는 것이 모두 최고의 것이었고 집안에서 도련님 대접을 깍듯이 받았다. 가평에 있는 임야에서 1년 잣 도조만 받아도 서울 장안에 조그만 기와집 한 채를 살 수 있을 정도의 가세였다. 전문학교 들어간 해에 무슨 관에서 만난 어린 기생이 첫사랑이었다. 열아홉 살이었고 인력거를 타고 호기를 부리며 여자를 만나러 가곤 했다. 여자도 죽자사자 자기를 좋아했다. 자기 뒤통수 생김새가 그쪽 여자들 사이에서 최고 남성의 것으로 알려져 자기가 가면 모두 뒤통수 구경하려고 법석을 피웠다. 결국 꼬리가 밟혀 여자가 있는 관으로 아버지의 집사가 쳐들어와 자기를 막무가내로 끌어내었고 일자 이후 그 여자를 다시 보지 못했다. 김 선생은 자기의 첫사랑을 세상에서 가장 슬프고 지순한 순애보로 그리고 있었고 그것이 내겐 재미있고 아득하게 멀리 느껴지는 한편으로 어쩐지 간지럽게도 생각되었다.

김 선생은 얼굴이 약간 긴 편이었고 뒤통수도 약간 길게 완만히 경사져 있었고 그것이 보기 좋은 것은 사실이었다. 그러나 그것이 어떻게 해서 여자들의 가슴 설레는 구경거리가 될 정도로 매력포인트가 되어야 하는지는 그때나 장성한 뒤에나 이해가 되지 않았다. 김 선생은 상냥한 성품이었고 또 그늘진 기색이나 우그러진 구석이 없었다. 남의 험담을 하거나 흉을 보는 일도 없었다. 그러나 바로 그러하기 때문에 사람에 대한 자연스러운 따뜻함, 받는 것 없이 훈훈함을 느끼게 되는 그런 따뜻함은 찾을 수 없었다. 부잣집 도련님으로 위함만 받고 자란 탓인지 타인은 자신을 위해주고 자신의 말을 들어주기 위해 있는 것이란 무자각의 가정이 상냥함 밑에 깔려 있는 것으로 보였다. 그러한 가정은 역시 자각되지 않은 야박한 비정함과 공존하고 있었다. 당시에 그렇게 명료하게 의식하고 있었던 것은 아니다. 구차한 세탁 아르바이트 심부름의 횟수가 불어나면서 야속한 반감을 갖게 된 것이 사실이고 스스로 토로하는 호강 얘기를 듣고 나자 사태가 분명해진 것 같은 느낌이 들었던 것이다. 순진한 어린이에게 순진함 고유의 새디즘이 있듯이 위함 받고 호강만 하고 자란 사람에게 특유한 유아론적唯我論的 타자의 매정함을 느꼈던 것이다. 요컨대 그는 노블레스 오블리즈의 인격적 반反명제였다.

  김 선생의 자가 발전적 순애보 얘기가 끝나자 미스터 남은 감동적인 비련悲戀영화를 본 것 같다면서 어떻게든지 다시 찾아보았어야 하지 않느냐고 말했다. 보지 못했다 하더라도 소식은 들었을 것 아니냐고도 물었다. 김 선생은 부친이 완벽한 격리책을 써서 속수무책이었노라고 담담하게 대답했다. 주기가 오른 미스터 홍은 미스터 홍대로 비록 이루지는 못했지만 그런 연애를 한 번만 할 수 있다면 원이 없겠다고, 정말로 부럽고 또 부럽다고 너스레를 떨었고 나는 어서 저녁을 먹었으면 하는 생각뿐이었다. 유일한 아랫것의 참담한 심정을 알 턱이 없는 미스터 남은 그냥 헤어질 수 없으니 우리 〈올드 랭 사인〉을 함께 부르자고 제안했다. 미스터 홍이 그런 노래를 알지 못한다고 하자 미스터 남은 그렇담 자기 혼자라도 부르겠다고 일어섰다. 얼굴이 불콰해진 그는 김 선생의 애달픈 사랑 얘기를 듣고 나서 가만히 있을 수 없어 겸사겸사 부르는 것이라며 노래를 시작했다. 그는 원어로 노래 불렀고 성량이 약하긴 하지만 듣기 싫지는 않았다. 그는 그 후에도 대학생 티를 질질 흘리고 다녔다. 김 선생은 어긋난 사랑을 상처 없이 늠름하게 이겨낸 사람답게 시종 담담한 표정으로 앉아 있다가 "그러고 보니 〈올드 랭 사인〉을 오랜만에 들어본다."며 노래를 치하한 다음 "우리가 다시 만날 때는 보다 더 좋은 자리에서 만나자."며 좌장다운 덕담을 했다. 더딘 봄날 점심을 못 먹은 자가 점심을 먹은 이에게 갖게 되는, 밥 한 그릇 있고 없음으로 말미암은 격렬한 신체적 계급의식을 그날의 윗전들은 알 턱이 없었다. 뒤늦게 나온 저녁밥을 허겁지겁 먹고 나서 보니 두 통역 선생과 감독은 아직 반도 먹지 않은 채였다. 저런 게 유유자적이란 것이겠지, 그런 생각을 했다. 없어서 서럽고 없어서 기 못 펴고 없어서 사람 꼴 흉해지는 것은 겪어본 사람만이 아는 가난의 세 겹 재앙이다. 청빈이란 말을 나는 믿지도 숭상하지도 않는다. 무병 무자식의 노부부라면 몰라도 모든 가난은 궁상맞을 뿐이다. 가난은 단색이며 청정하고 우아한 가난은 벌써 가난이 아니다. 가난하나 화목했던 옛날이란 유행가 같은 대사에도 공감하지 않는다. 굶어본 적이 없는 구경꾼들의 헛소리로 들릴 뿐이다. 도회지 벼락부자들의 괜한 전원예찬 같은 것이다.

방을 나서니 밖은 완전히 어두워져 있었다. 네 사람은 세 방향으로 흩어졌다. 중앙시장까지는 김 선생과 함께 걸었다. 유군은 집으로 가까이 가게 되니 다행이라며 파슨 준위에게도 잘 부탁해두었으니 걱정할 것 없다고 김 선생이 위로 비슷한 소리를 들려주었다. 그러나 어쩐지 허하게만 들리는 것은 어쩔 수 없었다. 김 선생과 헤어지고 형무소 쪽으로 난 길을 걸으며 이제 이 길과도 작별이구나 생각하니 시원섭섭한 느낌이었다. 변화에 대한 기대가 있었지만 새 일터가 궁벽한 시골이란 것이 마음에 걸렸다. 형무소를 지나 양관 쪽으로 가다가 모퉁이를 돌아 조금 더 가면 우리 집 아니 우리가 신세지고 있던 이중복 씨 댁이다. 모퉁이를 돌아가려는데 함께 서 있던 검은 덩치가 후닥닥 떨어지는 게 보였다. 가까이 가서 본 것은 충격이었다. 내외하듯 약간 외면하고 서 있는 검은 덩치의 하나는 다름 아닌 이연호가 아닌가. 처음 그 집에 갔을 때 눈 한번 치켜뜨는 법 없이 뜨개질에만 골똘하던 그 새침데기가 이렇게 뒷전에서 호박씨를 까다니! 그것도 바로 즈네 집 코앞에서! 그리고 바로 내 눈앞에서! 이럴 수가 있는가. 등잔 밑이 어둡기로소니 막 이러기냐. 가슴 한복판이 뻥 뚫리는 느낌이었다. 얼뜬 내 사춘기의 청교도적 백일몽 속에서 내가 도무지 그녀 가까이로 다가가지 못한 것은 사실이다. 그녀와 내 이름을 번갈아 불러보고 그녀 이름을 아쉽게 생각한 것이 내 약소한 성적 모험의 안타까운 상한선이었다. 연호야, 이름이 그게 뭐냐, 그게 사내 이름이지 여자 이름이냐, 큰 키에 곱고 반듯한 얼굴로 나를 출렁이게 하는 네 이름으로는 가당치 않은 것 아니냐, 하나 지어줄까? 네게 어울리는, 아니 너와 내게 똑같이 어울리는 근사한 것으로……. 그러고 보면 사무소에서 그녀의 이름을 적어본 적도 더러 있긴 하였다. 천석꾼 맏아들의 호강스러운 로맨스를 듣고 난 터라 가진 바 없던 것의 상실감은 허전하기만 했다. 뒤를 돌아보니 어둠 속의 두 덩어리는 여전히 그 자리에 서 있었다.

집 안으로 들어서서 몇 발자국 떼어놓았을 때 저 안침에서 주인아주머니 소리가 났다. "연호야, 나와서 물 좀 데워놔라. 아버지 오실 때 됐다." 안방문이 열리고 마루로 나선 것은 분명 연호였다. 그날따라 노랑 저고리를 입은 그녀가 늘씬해 보였다. 이게 대체 어찌 된 셈인가? 마루에서 내려서서 신발을 신는 것도 분명 뜨개질을 하던 그 이연호였다. 나도 모르게 안도의 한숨이 나왔고 고맙고 미안한 생각이 들었다. 홀린 것도 같고 뭐에 씌운 것 같기도 하고 어지러운 느낌이었다. 어쨌건 다행이라 생각하니 아픔과도 흡사한 뻐근한 새 희망이 생겨났다. 그러나 청주를 떠나면서 나는 끝내 그녀와 제대로 인사 한마디 나누지 못하고 말았다. 그 점에서는 사무소의 박 선생도 마찬가지였다.

몇 해 후 서울 동숭동의 캠퍼스에서 박시인朴時仁 선생을 보았다. 장총이 아니라 책을 옆에 끼고 가는 선생은 여전히 큰 키에 빠른 걸음걸이였다. 틀림이 없었다. 반가운 생각이 들었으나 다가가 인사를 하고 싶은 생각은 나지 않았다. 옛 윗전은 나를 알아보지 못할 것이고 구구하게 설명하는 것이 구차하게 느껴졌다. 당시 음악대학이 동숭동 캠퍼스 운동장 쪽 교실을 차지하고 있었고 그래서 베토벤의 발트슈타인 소나타를 연습하는 피아노 소리가 자주 들리곤 했다. 박 선생은 음악대학 영어교수가 된 것이다. 세로쓰기나 가로쓰기나 내 깐엔 문학작품을 읽는답시고 하던 시절이어서 문과 학생의 편벽된 버릇을 들이고 있었다. 양복점 주인은 입은 양복으로, 구두점 주인은 신은 구두로 그 임자를 판단한다지만 나는 글솜씨로 사람을 판단하고 있었다. 문인 아닌 경우에도 그러했다. 당시 정권 비판에 앞장섰던 정치학의 신도성慎道晟과 법학의 황산덕黃山德, 한태연韓泰淵을 괜찮게 보았고 글이 허술하기 짝이 없는 허명무실한 모모 인사들을 내심 인정하지 않았다. 우연히 보게 된 박 선생의 번역 문장은 장총을 메고 영어를 유창하게 하던 내 소싯적 영웅의 상대적 위상격하를 불가피하게 만들었다.

박 선생을 다시 본 것은 1960년대 말 영문학회 리셉션 자리에서였다. 조금 늦게 도착해서 파장 무렵이었다. 한구석에 박 선생이 혼자 서 있는 것이 보였다. 몸집이 표나게 불었고 얼굴에도 살이 올라 있었다. 피차 혼자 서 있던 것이 발단이었다. 후일

담도 듣고 싶었다. 가까이 가서 인사를 하고 지방 학교에 있다는 얘기를 한 후 옛날 난리 통에 뵌 적이 있다는 사실을 털어놓았다.

"어디서요?"

"충북 청주에서입니다."

"거긴 가본 적이 없는데."

"1951년에 미 해병대에서 인터프리터로 근무하셨잖습니까?"

"아, 그때 마산에서 했었지요."

"마산 다음에 청주로 가셨잖습니까? 생각 안 나세요?"

"?"

"대략 50일 정도 계셨을 겁니다. 조금 더 될지도 모르고요."

"듣고 보니 그런 것 같기도 한데……. 어떻게 그리 잘 알아요?"

"해병대 노동사무소에서 청소도 하고 심부름을 했거든요. 마산의 사모님께 보내는 편지를 부쳐 드린 적도 있습니다."

"전혀 생각이 안 나는데요."

"당연하시지요. 전 아주 꼬마였거든요. 참, 부대에 박 선생님 제자라는 청년이 있었습니다. 미스터 노라고 했어요. 사대부중에서 배웠다고 했는데. 어떻게 되었습니까?"

박 선생은 고개를 저었다. 미스터 노를 모른다는 것인지 그 후 어떻게 됐는지 모르겠다는 것인지 알 수가 없었다. 더 물어보고 싶은 생각이 없어졌다. 동숭동 캠퍼스에서 보았을 때처럼 가만히 있을 것을, 하는 생각이 들었다. 공연히 주책없는 짓을 한 게 아닌가? 그에게 있어 1951년 3, 4월 전후의 한 시기는 완전한 기억의 공백기요 진공지대였다. 그 자신 기억에서 지우고 싶었던 시기였는지도 모른다. 많이 기억하는 쪽이 약자이며 강자는 결코 기억하지 않는다는 깨우침이 섬광처럼 머리를 스쳤다. 많은 것을 기억한다는 것은 많이 상처 받았다는 것이고 많이 아팠다는 것이다. 삶의 강제가 안겨준 아픔의 흉터가 아니라면 기억이란 대체 무엇인가? 생존이란 본원적 치욕의 그때그때 상흔이 바로 기억이 아닌가? 기억은 상처 입은 자존심이고 결코 용서할 수 없다는 내적 독백이다. 용서되지 않는 것이 주체이건 타자이건 우리를 번롱飜弄하는 우연과 필연의 거역할 길 없이 막강한 힘이건. 그러니 기억은 살아남은 자의 슬픔이다.

5. 담요 한 장 짊어지고

부대 이동

오랜만에 먹어보는 점심밥을 고봉으로 차려주면서 모친은 다 먹으라고 일렀다. 주발을 반쯤 비우고 나니 배가 불러왔다. 양껏 먹었다며 수저를 놓았다. "배곯아 죽은 귀신은 있어도 배 터져 죽은 귀신은 없단다. 더 먹어둬라. 객지 밥은 살로 안 간다더라."며 모친은 다시 성화였다. 그 후 집을 떠나 어딘가로 가게 될 때마다 귀에 딱지가 앉도록 들은 소리다. 그 전날 파슨 준위는 오전 근무는 없으니 점심을 먹고 오후 두 시까지 역사 사무소로 나오라고 내게 일러준 터였다. 그리고 덮고 잘 담요를 가지고 오라고도 일렀다. 담요는 집을 떠날 때 부친이 메고 온 꽤 고급스러운 것이 하나 있었다. 흰 바탕에 청색 꽃송이와 무늬가 많이 박혀 있는 꽤 큰 것으로 피란길에 찡겨서 몸을 웅크리고 잘 때 식구 모두를 덮어준 것이었다. 옛것이라 무게도 꽤 나갔고 가족의 유일한 침구를 가지고 가는 것이 마음에 걸렸으나 달리 방도가 없었다. 당장은 이중복 씨 댁의 후의로 이불을 빌려 쓰고 있긴 했지만 혹 다시 무슨 일이 생기면 어떻게 하나 걱정이 되기도 했다. 큰 추위도 다 갔는데 딴 걱정 말고 너나 몸조심하라고 모친은 같은 소리를 되풀이했다. 쓰잘 데 없는 책 같은 것 읽기보다는 틈틈이 영어공부나 착실히 해두라고 보름 남짓한 급유소 일감도 끝난 부친이 말했다. 시집 사본 것을 어떻게 알아가지고 하는 소리임을 직감하였다. 주인아주머니에게 인사를 하고 나오면서 뒤쪽에 서 있는 연호에게는 제대로 눈길도 주지 못했다. 임시변통한 멜빵으로 담요를 짊어지고 집을 나서니 다시 피란길에 오르는 듯한 심정이었다.

정각에 훨씬 앞서서 청주 역전에 당도해보니 역전 광장엔 사람들이 모여 있고 부산한 모양새였다. 역사 안 사무소로 들어가니 미스터 남의 모습도 보였다. 노무자들은 트럭 몇 대로 분승해서 떠난다는 것이고 갑자기 부대 총괄 통역이 된 미스터 남은 긴장된 표정으로 왔다 갔다 하며 이 사람 저 사람과 얘기를 나누었다. 파슨 준위의 모습이 보이지 않는 것이 다소 불안했다. 당시 내가 마음속으로 의지할 수 있는 사람은 사무소에서 매일 얼굴을 대한 파슨 준위밖에 없었다. 한참이 지나서야 누런 바탕에 붉은 점이 찍힌 계급장이 달린 군모를 쓴 파슨 준위가 지휘봉을 들고 나타났다. 여느 때와 마찬가지로 닻 그림에 U. S. M. C.란 글자가 박힌 해병대 군복 상의 위에 파카를 입고 있었고 그의 곁에는 전에 못 보던 하사가 졸졸 따라다녔다. 서전트 헤일은 어쩐 까닭인지 보이지 않았다. 파슨 준위는 내게 사무소에서 기다리고 있으라고 일렀다. 그러자 처음 보는 하사가 알은체를 하며 내 머리에 군모를 하나 씌워주었다. 챙이 달린 해병대 중고품 군모였다. 쑥스러워 벗었더니 다시 씌워주면서 보기 좋다고 말하는 것 같아 그냥 쓰고 있었다. 고무신을 신고 머리에 잘 맞지도 않는 해병대 군모를 쓴 채 담요를 지고 역사에 서 있는 159센티미터짜리 사내아이의 몰골은 상상하는 것만으로도 정나미 떨어진다. 《라이프》지의 사진기자가 보았다면 틀림없이 전시의 코리아를 알리는 걸작 특종사진을 한 장쯤 만들어냈을 것이다.

이윽고 노무자를 태운 트럭이 역전 광장을 떠났다. 첫째 번 차에는 미스터 남이 타고 있었다. 둘째 번과 셋째 번 차가 차례로 떠났다. 미군들은 벌써 오전 중에 일찍이 떠났다는 것이었다. 역전 광장이 텅 비고 조용해졌으나 그래도 가끔 미군 지프가 한두 대 오락가락하였다. 노무자를 태운 트럭이 출발하고 오랜 시간이 지난 뒤 다시 파슨 준위가 역사에 나타났다. 아까처럼 하사 한 사람이 졸졸 따라다녔다. 파슨 준위는 역사와 역구내를 돌아보고 와서 나에게 따라오라고 일렀다. 역 광장에 주차해 있는 지프차 한 대로 가서 내게 안쪽으로 타라고 일렀다. 이어서 하사가 탔고 파슨 준위는 운전석 옆에 탔는데 운전병은 상병 정도가 아니었나 생각된다. 지프차 두 대가 앞서 가고 마지막으로 우리가 탄 지프도 출발을 했다. 오후도 한참 기운 저녁 때였다. 선장은 승선할 때 제일 먼저 배에 오르지만 하선 때는 제일 마지막으로 내린다고 한다. 마찬가지로 노동사무소의 경리책임자인 파슨 준위는 부대가 떠난 뒤 마지막 점검과 마무리를 하고 떠난 것이다. 지프차는 속력을 내어 달렸으나 도로 사정이 좋지 않을 때여서 덜컹덜컹 상하운동이 심했고 한참이 지나자 속이 메슥메슥해지기 시작했다. 노무자나 미스터 남처럼 트럭을 타는 것이 아니라 파슨 준위와 함께 지프차를 타고 간다는 것에 기분이 자못 으쓱해진 것도 사실이다. 지프차를 타보는 것도 난생처음이었다. 그러나 시간이 지남에 따라 멀미 기운이 심해지는 것 같아 불안하기 짝이 없었다. 이러다가 혹 토하기라도 하면 어쩌나 하는 걱정도 생겼다. 시계가 없으니 얼마나 되었는지 모르지만 별 탈 없이 어쨌건 목적지에 당도했다. 거의 어두워가고 있었고 이슬비까지 내리고 있었다. 목적지에 당도해보고 정말 놀랐다. 달천 역전은 내게 생소한 곳이 아니었고 본시 밀밭 아니면 보리밭이었다. (요즘 젊은이들은 밀밭과 보리밭을 전혀 구별하지 못할 것이다. 그러나 아직 어려서 파랄 때도 보리가 밀보다 훨씬 색상이 진하고 씩씩해 보인다.) 그런데 역사 바로 앞은 큰 공지가 돼 있었고 그 뒤로 미군들의 천막막사가 촘촘히 서 있었다. 그때나 지금이나 달천역의 위치는 똑같다. 충주로 가는 국도에서 한 200미터쯤 뒷동산 쪽으로 역사가 들어앉아 있다. 전날 출발했다는 선발대가 그사이 미군 천막막사를 다 세워놓은 것이다.

파슨 준위 일행을 따라 한 천막막사 안으로 들어갔다. 막사는 아주 넓었고 안침으로는 레이션 박스가 쌓여 있고 간이식탁과

의자가 마련되어 있었고 바닥은 학교 교실의 교단 같은 단으로
되어 있었다. 불이 밝혀져 있어 천막 안은 그런대로 환했는데
소형 발전기를 이용한 전등불이 아니었나 생각한다. 취사병 한
사람이 그 북새통에도 앞치마 비슷한 것을 두르고 서 있었다.
이윽고 함께 출발했던 지프차의 군인들도 합류해서 우리는 저
녁식사를 했다. 흔히 하듯이 트레이를 들고 가서 으깬 감자와
계란, 소시지 따위를 담아와 의자에 앉아 먹었다. 그때 처음으
로 먹어본 우유의 고소한 맛이 잊히지 않는다. 갈증도 깨끗이
가셨다. 처음 먹어보는 양식이라 모든 것이 신기하고 맛있었지
만 포크와 나이프를 처음 써보기 때문에 여간 신경이 쓰이지 않
았다. 옆자리 군인의 동작을 눈여겨보면서 그가 하는 대로 따라
하였다. 충주를 떠나 피란길에 오른 후 최고의 만찬을 누린 셈이
었고 미군부대에서 일하면 먹을 것을 제대로 먹게 된다던 부친
말이 떠올랐다. 모두들 커피를 마셨지만 나는 마시지 않았다.

　식사가 끝난 후 파슨 준위를 따라 식당막사를 나와 다른 천막
막사 안으로 들어갔다. 좀 전의 식당보다는 자그마했고 식당과
는 달리 바닥은 맨땅이었고 야전침대 대여섯 개가 띄엄띄엄 사
방 구석으로 놓여 있었다. 환하지는 않지만 역시 불이 켜져 있
었다. 한구석 침대에서 벌써 잠을 자는 이도 있었다. 파슨 준위
가 가리키는 야전침대로 가서 담요를 깔고 그 안에 들어가 자려
는데 파슨 준위가 군용담요 한 장을 가지고 와 덮으라고 말했다.
그가 먼저 '굿나잇'이라고 해서 덩달아 '굿나잇'을 복창했다.
천막막사에서 야전침대에 누워 외국 군인들과 함께 잠을 자려

니 당최 생소하고 무언가 난감하다는 생각이 들었다. 그러나 아침부터 부산하게 움직인 터에 먼 길을 왔고 게다가 난생처음 양식을 과식한 탓인지 식곤증 비슷한 것이 오면서 곧 잠이 들었다.

밤중에 잠이 깨인 것은 뒤가 마려워서였다. 막사 안은 아까처럼 희미하게 불이 켜져 있었고 서너 명의 미군들이 모두 잠들어 있었다. 시각은 도무지 분간할 수 없었지만 모두들 곤히 잠들어 있는 것으로 보아 한밤중임에 틀림이 없었다. 뒤는 마려웠지만 덜컹 겁이 났다. 나가다가 누가 잠이 깨어 무어라고 하면 어떻게 하나? 밖으로 나간다 한들 어떻게 변소를 찾을 것인가? 어떻게든 참아야 할 것 아닌가? 그러나 겁이 나는 한편으로 도저히 참을 수 없다는 다급함에 마음이 조여왔다. 아까 저녁을 조금 먹었어야 하는 것인데, 입맛 당긴다고 과식한 것이 아닌가? 먹지 않고 거르던 점심까지 먹은 처지가 아닌가? 처음 먹어본 우유가 화근이었나? 하는 수 없었다. 슬며시 몸을 일으켰다. 바지 주머니에 손을 넣어보니 종이 비슷한 것이 만져졌다. 천막 입구 쪽으로 가서 천막 자락을 젖히고 나가 보니 여전히 이슬비가 내리고 있었고 지척을 분간할 수 없을 정도로 캄캄했다. 천막을 따라서 조금 가보았으나 달리 요량이 가는 데가 없었다. 할 수 없이 될수록 출입구에서 떨어진 천막 가에 쪼그리고 앉았다. 혹 보초가 이 광경을 본다면 어떻게 될까? 난데없는 검은 덩치를 보고 총을 쏘지는 않을까? 아직까지는 괜찮지만 동초動哨가 다 가온다면? 캄캄한 어둠 속에 별의별 생각이 다 났다. 빨리 볼일을 끝내야지, 하고 생각하면 뒤가 묵직한 것이 미진한 느낌이었다. 긴 시간은 아니었겠지만 일각이 여삼추였다. 볼일을 끝내고 다시 천막으로 들어갈 때는 안도감과 함께 새 걱정거리가 생겼다. 혹 누군가가 잠이 깨었다면? 막사로 잠입해 온 도둑으로 생각한다면? 그러나 다행히도 그런 일은 없었고 아무 일도 없었다는 듯 다시 야전침대 담요 속으로 들어갈 수 있었다. 내 생애에서 가장 두려웠던 뒤보기였다. 장성한 후 누구나 잊어버리고 말지만 어릴 적엔 밤에 변소 가는 것처럼 무서운 일이 없었다. 밤자체가 무서웠다. 이슬비 오는 밤의 무서웠던 뒤보기는 사실상나의 소년 상실을 알려주는 예고편이었다. 그 후 밤 변소를 두려워하지 않게 되었기 때문이다.

이튿날은 아침부터 너무나 많은 일이 벌어져 어수선했다는 기억이 뚜렷하다. 이슬비는 그쳤지만 흐린 날씨였다. 어쨌건 먼저 온 미스터 남과 합류했고 파슨 준위는 우리 두 사람을 부대식당으로 데려가 책임자인 메스 서전트mess sergeant*에게 소개한 후 앞으로 식당에서 식사를 하라고 일러주었다. 그날의 대사건은 뭐니 뭐니 해도 정식으로 부대식당에서 식사를 하게 되었다는 것이다. 식사시간을 알리는 벨 소리가 울리면 미군들은 손잡이 달린 개인용 양철컵을 들고 식당으로 간다. 카페테리아에서 하듯 포크와 나이프를 트레이에 얹고 줄지어 가면 K.P.가 프

---

* 취사 담당 군인을 kitchen police라 하고 약칭은 K.P.다. 징벌로 K.P.가 되는 경우도 있다. 그러나 식당에서 일하는 한국인 종업원도 K.P.라 했으니 반드시 군인만을 가리키는 것도 아니었다. 미군 전체에 해당하는 것인지 모르지만 그 부대에서는 식당 책임자인 서전트를 메스 서전트로 불렀다. 이 kitchen police는 앞에서 주방경찰이라 직역해서 쓴 바 있다.

라이드 에그나 베이컨, 토스트, 소시지, 삶은 야채, 비프 등을 얹어주었다. 양철컵은 크기가 상당한데 커피를 가득 채워 물 마시듯 하였다. 양철컵에 커피를 담아 가 자기 막사에서 마시는 게 보통이었다. 남긴 음식은 각자 식당 입구에 있는 음식물 쓰레기통에 버리도록 되어 있었다.

처음 나의 구미를 당긴 것은 슈레디드 휘트shredded wheat였다. 카턴carton에 두 덩이가 들어 있는데 카턴 위쪽을 반으로 쪼개어놓았고 거기에 K. P.가 우유를 부어주었다. 그 시원하고 산뜻하고 달콤한 맛은 천하의 일미였다. 대개 아침식사 때 나오는데 다른 소시지나 비프보다도 제일 맛있고 담백해서 좋았다. 아침에 일어나 슈레디드 휘트 먹을 생각을 하면 절로 마음이 즐거워졌다. 그러나 처음에는 그것이 밀로 된 음식이란 것을 알지 못했다. 내가 무엇으로 만든 것일까 하고 궁금해하자 모든 면에서 윗전임을 내세우는 미스터 남은 해산물로 만든 것이라고 말했다. 해초 같은 것을 원료로 해서 만든 것이라고 생각했던 모양이다. 미스터 남은 미군처럼 양철컵에 커피를 담아 와서 마시곤 했으나 성인용 음료라 생각하고 나는 맛도 보지 않았다. 부대식당에서 식사를 하게 되면서 미 해병 노동사무소에서 일하는 것에 보람을 느끼게 됐다고 말하는 것이 솔직한 고백일 것이다.

아침식사 후 파슨 준위와 함께 간밤을 보냈던 막사를 떠났다. 내 담요를 챙겨 나오면서 전날 밤에 파슨 준위가 건네준 군용담요를 돌려주려 하니 그가 말하였다.

"Keep it. You keep it."

사람의 욕심 탓인가, 못 알아듣는 경우가 많았지만 그 말만은 너무나 분명하게 이해가 되었다. 파슨 준위는 전날 졸졸 따라다니던 하사를 불러 무어라고 일렀고 그는 다시 흑인 사병 하나를 불러왔다. 우리 네 사람은 역사로 갔다. 파슨 준위는 사전에 현지답사를 한 것 같았고 초로의 고참 장교답게 매사에 세심하고 빈틈이 없었다. 사무용 테이블과 의자 한두 개도 반달이 나무궤와 함께 청주에서 날아온 터였다. 달천 역사는 당시 아주 왜소했는데 차표 판매창구 안쪽의 방을 사무소 겸 침소로 사용하라는 것이 파슨 준위의 생각이었다. 그는 하사에게 무어라 지시를 하고 자리를 떴다. 하사는 다시 흑인 사병에게 여러 가지를 이르고 나갔다. 당시 부대에 흑인 병사는 별로 눈에 뜨이지 않았고 그는 내가 접촉한 최초의 흑인 병사였다. 청주에서는 흑인 병사를 본 기억이 없다. 영어에 유틸리티 맨utility man이란 말이 있다. 이것저것 잘하는 사람을 가리키지만 사실은 소소한 잔일을 맡아 하는 사람을 지칭하는 것이 보통이다. 지금 생각하면 그는 그 부대의 유틸리티 맨이었던 것 같다. 목수일도 하고 손재주가 필요한 잡역을 도맡아 하는 것 같았다. 그가 일을 하면서 툴툴거리는 것에서 받은 인상이다. 어쨌건 그는 한나절 걸려 뚝딱뚝딱 하고 왔다 갔다 하더니 사무소를 제법 아늑하게 만들어주고 전기선까지 끌어다 전등에 불이 들어오게 해주었다. 또 야전침대도 두 개를 구해다 주었다. 땡큐를 연발하는 것 말고는 고마움을 표할 방법이 내게는 없었다. 흑인에 대해서 까닭 없는 편견이나 두려움 비슷한 것을 가지고 있던 게 사실이다. 그러나 그 유틸리티 맨에게 아주 친근감을 느끼게 되었고 근거 없는 두려움을 극복할 수 있었다.

저녁을 먹고 미스터 남과 함께 들어와 보니 실내에 도무지 온기가 없었다. 낮에는 몰랐는데 밤이 되니 아무래도 찬 기운이 돌았다. 정확한 날짜는 물론 알 턱이 없지만 그때가 4월 10일께가 아니었나 생각한다. 그렇게 추정하는 것은 달천으로 이동한 직후 맥아더 장군이 해임되었다는 소식을 미스터 남을 통해 듣게 되었기 때문이다. 미군 병사들이 호전적이라고 맥아더를 욕하면서 해임을 환영하는 기색이더라고 그는 말했다. 당시 문건을 뒤적여 보면 맥아더가 유엔군 총사령관직에서 해임된 것은 1951년 4월 12일이다. 요즘에는 난동현상 때문에 3월 초에 서울에서 산수유꽃이 만발하고 4월에 라일락꽃이 지고 말지만 당시엔 4월 중순의 꽃샘추위는 아주 호되고 흔한 터였다.

야전침대에 자리를 잡고 비로소 새로 부대 총괄 통역이 된 미스터 남의 이틀간의 동정을 알게 되었다. 그는 부대 이동에 대처하는 미군의 용의주도함에 계속 감탄하였다. 노무자들의 숙식편의를 위해서 감독인 미스터 홍은 선발대에 합류해서 하루 전에 도착해 부락민들과 접촉했다는 것, 부락민들에게서 가구당 서너 명씩의 숙식제공을 약속받았다는 것, 만약의 경우에 대비해서 노무자용 천막막사도 하나 마련해두었다는 것을 들려주었다. 달천 역전의 조그만 마을엔 40여 가구가 있었는데 대부분 농업에 종사하는 부락민들은 피란지에서 일찌감치 돌아와 살고 있었다. 따라서 방 빌려주고 밥 해주고 수입을 잡는 일에 기대가 크다는 것이었다. 이동하던 날 일찌감치 출발한 편인 그는 미스터 홍과 함께 노무자 숙식문제를 도와주었다. 주민들에게 이를테면 노무자 보증인 노릇을 하기 위해 이 집 저 집 다니며 인사도 했고 미군이 세워준 천막막사에 필요한 거적때기나 가마니 따위를 구하러 다니는 데 동행도 했다. 그리고 하루저녁을 천막막사의 거적때기 위에서 잤는데 약간 몸이 찌뿌듯하다며 넌 장교막사에다 야전침대에서 잤다니 호강한 것 아니냐며 농반 진담 반으로 나를 놀리기도 했다. 함께 부대식당을 이용하게 되면서 그는 내게 한결 부드럽게 대했는데 좋은 일이 생기니 마음이 넓어진 탓도 있지만 부대식당에 혼자 가는 것보다 함께 가는 것이 마음 편했기 때문이기도 했을 것이다. 또 나에 대한 파슨 준위의 배려가 생각보다 두텁다는 것을 알고 마음이 달라진 탓도 있었을 것이다. 그는 자기가 아무래도 청주에서의 박 선생처럼 부대 총괄 업무를 맡게 될 것 같으니 노동사무소의 봉급 계산이나 기록은 네가 맡아라, 또 사실 너의 직종이 서기가 아니냐며 슬그머니 사무소 업무를 내게 떠넘기기도 하였다. 불과 얼마 전까지만 하더라도 김 선생이나 권 선생의 업무를 자진해서 도맡아 해 잘 보이려 애쓰던 사람이 처지가 바뀌자 약빠르게 편할 궁리하는 것을 보고 참 빠르고 야박한 사람이란 느낌이 드는 것은 어쩔 수 없었다.

노무자들 사이에서

 이튿날은 쾌청의 날씨였다. 뒷동산도 성큼 앞으로 다가왔지만 역사 앞에서 충주 쪽을 바라보니 멀리 낯익은 산이 보였다. 역사에서 바로 정면으로는 대림산이 보이고 그 왼쪽으로 남산 다시 그 왼쪽으로 계족산이 모두 보였다. 석 달 만에 다시 보는 순간 이시카와 다쿠보쿠(石川啄木)의 단가가 떠올랐다. "고향의 산을 향해 할 말이 없어라. 고향의 산은 고맙기만 하고나." 그전부터 외고 있던 것이지만 단가가 하나의 실감으로 다가왔다. 우리가 그곳을 비우고 있던 사이에도 변함없이 고향을 지키고 있는 산들이 더 없이 편안해 보이고 고맙게 생각되었다. 그 산들이 나를 보호해주고 감싸줄 것이라는 터무니없는 안도감마저 느꼈다. 이시카와의 단가를 몰랐어도 내가 고향의 산을 향해 고마움과 안도감을 느꼈을까? 알 수 없는 일이다. 어떤 포근함과 반가움을 느꼈다 하더라도 그것을 고맙다고 명명하지는 못했을 것이다. 그렇다면 나는 이시카와의 단가에 의탁해서 사실은 그의 감정을 모방경험한 것일까? 그렇게 말할 수만은 없을 것이다. 우리는 문화적 기억에 매개됨이 없이 사물을 바라볼 수 없으며 그러한 한에서 모두 아담의 무구한 눈길을 잃어버린 셈이다. 공자는 흐르는 물을 바라보며 "가는 자 저와 같도다. 밤낮으로 그치지 않는다."고 말했다. 이 사실을 아는 사람들이 일자일후 공자의 말을 떠올리지 않고 흐르는 강물을 바라볼 수 있을까? 만물은 유전流轉한다고 믿었던 고대 그리스의 헤라클레이토스는 "우리는 같은 강물에 두 번 발을 담글 수 없다."고 적어 놓았다. 흐르는 강물을 바라보며 헤라클레이토스의 말을 떠올리는 것은 너무나 자연스러운 일이 아닌가? 인상파의 그림을 알고 나서부터 우리는 햇빛이 사물과 풍경에 미치는 막강한 형성력에 무심할 수가 없다. 반 고흐의 그림을 보고 나서부터 보리밭과 해바라기는 이미 옛날의 보리밭과 해바라기는 아니다. 문화적 기억에 매개되어 사물을 바라본다는 사실을 인지할 때 외래문물에 오염되지 않은 토착적인 것을 상정하는 전통론의 허구성은 절로 드러난다. 문화적 기억에 노출된 경험이 없는 독창성이란 사실상 강요된 독창성이고 그것은 고립된 원시공동체에서나 가능했을 것이다. 강요된 독창성은 꽉 막힌 구차한 독창성이기도 하다. 그런 맥락에서 볼 때 문학경험은 간접적으로 일찌감치 선취하는 인생경험이기도 하다.

달천에서 지내면서 노무자 여러 사람을 알게 되었다. 청주에서는 사무소와 역구의 노동현장이 떨어져 있어서 별반 접촉할 기회가 없었다. 기껏 반장 몇 사람이나 감독인 미스터 홍을 알았을 뿐이다. 그러나 달천은 좁은 바닥이었고 노동현장과 사무소가 근접해 있었다. 이전처럼 파슨 준위나 통역이 여러 명 진치고 앉아 있는 것도 아니어서 노무자들도 임의롭게 사무소 출입을 하였다. 또 처음 얼마 동안은 노무자용 천막막사가 마련되어 있어 몇 번인가 구경 삼아 들러본 적도 있었다. 자연 여러 사람과 접촉하게 된 것이다. 그중에도 지금껏 기억되는 이는 나보다 몇 살 연장이며 당시 중동인가 경동중학교 상급생이던 양이란 학생이다. 중키에 다부진 체격이었고 말씨가 단호하고 또 약빠른 서울 사람이란 인상을 주었다. 그는 9·28 이후 명동 거리에서 나비 박사가 술 취한 국군 장교에게 살해되는 현장을 목격했다고 말했다. 초 밤 무렵이었는데 장교는 죽여버린다고 협박을 했고 피해자는 '나는 나비 박사입니다, 나비 박사. 나비 연구하는 사람입니다.' 라며 되풀이 호소했지만 결국 총을 맞고 그자리에서 숨졌다는 것이다. 지나가다 보았기 때문에 당초 어떤상황에서 사단이 벌어졌는지는 모르지만 어쨌건 그 현장에 있었다고 그는 말했다. 그 양씨가 생존해 있다면 칠십 대 중반일것이다. 김일성대학을 나와 평양에서 중학 교사를 했다는 김씨도 생각난다. 그는 삐쩍 마른 체격에 유약한 인상이었는데 수복후 1950년 겨울에 월남한 터였다. 그의 얘기를 통해 임화의 「우리 오빠와 화로」와 조명희의 「낙동강」이 북의 중학교과서에 수록되어 있었다는 것을 알게 되었다. 젊은 시절 사회운동을 했고소년잡지 《별나라》에 관여한 적도 있다는 송씨도 기억에 남아있다. 얼굴이 벌겋고 유자코인 그는 노무자 중에서 드물게 지식인이라는 인상을 주었고 가장 연만한 편이기도 했다. 그나마 나이에 걸맞게 품위를 지키려는 모습을 보이던 그는 아무래도 변비가 있는 것 같은데 식전에 냉수 마시는 습관을 들이라고 내게일러주기도 했다. 역사의 변소에서 일을 보려고 기다리다가 한참 만에 내가 나오는 것을 보고 들려준 소리다.

며칠 동안 천막막사 생활을 한 노무자 대부분이 이내 그곳을버리고 민가에 주인을 정해 들어앉게 되었다. 어차피 밥을 먹기 위해 신세를 져야 하는데 잠자리와 밥상 자리가 다르니 귀찮기도 하거니와 거적때기 위에서의 잠자리가 아무래도 편편치 않았기 때문이다. 동료들과 어울리는 것이 마땅찮거나 좀 널널한 자리가 편하다거나 지독하게 돈을 아끼는 사람들이 천막막사에 남아 있었지만 오래 버티기를 못한 것이다. 배부르고 등 따신 것이 기본이란 취지의 말을 내가 처음 접한 것은 그 무렵 천막 생활자들의 전향선언을 통해서였다. 일주일쯤 지나서 무용지물이 된 노무자용 천막막사는 철거되었다.

노무자들이 주고받는 얘기를 통해 여러 가지 새로운 사실도 알게 되었다. 가장 뜻밖의 일은 반장들의 임금 가로채기였다. 전에도 말했지만 20명이 한 반을 이루고 있었고 같은 노무자 중에서 문자 해독자가 반장을 맡아 출결사항을 체크하였다. 모두 피란민들이라 제대로 먹지 못한 처지에 몸에 부친 일을 하다 보면 몸이 아파 결근하는 사람이 적지 않았다. 병이 아니라 하더라도 하루쯤 쉬어 휴식을 취하는 이도 있었다. 그럴 경우 반장이 출근한 것처럼 노동사무소에 출결표를 제출하고 나서 결근한 날 몫의 임금을 가로채는 것이다. 노동사무소에서는 본인에게 근로 일수와 지급 액수를 확인시킨 후에 서명을 받고 임금을 지불했다. 따라서 반장은 결근을 출근 처리했다고 미리 당사자에게 알리고 나서 결근 몫의 임금을 가로챈 것이다. 그러나 그 방법도 반장과 노무자에 따라 가지각색이었다. 그나마 사람됨이 무던한 반장은 내가 출근 처리를 한 것이니 불로소득 일당을 나누어 갖자며 반을 요구하였다. 그런가 하면 사람 보아서 만만

하게 보이면 일당 전액을 가로채는 사람도 있었다. 이것은 위법 행위이고 만약 발각되면 나는 목이 달아난다, 그러니 위험수당으로 갖는 것이라며 전액을 요구하는 이도 있었다. 감독한테 잘 보여야 우리 반원이 불이익을 당하는 일이 없으니 감독한테 주는 사례금이라며 요구하는 반장도 있었다. 청주에서 겪은 일을 노무자들이 주고받으며 서로 당했다고 반장 욕을 하는 장면은 일변 흥미 있으면서도 한심하기 짝이 없게 생각되었다. 얼마 되지 않은 기간이었는데도 노무자의 그 알량한 일당을 알겨먹기 위해 별의별 술수를 다 썼다고 생각하니 정나미가 떨어졌다. 너나 없이 어려운 시절이니 돈 한 푼도 예사롭지 않았던 것이다. 반장과 감독을 놓고 성토하는 이들도 있었다.

"반장이 감독한테 주었다는 것은 그래도 사실인 것 같던데요."

"아따, 그런 인사 안 한다고 감독이 뭐 모가지 자르나요? 괜한 소리지. 감독은 따로 재미 보는 수가 다 있다구요."

"그게 뭔데요?"

"우리 반에서도 물건을 슬쩍했다가 목 달아난 사람이 있었다구요. 감독한테 몇 푼 찔러주고 며칠 후에 다시 나오더라구요. 돈 인사 안 한다고 반장 모가지 자른다면 반장 모두가 손 내밀었을 것 아닙니까?"

"하기는 반장 나름이지요. 한두 번 반액만 달라고 손을 벌리다가 그냥 봐준 사람도 있답디다."

"그런 무던한 이들이 몇몇 있었지요. 모르는 척하고 출근한 것으로 처리하고 아무 소리 안 하는 이도 있었어요. 미안해서 두 번째는 그냥 얼마를 찔러주었어요. 그런데 그런 사람들 이번에 모두 빠져나갔어요."

"여기까지 따라온 반장들은 어때요?"

"황씨는 조심해야지요. 어떻게 요령이 좋고 살살이인지…… 반장 중에서 제일 많이 챙겼을 겁니다."

"황가는 벌써 악질이라고 소문이 났습디다."

"벼룩의 간 빼먹는 자들도 얌체지만 달란다고 다 내주는 패들도 배알이 빠진 거죠. 절반만 주면 되는 거지. 그러나저러나 이젠 인총도 줄어들고 서로 빤한 처지여서 마음대로 못 할 거요. 우리는 우리대로 수를 써봅시다."

"그러자면 보고 들은 얘기를 서로 털어놓아 알고 있어야지요."

청주에서 처음 하역이 시작될 때는 근 200명의 노무자가 있었다. 그러니 반장이 10명이나 되었지만 이제 세 사람이 있을 뿐이었다. 그러니 서로 빤한 처지가 됐다는 것이 그른 말은 아니었다. 이들의 화제는 또 동네의 새 소식으로 옮겨갔다. 부대가 이동해 온 지 닷새도 안 되어 어떻게 알고 양공주들이 들이닥쳤다는 것이다. 동네 변두리 쪽에 들어 있는데 양키들도 귀신같이 알고 심심치 않게 찾아간다는 것이다. 마을엔 살구나무가 흔했는데 마침 꽃철이어서 노무자들은 양공주들이 들어 있다는 집을 살구나무집이라고 부르고 있었다. 살구나무집 바로 옆에 주인을 붙였다는 노무자가 말했다.

"내가 보기엔 아직은 둘뿐인 것 같아요. 한 집에서 각각 한 방씩 차지하고 있는 것 같습디다."

"어디 애들이요?"

"모르지요. 하나는 반반하게 생겼는데 하나는 영 박색입디다."

"양키만 상대한답디까?"

"그걸 어떻게 알아요. 생각 있으면 가보구려. 그렇지만 괜히 화대 올려놓진 말라구요. 후배들한데 원망 들어요."

"거기 갖다 처넣을 돈이 어디 있어요. 처자식이 목을 빼고 있는 판인데. 돈이 있더라도 그렇지 양키 노린내 맡으러 역부로 간단 말이요?"

"엽전을 받아주기나 한대요? 그걸 알면 양놈들도 발길 끊을 거요."

"양놈들이 이것저것 가릴 처지요? 가운데 속살만 찢어졌으면 됐지."

그러면서 모두들 깔깔깔 껄껄껄 낄낄낄 웃었다. 노무자 수가 적어지면서 그들 사이도 한결 가까워지는 것 같았다. 사십 대 전후반의 사람들이 많아 보였지만 젊은 사람들도 꽤 있었다. 무언가 절박한 사람들이 그나마 따라온 모양이었다.

그 주방경찰

부대식당을 활용하게 되면서 하루하루 끼니때가 기다려지곤
했다. 새로 접하는 음식을 맛보는 것도 낙이었다. 프렌치토스트
도 맛있었고 비록 통조림 음식이긴 했지만 삶은 완두콩이나 베
이컨이나 소시지나 모두 새로운 미각경험이었다. 그러나 그런
최초의 즐거움에 익숙해지자 온 동네에 맞수 여학생들이 통 보
이지 않는다는 생각이 들면서 야릇한 적막감을 느끼게 되었다.
비록 모르는 사이라 하더라도 동년배의 여자아이들이 있다는
것은 그것만으로도 든든하고 흐뭇한 위안이 될 터였다. 그런데
며칠 지나지 않아 그런 가능성이 전혀 없다는 깨우침과 함께 한
촌의 황량함이 새삼 절감되었다. 달천은 군인과 노무자와 빈한
한 주민만 있고 문화도 여학생도 정취도 없는 변방의 황무지 외
딴섬이었다. 부대를 따라간다고 담요를 지고 청주 탑동 연호네
집을 나설 때 실감했던 것처럼 나는 다시 새 피란생활로 접어든
것이다. 잠시 동안이나마 음식호강을 하는 바람에 그것을 잊고
있었던 것이다.

조금 한산한 어느 오후 마을을 둘러보았다. 역사에서 한 200
미터 똑바로 걸어가면 국도가 나선다. 충주와 서울, 충주와 청
주를 이어주는 국도다. 이 국도는 서쪽으로 20리쯤 가다가 삼거
리에서 청주 쪽과 서울 쪽으로 갈라진다. 국도를 따라 동쪽으로
1킬로쯤 가면 달천강이 나선다. 달천강의 발원지는 속리산이다.
속리산에서 발원하여 괴산의 화양구곡과 5000킬로와트 수력발

전소가 있는 칠성면을 거쳐 달천에 이른다. 이 달천강은 다시 충주 탄금대 아래쪽의 합수머리에서 영월, 단양을 거쳐 온 강과 합류해서 남한강을 이루며 북상한다. 달천강엔 철교가 놓여 있었으나 1950년 여름 폭격으로 끊어졌다. 그래서 한동안 달천이 충북선의 종점이 된 것이다.

달천으로 옮아온 후 한참이 된 어느 오후에 국도를 따라 달천강까지 가보았다. 그리고 놀라지 않을 수 없었다. 순 목재로 된 다리가 놓여 있었기 때문이다. 육이오 전에 다리를 건조한다고 교각만 세워놓은 터에 전쟁이 터졌다. 그러니 그때까진 계속 나룻배를 이용할 수밖에 없었다. 나룻배, 하면 보트 형태의 조그만 나룻배를 연상하기가 쉽다. 그래서 나룻배가 어떻게 버스를 실어 날랐느냐고 말한다. 조그만 나루에 보트형 나룻배가 흔했던 것은 사실이다. 그러나 국도를 이어주는 나룻배는 폭과 길이가 길고 바닥이 뗏목처럼 평평한 배로 사람뿐 아니라 버스나 우마차까지 실어 날랐다. 어쨌건 1951년 초의 어느 시점에 미 공병대가 달천강에 군용트럭이 십여 대 한꺼번에 끄떡없이 건너갈 수 있는 튼튼한 목제다리를 세워놓은 것이다. 반듯하게 깎은 원목 목재를 겹겹이 쌓고 교각과 난간을 갖춘 다리를 건조하는 데 얼마나 걸렸는지 모른다. 시멘트처럼 마르기를 기다릴 필요가 없었으니 많은 시간이 걸리지는 않았을 것이다. 미군의 기술력과 물자동원력에 새삼 감탄하지 않을 수 없었다. 사무소를 오래 비워둘 수 없어 다리를 건너보는 재미를 보류한 채 그냥 발길을 재촉해 돌아갔다.

달천에서는 청주에서처럼 노동사무소란 간판을 달아두지 않았다. 노무자의 규모도 작았고 군인 수도 적었다. 청주에서는 소령이 부대장이었으나 달천에선 중위 이상의 장교를 보지 못했다. 누가 부대장인지도 알 수 없었다. 미군들이 사무소를 지키지 않으니 미스터 홍도 너털웃음을 터뜨리며 야단스럽게 출입하는 법이 없었다. 이동해 간 지 2주쯤 되었을 때 중위계급장을 단 젊은 군인이 못 보던 서전트와 함께 사무실에 나타났다. 중키에 곱상하게 생겼고 유난히 앳되어 보이는 그는 경리책임자로 새로 부임해 왔다고 자신을 소개하였다. 미스터 남이 자기소개와 인사를 하고 내 소개를 해주었다. 파슨 준위는 어떻게 되느냐고 묻자 전속되어 전날 새벽에 급히 떠났다고 새로 온 테일러 중위는 말했다. 어디로 갔느냐는 물음에 그건 자기도 잘 모르지만 전방으로 간 것 같다는 대답이었다. 우리는 어안이 벙벙하였다. 이럴 수가 있나? 파슨 준위가 벌써 떠났다는 것도 놀라움이었지만 우리에게 말 한 마디 하지 않고 떠났다는 것이 더욱 놀랍게 생각되었다.

중위가 사무소를 떠나자 누런 안색이 흙빛이 된 미스터 남은 "다노미노 쓰나(賴の綱)가 끊어졌다."며 문자를 써서 예기치 못한 상황에 대한 실망감과 곤혹감을 표시하였다. 놀랍고 실망스럽기는 나도 마찬가지였다. 나를 지프차에 태워 달천으로 데려왔고 같은 천막막사에서 잠을 재웠고 무엇보다도 부대식당을 이용하도록 해주지 않았는가? 그런데 작별인사를 할 틈도 주지 않고 말없이 떠나갈 수가 있는가? 그 자신도 전혀 예기치 않은

상황이 눈 깜짝할 사이에 벌어진 것인가? 그러고 보면 달천에서 서전트 헤일의 모습이 보이지 않은 것도 수수께끼이긴 했다. 그러나 파슨 준위의 존재는 그의 부재를 별일 아닌 것으로 만들어 주고 있었다. 그에 대해 물어보지 않은 것이 후회되었다. 이동 당일에도 눈에 뜨이지 않아 선발대로 떠난 모양이라 생각했고 그 후엔 바빠서 눈에 뜨이지 않는다고 생각했었다. 그러고 보면 그도 급히 전속 간 것이 아닌가 하는 생각이 뒤늦게 들었다. 미스터 남은 그 후 부대 군인들에게 파슨 준위의 행방에 대해 더러 물어보는 것 같았으나 아무런 단서도 얻지 못한 듯했다. 그도 나도 파슨 준위가 직접 고용해준 처지요 마음속으로 크게 의지해왔던 것이 사실이다. 쉽게 말해서 우리 편에서 든든한 빽으로 생각했던 것이다. 그러나 그런 생각이 근거 없는 일방적인 기대감이거나 희망적 관측임이 드러난 것이다. 그렇게 생각하면서도 그가 보여준 여러 가지 호의로 미루어보아 좀처럼 납득이 되지 않았다. 정말 급히 떠나갈 절박한 사정이 있었던 것인가? 그게 그의 평소 생활태도이며 대인관계인 것인가? 아니면 모든 것이 주제파악을 하지 못한 데서 오는 환상이었을까? 노년 특유의 관대함으로 원주민 꼬마 소년에게 보여준 별 뜻 없이 예사로운 호의가 인간선의에 주려 있던 판국이라 크게 비쳐져 터무니없는 기대감으로 귀결된 것이었을까?

그러나 보다 큰 충격이 우리를 기다리고 있었다. 점심시간에 부대식당에서 식사를 하고 나오는데 메스 서전트가 따라오더니 막사 밖에서 우리 보고 이제 더 이상 식당 출입을 하지 말라고 말했다. 군인 이외의 외부인에게 식사를 제공할 수 없다는 것이었다. 퉁명스럽기까지 한 그의 단호한 발언에 질리어 미스터 남도 아무 소리 못하고 있었다. 쥐구멍에라도 들어가고 싶다는 말보다 더 절실한 말이 있는지를 알지 못한다. 말할 수 없는 모욕감에 어디론가 숨어버리고 싶고 고함이라도 지르고 싶었다. 그 자리를 뜨면서 미스터 남과 나는 약속이라도 한 듯 서로 외면하였다. 서로의 얼굴을 쳐다보기도 수통스러웠다. 우리가 먼저 밥 먹여달라고 부탁한 것도 아니고 또 부탁한다고 될 일도 아니었다. 새삼 파슨 준위가 원망스러워졌다. 동시에 그의 위력도 실감하지 않을 수 없었다. 그의 부재효과가 당장 이런 식으로 우리에게 닥쳐오는구나! 애초의 치욕감이 누그러지자 이번에는 맛있고 실속 있는 양식을 먹지 못한다는 사실이 말할 수 없이 아쉽게 생각되었다. 식탐이란 이렇게 파렴치한 것인가? 그 모욕을 당하고도 입맛을 다시다니! 민가에 주인을 붙여 밥을 먹을 경우 식대도 식대지만 그 허술함은 불문가지였다. 돈 내고 악식해야 한다고 생각하니 생각할수록 분하고 속이 쓰려왔다.

사무실에 돌아온 우리는 한동안 아무 말도 않고 멍하니 앉아 있었다. 그렇게 얼마나 앉아 있었는지 모른다. 우리도 어디 밥 먹을 집을 정해야 하지 않느냐고 말하자 그냥 메스 서전트한테 당하고만 있을 것이 아니라 테일러 중위에게 경위를 알아보고 따져보아야겠다고 미스터 남이 말했다. 중위에게 따지고 들 처지도 재목도 못 된다고 속으로 생각했지만 경위를 알아보는 것은 필요하다는 생각이 들었다. 미스터 남은 영어사전도 찾아보고 뭣인가를 끼적끼적하더니 중위를 만나고 오겠다며 나갔다. 아마 사전준비를 꽤 한 모양이었다. 그가 나간 사이 나비 박사의 최후를 들려준 양이란 친구가 들렀다. 그날은 일감이 없는 날이라면서 그는 이런저런 얘기 끝에 양공주가 들어 있는 살구나무집에 미스터 홍이 드나든다는 소문이 돈다는 얘기를 했다. 가만히 보니 미군 병사를 데리고 가는 모양인데 감독이면 충분하지 뚜쟁이 노릇까지 할 필요가 뭐냐며 그는 묘한 웃음을 지었다. 설마 미스터 남이야 그런 데 드나들진 않겠지만 옆에서 잘 지켜보라고 농담 비슷하게 말했다. 민가에서 밥 먹을 궁리를 하던 참이라 주인 붙인 집에서의 식사 형편이 어떠냐고 물어보았다. 아침저녁으로 만날 시래기국에 시어터진 막김치만 나온다며 도무지 고추장이 맛이 없다고 투덜거렸다. 보리밥을 먹으려면 고추장이 맛있어야 하는 건데 하며 혀를 차면서도 시장이 반찬 아니냐고 그는 힘없이 말했다. 달천이라고 하지만 그것은 포괄적인 공식 지명이고 그 근처는 속명으로 용돈이라 한다. 원래 충주지방에선 무 생산지로 알려져 있고 용돈무라면 인근에서 알아주는 터였다. 그러니 무잎 시래기가 만날 나올 수밖에 없었을 것이다.

양이 나간 뒤 한참 만에 미스터 남이 돌아왔다. 얼굴에 화색이 도는 것으로 보아 뭔가 괜찮은 결과가 나온 것 같았다. 표정관리가 안 되는 그의 속셈을 알아차리기는 어려운 일이 아니었다. 그는 다소 의기양양하게 테일러 중위를 만나본 얘기를 털어놓았다. 어제 전속되어 왔다는 그는 이곳 사정에 캄캄하더라는 것, 청주에서 이곳으로 올 때 부대식당에서 식사를 하게 된다는 얘기를 듣고 왔다는 것, 그런데 갑자기 메스 서전트가 식당 출입을 말라고 해서 놀랐다는 것, 이러면 굳이 여기 눌러 있을 필요가 없다는 것, 자기는 돌아갈 작정이라는 것, 서기로 일하는 중학생도 돌아갈 생각이란 것 등을 차근차근히 얘기했더니 알겠다며 서전트에게 알아보고 시정명령을 내리겠다고 약속했다는 것이 그의 설명이었다. 당장 오늘 저녁부터 평소 하던 대로 식당에서 식사를 하라고 하더라고 그는 자신 있게 말하였다. 어릴 적부터 낙관론의 허망함에 익숙해 있던 나는 그의 말을 반신반의하였다. 과연 돌아가겠다고 결연하게 말했을까? 청주에서부터 부대식당 이용을 약속받았다는 것은 억지인데 정말 그가 능란하게 그 말을 해냈을까? 경제적인 어려움에 더하여 노무자들과 함께 민가에서 식사하기가 여러모로 곤란하다면서 테일러 중위에게 생글거리면서 간청하고 호소한 것은 아닐까? 청주에서 김 선생이나 권 선생에게 그랬듯이? 윗전에게 잘 보이는 것은 그의 장기이니 그런 약발이 통한 것이 아닐까? 괜히 내 앞에서 뻐기기 위해 자기의 면담성과를 과장하는 것은 아닐까? 식당에 갔다가 다시 한 번 수모를 겪는 것은 아닐까?

식사시간임을 알리는 벨 소리가 난 뒤에도 한참 지나서야 우리는 식당으로 향했다. 점심때 되게 기분이 상했던 터라 가기가 싫고 수통스러워서였다. 그러나 모든 것은 먹기 위한 투쟁이 아닌가? 영어시간에 배운 부정법의 억지 예문이 생각났다. 우리는 살기 위해 먹는다We eat to live. 우리는 먹기 위해 산다We live to eat. 요즘의 우리는 먹기 위해 사는 처지가 아닌가? 먹기 위해 사는 것이라면 맛있고 실속 있는 것을 먹어야 할 것이 아닌가? 같은 값이면 다홍치마란 말이 있지 않은가? 이왕이면 창덕궁이란 말도 있지 않은가? 한 푼이라도 아껴야 할 처지가 아닌가? 그렇게 마음을 다잡았지만 다시 부대식당에 들어가는 것은 영 입맛 떨어지는 일이었다. 우리가 들어갈 때쯤엔 벌써 식사를 끝내고 양철컵에 커피를 그득 채우고 제 막사로 돌아가는 군인들도 있었다. 우리는 평소에 하듯 트레이를 들고 K. P. 앞으로 갔다. 평소처럼 트레이에 먹을 것이 놓였다. 우리가 식사를 끝내고 나오자 점심때 그랬듯이 메스 서전트가 따라와 막사 밖에서 말했다. "내 마음대로 식당 이용 말라고 한 것 아니다. 병사들이 외부인 이용을 반대하기 때문이다. 하지만 장교의 뜻에 따르겠다. 다만 병사들의 식사가 다 끝날 무렵에 나오도록 해라." 그런 말을 듣지 않더라도 우리는 늘 느지감치 식당으로 향했던 참이었다. 영어도 못하는 처지에 잘 모르는 미군들과 어울리기가 어색하고 두렵기도 하고 싫었기 때문이다. 제 마음대로 통고하고 나서 둘러대는 것임이 분명하였다. 바닥의 흙더미를 차면서 오장육부가 울리도록 미군들이 하는 욕설을 속으로 흉내 내었다. "깟댐, 싸나마베치!"

6. 부칠 곳 없는 편지

그들 다녀간 뒤

　파슨 준위의 전속 소식에 안색이 흙빛으로 변하던 미스터 남도 시간이 지남에 따라 그의 부재를 홀가분하게 생각하는 것 같았다. 그전보다 더 자유롭게 처신하고 자기 생각을 과감하게 실천에 옮겼다. 그 첫 사례가 사무소의 이전이었다. 달천 역사 한 구석에 마련한 사무소는 사무용 책상과 야전침대를 놓고 나니 조금 협소하다는 느낌이 들었던 것이 사실이다. 처음엔 아늑하다는 느낌을 받았으나 익숙해지자 다소 답답해지기 시작했다. 미스터 남은 아무래도 비좁아서 숨이 막힌다고 투덜대었다. 새 사무소에서 제일 난처한 것은 바로 옆에 딸려 있는 변소였다. 거기 무시로 노무자들이 드나들면서 나중에는 악취가 나기 시작하였다. 주인집 뒷간보다는 아무래도 쓰기 편한 역사 변소의 편의를 알게 된 노무자들은 작업 중에도 수시로 거길 찾았다.

처음엔 이쪽 사정을 얘기하고 출입금지란 종이쪽지도 붙여보았지만 아무 소용이 없었다. 게다가 야전침대 잠자리도 점점 편치 않게 생각되었다. 미스터 남은 아무래도 사무소를 옮겨야겠다고 말했다. 그래도 부대에서 정해주고 일껏 마련해준 것인데 우리 마음대로 옮겨도 괜찮은 거냐고 토를 달자 그는 모르는 소리라며 핀잔을 주었다. 부대가 아니라 경리책임자인 파슨 준위가 마련해준 것이고 파슨 준위도 없는 처지에 우리가 구애받을 필요가 없다는 것이 그의 생각이었다. 마침 역사에서 제일 가까운 초입에 촌가로서는 꽤 큰 집이 하나 있었다. 그 집의 큰 사랑방이 놀고 있었고 주인은 사랑방을 쓰라며 순순히 청을 들어주었다. 책상과 의자와 반닫이 나무 궤를 옮겨놓고 나무 궤에 담요를 넣어두는 것으로 사무소 이전은 끝났다. 사랑방에는 길 쪽으로 여닫이문이 하나 나 있고 여닫이 한 쌍이 논 쪽으로 나 있고 그 앞마당이 제법 넓었다. 길 반대쪽으로 깊숙한 함실아궁이가 파여 있어서 못 쓰는 궤짝이나 레이션 박스를 모아 불을 지폈다. 큰 추위가 벌써 지난 터라 방은 금방 따끈따끈해졌고 오래간만에 등 따시게 잠을 잘 수 있었다. 야전침대보다 한결 편하고 널널한 느낌이 좋았다.

그 무렵 사무소를 지킨 것은 나였고 미스터 남은 별로 붙어 있는 법이 없었다. 직속상관이 없으니 자기 마음대로였다. 부대에서 저녁을 먹고 와서는 부리나케 동네로 마실을 다녔다. 노무자 중에 바람이 났다고 귀띔을 해주는 사람이 있었다. 알고 보니 동네에 묵고 있는 피란민 중에 서울에서 온 여학생이 있어서 미스터 남이 자주 찾아가는 모양이었다. 내가 어디를 그렇게 뻔질나게 다니느냐고 물어보자 그는 기다리고 있었다는 듯이 사귀는 여학생에 대해 자세히 들려주었다. 내가 알지 못하던 학교여서 이름은 생각나지 않지만 어쨌건 서울 소재 여학교 재학생이었다. 인물도 괜찮은 편이지만 무엇보다도 사람됨이 얌전하고 생각하는 게 건전하다며 칭찬을 늘어놓았다. 문화적 무인지경에서 마주친 이성에게 홀딱 넘어간 것이 분명해 보였다. 모녀뿐인 피란생활이라 했는데 더 이상 생각나지 않는 것은 별로 흥미가 없어 건성으로 들었기 때문일 것이다. 가만히 보니 미군에게 얘기해 초콜릿이나 잼이나 빵 같은 것을 구해서 선물도 하는 눈치였다. 나는 나대로 윗전 행세하기 좋아하는 그의 부재를 즐기는 편이어서 그가 사무소에 없는 것을 후련하게 생각하곤 했다. 60~70명 정도의 임금표 작성하기는 아주 쉬운 일이었다.

역사와 미군 막사 사이로는 시골 초등학교 운동장보다는 조금 작은 꽤 큰 광장이 있었다. 본래 밭이었는데 그리로 사람들의 발길이 오가니 자연히 광장 비슷하게 돼버린 것이다. 강원도 일선에서 칸보이convoy라 부르던 보급물자 수송 트럭들이 떼지어 오면 이 광장은 이내 주차장으로 변했다. 칸보이는 대개 15대에서 20대가 한꺼번에 몰려 왔다. 먼지를 뽀얗게 뒤집어쓴 운전병들은 도착하기가 바쁘게 상의 안쪽에 담배 한 보루를 집어넣고 부지런히 살구나무집을 찾아갔다. 첫 번째 걸음에 익혀둔 탓에 다음번엔 갈 길이 훤했던 것이다. 그러니까 당시 미군 병사들이 지불하는 화대는 현물로 담배 한 보루 정도였던 모양이다. 노무자들이 살구나무집이라던 곳을 미군 병사들은 '홀하우스whore house'라 부른다는 것은 한참 지나서야 알게 되었다. 십여 명이 한꺼번에 몰려가니 당연히 순번을 기다리는 수밖에 없었으리라. 칸보이가 한 차례 다녀간 뒤에는 노무자들의 입심이 한결 걸어지게 마련이었다. 또 어디서 어떻게 주워들었는지 뒷얘기가 많았다.

"양놈들이 엊저녁에도 '나라베'를 서서 담배를 피우던데 그러면서 저희들끼리 뭐라고 쑥덕거리고 킬킬거리더라구요. 뭐가 좋다고."

"아주 새파란 아이들이던데 즈네 부모들이 알면 속깨나 상할 거야. 어렵사리 키워놓으니 남의 나라 가서 겨우 줄X 하느라 나라베나 서고 말이요."

"그나저나 달수 채우고 살아 돌아가면 장땡이지요, 뭐."

"엊저녁엔 갸들 불두덩에 불깨나 났을 꺼라."

"갸들이라니?"

"말귀를 그렇게 못 알아들어요? 살구나무집 애들 말고 누가 있단 말이요?"

"그까짓 예닐곱 명 상대한다고 불까지 날까."

"모르는 소리. 예닐곱 상대가 아니란 말이요. 전방에서 달려왔지, 나라베 섰지, 그러고 들어가면 금방 쏟아질 것 아뇨? 한탕으로 끝날 리 없지요."

"아따, 어째 그리 훤해요? 눈에 잘 안 띈다 했더니 곁두리 챙기느라 바쁘셨군그래. 그래 갸들이 그런 것 다 털어놉디까?"

"가끔 변태도 있다던데. 일껏 기다리고 있다가 들어와서는 일치를 생각은 않고 손가락을 넣고 긁어서 상처 내고 나가는 놈도 있대요. 꼬라비가 되어 심술이 났던지."

"아따, 줄X 하는 주제에 마수걸이면 어떻고 꼬라비면 어떻다고. 본래 꼬인 놈인가 부지."

상소리 새말 만드는 데 그들은 이골이 나 있었다. 아니면 내가 처음 들어서 새말이라 오해한 것인지도 모른다. 청주에서도 얼굴에 먼지를 뽀얗게 뒤집어쓴 칸보이 운전병을 여러 번 본 적이 있다. 그들도 담배 한 보루씩 상의 안침에 집어넣고 줄서기하려 몰려갔을까? 그렇다면 그곳 살구나무집은 어디에 있었을까? 역사 근처였을까? 갑자기 지난 일이 궁금해졌다. 당시 그런 생각은 전혀 하지 못했기 때문이다.

"역사 옆에서 망보는 키다리 말이요. 그녀석은 살구나무집엔 안 가고 아주 대놓고 다닌답디다."

"대놓고 다니다니요?"

"아, '온리'라고 해서 여자 하나를 정해놓고 다니는 거지요."

"그럼 단골로 다닌단 말이요? 그런 여자들이 또 있나베."

"그런 여자들이 또 있는 게 아니라 마누라 팔아먹는 아저씨가 있는 거지요."

"아니 세상에 그런 인간도 있나?"

"대관절 누구요? 알 만한 사람이요?"

"아니 처음부터 발설을 말든지 궁금증만 일으키고 입 봉하는 법이 어디 있어요?"

"참 재주도 좋네. 이 좁은 바닥에서……."

"그건 팔아먹는 게 아니라 빌려주는 거 아니요?"

그러면서 연신 수군수군했다. 몇몇 사람만이 알고 있는 소문 같았다. 당시 반장이 세 사람 있었다. 조씨, 김씨, 황씨. 모두 청주서부터 반장노릇을 하던 사람들이다. 그중 김씨가 문제의 아저씨였다. 반장만은 나도 모두 알고 있었다. 반장 김씨는 서울 동대문구에 살고 있었다는 사람이다. 중키에 늘 단정한 옷차림이었고 검정색 지까다비를 신고 다녔다. 지까다비는 일제 말기에 모두 다 신고 다니던 신발이었으나 해방 이후 슬그머니 사라졌다. 몇해가 지났는데도 그만은 그 지까다비를 끈질기게 신고 다녔다. 그가 소문대로 정말 아내를 빌려주는 것일까? 아니면 뭔가 오해가 있는 것일까? 미움을 사서 애매하게 노무자 입방아에 오르내리는 것일까? 그 후 유심히 그를 관찰했으나 콧대 위쪽 두 눈 사이로 파란 핏줄이 보이는 것 말고는 그에게 남다른 점은 없었다. 아이들도 셋이나 된다는 소문이었다. 빌려주기로 말하면 그 임대기간은? 전세? 사글세? 장소와 시간은? 화대는? 현물? 군표? 당초의 계기는? 상상력을 발동해보았으나 도무지 그림이 잘 엮어지지 않았다. 아주 착실한 반장일 뿐이었고 남모르는 그늘을 숨기고 있는 것 같지도 않았다. 반장 김씨와 키다리가 나란히 걸어가는 것을 본 적도 있었다. 별다른 낌새는 보이지 않았으나 소문은 자꾸만 번져갔다.

역사에서 망보는 미군 가운데서도 세 사람이 노무자의 입길에 자주 오르내렸다. 키다리의 이름은 조지로 정말 키가 큰데 어깨를 구부정하게 하고 다녔고 노무자들에게 싱거운 외마디소리나 인사도 잘하는 상병이었다. 무언가 단정치 못하고 털털이라는 인상을 주었는데 그러기 때문인지 노무자들 사이에서는 인망이 좋은 편이었다. 또 한 사람은 루즈벨트란 별명으로 불리던 인물이다. 서전트인데 얼굴이 프랭클린 루즈벨트같이 생겼다고 해서 그런 별명이 붙은 터였다. 일제 말기에 일본은 루즈벨트와 처칠의 희화화된 화상을 그려놓고 갖은 구박을 다했다. 그래서 루즈벨트의 얼굴은 누구에게나 낯익은 편이었다. 그가 다가오자 저기 대통령 온다며 노무자들이 모두 웃음을 터뜨린 적이 있었다. 자기를 보고 그러는 것임을 눈치 챈 그는 "왓스 마르? 왓스 마르?"를 연발했으나 만족스러운 대답을 얻지 못했다. 나중에 미스터 남이 루즈벨트 대통령을 닮았다 해서 그러는 거라고 설명해주자 그는 싫지 않다는 듯이 부대에서도 그런 얘기를 더러 듣는다고 하면서 웃었다. 그는 점잖고 착실한 군인이었고 얼굴 생김만 아니었다면 노무자들이 이렇다 하게 입길에 올릴 이유는 없었다.

마지막으로 노무자들이 미친개라 부르는 일병이 있었다. 통상적인 장신에 홀쭉한 몸매인 그는 늘 해병대 군모를 쓰고 있었고 초점 없이 사람을 노려보는 버릇이 있었다. 흰자위가 별나게 큰 눈으로 분명 내 얼굴을 노려보고 있는데 시선이 마주치는 법은 없었고 무언가 예측할 수 없는 섬뜩함을 지니고 있었다. 유난히 반들거리는 흰 얼굴에 수염자국이 파랗도록 면도를 했고 가끔 아랫입술을 깨물고는 했다. 그는 남이 안 하는 짓을 해서 노무자의 미움을 사고 있었다. 가끔 하역작업 중인 노무자에게 달려와 손을 벌려보라고 윽박지르는가 하면 제멋대로 봉창을 뒤지기도 한다는 말이 돌았다. 아무것도 나오는 게 없어도 초점 없이 노려보며 제 성미를 못 이겨 아랫입술을 깨문다 하였다. 처음엔 이리저리 식식 달려간다 해서 사냥개라 부르다가 너무 점잖아 어울리지 않는다고 아예 미친개라 부른다는 소문이었다. 어느 집단 어떤 조직에도 싹수없는 고약한 인간말짜가 한둘 끼어 있어 세상살이 입맛을 버려놓게 마련이다. 미친개는 달천 주재 보급부대의 아메리카산 인간말짜였다.

부칠 곳 없는 편지

그로부터 얼마 안 있어 미친개란 별명이 이유 있는 것임을 확인하게 되는 사태를 맞게 되었다. 아마 5월 하순께였을 것이다. 부친이 달천으로 찾아왔다. 사무소 앞길에서 바람을 쏘이고 있으려니 신작로에서 역사 쪽으로 난 길을 걸어오는 모습이 보였다. 반백이어서 더 잘 눈에 띄었는지 모른다. 얼마 전에 모두 청주에서 집으로 돌아왔다는 것, 별일 없다는 것, 좀 더 빨리 들르려 했으나 노독으로 쉬다 보니 좀 늦었다며 내 쪽 사정을 물었다. 전선이 안정되어 어지간히 질서도 잡혀가고 원상회복이 돼가는 것 같은데 복직 건은 어떻게 되느냐고 물어보았다. 여기저기 알아보니 곧 되지 않겠느냐며 듣기 좋은 소리를 하긴 하는데 아직 아무런 소식이 없다는 대답이었다. 나는 사무소 안으로 들어가 반닫이 나무 궤에서 담요를 꺼내 가지고 와 부친에게 건넸다. 집에서는 귀중품에 속하는 옛것인데다 파슨 준위에게 얻은 군용담요가 따로 있었기 때문이다. 청주를 떠날 때 지고 왔던 임시변통한 멜빵도 그대로 보관해둔 참이라 함께 건네주었다. 미스터 남이 제 것 두고 마음대로 꺼내서 깔고 앉는 일이 잦아 정식으로 항의한 일도 있었던 터라 아주 속 시원하였다. 몸 안에 꼬박꼬박 뭉쳐둔 새경도 건네주었다. 한 푼도 축내지 않고 밤에 자다가도 손을 더듬어 확인해보곤 하던 주머니밑천이었다. 너도 비상금이 필요하지 않으냐며 부친은 얼마를 되돌려주었다. 더 할 말도 없고 해서 볼일이 있다며 광장 쪽으로 향했다. 담요를 짊어지고 오던 길을 되돌아가는 부친이 한결 노쇠한 듯 초라해 보여 사춘기 특유의 육친 혐오가 뒤섞인 측은함을 느꼈다. 저렇게 맥없이 늙어서는 안 된다, 결단코 저리 되어서는 안 된다는 생각이 나도 모르게 머리를 눌렀다.

바로 그때였다. 역사 쪽에서 미친개가 잰걸음으로 광장을 질러오는 것이 보였다. 무슨 일이 있나 하고 둘러보았으나 이렇다 하게 눈에 뜨이는 것은 없었다. 그런데 그는 분명히 내 쪽으로 다가오고 있는 것이 아닌가? 걸음을 멈추고 의아한 표정을 짓고 있는 내게 다가온 그는 다짜고짜 나의 뒷덜미를 잡고 마구 흔들더니 내동댕이치듯 밀쳤다. 몸의 균형을 잃고 앞으로 넘어지면서 미친개에게 물렸구나 하는 생각이 들었다. 동시에 그가 무장하고 있지 않다는 생각도 났다. 순간 돌멩이를 찾았다. 돌멩이는 눈에 뜨이지 않았다. 몸을 일으켜 세운 나에게 다가온 그는 다시 뒷덜미를 잡으려 했고 나는 몸을 숙이면서 피했다. 그러자 이번엔 먹살을 잡고 흔들면서 뭐라고 고함을 지르더니 다시 한 번 밀쳐서 넘어뜨리고는 역사 쪽으로 걸음을 옮겼다. 눈이 뿌옇 게 흐려졌다. 서럽다거나 슬퍼서가 아니라 너무나 분해서 나오 는 눈물이었다. 만 16세 미만에다 신장 160센티 미만의 미성년 이 장대 같은 미 해병대 일병에게 폭행을 당할 아무런 이유가 없었다. 생각할수록 분했고 한동안 자다가도 분한 생각에 잠이 깨곤 했다. 부친을 만나 얘기하고 담요를 건네고 하는 것을 보 고 무슨 부정거래라도 하는 것으로 치부했던 모양이다. 더욱 나 를 참담하게 한 것은 내 수모를 2년 위의 상급생이 목격했다는 사실이었다. 사무소로 가는 나를 붙들고 위로하듯 왜 그러느냐 고 묻는데 눈물이 마구 쏟아졌다. 그가 왜 그곳에 있었는지는 알 수 없다. 그 또한 일자리라도 찾아보려고 서성거린 것인지도 모른다. 그 광경을 부친이 보지 않은 것은 그나마 불행 중 다행 이었다. 보았다면 필시 모든 것을 경험이라 생각하며 견디어내 라고 일렀겠지만 속은 쓰렸을 터이다.

다시 파슨 준위가 생각났다. 그가 부대에 있다면 이런 일은 당하지 않았을 테고 당했다 하더라도 애매하다고 호소할 수가 있을 것이 아닌가? 사무소로 돌아간 후 미친개의 상사인 루즈벨 트에게 호소를 해볼까 하는 생각이 들었다. 테일러 중위가 이를 테면 내 직속상관인 셈이지만 주급 지급 때나 만나는 터였다. 루즈벨트와 키다리는 대개 역사 쪽에 있었기 때문에 자주 보는 처지였다. 영어로 말한다는 것은 불가능하니 영어로 써서 억울한 사정을 호소해보자는 생각이 났다. 갖고 있던 영어 관련 부교재와 영어사전을 뒤적이며 영어로 써보았다. 사전 예문을 베끼고 고치고 짜깁기해서 일단 초를 잡았다.

Dear Sergeant,

My father came to see me. I gave him my blanket and some money. That was all. I did nothing else. I did nothing bad. Suddenly he attacked me like a mad dog. I fell down. I don't know why. What is your opinion?

중사님

아버지가 나를 보러 왔다. 나는 내 담요와 돈을 건넸다. 그게 전부다. 그 밖에 한 일 없다. 나쁜 짓 한 것 없다. 갑자기 그가 미친개처럼 나를 공격해서 넘어졌다. 까닭을 모르겠다. 어떻게 생각하나요?

공격한다는 말이 과연 적당한 말인가? '미친개처럼 공격했다'는 표현은 루즈벨트의 기분을 상하게 하지 않을까? 영어로도 그런 표현이 가능할까? 빼버릴까? 그러면 뭐라고 해야 하나? 문법에서 배운 것처럼 가정법을 써볼까? 가정법의 예문으로 내가 외고 있던 문장은 단 하나뿐이었다. "If I were a bird, I would fly to you. 내가 새라면 너한테 날아갈 터인데." 그것을 본떠서 적어보았다. "If you were I, what would you do?" 이래도 문장이 되나? 한참 궁리를 하고 있는데 미스터 남이 들어왔다. 책상에서 끼적거리고 있는 것을 본 그는 무얼 하고 있느냐고 물었다. 나는 영어 진정서를 써보고 있는 중이라고 말했다. 그리고 그날 겪은 일의 자초지종을 말했다. 그러자 그는 길게 설교를 늘어놓기 시작했다. 물론 미친개는 미친개, 고약한 놈이다, 그러나 우리한테도 문제가 있다, 기회만 있으면 물건을 째비려 든다, 그러니 망을 보는 미친개로서는 제 책임을 다하려 할 것 아닌가, 담요 건네주는 것을 먼발치로 보고 오해하는 것도 무리가 아니지 않은가, 그리고 가재는 가재 편이요 게 편이다, 루즈벨트도 제 부하를 두둔하려 들 것이다, 또 설사 미친개의 잘못을 인정한다 하더라도 루즈벨트가 할 수 있는 일은 없지 않은가, 미친개에게 사과하라고 할 리도 없고 할 수도 없을 것이다, 미국인은 우리와 다르다, 상관의 말이라고 무조건 복종하지 않는다, 괜히 잘못 건드리면 앞으로도 계속 미친개가 너를 괴롭힐지 모른다, 그러니 재수가 없어 당했다 생각하고 잊어버려라, 가족이 모두 돌아왔다니 기분전환을 위해 집에나 한번 다녀오지 그래……. 이것이 나를 위해 하는 소리라는 미스터 남의 장광설 요지였다.

틀린 말은 아니다, 그러나 가재는 가재 편이고 게 편이라면서도 당신은 우리 편이 아니지 않은가, 어쩌면 그렇게 미군 역성만 드는가, 당신은 가재도 게도 아닌 미꾸라지가 아닌가, 이것은 분명 잘못된 일이 아닌가, 의심나면 조사해서 사실을 가려야 할 것 아닌가, 몇몇 사람이 도둑질한다고 아무나 도둑으로 몰아도 되는가, 애매한 소리 하는 것이 제일 큰 죄란 말 못 들어봤나, 대학에서는 그런 것도 안 배우나, 설사 내가 잘못을 저질렀다 해도 나는 어린 중학생 아닌가, 이건 공공연한 미성년 폭행 아닌가, 당신 말이 옳다 하더라도 일단 나의 입장에 서보아야 할 것 아닌가, 내 억울한 사정에 대해 얼마쯤 위로의 말이라도 있어야 하는 것 아닌가, 훈계는 그다음에 하더라도 되지 않는가, 나도 당신을 위해 가재나 게 노릇 하지 않겠다, 미꾸라지가 되겠다, 때리는 시어미보다 더 미운 시누이가 되겠다. 두고 보라…… 이런 반심이 불끈 끓어올랐다. 그러나 잘못 건드리면 미친개에게 계속 당할 것이란 말은 사실이었고 그리해서 덕 볼 것은 아무것도 없었다. 사태가 확대되어 이로울 것 없으리란 것이 확실한 이상 빨리 잊어버리는 수밖에 없다고 생각하면서도 분하고 창피한 생각은 지워지지 않았다. 따지고 보면 무장하지 않았다는 판단 아래 돌멩이를 찾았으나 찾아지지 않은 것도 다행한 일이었다. 만약 그때 돌멩이가 눈에 띄었다면, 그리고 그것으로 그의 면상을 깨어놓았다면 순간적인 분풀이는 되었겠지만 어떻게 되었을까, 이렇게 생각하니 모든 것이 허망해지고 무서워졌다. 뭐니 뭐니 해도 지금 잘 먹고 잘 지내고 있는 것이 아닌가, 겨울철 피란길의 막막함을 생각할 때 복에 겨워 이러는 것은 아닌가, 코밑이 따뜻해져 콩기를 부리는 것이 아닌가, 하는 자성도 생겨났다. 참고 견디는 수밖에 도리가 없지 않은가?

나는 내 영작문을 다시 읽어보았다. 서투른 솜씨의 짜깁기이긴 하지만 그만 정도의 의사소통이 가능하다는 사실이 그 와중에도 스스로 대견스럽게 생각되었다. 앞으로 영어공부를 열심히 해서 미꾸라지 시누이를 찍소리 못하게 할까 보다, 하는 난데없는 포부조차 생겨났다. 미스터 남은 어디 영어 쓴 것 좀 보자고 말했으나 나는 보여주지 않았다. 내 영작문을 보고 나서 좋은 소리 안 하리라는 것은 평소의 언동으로 보아 불문가지였다. 나는 나를 잘 안다, 적어도 당신보다는 글을 잘 쓴다, 영어는 앞으로 하기 나름이다, 책 읽은 것도 없는 주제에 또 무슨 탈을 잡고 윗전 노릇을 하려고 그러느냐, 하는 것이 나의 고까운 심정이었다. 나는 거듭 완강히 거절했다. 내가 처음으로 시도한 영작문이 항의성 진정서 비슷한 것이었다는 사실은 대범하게 말해서 그 후 내 글이 걸어온 길의 예고 지표가 되는 것이 아닌가 하는 생각이 든다. 당장의 울분을 젖혀놓고 희석시키는 기분풀이는 되는지 모르지만 아무런 효용성도 소득도 없는 것이었으니 말이다. 모두 부질없고 발신자와 수신자가 동일한 부칠 곳 없는 편지가 아닌가? 그 며칠 후에 벌어진 사태는 그러나 너무나 큰 충격이어서 나의 봉변을 아무것도 아닌 것으로 만들어주었다.

간이역 광장에서

남행 피란 경력을 가진 칠십 대 이상의 고령자치고 R. T. O.

를 모르는 사람은 없을 것이다. 일사후퇴 이후 1953년 환도하기까지 기차여행 지망자들에겐 R. T. O.란 약칭이 극히 낯익은 말이었다. 특히 서울 탈환 이후 서울 출입을 하는 사람들에게 그러했다. 'Railway Transport Officer'의 준말이니까 철도수송관이라고나 할까. 어쨌건 철도편을 이용할 때는 R. T. O.의 허가가 필요했기 때문에 아주 익숙한 말이 돼버린 것이다.*

예전 간이역 수준인 달천역에도 R. T. O.가 주재하고 있었다. 역 한구석에 정거하고 있는 객차 한 칸이 그의 주거지이자 사무소였다. 그는 육군 서전트였고 장교가 아닌 것은 분명하다. 그의 아지트인 객차에는 젊은 한국 여성과 한 사람의 통역이 함께 기거하고 있었다. 객차 안을 들여다본 일이 없기 때문에 어떻게 구획되고 어떤 형태로 세 사람의 공동생활이 영위되고 있는지는 알 수 없다. 젊은 여성은 아주 드물게 바깥출입을 했고 그것도 대개 객차 주위를 거니는 정도였다. 한번 가까이서 본 바로는 시골티를 벗은 깔끔한 인상이었고 입성도 화사한 편이었다. 보나마나 R. T. O.의 동거녀임이 분명한데 젊은 통역이 같은 객

---

* 1951년 7월 15일자 《조선일보》의 다음과 같은 기사는 당시의 사정을 이해하는 데 도움이 될 것이다. 글 속의 상황은 대충 5월 말과 6월 초 사이의 일이다. "(부산발 합동) 교통부는 1월 4일 이후 운행을 중지 중에 있던 경부선의 일반 여객열차 운행을 1백8십1일 만에 또다시 시작하게 되었다. 즉 교통부에서는 오는 15일부터 부산 서울 간을 매일 1왕복씩 운행하기로 8군과 합의를 보았는데 일반의 불요불급한 여행은 억제하고 불가피한 경우에 한하여 이를 이용케 하기로 되었다. 이 열차는 부산을 15일 19시 정각에 출발, 서울에 16일 7시 30분에 도착하고 서울서 16일 19시에 출발하여 부산에 17일 7시 30분에 도착하는 바 중간 정차역은 부산진, 삼랑진, 대구, 김천, 영동, 대전, 조치원, 천안, 수원, 영등포, 용산으로서, 대구 이북 여행에 한하여는 씨 · 에이 · 씨 증명이 있어야 하며 부산과 대구 간 및 서울서 부산으로 가는 것은 증명이 없어도 승차할 수 있는 바 승차권은 각 역에 할당되었다. 그리고 서울 부산 간의 운임은 1만2천6백7십 원이라 한다."

차에서 기거하고 있으니 어떻게 이들의 공동생활이 유지되는 것인지 적잖은 궁금증이 생기곤 했다. 통역 역시 해병대 쪽과는 아무런 왕래가 없었고 눈에 뜨이는 일은 많았으나 하는 일이 무엇인지 분명치 않았다. 달천에서 한국인과 R. T. O.가 접촉하는 일은 거의 없었고 따라서 그가 통역 역할을 맡아 할 기회도 없어 보였다. 전 근무지에서 필요에 의해 고용하고 계속 함께 생활하는 것이었을 터이다. 어쨌건 충북선이 보급 노선으로 활용되면서 철도수송관도 필요해진 것이리라. 지금껏 생생하게 뇌리에 각인되어 있는 사단이 없었던들 달천역 한구석에 서 있는 객차 안의 기묘한 공동생활자들을 전혀 기억하지 못했을지도 모른다.

웅성웅성하는 소리가 나서 밖으로 나가 보니 광장 변두리로 노무자들이 둥그렇게 둘러서 있고 역사 바로 앞쪽으로 스리쿼터 한 대가 서 있었다. 그리고 R. T. O.인 서전트가 서부영화에 보이는 교수용 밧줄 같은 것을 한 노무자의 목에 걸고 있었다. 꽤나 길었던 밧줄 한 끝은 스리쿼터의 뒤쪽에 매어 있었다. 미군은 이내 운전대에 올라가 차를 몰기 시작했다. 목에 밧줄이 감긴 노무자는 처음엔 차를 따라가기 위해 상체를 앞으로 굽힌 채 다리를 부지런히 놀렸다. 그러나 스리쿼터의 속력이 빨라지자 따라가지 못한 그는 앞으로 고꾸라진 채 질질 끌려가기 시작했다. 노무자가 고꾸라지자 구경꾼 사이에서 어어어 하는 탄식 비슷한 소리가 나더니 잠잠해지고 모두 그 광경을 홀린 듯이 바라보았다. 구경하던 몇몇 해병대 병사들도 야릇한 소리를 내더니 이내 잠잠해졌고 그 광경을 골똘히 바라보았다. 광장을 한 바퀴 돌고 나서도 스리쿼터는 계속 달렸고 그러자 다시 구경꾼 사이에서 잠시 어어어 하고 의아해하는 소리가 났다. 한 바퀴 정도로 끝나리라고 예상했던 탓이리라. 앞으로 고꾸라진 노무자는 계속 질질 끌려갔다. 두 바퀴를 돌고 나서 서전트는 스리쿼터에서 내려 노무자를 일으켜 세우더니 목에 감았던 밧줄을 벗겼다. 그제야 노무자들 사이에서 웅성웅성 분노에 찬 욕설이 낮은 목소리로 새어나왔다. 망할 자식, 거꾸로 매달 자식, 똥물에 튀길 자식, 급살을 맞을 자식……. 그러나 큰 소리를 지르는 사람은 아무도 없었다. 몇 사람이 다가가 녹초가 된 노무자의 옷을 터는 시늉도 하고 뭐라고 말을 거는 모양이 보였다. 이때만 하더라도 지금은 아주 흔해 빠진 개새끼란 욕설은 널리 퍼지지 않았던 것 같다. 아무래도 북쪽에서 내려온 욕설 같은데 우리 쪽에선 '망할 자식' 정도가 통상이 아니었나 생각한다.

나중에 들으니 R. T. O. 사무실인 객차에서는 식품이나 의류 등의 분실사고가 잦았다 한다. 미군 서전트는 벼르고 있다가 새벽녘에 객차 안으로 잠입하려는 노무자를 잡아두었다가 한낮에 공개적으로 기상천외한 차량폭행을 가한 것이다. 본보기 효과를 내기 위해 노무자들에게 절도혐의자의 공개응징을 알려서 구경꾼을 모으게 한 것이었다. 공개응징이 스리쿼터에 목매달고 달리기인 줄은 아무도 몰랐을 것이다. 분명 통역이 그 공개응징을 알렸을 텐데 현장에 그의 모습은 보이지 않았다. 자신의 난처한 입장을 잘 알고 있기 때문이었을 것이다. 생각해보면 린

치란 말은 갱과 함께 내가 초등학교 때부터 알고 있던 영어 단어다. 일제 말기 일인들은 미국에 대한 험담과 악담을 가지가지로 퍼뜨렸는데 그 일환으로 미국에는 갱이 흔하고 린치가 항다반사라는 것을 얘기했다. 흑인을 함부로 다루며 무시로 사형私刑을 가한다는 얘기를 퍼뜨렸고 교실에서 교사에게 들은 일도 있다. 그 비슷한 사적 자의적 폭행현장을 그때 처음으로 생생하게 목격하게 된 것이다.

피해자가 처음 발바리처럼 다리를 부지런히 놀리다가 앞으로 고꾸라진 채 질질 끌려가는 광경에 맹렬한 분노의 감정을 금할 수 없었던 것이 사실이다. 오랫동안 그 광경은 나의 뇌리를 떠나지 않았다. 얼마 전에 내 자신이 억울한 일을 당했던 터라 당사자가 과연 절도 용의에 값하는 행동을 했는가 하는 점에도 의문이 갔다. 육이오 전에 본 빨치산 공개처형 장면과 함께 가장 충격적인 경험의 하나였고 하나의 전율로 다가왔다. 장성한 후에도 계제가 있을 때마다 여러 차례 떠올리면서 곰곰이 생각해보곤 하였다. 그러나 그 후의 갖가지 폭력행사의 목격이나 우리쪽 공식적 폭력기구 종사자들이 자행하는 폭력에 대한 직·간접 경험은 점차로 그런 경악과 분노를 무디게 한 것 또한 사실이다. 전쟁 중에는 어떠한 일도 태연히 일어나게 마련이라고 생각함에 따라 전쟁에 대한 공포와 혐오감이 더욱 증대해갔다. 미스터 남에게 공개적 사적 응징은 R.T.O.의 통역 책임도 크지 않으냐고 말했는데 그것이 자신에 대한 비난이기도 하다고 생각한 탓인지 그는 통역이 할 수 있는 일이 뭐가 있었겠느냐며 말머리를 돌렸고 도둑질을 하려면 감쪽같이 해야지 그게 무슨 꼴이냐며 도리어 서투른 절도미수자를 탓하듯이 말했다. 피차 수통스럽고 정나미가 떨어진 탓인지 노무자들도 그 사단을 다시 입에 담는 법이 없었다. 뒷얘기도 아는 바가 없다. 다만 그때의 통역이 소위 명문대 학생이었다는 것과 김씨 성이었다는 것은 그의 딱 벌어진 어깨와 함께 분명히 기억하고 있다.

그 후 역전의 소광장은 다시 한번 미군과 노무자들에게 구경거리 무대가 되어주었다. 달천 미군부대의 급유소fuel point*는 역전 광장의 한 모서리에 있었다. 당시 급유소 담당 노무자는 왼손 왼팔을 쓰지 못하는 중년의 장애자였다. 장애자에 대한 배려로 그를 편한 자리로 배치한 모양인데 그러고 보면 달천에서 현지 채용한 새 노무자가 아니었나 생각된다. 사람이 워낙 충직하고 진국이어서 미군 병사들 가운데도 그에겐 인사를 건네는 이들이 있었다.

어느 오후 느닷없이 바깥이 소란해졌다. 나가 보니 급유소 담당의 오른손에 불이 붙어 있었다. 왼손을 못 쓰는 그는 어찌할 바를 모르고 당황해하다가 광장 한가운데에 웅덩이가 있는 것을 알아차리고는 그리로 달려갔다. 장애자인 그는 민첩하지 못했고 그가 달리기 시작하자 불길은 더 커졌다. 노무자들은 일제히 '기운 내, 기운 내' 하며 응원을 했고 결국 그는 웅덩이 물 속

---

* 급유소를 미군은 fuel point라 불렀다. 그것이 미군의 공통용어인지는 알 길이 없다. 다만 그 부대에서는 물탱크가 있는 급수소도 water point라 부른 것이 사실이다. 미군은 큰 물탱크에 강물을 채취해 와 소독약을 넣고 식수로 사용했는데 조그만 꼭지가 여러 개 달려 있어 생수 희망자는 그 물을 따라 먹었다.

에 불난 오른손을 들이밀어 진화에 성공하였다. 구경꾼들은 일제히 박수를 치고 기성을 올렸다. 순식간의 일이긴 했으나 응원을 하는 한편으로 그 기묘한 화재를 구경꾼들은 분명히 즐기고 있었다. 불구경을 즐기는 것은 인가나 건물의 경우에만 해당되는 것이 아니었다. 마침 비온 끝이라 광장 한가운데 자연스레 물웅덩이가 생겼기 망정이지 그게 없었다면 어떻게 되었을까, 생각만 해도 아찔하였다. 한동안 일을 쉬고 오른손에 머리통만 한 붕대를 하고 다녔던 그를 볼 때마다 도대체 어떻게 해서 손에 불을 낸 것인지 궁금해지곤 하였다. 그러나 그에게 물어볼 수는 없었다. 담배를 안 피우는 것이 급유소 근무자의 첫 번째 조건이었기 때문에 그의 횡액이 담배와 무관한 것이었음은 분명했다.

엘리자베스 시대만 하더라도 영국에서 인기 있는 구경거리의 하나는 사냥개의 곰 습격이었다. 말뚝에 곰을 묶어놓고 사냥개를 푼다. 사냥개들이 일제히 달려들어 곰을 물어뜯는다. 몸이 묶인 곰은 속수무책인 채로 비명을 지를 수 있을 뿐이다. 구경꾼들은 함성을 지르며 이 광경을 재미있게 지켜본다. 이 구경거리가 셰익스피어 극의 상연보다 더 많은 관객을 끌어 모았음은 말할 것도 없다. 19세기까지만 하더라도 영국에선 사형수의 공개처형이 이루어졌다. 공개처형이 있는 일요일엔 어린이를 데리고 처형장소로 소풍을 가는 것이 영국 하류층의 위락 관행의 하나였다. 우리가 일일이 의식을 하지 않아서 그렇지 제도화된 새디즘의 흔적은 도처에서 발견된다. 어린이들의 왕따에서 변두리 일탈자에 대한 박해에 이르기까지 제도화된 새디즘에 내재하는 인간병리는 대중영합적이고 상투적인 인간찬가에 유보감을 갖게 한다. 분노하는 한편으로 즐기며 미소 지으며 완상하는 일이 주변엔 많다. 스캔들의 주인공에게 보이는 적개심이나 공격적 관심에도 그 점이 잘 드러나 있다.

달냇강을 건너

기분 전환도 할 겸 집에나 다녀오라는 미스터 남의 말을 따라서가 아니라 충주엘 가보아야 할 형편이 되었다. 6월 초순쯤의 일이다. 사무소에서 탄 첫 새경으로 사 신었던 고무신이 너덜거리기 시작했기 때문이다. 고무신의 바닥과 옆구리의 연결 부분이 갈라진 것이다. 가게에 운동화가 없어서 우선 고무신을 사 신은 것이었는데 더 이상 버틸 수가 없었다. 아침을 끝내자마자 역사 앞의 숙소 겸 사무소를 떠났다. 전번에 와 보고 구경만 하고 돌아간 목제 달천교를 건너 충주를 향했다. 걸어서 튼튼한 나무다리를 건너는 재미가 만만치 않았다. 지나가는 차량도 없어서 긴 다리의 주인이 된 듯한 느낌이었다. 그 시간 강다리가 나 혼자만을 위해 서 있다는 착각을 안겨주었고 그 착각은 흐뭇하기만 했다. 달냇강에서 충주 시내에 이르는 벌판은 당시만 하더라도 모두 논이었다. 주위의 논에 모가 심겨 있어 주민들이 피란길에서 돌아왔다는 것이 실감되었다. 기차가 다니지 않는 충주역이 그대로 서 있었다. 시내까지는 10리 길인데 단숨에 가 닿았다.

대수정 다리를 건너 시내로 들어서니 사람의 왕래도 빈번하고 정상을 회복한 것이 확연했다. 제일 먼저 찾은 곳이 시장의 신발가게였다. 가게가 모두 문을 열었고 물건들도 그득했다. 신발가게에는 내가 바라던 운동화를 비롯해 검정 고무신과 흰 고무신이 가득했다. 지난번에 값이 너무 비싸다는 생각으로 단념했던 농구화 비슷하게 생긴 값 나가는 것을 골라 당장 그 자리에서 갈아 신었다. 가게를 나와 한길로 나서다가 일 년 위 상급생인 김진복金鎭福 형을 만났다. 뒷날 서울대 전체 수석으로 의과대학을 졸업하고 종양 전문가로 유명해진 인물이요 내 몸에 칼을 대어 병집을 도려내준 인연이기도 하다. 중학교가 단월에서 문을 열었고 자기는 학교에 다니고 있다면서 학교로 돌아와야 할 것 아니냐고 그는 말해주었다. 그러는 그는 책보를 끼고 있었다. 가정형편도 생각해야 하기 때문에 조금 기다려보겠다고 말하자 그는 잘될 것이니 걱정할 것 없다고 위로의 말을 해주었다. 그는 우리 집 형편을 잘 알고 있는 처지였다.

상급생과 헤어지고 곧장 용산 변두리에 있는 집으로 향했다. 개울가 골목에 들어서자 한 집에 사람이 바글바글하였다. 우禹씨 성은 희성인데 우리 골목에는 우씨 성을 가진 집주인이 둘이나 있었다. 우리 집 바로 뒤에 있는 우씨는 해방 전부터 살고 있었던 터요 사람이 바글바글하는 집의 우씨는 육이오 직전에 이사 온 노인네였다. 그 우씨가 환갑잔치를 열어 손님이 바글바글

한 것이었다. 이 난리 통에도 환갑잔칫상을 차리는구나! 손님을 청하는구나! 국수도 삶는구나! 그런 생각을 하니 학교를 다니고 있다는 좀 전의 상급생이 떠오르면서 외톨이라는 소외감이 찬바람처럼 썰렁하게 가슴을 스쳤다. 모두들 호기 있게 한강에서 물놀이하는데 나 혼자 실개천에서 개헤엄치고 있는 것은 아닌가? 모래무지나 뒤지고 있는 것은 아닌가? 내 실개천의 끝물은?

모두 출타중이고 모친과 막내아우만이 집을 보고 있었다. 피란길로 나서면서 '너라도 제발 무사해다오.' 하고 빌었던 살구나무는 무성한 잎사귀째 끄떡없이 제자리에 서 있었다. 그때 비로소 무언가 선물을 사올걸 하는 생각이 들었다. 돈도 써본 사람만이 쓸 줄 안다. 용돈이란 것을 모르고 자란 나는 봉창에 돈이 있었지만 요긴하게 쓸 생각을 못할 만큼 꽉 막혀 있었다. 방에 들어가 제일 먼저 살펴본 것은 책이었다. 재물이라고는 없는 집 안에서 그나마 사람 냄새 나는 것은 오직 책뿐이었다. 들은 바 대로 또 예상했던 대로 낯익은 책들이 보이지 않았고 꽤 크고 그뜩했던 책장은 헐렁하게 비어 있었다. 이것저것 뒤적거리며 아쉬워하는 것을 보고 모친은 "기둥뿌리 온전하고 몸 성하면 됐지 더 바랄 게 뭐냐."고 말했다. "아껴둔 솜이불이 다 없어진 것 보고 나도 처음엔 속상하더라. 그러나 그게 무슨 대수냐고 고쳐 생각하니 아무렇지도 않더라." 그러더니 뭐 먹고 싶은 것 없느냐고 물었다. 예고 없이 들이닥친 집에 별 반찬이 있을 리 없었다. 그럴 경우 목으로 술술 잘 넘어가는 국수가 제일 낫다. 나는 우유나 계란 같은 것을 잘 먹고 있는데 국수만큼은 통 먹어보지 못했다고 말했다. 구변 좋고 일처리가 시원시원하나 그 대신 섬세한 구석이 모자라는 것 같아 커가면서 늘 마음에 걸리던 모친은 당장 밀가루를 반죽하기 시작했다. 점심을 먹으며 들은 바로는 이웃들은 대개 돌아왔는데 한 집 건너 오쟁이네 집만은 아직 돌아오지 않았다는 것이었다. 사실 그 후에도 그들은 돌아오지 않았다.

미스터 남이 일찌감치 돌아오라는 말도 하고 해서 그럴 작정이었다. 자기 혼자 식당 가기가 멋쩍기 때문이라는 것을 나는 알고 있었다. 헌 영어 교과서라도 가져갈까 하고 찾아보았으나 영 보이지 않았다. 언뜻 눈에 들어온 것이 하사마 붕이치〔挾間文一〕의 『朝鮮의 自然과 生活』이었다.* 해방되기 1년 전에 나온 이 책을 나는 전에는 거들떠보지도 않았다. 그러나 우연히 눈에 띄었고 제목이 재미있게 생각되어 가져가 읽어볼 생각이 나 집어 들었다. 지질도 나쁘고 전시하의 조제품이란 인상이었으나 의

---

* 지금도 보관하고 있는 이 책은 가격이 3원 24전으로 소홀치 않은 액수이다. 저자는 일본의 나가사키〔長崎〕의과대학 졸업생으로 경성의전과 경성대학 약학 교수로 있었다. 10년간 한국에 체재한 그는 밤하늘의 아름다움에 매혹되었다고 말하고 있는데 북한 특산인 명태 눈의 영양학적 연구에도 기여했다. 지방을 다니며 한국 풍속을 관찰해서 적어놓았고 반딧불이를 통해 발광發光동물에 흥미를 느껴 인천 앞바다에서 스스로 발견한 모의충毛翼虫이란 발광 곤충 연구로 일본동물학회의 〈학술상〉을 받기도 했다. 취미로 언어학, 천문학, 민속학을 들고 있다. 책 꼬리에 발행부수 3천 부라는 것이 명시되어 있다. 1944년 10월이라면 일본에서 만 18세 이상을 병역에 편입시키고 미군이 필리핀 레이테섬에 상륙하여 일본이 자살특공대를 처음으로 투입하고 전국의 도시가 공습에 시달리던 시기다. 그런 시기에 이런 책을 3천 부나 찍었다는 것은 저들의 문화적 저력을 엿보게 하는 것이다. 책에는 시국 영합적인 글도 없지 않으나 한국의 민속과 자연을 다루고 있는 것이 대부분이다. 서지사항은 다음과 같다. 挾間文一, 『朝鮮の 自然と 生活』, 1944년 10월 25일, 동도東都서적주식회사 경성京城지점 발행, 254쪽.

외로 괜찮은 책이다. 그의 이름을 알고 있는 사람을 딱 한 사람 본 적이 있다. 오랫동안 인천교대에서 가르쳤던 박광성朴廣成 선생은 일제 말기에 대구사범을 다녔는데 당시 학생들 사이에서는 널리 알려져 있었다고 들려주었다. 일본의 한미한 지방대학을 나와 학문적 성취를 이루어 이른바 비명문대 학생들이나 사범학교 학생들에겐 각별한 사표 구실을 했다는 것이다. 일제 말기 어려운 시기에 실용적 가치라고는 없는 이런 책을 비싼 돈 주고 사서 본 부친의 고독과 호기심을 요즘에야 이해할 수 있을 것 같다.

어쨌건 하사마의 책 한 권을 달랑 들고 오던 길과는 달리 호암저수지를 거쳐 관개수로를 따라 논둑길을 걸어갔다. 왕래하는 사람도 별로 눈에 뜨이지 않는 한적한 관개수로가 끝나면 신작로가 나선다. 기차건널목이 있는 곳이다. 달냇강이 범람해서 건널목까지 물이 찼다는 것이 대홍수에 대한 이곳 사람들의 구전이다. 건널목을 지나 왼편을 보면 멀리 월악산이 보인다. 요즘은 등산객이 많아 들어본 사람이 많겠지만 당시만 하더라도 인근 사람이나 겨우 아는 무명산이었다. 규모는 작지만 표고 천 미터를 넘는 악산으로 멀리서 보면 뾰족한 봉우리에서 괴이한 기상이 느껴진다. 다시 목제다리를 건너 달천 역사에 이르렀다. 식사시간이 한참 먼 시각이었다.

사무소 겸 거처로 돌아가 쉬고 있는데 여닫이문이 열리면서 미스터 남이 황급히 방 안으로 들어왔다. 그는 내 인사도 받는 둥 마는 둥 반닫이 나무 궤를 열고 한참 부산을 떨더니 사무용

가방을 끄집어내었다. 상기된 얼굴이었고 가방은 빵빵하였다. 그는 어딘가에 숨겨달라며 거의 애원하다시피 가방을 내게 내밀었다. 청을 물리치기엔 너무 절박한 상황이요 간절한 표정이었다. 퍼뜩 함실아궁이 생각이 났다. 가방을 들고 뒤꼍으로 가 함실아궁이로 내려갔다. 아궁이 초입 왼쪽으로 가방을 집어넣고 밀었다. 미심쩍어 좌우 양쪽에서 자세히 살펴보아도 함실에선 보이지 않았다. 그래도 미심쩍어 부지깽이로 가방을 더 왼쪽으로 밀어붙였다. 방으로 돌아오니 미스터 남은 의자에 앉아 눈을 감고 숨을 고르고 있다가 어디에 두었느냐고 다급하나 낮은 목소리로 물었다. 함실아궁이 속에 집어넣었다고 사실대로 말했다. 궂은일이라면 모든 것을 내게 떠맡기는 그는 함실아궁이가 어디에 있는지도 알지 못했다. 누기를 없애기 위해 가끔 때는 군불도 내가 도맡아 했기 때문이다. 영 불안해하는 그에게 그냥 까막뒤짐으로는 찾지 못할 것이라고 안심을 시켜주었다. 그는 누가 찾아올지 모르니 여기 그냥 앉아서 얘기나 하자면서 궁금한 점이 있더라도 참아달라, 좀 있다가 모든 것을 들려주겠다면서 뒤늦게 집에 별고는 없느냐고 건성으로 물었다. 나도 짤막하게 별일 없다고 대답했다. 그제서야 그는 책상에 놓아둔 하사마의 책이 눈에 뜨인 듯 집어들고 펴 보더니 어디서 난 것이냐고 물었다. 집에 굴러 있기에 가져온 것이라고 나는 사실대로 말했다. 긴장이 얼마쯤 풀린 그는 늘 하는 대로 얼마쯤 굽어보는 투로 일껏 집에 가서 겨우 이런 책을 가져왔느냐, 쓸 만한 책이 달리 없더냐고 물었다. 이런 책이라니! 변변히 읽은 책도 없는 주제에 읽어보지도 않고 이런 책이라니! 참 야박하고 얄팍한 사람이란 생각이 들면서 이런 사람의 다급한 심부름까지 해준 자신이 무력하고 한심하게 생각되었다. 아까 다급하게 가방을 숨겨달라 한 것은 분명 사람이 들이닥칠지도 모른다는 생각으로 그랬을 터인데 찾아오는 이는 아무도 없었다. 미스터 남은 애써 태연한 척하면서 이것저것 들은 소문을 얘기했다. 저녁식사를 알리는 벨 소리가 났다. 한참 후 우리가 식당으로 가야 할 때쯤 내가 이제 가보자고 일어섰다. 그는 여전히 골똘한 표정으로 조금 더 있다 가자고 했다. 저녁식사 동안 내내 그는 긴장한 표정으로 얼마 남아 있지 않은 병사들을 주시하곤 하였다. 식당을 나오면서 그는 길게 한숨을 내쉬었다.

7. 중앙선 간현역 부근

한 길 사람 속

저녁식사를 끝낸 후 미스터 남은 만나볼 사람이 있다며 곧 마실을 갔다. 가방을 잘 부탁한다는 말도 잊지 않았다. 그는 늦게까지 돌아오지 않았다. 궁금한 일이 한두 가지가 아니었다. 빵빵한 가방이 돈 가방임은 너무나 분명했다. 당황해서 애원하듯 하는 그의 표정은 분명 위기에 처한 범죄자나 도망자의 모습이었다. 그 점에 관해선 의문의 여지가 없었다. 식당 안에서 몇 안 되는 미군 병사를 계속 주시하곤 하는 것으로 보아 부대 안에서의 사단임도 분명했다. 내가 의아해하며 심히 책한 것은 자신의 둔감이었다. 달천으로 이동해 온 후 줄곧 침식을 함께해왔는데 수상한 행적을 전혀 눈치 채지 못하지 않았는가? 스스로도 납득할 수 없고 양해가 되지 않았다. 미군부대가 이동해 가면 곧장 따라오는 것이 양공주임은 들어서 알고 있었다. 노무자들이 틈만 있으면 물건 '째비기'에 눈이 벌겋다는 것도 들어서 알고 있었다. 그런데 미스터 남의 손에도 숯검정이 묻어 있다는 생각은 전혀 해보지 못한 것이다. 이동 이후 그는 사무실에 붙어 있지 않고 밤에도 곧잘 마실을 다녔다. 그것은 그가 부대 총괄 통역을 맡은 때문이고 또 피난민 여학생과 분홍색 교제를 하기 때문이거니 생각했을 뿐이다. 그런데 이제 와 보니 그게 아닌 것 같았다. 필시 곡절이 있을 것이다. 그렇게 생각하니 늘 굽어보는 자세로 윗전 노릇 하며 훈계조로 얘기하는 그가 다시 얄밉게 생각되었다.

안면은 있으나 말을 주고받은 적이 없는 젊은 노무자가 미스터 남을 찾아왔다. 노무자치고 단정한 차림새였다. 막걸리나 한잔하자고 시간 약속을 했는데 나타나지 않아 기다리다가 한번 들러보았다는 것이었다. 별일 아니고 가끔 막걸리잔을 나누는 처지라고 그는 묻지도 않은 말을 덧붙였다. 막걸리집도 있느냐고 나도 건성으로 물어보았다. 노무자가 이렇게 많은데 막걸리집이 없겠느냐며 부대가 이동해 오고 나서 곧 생겼다고 그는 가르쳐주었다. 어디냐고 물으니 살구나무집 옆이라고, 그것도 모르고 있느냐는 듯이 그는 말했다. 그러고 보니 살구나무집 옆에 막걸리집이 있는 것은 너무나 당연해 보였다. 사변 전에 시집 『귀촉도』에서 보았고 청주에서 입수한 『현대시집』에서도 접한 대목이 떠올랐다. "여기는 어쩌면 꿈이다. 귀비貴妃의 묘墓등 앞에 막걸리집도 있는, 어여쁘디 어여쁜 꿈이다." 귀비의 묘등 앞 아닌 창가娼家 옆의 막걸리집 출입을 당신은 하는구나. 그러나 미스터 남이 술 냄새를 풍기는 적은 별로 없었다. 나 자신은 살구나무집 근처엔 가본 적이 없었다. 노무자의 입에 살구나무집이 오르내릴 때의 문맥이 너무나 상스럽고 황하고 막돼먹어서 근처를 얼씬거리다간 나도 물이 들어버리고 말 것 같은 두려움이 있었던 게 사실이다. 한참을 기다리다가 권이란 사람이 왔다 갔다고 전해달라는 말을 남기고 노무자가 떠난 뒤 얼마 안 있어 미스터 남이 돌아왔다. 술기운은 없었다.

권씨란 사람이 왔었다고 전하자 미스터 남은 애써 태연한 표정을 지으며 그러냐고 대수롭지 않게 말했다. 그러나 표정관리가 잘 안 되는 그가 자못 긴장하고 있다는 것은 역력했다. 그는 다시 한 번 가방 걱정은 안 해도 괜찮겠지, 라며 내 다짐을 받으려 했다. 정 미심쩍으면 함실부엌 아궁이를 확인해보라고 말했다. 그래 볼까, 하고 그는 방을 나섰다. 나는 아궁이 속 왼편 구석에 있을 것이라고 말해주었다. 하는 짓이 알미워 따라나서지 않았다. 조금 후에 방으로 돌아온 그는 가방이 보이지 않는다며 얼굴이 흙빛이 되어 있었다. 남자치고는 예쁘장하게 생긴 얼굴이지만 얼굴이 유난히 누렇다는 인상을 주는 그는 곧잘 안색이 흙빛으로 변하곤 했다. 몹시 기분이 상했거나 아주 낙담했을 때의 표지였다. 저녁식사 후 줄곧 사무소를 지켰는데 그럴 리가 없다면서 나는 함실아궁이로 내려갔다. 아궁이 왼쪽으로 힘껏 오른팔을 뻗어보았다. 아무것도 잡히지 않았다. 나는 부지깽이로 아궁이 속을 더듬었다. 부지깽이에 무언가가 닿는 감촉이 왔다. 미스터 남에게 부지깽이를 건네주며 한번 더듬어보라고 말했다. 그는 하라는 대로 했다. 무엇인가 감촉이 와 닿자 비로소 안심이 된 듯 그는 그만 돌아가자고 했다. 이제 약속한 대로 그가 궁금증을 풀어줄 차례였다. 그러나 그는 쉽게 입을 열지 않았다. 아궁이 속 가방이 돈가방이 아니냐고 물어보자 마지못해 입을 열고 언젠가는 꼭 들려주어야 할 얘기를 엮어나갔다. 그때 들은 얘기는 오락가락해서 대중할 수 없는 구석도 많지만 요약하면 줄거리는 다음과 같다.

—이동해 온 후 한 달쯤 되었을 때 노무자 한 사람이 다가왔다. 돈을 벌 수가 있는데 한탕 해보지 않겠느냐는 제의였다. 미군이 교대해가며 밤에 보초를 두 사람씩 선다. 그중 보초 A와 얘기를 나누고 있어라. 그러면 자기가 보초 B의 묵인하에 물자를 빼낼 것이다. B는 이미 살구나무집에 데리고 가 재미를 보게 해서 삶아놓았다. 따라서 문제될 것 없다. 확인하는 의미에서 영어를 잘하는 당신이 한번 말을 건네보라. 빼돌린 물자는 금시 팔아먹을 수 있다. 지금 읍내에서 장사꾼들이 와서 빼돌린 물자 나오기를 고대하고 있다. 빼돌려서 번 돈은 세 사람이 똑같이 나누어 갖자.

철도편으로 운송되어 온 보급품은 일단 하역작업을 통해 플랫폼에 쌓아놓는다. 그 후 칸보이가 오면 다시 트럭에 실어올리는 것이 노무자들의 소임이다. 내리고 올리는 일 사이의 기간은 휴식기로 노무자들도 사실상 쉬는 것이다. 노무자들이 하역작업에 종사할 때는 많은 병사들이 나와 도난방지를 위해 경비를 선다. 그러나 보급품을 플랫폼에 쌓아놓은 시기에는 보초 두서너 명 정도가 경비에 임할 뿐이다. 더구나 밤에는 두어 명 정도가 교대로 경비를 선다. 달천 역구가 워낙 좁고 또 보급품도 전보다 많이 줄어들어 청주에서보다 용역 인원이나 경비 인원이 줄어든 것이다. 이것이 당시의 경비상황이었다.

─처음엔 겁도 나고 주저되었다. 그러나 파슨 준위가 전속 간 후 나도 의지할 데도 없어졌다. 또 물자가 이렇게 흔한 판국에 쥐꼬리만큼 빼돌린다 해서 표가 나는 것 아니잖은가. 물건을 빼돌리면 돈벌이가 되는 게 사실이지만 그뿐 아니고 우리 동포에게도 도움이 된다. 옷가지 같은 것이 심히 부족한데 크게 도움이 될 것 아닌가. 미국은 말할 수 없이 풍족한 부자 나라다. 부자 나라 물자를 가난뱅이 나라의 피란민이 좀 빼돌리기로서니 죄 될 것도 없지 않은가? 노무자의 채근에 결국 동의했다. 당초의 약속과 달리 째비기의 현장은 노무자 두 사람이 담당하게 됐다. 순식간에 번개같이 해치우자면 혼자로선 벅차다, 그러니 믿을 수 있는 동료 한 사람을 끌어들였다는 게 첫 발설자의 말이었다. 야밤 중 보초 교대 시점에 나가서 하라는 대로 했고 두 노무자가 물자를 빼돌렸다. 그러나 첫 번째는 성공 반 실패 반이었다. 빼돌린 물자 중엔 모래를 집어넣는 참호용 포대布袋가 많았는데 옷감 대용으로 팔리긴 하지만 너무나 헐값이다. 또 굉장히 무거운 상자 몇 개를 힘들게 빼돌렸지만 구두가 몇 켤레 들어 있을 뿐이어서 역시 재미가 적었다. 그래서 한 번 더 하기로 하고 기회를 노려 이번엔 제법 재미를 보았다. 슬리핑백 비슷한 포장 속에 러닝셔츠가 400장 들어 있는 것을 몇 개 빼돌려 재미

를 본 것이다. 더 하자는 것을 꼬리가 길면 잡힌다고 말렸다. 그런데 보초 A와 보초 B가 시비하는 것을 보았다고 첫 발설자인 노무자가 와서 말했다. 상당히 심하게 말싸움을 하는데 혹시 A가 눈치를 채고 딴죽을 거는 것이 아닌가, 그런 생각이 든다며 주변 단속 잘하고 대비하라고 일러주었다. 그 얘기 듣고 가만히 생각해보니 말렸는데도 불구하고 노무자 두 사람이 전과 같이 B의 묵인 아래 물건을 빼돌리다가 아무래도 A가 눈치 채고 문제를 일으킨 것 같다. 그래서 만약의 사태에 대비하기 위해 가방을 잠시 치워둔 것이다. 가방엔 돈이 들어 있지만 네 사람이 분배할 돈이다. 노무자들은 합숙을 하고 있어 은밀히 숨겨둘 데가 없다. 그래서 내가 일단 간수하고 있는 것이다.

미스터 남이 들려주는 얘기를 듣고 그를 다시 쳐다보게 되었다. 인구 대비 학생 수가 지금보다는 아주 적은 시절이긴 하지만 꼭 대학생티를 내며 잘난 척하는 그가 나는 마음에 들지 않았다. 윗전에게 살살거리는 만큼 아랫사람에게 도도하게 구는 것도 은근히 역겨웠다. 그렇긴 하지만 내 마음에 꼭 드는 사람이 어디 있을 것인가. 내 자신도 내 마음에 안 드는 처지가 아닌가. 제가 제 밥 먹고 잘난 척하는 거야 어떻게 할 것인가. 게다가 황하고 상스럽고 막돼먹은 말을 함부로 내뱉는 노무자들과 비교할 때 그는 단연 점잖고 무던한 양질의 청년이요 대학생이었다. 곱상한 얼굴의 그가 여학생과 분홍색 교제를 하는 것을 부러워했으면 했지 배 아파하지도 않았다. 그러나 그가 나 모르는 사이에 그런 대담한 절도행위의 공모자이자 공범자 역할을 했다고 생각하니 맹랑한 사람이란 생각이 들면서 조금 두려워지기까지 했다. 이런 사람과 같은 솥 밥 먹고 같은 방 쓰다가 혹 구정물이나 뒤집어쓰는 것은 아닌가, 하는 걱정이 생기기도 했다. 도둑질을 하려면 감쪽같이 해야지 저게 무슨 꼴이냐고 바로 며칠 전에 얘기한 것이 자기는 감쪽같이 했다는 얘기였구나, 하는 생각이 들면서 다시 얄미운 생각도 들었다. 한편 그의 말을 모두 곧이곧대로 들어도 되는 것인가, 하는 의문도 생겼다. 자기는 어디까지나 피동적으로 움직였고 보초의 주의를 돌리는 역할을 했을 뿐이라고 하지만 과연 그랬을까? 보초 예정자를 살구나무집으로 데려가 구워삶고 분배금을 약속하고 절도행위를 묵인해달라고 꼬드긴 것은 바로 미스터 남 자신이 아니었을까? 어떻게 영어도 모르는 노무자가 미군 병사와 그런 모의를 할 수 있단 말인가? 그렇게 생각하니 의문점이 한두 가지가 아니었다. 미군 보초 B와 A가 시비하는 것으로 보아 들통이 난 것 같다는 첫 발설자의 말이나 그 말에 대경실색해서 내게 돈가방을 숨겨달라 했다는 것도 곧이 안 들리고 뭔가 석연치가 않았다.

그러는 한편 그의 말이 맞는지도 모른다는 생각이 들기도 했다. 절도 계획 가담을 제의했다는 노무자만 해도 그랬다. 노무자 가운데는 어엿한 직업을 가진 피난민도 있지 않은가. 그리고 감독인 미스터 홍 생각도 났다. 청주 시절에 그는 심심치 않게 노동사무소에 들러 파슨 준위나 서전트 헤일에게 야단스레 인사를 하곤 했다. 또 뒤꽁무니에 시사주간지를 넣고 다니며 가끔 펴보곤 했다. 그러나 달천으로 이동해 온 후 미군이 사무소에

진 치고 앉는 법이 없게 되자 그는 우리 쪽에는 발길을 완전히 끊어버렸다. 어쩐지 상스러운 구석이 있는데다 더펄더펄하는 그를 마땅치 않게 생각했으나 부친을 주유소에 배치해준 덕도 보았고 해서 내 편에서 깍듯이 인사하곤 하던 처지였다. 그러던 차여서 그의 정체를 파악했을 당시의 놀라움은 컸다. 그의 정체를 파악했다기보다는 내가 내 정체를 알게 되었다는 편이 정확할지도 모른다. 청주에서보다 한결 가까워진 것은 사실이나 나는 노무자의 하역현장엔 가까이 가지 않았다. 대개 사무소나 지켰을 뿐이다. 어느 날 음료수를 받아오기 위해 광장을 가로질러 워터포인트로 갔다. 테일러 중위와 미스터 홍과 후줄근한 몰골의 노무자가 한구석에 서서 얘기를 하고 있었다. 미스터 홍이 손짓과 몸짓을 많이 섞어서 뭐라 중위에게 설명하고 있었다. 배를 가리키며 뭐라 하는데 들어보니 별것 아니었다. 노무자가 복통이 심하다, 그러니 약을 좀 달라는 것이었다. 중위는 설사냐고 물었다. "He got diarrhea?" 홍이 멈칫하자 중위는 다시 물었다. "He got diarrhea?" 그러자 홍은 "야, 야, 다이아쩡 이즈 오케이, 잇스 오케이." 하며 다시 야단스레 손짓을 하였다. 중위는 영 미심쩍은 얼굴로 노무자와 홍을 번갈아 보더니 노무자보고 "따라오라."면서 막사 쪽으로 향했다.

청주에서 통역 권 선생이 설사가 있다며 약을 좀 구해달라고 서전트 헤일에게 부탁하는 것을 보았기 때문에 나는 'diarrhea'의 뜻을 알고 있었다. 비교적 어려운 단어이기 때문에 도리어 철자와 함께 머리에 남아 있었다. "설사를 하느냐?"는 물음을 알아듣지 못한 미스터 홍은 "다이아쩡이면 되겠느냐?"는 뜻으로 받아들여 적당히 얼버무리고 있었던 것이다. 알고 있는 것을 가만히 묻어두는 것은 어려운 일이지만 나는 잠자코 있었다. 미스터 홍에게 빚진 바 있기 때문만이 아니고 이럴 경우 출반주해선 안 된다는 내면의 소리가 들려왔기 때문이다. 그 후 미스터 홍이 영어 하는 장면을 유심히 관찰하였다. 그런 기회는 많지 않았지만 일단 의혹의 눈으로 바라보니 그의 실체가 낱낱이 드러나기 시작했다. 그는 "Don't worry" "Never mind" "Of course" "I see" 등 몇 마디와 양손을 펴 보이며 어깨를 움찔하는 미국인 특유의 신체동작을 능란하게 활용해서 영어 하는 사람으로 통하고 있었던 것이다. 눈치와 코치와 배짱과 더펄더펄해서 시원해 보이는 그의 성품이 홍 감독 영어의 실체였다. 그러고 보면 해방 직후 미군부대 하우스보이 경력의 소유자가 아닌가 생각되는데 심증일 뿐 아무런 정황증거도 없다. 다만 그가 교양체험과 전혀 연이 없다는 것은 당시에도 점점 분명해졌다. 그런 그를 부러워하고 나도 영어를 잘한다면 얼마나 좋을까 하고 불과 얼마 전까지 생각한 내 자신이 너무나 멍청한 바보처럼 생각되고 우스웠다. 홍 감독 영어 생각이 미치자 노무자가 미군을 구워삶아서 절도행위 묵인의 약속을 받아냈다는 미스터 남의 애기도 황당한 것은 아니라는 생각이 들었다. 그러나 무에서 빵빵한 돈가방을 창조해낸 미스터 남의 정확한 역할과 과정에 대해선 지금도 확실한 것은 알 수 없다. 그의 설명을 수용하는 수밖에 없고 당시 의문점이 있긴 했지만 그리 받아들인 것은 사실이다. 그러나 그 뒤 원주 간현에서 천막생활을 할 때 권씨란 사람의 입을 통해서 빵빵한 돈가방을 자기가 미스터 남의 부친에게 직접 전달해 주었다는 말을 듣고 다시 한 번 크게 놀라고 속았다는 생각을 금할 수 없었다. 그 돈을 네 사람이 분배해야 한다는 말도 거짓말이었고 빵빵한 돈가방은 분배 끝난 뒤의 그의 몫이었다.

노무자 권씨는 청주 사람으로 그곳에서 노무자로 일하다가 달천으로 따라온 인물이다. 막걸리집에서 더러 만나는 사이고 약속시간에 나타나지 않는다며 사무소로 찾아왔던 바로 그 사람이다. 미스터 남과 동년배거나 몇 해 위가 될 이십 대의 청년이었다. 얘기 끝에 자기 집이 있는 밤고개에 미스터 남의 부친이 머물러 있다는 것을 알게 된 것이 계기가 되어 두 사람은 가까운 사이가 되었다. 집 떠나 온 지도 한참 되는데 집에 다녀올 생각이 없느냐고 어느 날 미스터 남이 넌지시 물었다. 자기도 한번 다녀오고 싶은데 보다시피 자리를 비워둘 수 없어서 못 간다고 남이 털어놓았다. 다녀올 생각이 있으면 말하라, 피란지에 있는 부친에게 안부를 전해달라, 그러면 자기가 여비조로 사례금을 내겠다고 그는 말했다. 그렇게 얘기가 시작되어 자기가 남의 부친을 만나 가방도 전해주었고 사례금을 받았다. 그리고 꼭 받아오라는 답장도 전해주었다. 그러나 그 후부터는 왠지 그가 서먹서먹하게 굴면서 예전과 같지 않다며 미스터 남에 대한 섭섭함을 토로하였다. 자기가 전해준 것이 돈가방이고 받아오라는 답장도 일정금액의 수령을 확인하는 편지임도 잘 알고 있었다. 지금 이만한 자리도 없는데다 군대나 지게부대 끌려가는 것보다는 낫다고 생각되어 붙어 있는 것이고 미스터 남 자신이 그 비슷한 다짐을 해주었다는 것이었다. 전쟁은 쉽게 끝나지 않을 것이다, 전쟁이 계속되는 한 이런 보급부대의 일거리는 없어지지 않는다, 젊은이가 난시를 적당히 넘기기에 이보다 더 좋은 자리는 없다, 그러니 앞으로 서로 도와가며 살아가기로 하자, 힘닿는 데까지 자리와 편의를 도모해주겠다고 그는 말했다. 그러면서 신신당부를 하기에 신용을 지켜주면 든든한 빽이 돼줄 것으로 알았는데 영 그렇지 않고 지금 와보니 부대 안에서의 힘도 그리 센 것이 아니라고 그는 털어놓았다.

미스터 남의 부친에 대해 물어보았더니 생각보다 나이가 많고 자상한 성품이더라고 말하면서 모친이 좀 별나더라고 덧붙였다. 객지에 가 있는 아들 친구가 왔으면 여러 가지 궁금한 것이 많을 텐데 물어보는 것도 없고 대접도 영 소홀하더라는 것이었다. 그러면서 학생도 미스터 남을 너무 믿지 말라고 내게 말해주었다. 돈가방을 건네받은 곳이 혹시 사무소 뒤꼍 함실아궁이가 아니었느냐고 물어보았다. 내게 심부름을 시키고 확인까지 한 후에는 더 이상 시킨 일이 없었기 때문에 궁금했던 것이다. 깜짝 놀란 그는 그걸 어떻게 아느냐며 미스터 남이 아무도 모른다던데, 하고 의아해하더니 덧붙였다. 미스터 남과 함께 함실로 들어갔고 가방은 자기가 꺼냈다는 것이었다. 내가 가방을 아궁이에 숨겨주었다고 나는 말했다. 저는 손 하나 까딱 안 하고 보물 숨기기 보물 찾기를 모두 만만한 이들에게 시킨 미스터 남에 대해 정말 얄밉다는 생각이 다시 들었다. 그러면서 내 자신도 한심하지만 그의 말을 철석같이 믿고 먼 곳을 왕래한 노무자 권씨도 딱하다는 생각이 들었다. 노무자이면서도 모양 내기에 관심이 많았고 일본 유행가를 잘 부르는 간현역 천막막사의 상가수였다. 그나마 사례금은 받았다지만 평상시라면 기생오빠란 별명을 얻었음직한 그가 내게 물었다. 가방 숨겨준 품값은 얼마나 받았느냐는 것이었다. 나는 고개를 저었다. 그러나 몇 푼 받고 연루자가 되어 속 썩이는 것보다 잘된 것이 아니냐는 속생각은 말하지 않았다. 아무도 믿을 사람 없고 그저 정신 바짝 차리고 혼자 힘으로 살아갈 수밖에 없다고 생각하니 지은 죄 없이 귀양살이한다는 소외감이 다시 엄습해왔다. 그날따라 추적추적 내리는 빗소리가 천막 막사의 내 고독에 적막강산의 감개를 더욱 진하게 안겨주었다. 돈가방을 숨겨준 뒤 달포 남짓 됐을 때다.

"유 고너 원주?"

점심식사 때 식당의 한국인 K. P. 한 사람이 우리 쪽으로 와 앉았다. 처음 있는 일이었다. 미군 병사들은 식사를 마치고 자리를 비운 터였고 한국인 K. P. 또 한 사람은 아직도 무언가 주방일을 하고 있었다. 두 사람 모두 달천에서 현지 채용한 주방 경찰이고 선망받는 자리였다. 앞에 앉은 K. P.는 설거지나 식기

닭기는 우리한테 시키고 저이들은 토스토 굽기나 포장 뜯는 일이나 한다며 투덜투덜하더니 미스터 남에게 말을 걸었다.

"며칠 전에 아주 기분 나쁜 얘기를 들었어요. 동네 사람이 시내에 가서 들었다는데 인민군이 다시 들어오면 미군부대에서 일한 사람들은 모두 처벌받게 된다고 하드래요. 정말 그렇게 되는 건가요?"

"동네 사람이란 이가 어떤 사람인데요?"

"동네 유지입니다. 그런 얘기도 돌고 있는 모양이니 그냥 알아두라 하드라구요."

"아니, 입에 풀칠하기 위해 일하는 것도 죄가 되나?"

"그래서 말입니다."

"인민군이 다시 들어올 리도 없지만 다시 온다 해도 그 많은 사람들을 어떻게 일일이 처벌한단 말이요? 먹기 위해서 하는 일은 모두 떳떳하고 당당한 것이니 쓸 데 없는 걱정 말고 식당에서 영양섭취나 잔뜩 해둬요."

속없이 순박한 농촌 청년에게 미스터 남은 여유 있게 웃으면서 말했다. 그럴 때의 그는 배운 사람답게 의젓했지만 그런 계제에도 자기 잇속은 챙기는구나, 하는 생각이 드는 것은 어쩔 수 없었다. 부대물자 빼돌려 돈 만드는 것도 먹기 위해 하는 떳떳하고 당당한 일이란 말이 아닌가? 어쩌면 나보고 들으라고 변명 삼아 얘기하는 것 같게도 들렸다. 그러고 보면 골수 반대파는 언제 어디나 있는 모양이다. 육이오 때 떠돌아다녔다는 얘기가 생각났다. 수복이 가까워질수록 미군기의 총격이 잦아졌다.

그런데 무턱대고 기총소사를 하는 것이 아니라 지상의 신호를 받고 총격을 가한다는 소문이 나돌았다는 것이다. 논둑이나 관개수로 구석에서 농민으로 변장한 국군들이 거울을 반사해 신호를 보내서 총격목표를 가르쳐준다는 것이었다. 그런 터무니없는 소문을 믿는 사람들도 많았다. 거울 반사광 소문을 만들어낸 반대파가 있었듯이 지금은 미군부대 노무자가 처벌받는다는 소문을 만들어내는 반대파가 있다고 생각하니 세상은 무서운 곳이란 생각이 들었다. 식당을 나오면서 그런 얘기를 하니 미스터 남은 남 돈 버는 것 보고 괜히 배가 아파 그러는 것이지 반대파는 무슨 얼어 죽을 반대파냐고 한마디로 물리쳤다. 정말 그럴까 하는 생각이 떠나지 않았다.

아마 6월 하순께였을 것이다. 주급 지급 때 말고는 사무실에 들르는 법이 없던 테일러 중위가 와서 부대가 원주로 이동을 한다, 그러니 노무자들에게 알려서 원주 갈 희망자를 적어달라고 말하였다. 그러면서 나에게 "유 고너 원주?" 하고 물었다. 원주 가겠느냐고 묻는 것이 분명해서 나는 우선 "예스, 아이 원트 투 고"라고 대답해두었다. 미스터 남은 사무소에 없었다. 그 당시 뜻은 알겠으나 영어 표기가 어떻게 되는 것인지 도무지 짐작할 수 없는 말이 몇 가지 있었다. "깟 땜" "싸나마 베치" "유 고너"가 그것이다. 앞에 두 마디가 격한 욕설이란 것은 맥락이나 어조로 보아서 분명했지만 어떤 단어로 이루어졌는지 알 수가 없었다. 비슷한 말을 사전에 뒤져보아도 찾아지지 않았다. 대학생 티를 기어이 내고 내 앞에서 꼭 잘난 체를 해 보이는 미스터 남도 알지 못하였다. 그까짓 욕설의 스펠링은 알아서 뭣 하느냐고 딴전을 피웠다. God damn, son of a bitch는 한참 후에 알게 되었다. 1960년대 초 로버트 케네디가 부통령 존슨을 'sob'로 불렀다 해서 신문에서도 화제가 되었을 당시엔 모르는 사람이 없다시피 했지만 50년대 초만 하더라도 일반에겐 생소한 말이었다. 그러나 'You're gonna to Wonju.'의 gonna는 뒷날 교실에서 미국소설을 읽으면서 비로소 알게 되었다. 50년대 초에 널리 쓰인 소사전엔 이 말이 등재되어 있지 않았다고 생각한다.

테일러 중위가 이동 소식을 알려주고 이동하기까지는 1주 정도의 여유가 있었다. 달천서 일하는 노무자 대부분이 원주행을 지망했다. 가족을 데려온 노무자들일수록 모두 그랬다. 불과 얼마 전에 집엘 들렀지만 부대 이동과 앞으로의 소재지를 알려줄 필요가 있어서 다시 집에 들렀다. 대충 훑어본 『조선의 자연과 생활』은 다시 집에 갖다 놓았다. 영양에 관한 얘기가 많아서 그 부분을 특히 주의 깊게 읽은 터였다. 집에 변한 것은 아무것도 없었다. 단월에서 문을 연 중학교에는 통학생 수가 조금씩 불고 있다는 소식이었고 부친의 복직은 여전히 성사되지 않았다. 원주로 가게 되었다고 하자 복직이 될 때까지 더 눌러 있는 게 좋겠다, 초년고생은 돈 주고 사서 하라는 말도 있는데 조금 더 견디어보라고 부친은 말했다. 모친은 학교도 문을 열었다는데 꼭 따라가야 하느냐, 복직은 시간문제고 되기는 된다는 것 아니냐며 나와 부친을 번갈아 보며 말했다. 그러면서 초년고생 사서 하라는 말은 자식 초년고생시키는 부모들이 지어낸 괜한 소리지 고생 많이 한 사람치고 유하고 덕 있는 사람 보았느냐며 눈까지 흘겼다. 원주 따라간다고 이미 말해놓은 터이니 팬티와 바지에 속주머니나 튼튼하게 달아달라고 모친에게 말했다. 주급을 타고 어디 두어둘 데가 없어서 일부는 반닫이 궤 속에 집어넣고 일부는 몸에 지니고 다녔는데 그게 늘 편편치 않고 마음에 걸렸다. 겪어보니 워낙 살얼음판이고 모두 도둑질에 눈이 벌건 터라 푼돈이라고 안전할 수는 없었다. 집을 나서서 시내를 지나다가 보니 옛 버스 영업소에 버스가 서 있었다. 가까이 가 요금표를 보니 청주까지는 버스가 왕래하고 있었고 제천, 원주 등 북쪽으로는 버스 왕래가 없었다. 평상 회복이 거의 다 된 것 같았다.

전체 이동이 있기 전에 노무자 중에서도 선발대로 차출되어 떠난 사람들이 꽤 있었다. 미스터 남도 집엘 다녀와야 한다면서 며칠간의 말미를 받았다. 달천에서의 마지막 주급 지급 때는 내가 테일러 중위 옆에 서서 미스터 남의 역할을 대행하게 되었다. 늘 하던 대로 이름을 부르면 해당 노무자가 다가와 출결 일수를 확인하고 건네준 돈을 받고 서명을 하는 절차가 계속되었다. 선발대로 출발한 사람들 때문에 호명해도 대답이 없는 경우가 있었다. 그 첫 번째 때 내가 말했다.

"He has gone to Wonju."

"Oh, he went to Wonju."

학교에서 영문법이랍시고 배울 때 현재완료형이란 게 있었다. 경험, 완료, 결과를 나타낸다고 해서 예문도 외게 했다. 그중에 결과를 나타내는 경우라며 배운 예문에 "He has gone to Seoul."이란 것이 있었다. 그는 서울에 갔다. 그 결과 지금 이곳에 없다는 뜻이라는 것이다. 현재완료 예문이 생각나서 "He has gone to Seoul = He is not here."를 염두에 두고 "He has gone to Wonju."라고 했던 것이다. 내 깐엔 족보에 있는 문자를 써본 것인데 중위는 "Oh, he went to Wonju."하고 받는 것이 아닌가. 틀린 것이 아니란 것은 자신 있었지만 어쩐지 학교 문법에 속았다는 느낌이 들었다. 호명해도 대답이 없는 다음 선발대 차례가 왔을 때는 나도 중위를 따라 말했다.

"He went to Wonju, too."

강원도 간현의 첫 밤

부대가 이동하던 날은 쾌청한 날씨였다. 우리는 오전에 출발하였다. 마침 화물열차도 달천역을 출발하면서 기적을 울렸다. 지금은 들어볼 수 없는 석탄 증기기관차의 기적 소리는 요란한 절규로 시작해서 애잔한 호소로 끝난다. 그런 느낌을 주었다. 미군 병사가 탄 트럭이 몇 대 앞서 가고 그 뒤를 노무자를 태운 트럭이 따라갔다. 군용담요 한 장과 여름옷 보퉁이가 내 괴나리봇짐의 전부였다. 선발대로 떠난 이도 있고 해서 트럭은 두 대로 충분했다. 미스터 남과 같은 트럭에 올랐다. 촘촘히 쩅겨 앉았다. 청주서 이동해 올 때 지프차로 온 게 떠오르고 다시 파슨 준위 생각이 났다. 그의 전속으로 수모를 겪게 되었지만 원주에선 부대식당을 이용할 수 없다는 얘기를 이미 들은 터였다. 이동 얘기가 났을 때 테일러 중위에게 식당 이용 건을 물었더니 부대 규정상 어렵다고 대답하더란 것이 미스터 남의 말이었다. 아마 그의 부임 전에 우리가 부대식당에서 식사를 했고 청주에서 식당 이용을 약속받고 따라온 것이라고 해서 특별히 고려해준 것이지만 이제 그럴 필요가 없다고 치부하는 모양이라고 그는 말했다. 테일러 중위는 얼굴도 곱살하고 상냥한 성품이지만 경험도 적고 우리를 위해 편의를 보아주려 노력할 사람은 아니라는 게 미스터 남의 결론이었다.

충주서 원주까지는 120리다. 고려 때 몽고군을 격퇴했다는 대첩지가 충주와 원주 사이에 있고 일사후퇴 당시 중공군의 최남단 진격지도 그 근방이다. 그러나 달천에서 출발했으니 52킬로 정도는 되었을 것이다. 충주를 지나서 30~40분쯤 지난 뒤 맞은편에서 오는 미군 트럭 서너 대를 지나쳤다. 그중 트럭 두 대에는 머리를 박박 깎고 새 군복을 입은 앳된 소년들이 가득 타고 있었고 모두 앉아 있었다. 나중에 들으니 중공군 포로를 후송하는 트럭이었다. 듣고 나서 생각하니 어딘가 우리 쪽과는 다른 점이 있었다. 홍안의 소년들이란 것만은 지금도 뚜렷이 기억하고 있다. 정부 발표를 곧이곧대로 믿지 않았던 나는 중공군의 참전에 대해서 액면 그대로 받아들이지 않았다. 중공군의 인해전술이 신문에 보도되곤 했지만 과장된 것이라고 막연히 생각하고 있었다. 정부수립 이후 우리 정부는 국민의 신뢰를 얻지 못할 발표를 너무나 빈번히 남발한 게 사실이다. 그러나 까까중 머리에 새 군복을 말끔히 차려입고 트럭에 실려 가는 말 없는 소년들을 보고 나서는 중공군 참전이란 엄연한 현실이 하나의 실감으로 다가왔다. 동시에 우리가 전방 쪽으로 가까이 간다는 불안도 실감되었다. 도로 사정이 좋지 않아 속이 울렁울렁해왔다. 한참을 더 달려 이번엔 원주 시내에 당도했다. 흰 글자 ROKA 표지를 한 군용트럭이 많이 보였고 지프차나 국군을 태운 스리쿼터의 왕래도 많았다. 우리를 태운 트럭은 그러나 멈출 줄을 모르고 원주 시가를 벗어나 계속 달렸다. 분명 원주로 간다 했는데 목적지가 원주인 것 같지 않았다. 이때쯤엔 동승한 노무자들의 얼굴에도 뽀얗게 먼지가 앉아 있었다. 먼지 나는 신작로를 다시 한참 달려 트럭이 도착한 것은 철도연변에 있는 조그만 한촌이었다.

조그만 역사가 보였고 간현良峴이라 쓰인 역구 표지판도 서 있었다. 처음 들어보는 지명이었다. 현재의 행정구획으로는 강원도 원주시 지정면 간현리로 되어 있다. 역사 바로 앞쪽으로 미군 막사가 겹겹으로 가지런히 서 있고 역사 앞에서 한참 떨어져 왼편으로 나 있는 완만한 경사의 언덕배기 위에는 대형 텐트 두 개가 서 있었다. 그중 하나에는 선발대로 온 노무자들이 이미 자리를 잡고 있었다. 우리는 비어 있는 천막 안으로 들어가 자리를 잡았다. 바닥은 얼마쯤 모래가 섞인 맨땅이었다. 미스터 남과 나는 우선 책상과 의자 두 개를 찾아서 천막으로 가져와 입구 쪽에 배치했다. 그리고 그 옆으로 자리를 잡았다. 천막의 중앙은 통로로 비어두고 통로 양변으로 각각 자리를 잡았는데 자연스레 통로 쪽에 발이 가도록 눕게 되었다. 30여 명이 자리를 잡았고 일부는 선발대 천막으로 자리를 찾아갔다. 모래를 집어넣는 참호용 포대를 나누어주어 그것을 깔았는데 아무래도 너무 얇았다. 약빠른 사람들은 벌써 아래쪽 마을로 내려가 가마니나 거적을 얻어와 깔고 그 위에 포대를 깔아놓았다. 한결 두둑하고 편해 보였다. 동작이 비상하게 빠른 소수파 때문에 늘 열패감 비슷한 것을 느끼게 되는 것이 노무자 천막 막사의 일상이었다.

곧 노무자 전원에게 레이션 박스가 배급되었다. 주인을 정하고 밥을 붙여먹기 전의 과도기에 대비해서 미군 측에서 고려한 것인데 사흘치 양식으로 나누어준 것이다. 노무자들은 일제히 환호성을 올렸다. 레이션 박스 안에는 비프, 완두콩, 포크, 베이컨, 크래커 등 가지각색 통조림통이 들어 있었고 조그만 종이 포장의 인스턴트커피도 있었다. 노무자들은 통조림통을 들고와 미스터 남이나 나에게 내용물을 확인해 가고는 했다. 비상사태에 익숙해 있는 노무자들은 능란하게 통을 따서 음식을 먹기 시작했다. 정오가 지난 뒤 한참된 데다 차에 흔들리고 와서 시장기를 느낀 터라 모두들 허겁지겁 먹었다. 만날 이렇게 먹으면 원이 없겠다는 소리도 들렸다. 한 사람이 큰 소리로 말했다.

"허허, 양놈들이 우리 여자들 욕보이길 작심하고 왔네 그려. 아주 준비를 단단히 해놨어."

"뭔데 그래요?"

"이거 보라구요. 나라에서 여자들 건드리라고 시키는 거야. 안 그러면 뭣 하러 이런 걸 넣어준단 말이요."

그는 손에 든 콘돔을 마구 흔들어 보였다.

"내 상자에는 안 보이던데."

"나도 못 찾겠는데."

"차근차근 잘 찾아봐요. 조그만 갑을."

"용하게 색골한테만 찾아간 모양이군."

"예끼, 이 사람!"

"나도 찾았어! 이봐요."

콘돔이 들어 있는 상자가 가끔 있었고 들어 있지 않은 게 더 많았다. 내 상자에도 미스터 남 상자에도 들어 있지 않았다. 점심식사가 얼추 끝나자 선발대로 왔던 미스터 홍이 들어와 음식 쓰레기를 한데 모아서 버리라고 일렀다. 여름철이니 위생에 특히 유의할 것, 밥을 붙여먹을 주인을 정할 것, 천막생활이 싫은 사람은 침식을 함께 제공하는 주인을 찾을 것, 자기는 그런 주인을 찾았으니 원하는 사람은 몇 사람 더 와도 좋다는 등속의 말을 했다. 그의 영어실력을 간파하고 나서 영 어처구니가 없었는데 말하는 솜씨나 억양은 제법이었다. 야바위꾼은 모두 그럴 법한 재주를 가지고 있다는 깨침을 준 최초의 사례가 미스터 홍이었다. 그는 갈 데가 있다면서 반장들을 불러 모았다. 그때 비로소 미군 병사에게 마누라를 빌려준다는 소문이 자자했던 김씨가 원주로 따라오지 않았다는 것을 알았다. 그 자리는 유자코 송씨가 맡았다. 홍 감독은 조씨, 송씨, 황씨 등 세 반장을 거느리고 역사 쪽으로 내려갔다. 반장들은 모두 중년이거나 초로여서 미스터 홍보다 연장이었다.

천막을 나와서 살펴보니 역사 반대쪽에 있는 야산 아래 강물이 흐르고 있었다. 강에는 길지 않은 철교가 놓여 있고 철교가 끝나는 지점에 야산을 통과하는 터널이 뚫려 있는 게 보였다. 그러니까 청량리에서 출발한 중앙선 열차가 야산의 터널을 나오자마자 철교로 올라서고 조금만 더 가면 간현역이 나오는 형국이었다. 철도 이편저편으로 여기저기 산재한 인가는 모두 40여 가구는 돼 보였다. 원주는 바닥이 넓은 데다 역사가 들판 복판에 있고 워낙 군인들이 많이 주둔해 있어 복잡하니까 조금 떨어진 간현마을을 철도 보급의 종점으로 택한 모양이었다. 원주 다음이 만종萬鐘인데 원주와 너무 가깝고 그다음이 동화桐華인데 당시 동화역사는 전란 중에 타버려서 그다음 번 간현이 선택된 것 같았다. 원주 서북방에 위치한 간현은 당시의 도로로는 대충 40리 거리였으나 지금은 새 도로가 뚫려 훨씬 단축돼 있을 것이다. 그러니까 중부전선 주둔 미 해병대의 철도이용 보급선은 1951년 6월 하순께 경부선과 충북선에서 중앙선으로 옮겨지고 그 최북방 종점이 간현역인 셈이다.

첫날이고 아직 보급품을 실은 화물열차가 도착하지 않아서인지 노무자들도 천막 안에서 뒹굴거나 이동해 온 새 동네를 둘러보거나 하였다. 밥 붙여먹을 집 주인을 찾아나서는 사람들도 있었다. 미스터 남은 급히 서둘러 주인을 정하지 않더라도 된다고 생각하는 쪽이었다. 어차피 마을 사람들이 우리 쪽으로 다가오게 돼 있다고 그는 말했다. 나는 천막막사를 내려가 강가 쪽으로 걸어갔다. 눈에 빤하고 바로 코앞이지만 그래도 한참 가야 강물이 나섰다. 강폭은 좁았으나 강심은 깊어 보였다. 특히 철교 바로 아래가 그랬다. 오랜만에 강물에 발을 담가보았다. 적당히 시원하였다. 막사로 다시 돌아가 수건을 가지고 와 아예 옷을 훨훨 벗고 강물 속으로 들어갔다. 깊은 물가와 사람 많이 모인 곳에 가지 말고 조심하라는 말을 많이 들어본 나는 무릎까지 오는 데서 주저앉아 몸을 씻었다. 오랜만의 일이어서 기분이 더 없이 상쾌하였다. 한참 있다가 물을 나와 몸을 닦으면서 이 참에 수영을 배워두어야겠다는 생각을 했다. 삼면에 강이 있고 큰 저수지가 서너 개 되는 고장인데다 외가 쪽에 익사자가 있어서 모친은 물 조심을 늘 강조했고 그 점도 가세해서 나는 수영을 하지 못했다. 동년배 대부분이 하는 개헤엄도 익힐 기회가 없었던 것이다. 강가에 자리 잡았다는 것이 참 다행이라는 생각을 하며 막사로 돌아갔다.

저녁을 먹고 나서 한가한 시간이 되었다. 우리나라 사람들이 모이면 으레 시작하는 것이 노래하기다. 그곳이라고 예외일 리가 없었다. 막걸리집에서 어울린 사람들은 이미 누가 노래를 잘하는지 알고 있었다. 그래서 옆에 사람들이 손뼉을 치며 재촉했다. 나중에 미스터 남의 돈가방 심부름 해주었음을 알게 된 청주 사람 권씨가 일어났다. 그가 무슨 노래를 불렀는지는 생각나지 않는다. 당시 유행하던 대중가요였을 것이다. 당연히 재창 소리가 났고 노래 잘한다 소리 듣는 사람들이 대개 그렇듯이 그는 다시 일어났다. 그는 해방 전에 부르던 노래를 하겠다며 다시 불렀다. 나중에 〈비의 블루스〉라는 제목임을 알게 된 일본 유행가였다. 이번엔 아까보다 더 요란한 박수와 함께 삼창이요 하는 소리가 났다. 그는 사양치 않고 다시 불렀다. 나도 아는 노래였다. 해방 전 이종 종형이 즐겨 휘파람으로 불렀고 소리로 부르기도 해서 나도 따라 했던 〈호반의 여사旅舍〉였다. 권씨의 노래가 시작되자 모두들 가세해서 따라 불렀다.

호젓한 산 속 호수를
홀로 찾은 것도 서글픈 마음
아픈 가슴 견디다 못해
어제 날짜 꿈이라 살라 없애는
오래된 편지의 가녀린 연기

그는 2절 3절까지 계속해서 불렀다. 2절 때는 따라 부르는 소리가 작아졌고 3절째는 몇몇 소리로 한정되었다. 천막 안은 괴이하고 들뜬 열기로 가득 찼다. 듣기에도 민망한 음담패설을 서슴지 않던 황한 사람들조차 모두 절반쯤 즐겁고 절반쯤 허전한 표정이 되어 열심히 노래를 부르는 정경은 기묘한 감동이랄까 기묘한 슬픔을 안겨주었다. 그 후에도 계제가 되면 그들은 이 노래를 제창하곤 했다. 해방된 지 얼마 안 된 시기여서 이십 대 후반에서 삼십 대 초반의 사람들은 모두 이 노래를 알고 있었다. 그때 다시 한 번 노무자 대부분이 직업적 노무자 아닌 피란민임을 되새겼다. 1940년에 나온 이 노래는 태평양전쟁 전야에 일본 청년들이 보여준 반전反戰무드의 마지막 대중적 감상적 저항이 아니었나 생각한다. 1992년 가을 학기에 일본에서 체재한 일이 있다. 대중가요 작곡자로 알려진 핫토리 료이치〔服部良一〕가 세상을 떴다 해서 NHK가 특집방송을 하는 것을 시청하게 되었다. 그의 대표적 가곡을 두루 들려주었는데 이미 고인이 된 다카미네 미에코〔高峯三枝子〕가 생전에 이 노래 부르는 녹화장면이 보였다. 〈호반의 여사旅舍〉는 영화배우를 겸했던 다카미네 히트 곡의 하나였다 한다. 창으로 도쿄타워가 보이는 일본 객사에서 40년 전 강원도 천막생활의 답답한 정경이 떠올랐다. 이 노래를 제창했던 그때 막사 동료들은 다 어떻게 되었을까?

노래 돌림이 계속되어 누구나 노래를 해야 할 판국이 되었다. 정 싫은 몇 사람은 선발대가 다수파인 옆 천막으로 피신을 했다. 대개 〈신라의 달밤〉〈비 내리는 고모령〉처럼 사변 전에 널리 불리던 노래들을 했다. 차례가 되자 미스터 남도 노래를 불렀다. 성량이 작은 그는 노래를 즐기는 편은 아니지만 계제가 되면 한 곡조 뽑는 편이었다. 그는 아는 노래가 별로 없다며 일본 노래를 부를 터이니 양해해달라고 머리말을 부치고 제목은 〈순정 이중주〉라 했다. 전에 들어본 적도 없고 별로 매력 없는 노래로 들렸지만 천막 속의 권력자인 만큼 박수 소리는 크게 울렸다. 내 차례가 되었다. 사변 전에 학교에서 배웠던 것을 하겠다며 러시아 민요 〈스텐까 라찐〉을 불렀다. 짧게 끝내려고 일부러 2절만 불렀다. 1절보다는 무언가 맺힌 것이 있는 노랫말로 생각됐기 때문이었다.

 돈 코사크 무리에서 일어나는 아우성
 교만할 손 공주로다 우리들은 주린다
 다시 못 볼 그 옛날의 볼가강은 흐르고
 꿈을 깨인 스텐카 라찐 외롭구나 그 얼굴

 한 바퀴 돌아서 노래 돌림은 끝났지만 공동놀이는 그것으로
끝나지 않았다. 이번에는 '와이당' 돌림을 하자는 목소리가 나
왔다. 점심을 먹고 나서 낮잠을 자는 축도 있었는데 아마도 그
들이 기어이 '와이당' 계주繼走를 고집했던 것 같다. 늘 그렇듯
이 반대 의견도 있었다.
 "이제 오늘은 이만 합시다."
 "그래요. 오늘만 날입니까. 나중에 하기로 하고 오늘은 이만
해요."
 "작업 시작되면 또 언제 하겠어. 말이 나온 김에 쇠뿔은 당장
빼자고요."
 "이제 곧 막걸리집 생길 텐데 그러면 언제 이렇게 모이겠어
요. 와이당을 주고받아야 임의로운 사이가 되는 거지."
 "어린 학생도 있고 한데 그만두지 뭐."
 "어차피 다 알게 되는 건데 뭘 그래요. 벌써 알 것은 다 알 텐
데."
 "그래요. 이사 온 첫날 밤인데 이대로 끝나기는 그러네요."

"그럼 얘기 꺼낸 이가 먼저 시작해보구려."

여럿이 모이면 열의 있는 소수파가 항상 이기게 마련이다. 미온적인 다수파는 찬성 쪽에 서건 반대쪽에 서건 미적미적하다가 소신파란 이름의 강경파에게 밀리게 마련이다. 생떼가 심한 허스키 큰 목소리는 와이당 대회에서도 이기는 법이다. 모임 같은 데에서 유행가를 열창하거나 한담을 하는 자리에서 음담패설을 구수하게 하는 것은 나의 취향은 아니다. 우선 그럴 재주가 없다. 그렇긴 하지만 솔직히 재미도 없다. 괜히 고상한 척한다고 흉보는 사람이 있겠지만 그러건 말건 싫은 건 싫은 것이다. 그렇다고 유행가 애호자나 음담패설 도락가를 업신여기는 것은 전혀 아니다. 나와 타인의 취향을 공히 존중하고 취향을 가지고 가타부타 할 필요가 없다는 것이다. 음담패설을 즐기지 않는 것은 일찌감치 거기 노출되었을 때의 혐오감이나 불쾌감과 연관된 것이 아닌가 생각한다. 시를 좋아하고 숭상했던 나는 저속한 제목의 통속소설은 읽지 않았다. 사실 책 구하기가 힘든 시골에서도 모모 하는 작가의 통속소설은 구하기 쉽고 돌려 읽는 친구들도 많았다. 그러나 그런 것을 찾아 읽은 적은 없다. 구미가 당기지 않았기 때문이다. 사변 전에 을유乙酉문고로 나온 안응렬安應烈 번역의 『전원교향악』과 김병규金秉逵 번역의 『좁은 문』도 읽었다. 지드 이해를 자임할 수는 없지만 사랑의 수수께끼에 대한 호기심과 함께 순결한 사랑에 대한 그 나이에 당연한 동경을 가지고 있었다. 이성과 격리된 생활을 하는 노무자들의 투박한 섹스 얘기나 조야한 황음荒淫패설은 내가 좋아하고 숭상했던 삶과 문학에 대한 모독이자 폭행이라는 느낌이 들었다. 따라서 그들의 음담패설 계주에 대해서도 저항감을 가졌으면 가졌지 재미있게 생각하거나 즐기지는 못했다. 그러니 기억되는 것도 없다. 다만 중년을 넘어 초로에 접어든 한 피란민이 들려준 패설은 너무나 간결하고 깔끔해서 기억에 남아 있다. 뒷날 한담 자리에서 나도 한마디 하지 않으면 영 어색해질 것 같은 계제에 몇 번 써먹기도 하였다.

두 나그네가 동행을 하게 됐다. 그중 하나가 번번이 하늘을 우러러 방뇨를 했다. 궁금해서 물었다.
"노형, 앙천仰天 방뇨라니 대관절 어인 까닭이오?"
"홀아비가 무슨 낯으로 아랫것을 보겠소?"

강원도 원주 간현땅에서의 첫 밤은 이렇게 노래 돌림으로 시작해서 음담 계주로 매듭을 지었다. 맨땅에 깐 참호용 포대 위에 군용담요를 접어서 깔고 그 안으로 들어갔다. 그렇게 누워보니 이제 정말 노무자의 일원이 되어 품팔이로 나섰다는 실감이 들었다. 청주에서는 집에서 통근을 한 셈이고 달천에서는 농가의 사랑방을 빌려 명색이 사무소인 방에서 잠을 잤다. 그리고 눈칫밥이긴 했지만 음식 호강은 한 셈이었다. 그러나 이제 천막 막사에서 노무자들과 섞여 맨땅에 누워 자고 농가에 주인을 붙여 밥을 먹게 되었으니 완전한 밑바닥 인생이 되었다는 생각을 금할 수 없었다. 우리나라에서 『밤주막』으로 번역되어 알려진

고리키의 『밑바닥』이 자꾸만 생각났다. 애써 낮에 보았던 까까중머리 소년병 포로를 떠올리면서 그들보다는 월등하게 나은 처지가 아닌가 하고 자위도 해보았다. 그렇지만 이 밑바닥에서 다시 까까중머리 포로로 굴러 떨어지지 말란 법이 어디 있느냐, 그 거리는 바로 지척이 아니냐, 하는 생각이 들면서 암담한 심정을 가눌 길이 없었다. 잠이 쉬 오지 않았다. 뒤척임 없이 벌써 잠이 든 바로 옆자리의 미스터 남이 다시 얄밉게 생각되었다. 사방에서 요란하게 코 고는 소리가 들려오고 그것은 밑바닥 시궁창의 구린내나 썩은 내처럼 내 귀와 코와 살갗으로 사정없이 파고들었다. 밤 이슥해서 잠이 들었다가 한밤중에 잠이 깨었다. 등이 배겨와서다. 산짐승 소리인가, 분간 못할 소리가 멀리에서 나직하게 끊일락 이을락 들려왔다.

8. 밥집의 공포

문패 없는 주막

강원도 원주의 간현으로 이동하고 나서 곧 부대에 적지 않은 변화가 생겼음을 알게 되었다. 우선 부대 구성원의 상당수가 바뀌었다. 대위 계급장을 단 장교가 부대장인 것으로 보였다. 건장한 체격에 장신이었고 선이 굵다는 인상을 주어 곱살하게 생긴 경리책임자 테일러 중위와는 대조적이었다. 달천에선 보지 못했던 인물이었다. 조금 지나서 알게 되긴 했지만 루스벨트나 미친개의 모습도 볼 수 없었다. 또 반장 김씨에게 흉한 소문을 안겨주었던 키다리 조지도 보이지 않았다. 달천 역구는 워낙 바닥이 좁은 데다 사무소가 역사 바로 앞쪽이어서 부대원을 대하게 되는 경우가 많았고 그냥 스쳐 지나가는 사이지만 낯이 익은 이들이 많았다. 그러나 간현에서는 역사 바로 앞의 하역 장소와 우리가 기거하는 천막막사가 상당히 떨어져 있는 데다 부대식당 이용이 끊겨 미군 개개인에 대한 안면 인지도는 극히 미약할 수밖에 없었다. 미친개에게 당한 경험도 있고 해서 하역장 쪽으로 가는 일을 삼가고 있어 더욱 그러했다.

새 부대가 와서 교대를 한 것인지 일부 교체인지는 확실하게 알 수 없다. 부대에 미스터 손이라는 새 통역의 얼굴이 보여 아마도 부대 교대가 아니었나 추측할 수 있을 뿐이다. 그러니까 달천에서 미스터 남이 맡았던 부대 통역 역할은 미스터 손이 맡았고 미스터 남은 노동사무소 통역으로 역할이 축소돼 원대복귀를 한 셈이다. 미스터 손은 해사한 얼굴에 깡마르고 목소리가 가는 부산 사람으로 그곳 사립대학에 다니는 대학생이었고 부대에서 미군과 숙식을 함께했다. 쌀 발음을 제대로 하지 못하는 내가 접한 최초의 한국인으로 그를 기억하고 있다. 동년배인 그를 미스터 남은 지방 대학생이라며 아주 내려다보았는데 그들이 서로 접촉할 기회는 별로 없었다. 감독 미스터 홍만은 새로 접하는 그에게 깍듯이 대하고 늘 그렇듯이 야단스럽게 악수를 하고는 했다. 토요일 주급 지급일이 되었을 때는 더 큰 변화를 실감하게 되었다. 그전과는 달리 테일러 중위의 막사에서 지급을 하게 된 것이다. 노무자들은 하역장에서 가까운 막사 앞에 줄을 서 있다가 차례로 들어와 돈을 타 갔다. 별일 아니지만 어쩐지 전방과 가까운 탓에 생긴 변화라는 생각이 들었다.

미스터 남과 나도 밥 붙여 먹을 주인집을 정하였다. 주인을 정한 노무자 중 몇몇이 우리도 그리로 정하라고 권유해서 밥값이나 그런 것 따지지 않고 정해버렸다. 마을에서는 노무자가 붙여 먹는 밥값 시세가 단박에 형성됐고 또 노무자 자신들이 주급을 받기 때문에 일주일 몫을 한꺼번에 계산해주는 것이 보통이었다. 천막막사에서 700미터쯤 떨어져 있는 집이었다. 마을은 대여섯 가구씩 모여 있는 집들이 산재해서 형성돼 있었다. 그나마 조금 넉넉한 마당을 가지고 있는 집에서 노무자들에게 밥을 해주었다. 동네에서 가장 번뜻한 집에는 미스터 홍, 또 가족을 데려온 반장 황씨 같은 사람들이 들어앉았다. 미스터 홍이 현장 책임자인만큼 몇몇이 알아서 그를 대우해주는 것 같았다. 은연중 벌써 친소관계가 형성된 탓인지 같은 솥 밥 먹는 사람끼리는 대개들 행동을 함께하고는 했다.

레이션 박스의 깡통이 동이 나고 민가에서 밥을 먹게 되었을 때 모처럼 만에 밥맛을 본다는 반가움보다는 입맛이 영 쓰기만 했다. 꽁보리밥에 고린내 나는 된장찌개, 익지 않은 열무김치나 묵은 신김치, 그리고 신맛이 도는 고추장이 전부였다. 밥상이 깔끔하지 못하고 전체적으로 어수선한 인상이었다. 쌀도 섞이지 않은 꽁보리밥인데 어쩐 셈인지 으적으적 모래가 씹히었다. 요즘 밥 먹다가 돌을 씹는 경우는 거의 없다. 포대에 담긴 상품화된 쌀에 불순물이 섞여 있지 않기 때문이다. 이 정도의 수준에 도달해서 사는 것도 한 세대밖에 안 된다는 것을 젊은 세대들은 알지 못한다. 조리로 일어도 일어도 돌이 섞여 있는 것이 얼마 전까지 우리네 주식主食 형편이었다. 간현이란 곳은 당시만 하더라도 비탈에 보리밭이나 호밀밭만이 보이는 동네였다. 논 구경을 하려면 문막 쪽으로 한참을 가야 했고 그런 한촌의

식생활은 가령 달천 쪽보다도 한결 빈약했을 터이다. 그래도 식성 좋은 노무자들은 당길심이 많아서 열무김치를 듬뿍듬뿍 밥사발에 날라서는 고추장에 씨억씨억 비비면서 고추장과 열무김치를 더 달라고 안에다 대고 소리를 질렀다.

그곳 생활이 시작된 지 스무 날쯤 되었을까, 미스터 남이 신작로 쪽으로 막걸리와 국수를 파는 집이 있다는데 한번 같이 가보자고 말했다. 그도 붙여 먹는 밥에 영 정을 붙이지 못하는 처지였다. 호오를 단박에 드러내는 그가 밥상이 들어올 때 짓는 못마땅한 표정은 누구에게나 뚜렷했다. 그와 감정이 엇나가는 경우가 많았던 나도 그때만은 그의 표정에 공감하곤 했다. 술을 즐겨 먹는 편은 아니고 그냥 계제가 되면 몇 잔 하는 정도라는 것을 알고 있던 나는 그도 국수 생각이 나서 그러는 것이라 직감하고 따라나섰다. 천막막사에서는 한참을 역사 쪽으로 내려가야 신작로가 나선다. 그 신작로가에 인가가 몇 채 있었는데 그중 하나가 이를테면 주막집인 셈이었다. 방 한 개를 손님에게 개방하고 있었다. 한낮이 기운 오후이긴 하지만 아직 작업이 끝나지 않은 시각이어서 방에는 딴 손님이 없었다. 사실 처음부터 노무자를 염두에 두고 시작한 주막임이 분명했다. 시키고 나서 한참을 기다려 국수가 나왔다. 주문을 받고 눌러서 만든 손국수였다. 콩가루가 들어가지 않았지만 오랜만에 맛보는 것이라 국수 맛은 괜찮았다. 훌훌 넘어가서 개운한 느낌이었다. 미스터 남이 주인아주머니에게 장사는 잘 되느냐고 물었다.

"웬걸요. 손님이 빤한 걸요. 역에서 일하는 인부 아저씨들 말고 누가 있어야지요."

"그래도 오륙십 명 실히 되는데."

"아저씨들이 여간해서 돈 안 써요. 막걸리도 한 사발이 고작이고. 술추렴하는 법도 없고 그때그때 제 가끔 치러요. 여간들 짜지 않아요. 허긴 식구 딸린 피란민이 안 그러면 어쩌구요."

"국수는요?"

"국수 손님은 더 없어요. 그나마 옆집 양색시들이 단골이지요."

"몇이나 있어요?"

"셋인데 들쭉날쭉합디다요."

"들쭉날쭉하다니요?"

"셋이 있는데 번갈아가며 출장을 가는지 하나는 비웠다가 돌아오곤 해요."

출장이라는 말에 나도 모르게 웃음이 나왔다. 어엿한 양복쟁이가 공무나 회사일로 출장을 가는 것은 모르지만 문패 없는 주막거리에서 곁방살이하는 양공주들이 출장을 가다니! 미스터 남도 출장을 어디로 다니느냐고 캐물었다. 그러자 주인아주머니가 웃으며 말했다.

"그렇게 궁금하면 양색시들한테 물어봐요. 이맘때면 색시들도 심심해서 손님을 반길 텐데. 게다가 이쁘장하게 생겼구."

"어디 사람들이요?"

"글쎄, 대놓고 물어보라니까. 한 색시는 경상도 사투리를 하대요."

우리는 국수집을 나섰다. 내 몫을 내려고 돈을 뒤졌지만 미스터 남이 두 그릇 값을 치렀다. 처음으로 내게 보인 금전적 아량이었지만 그것은 그야말로 일생일대 단 한 번의 아량이었다. 그런 일은 그 후엔 다시 없었다. 한 집 건너 툇마루에서 색시 몇 사람이 앉아 있는 것이 보였다. 오래간만에 젊은 여자들을 보아서 그런지 모두 훤한 모습이었다. 그중 하나는 인물이 반듯하게 생겼다는 느낌을 주었고 불현듯 청주 탑동의 여학생을 떠올리게 했다. 저만한 인물로 창녀생활을 하고 있다는 게 몹시 아깝고 안됐다는 생각이 들었다. 주색을 멀리 하라느니 주색을 너무 밝히는 게 힘이라느니 하는 말들을 나누는 것을 들어보기도 하고 더러 책에서 본 적이 있었다. 창가와 막걸리집이 붙어 있는 것을 보니 이래서 주색이란 말이 늘 붙어다니는구나, 하는 생각이 들기도 했다.

"아저씨 놀다 가세요."

"그래요. 심심해죽겠는데 화투 한판 쳐요."

"꼬마 아저씨도 오구."

"까르르르."

소리 내어 웃는 이는 인물이 반듯한 색시였다. 무엇이 그리 재미있는지 그녀는 계속해서 깔깔대었다. '꼬마 아저씨'란 말에 그러는 모양이었다. 미스터 남과 나는 막사 쪽으로 걸음을 옮겼다. 조금 가다가 내가 넘어질 뻔하였다. 갓길이 경사져 있는데 그냥 앞만 보고 걷다가 두 발의 높낮이가 다르니 어느 순간 비틀비틀한 것이다. 용하게 넘어지지는 않았지만 그걸 보고 또 아까 그 색시가 손뼉까지 치면서 깔깔대었다. 만약 내가 넘어졌다면 그녀의 허파줄이 끊어졌으리라. 저리 속없는 여자에게 잠시나마 연민의 정을 보냈다고 생각하니 무지무지 손해를 보았다는 느낌이 들었다. 열일곱 내 얼뜬 순수가 더 없이 아까웠다. 그래, 평생 그 짓이나 하고 살아라, 그게 네 분수에 맞는 일이다! 이런 악담까지 떠올리며 손해 난 것을 벌충하려 했다. 그러나 반듯하고 싱그러운 인물이 아깝다는 미련은 지워지지 않았다. 따지고 보면 나는 연민의 정을 띄워 보낼 위치에 있지 않았다. 주막집 아주머니 눈에는 역사에서 품 파는 인부 아저씨나 곁방에서 몸 파는 아가씨나 다를 바가 없을 것이었다. 그리고 필경 나는 꼬마 인부 아저씨가 아닌가? 도대체 누가 누구를?

그 후 한 열흘쯤 되었을까? 설사를 만나 입맛이 싹 가셔서 돌아오지 않았다. 돈 쓰는 버릇은 내게 없었고 부대에서 일하게 되면서도 마찬가지였다. 운동화 사 신은 것 이외에는 나를 위해 돈 쓴 적이 없었다. 간현 와서도 밥값 외에는 한 푼도 쓰지 않은 터였다. 그렇지만 워낙 입맛을 잃고 보니 도리가 없었다. 훌훌 목구멍으로 넘기는 손국수 한 그릇만 먹으면 입맛도 돌아올 것 같았다. 한 그릇 정도 사 먹는 거야 어떠랴. 점심때가 지나서 국수 파는 집으로 갔다. 주인아주머니가 시키는 대로 방으로 들어서며 보니 전번에 보았던 양색시 두 사람이 국수를 먹고 있었다. 순간 주춤하였다. 그쪽에서도 나를 알아보고 전번에 보았던 '꼬마 아저씨' 아니냐며 왜 그렇게 얼굴을 볼 수 없느냐고 알은체를 했다. '꼬마 아저씨'란 말에 그때 그 색시가 또 깔깔대며 웃어대는 것이 아닌가? 멋쩍기도 하고 웃음감 되는 것이 불쾌해서 도로 나오려 했다. 그러자 '꼬마 아저씨'라 발설했던 이가 말했다.

"애가 워낙 웃음이 헤픈데 마음이 좋아서 그래. 어서 이리 와 앉아요. 막냇동생뻘이라 우스갯소리한 건데."

나는 발길을 돌렸다. 다른 손님들이 있는 것도 아니고 그들만 있는데 끼어든다는 것이 어쩐지 어색하고 쑥스러웠다. 주색으로 접근하는 것 같아 겁도 났다. 거리낌 없이 말하고 떠드는 그들을 상대할 자신도 없었다. 궁벽한 한촌에서 사람이 그리운 터라 내심 그들에게 끌렸는지도 모른다. 그러기 때문에 더욱 빨리 도망가라는 내면의 소리를 물리칠 길이 없었는지도 모른다. 내 뒤통수에 대고 뭐라 하는 국수집 아주머니의 소리를 듣는 둥 마는 둥 서둘러 그곳을 빠져나왔다.

개구리헤엄

오후가 되면 대개 강으로 내려가 목욕을 하며 더위를 식혔다. 그리고 수영을 독습하였다. 전시하에 어떤 경우를 당할지 모르니 수영을 배워두는 게 필요하다는 생각이 들었던 것이다. 그러나 수영을 가르쳐줄 사람이 있는 것도 아니니 혼자서 터득하는 수밖에 없었다. 우선 얕은 물가에서 모래에다 두 손을 대고 엎드려뻗쳐 자세를 취했다. 두 팔은 세워둔 채 물속의 두 다리를 개구리처럼 동그랗게 오므렸다 펴기를 계속했다. 그 동작을 수없이 계속한 후 이번에는 물속에서 두 팔을 앞으로 내밀고 옆으로 펴서 가슴께로 가져오는 동작을 되풀이 했다. 그리고 팔 운동과 다리 운동을 동시에 해보았다. 처음에는 잘되지 않았지만 되풀이하는 사이 몸이 뜨면서 앞으로 나가는 듯한 느낌이 들었다.

물 조심해야 한다는 말을 수없이 들은 데다 이웃집 동년배 여자아이의 익사 사건을 생생히 기억하고 있던 나는 얕은 데서만 연습을 했다. 그러나 좀처럼 진척이 없었다. 곰곰이 생각한 결과 팔다리 운동을 너무 급하게 하고 있다는 것을 깨달았다. 그래서 마음을 느긋하게 먹고 천천히 팔다리를 움직였다. 그러고 나니 우리가 개구리헤엄이라고 부르던 평영平泳을 할 수 있게 되었다. 귀에 물이 들어가는 것을 피하기 위해 머리를 물속에 넣지 않고 헤엄쳤다. 어릴 적에 귀앓이를 해서 그 고통을 잘 알고 있었기 때문이다. 그 후에도 배영이나 크롤은 익히지 않고 고개든 채 헤엄치는 평영만을 고집했다. 처음엔 물을 따라 내려가기를 하다가 나중엔 물을 거슬러 올라가는 연습을 해보았다. 거슬러 올라가기는 힘이 들고 잘 되지 않았지만 어쨌건 물에 잠기지 않고 떠 있는 것이 신기하게 여겨졌다. 동갑내기들과 어울리다 배우게 되는 개헤엄을 거치지 않고 개구리헤엄으로 직행한 것이다. 기초를 익히는 데 얼마나 걸렸는지는 생각나지 않는다. 운동신경이 둔해서 며칠 걸려 겨우 기초를 터득했을 것이다. 어쨌건 혼자서 익힌 것만은 사실이고 지금도 내가 한 일 중 그나마 잘한 것은 십 대 중반에 수영장 아닌 간현강에서 평영을 독학으로 마스터했다는 것과 하루 한 갑으로는 모자랐던 줄담배를 삼십 대 후반에 끊었다는 것 정도라 생각하고 있다. 두 가지 모두 얼마쯤 예외적인 특수상황이기 때문에 가능했던 일이다.

물에서 나와 강물에 물수제비를 뜨기도 했다. 납작한 돌이 많지 않아 수제비 뜨기는 잘 되지 않았다. 납작한 돌이 눈에 안 띄어 아무 돌이나 주워 강심에 대고 팔매질을 하기도 했다. 팔매질을 하다가 생각하니 이왕이면 목표를 정하고 표적을 맞히는 돌 던지기를 해보자는 생각이 났다. 전시의 객지에서 어떤 경우를 당할지 모른다, 최소한 정당방위를 할 수 있어야 하지 않느냐, 그럴 경우 몸에 지닌 돌멩이로 공격자의 면상을 정통으로 맞히는 것보다 통쾌한 일이 어디 있느냐, 그런 생각이 난 것이다. 그런 생각이 나자 이번엔 그것은 반드시 이행해야 할 전시 생활의 필수라는 생각이 떠나지를 않았다. 강변에 있는 꽤 큰 돌을 표적으로 정해놓고 팔매질로 맞추기를 시도했다. 그게 보기처럼 쉽게 되지 않았다. 거리를 좁혀서 던지다가 점점 거리를 두고 팔매질을 하였다.

어릴 적에 읽은 궁수弓手 얘기가 생각났다. 명궁이 있었는데 그는 활쏘기를 하면 세 번째까지는 틀림없이 명중을 시켰다. 그러나 그다음부터는 영 명중이 되지를 않았다. 싸움터에 나가서도 사정은 마찬가지였다. 그래서 꼭 제거해야 할 적을 그가 도맡아 처리했는데 그러기 위해서 평소엔 쉬고 있다가 위기의 순간에 세 사람의 적수를 골라 처리했다는 것이다. 왜 이런 삼세번의 궁수가 된 것일까? 젊을 때 명궁에게 활쏘기를 배웠다. 스승은 활쏘기의 요체가 정신집중임을 항상 강조했다. 어느 정도 궁수의 수준에 이르렀을 때 스승은 시험을 과했다. 열 번을 쏘는데 어떤 일이 있더라도 동요함이 없이 집중해서 쏘라는 것이었다. 세 번째까지 명중에 성공했다. 네 번째엔 우렁찬 호랑이 소리가 나서 자신도 모르게 뒤를 돌아보았고 계율을 파계한 그는 삼세번의 궁수가 되고 만 것이다. 만약 그가 열 번째까지 계율을 지켰더라면 백발백중의 명궁이 되었을 터였다. 지금 생각하면 흔해빠진 시험설화의 하나지만 그게 기억나서 정신을 집중해 팔매질을 해보기도 했다. 모든 것이 혼자 보내는 시간에 마련한 관념과 육체의 유희에 지나지 않지만 그런 버릇이 지속되어 지금도 혼자 있으면서 별로 외로움을 타지 않는 고독에 대한 내성은 이때 뚝살이 박힌 것인지도 모른다.

오후 시간을 강가에서 보내며 새까맣게 태운 얼굴을 보고 하루는 미스터 남이 강가에서 혼자서 무얼 하며 그리 오랜 시간을 보내느냐고 말했다. 나는 수영도 하고 팔매질도 한다고 사실대로 말했다. 수영을 조금 하게 되었고 팔매질도 재미있다고 말하며 덧붙였다. 이 세상은 혼자 살아가게 마련이고 때로 자기방위를 해야 할 필요도 있지 않으냐, 그래서 호신용으로 팔매질을 연습한다고 덧붙였다. 수영을 못하는 그는 내가 수영을 조금 익혔다고 하자 약간 주춤하는 듯했다. 호신용으로 팔매질을 하고 있다는 말에 그는 특유의 업신여기는 듯한 웃음을 짓더니 그건 위험을 자초하는 짓이라고 말했다. 어린 중학생이 무조건 약하다는 인상을 주어 상대의 경각심을 없애도록 해야지 섣불리 서

툰 짓을 했다간 화를 자초하게 마련이란 것이었다. 그러면서 하나는 알고 둘은 모르는 셈이라고 설교 비슷하게 덧붙였다. 내심 맞는 얘기라는 생각이 들었지만 자기가 나의 가상적이 된 것이라는 자격지심에서 나를 무장해제하려는 게 아닌가 하는 의심도 드는 것이었다. 당시 내 생각이 이렇게 분명하게 언어화된 것은 아니지만 대충 그런 방향의 생각을 했던 것만은 분명하다.

한참 지난 뒤 나는 꿈을 꾸었다. 미스터 남과 나룻배를 타고 가다가 배가 뒤집혔다. 나는 배낭을 지고도 강을 건너갈 수 있도록 일본군대에서 가르쳤다는 평영으로 사고현장을 헤엄쳐 나갔다. 미스터 남이 허우적거리며 소리를 질렀으나 나는 계속 강가로 헤엄쳐 갔다. '살려달라'는 그의 다급한 소리가 들려왔지만 나의 수영실력은 어디까지나 자기호신용일 뿐 타인을 구해줄 정도는 못 된다고 생각하며 서둘러 팔다리를 놀렸다. 의기양양한 기분으로 꿈이 깨었을 때 그는 무슨 꼼수를 썼는지 위급상황을 무사히 넘기고 아무 일 없었다는 듯이 옆자리에서 곤히 잠자고 있었다.

수영능력이 조금 향상되었다 싶을 때도 비슷한 꿈을 꾼 적이 있다. 많은 손님을 태운 나룻배가 전복을 했다. 물속으로 뛰어든 나는 하류 쪽으로 유유히 헤엄쳐서 아우성의 현장을 벗어났다. 나중에 보니 헤엄쳐 나오는 이가 아무도 없었다. 강가로 몰려든 구경꾼들이 모두 나를 향해 질책과 비난의 눈길을 보냈다. 불행을 모면했다는 즐거운 안도감을 누리며 나는 구경꾼들에게 말했다. "혼자 살아남아 죄송합니다. 사실 동료를 도와줄 수영

실력이 못 되거든요. 저 혼자 빠져 나오기도 빠듯했습니다. 혼자 헤엄쳐 나와 면목이 없습니다만 하느님은 이해하실 겁니다. 혼자만 살아 돌아온 저를 비난하지만 죽음을 구경감으로 삼는 여기 모인 여러분들이 과연 저를 비난할 자격이 있을까요?" 프로이트의 해석학에서 꿈의 미적 차원이 배제되어 있다고 밀란 쿤데라는 말하고 있다. 꿈은 소통행위이지만 미적 활동이고 상상력의 놀이이기도 한데 그 점이 간과되어 있다는 것이다. 생시의 꿈이건 잠결의 꿈이건 강자에 대한 약자의 저항과 심리적 보복이라는 사회적 차원이 저평가되어 있다는 것이 프로이트 해석학에 대한 나의 생각이다.

강변에서의 나의 독자행보를 얼마쯤 삐딱하게 또 가소롭게 보았던 미스터 남이 얼마 후 후회막급인 일을 겪게 되었다. 걸음을 제대로 못 걷고 상반신을 앞으로 숙인 채 다리를 벌리고 어기적어기적 걸어다니게 된 것이다. 천막막사에서 누워 보냈지만 하루 세끼를 붙여 먹는 처지에 노상 그럴 수만은 없었다. 보는 사람마다 왜 그러느냐고 위로의 말을 건넸지만 제대로 설명하기가 난처한 사태였다. 그는 얼마 전부터 심한 고환가려움증을 갖게 되었다. 고환이 가려워 견딜 수 없고 특히 밤이 되면 심하였다. 긁으면 긁을수록 더 가려워졌다고 그는 내게 실토했다. 그러던 중 우연히 노무자가 가지고 있던 물약 비슷한 것을 접하게 되었다. 노무자가 그것을 어떻게 입수하게 되었는지는 알 수 없다. 무슨 물건이건 눈에 띄면 주머니에 넣고 보는 상황이었으니 아마 어디서 '쩨빈' 것일 터이다. 어디 쓰는 것이냐며 미스터 남에게 물으러 온 것인데 보니 쇠녹 방지제였다. 그러니까 쇠붙이로 된 기구에 녹이 쓸지 않도록 바르는 것이었다. 값나가는 화장품이나 물약이기를 기대했던 노무자는 실망했고 자기가 좀 쓰겠다는 미스터 남의 말에 순순히 병을 건네주었다. 미스터 남은 그 녹 방지제를 고환에 발라보았다. 순간 짜릿하면서 시원해지는 느낌이 들어 고환 가려운 부분에 두루 발랐다. 그러나 얼마가 지나자 바른 자리가 쓰리고 마구 쑤시기 시작했다. 그 이튿날 아침이 되어 보니 살갗이 벌겋게 퉁퉁 부어 고환이 평소의 두 배로 부풀어올랐다. 볼 장 사나운 것은 둘째고 우선 걷기가 불편해서 견딜 수 없다고 실토하는 그의 표정에는 불편과는 거리가 먼 공포의 그림자가 어려 있었다. 사실 병원도 의사도 없는 한촌에서 듣도 보도 못한 신체 주요부분의 이상을 체험하고 있으니 두렵지 않을 수가 없을 것이었다. 미군이 상비약을 구비하고 있는 것은 사실이나 군의관이 따로 있는 것도 아니고 우선 신체 이상의 원인 설명부터가 어려운 일이었다.

솔직히 그의 뜻하지 않은 불편과 불행을 즐기지는 않았다. 위생환경도 좋지 않은 여름철의 천막막사에서 어떤 병이 생길지도 모르는 일이고 남의 재앙이 언제 나에게 덮쳐올는지 알 수 없는 처지였으니까 그럴 여유는 없었다. 다만 강가에서 헤엄치고 목욕하는 나를 늘 우습게 보는 그를 나는 나대로 우습게 보았던 터라 인과응보라는 투로 생각한 것은 사실이다. 처음 한두 번은 목욕하니까 기분이 상쾌하다면서 그에게도 동행을 암시했지만 그는 전혀 관심이 없다는 투였다. 원래 몸 움직이는 것을 싫어해서 그러려니, 하고 생각했다. 그러나 지금 생각해보면 그래서만이 아니었던 것 같다. 그는 자기가 수재이며 명문대학의 인기학과 재학생이란 자부심이 대단했다. 그만한 나이에 흔한 일이긴 하지만 도가 조금 지나쳤다. 그런 자기에게 응분의 경의를 표하지 않는 데다 늘 뚱하고 있거나 스페인땅에 성이라도 쌓는지 멍청하기만 한 나를 그는 그대로 아니꼽게 생각하고 있었다. 무얼 모르는 저런 한미한 시골 중학의 학생에게 발가벗고 목욕하는 모습을 보인다는 것 자체가 그에게는 자기 권위에 대한 훼손이라 생각하지 않았나 생각한다.

따지고 보면 죽음과 알몸은 인간의 근원적인 평등성을 드러내는 생생하고 구체적인 징표이다. 모택동이 강에서 수영하는 사진이 그의 생전에 중국에서 널리 홍보되고 전 세계로 퍼졌다. 그의 건재를 알리기 위한 조처이기는 했지만 한편으로는 모택동주의자들이 표방한 완전평등주의의 상징으로서 알몸 수영은 더 할 나위 없이 적정하기 때문이기도 했을 것이다. 골프나 승마는 아무나 할 수 없지만 수영장 아닌 강물에서의 알몸 수영은 누구나 할 수 있는 그야말로 수평주의水平主義운동이 아닌가? 어쨌건 강물에서 목욕을 자주 했더라면 고환가려움증 같은 해괴하고 채신머리없는 우환으로 그가 불편을 겪지 않았을 것 아니냐는 생각을 당시의 내가 즐겼던 것은 사실이다. 한동안 그의 권위주의는 내 앞에서 영 오금을 펴지 못했다.

빵빵한 돈가방으로 나를 놀라게 했던 미스터 남이 다시 나를 놀라게 했다. 늦은 오후 한 여성이 양동이와 대야를 들고 천막

막사를 찾아온 것이다. 우리가 밥을 붙여 먹던 집으로 가는 도중에 있는 민가에서 더부살이하던 피란민으로 토박이 농촌 여성과는 단박에 구별되어 안면이 있던 여인이다. 미스터 남과는 가벼운 인사를 주고받는 사이였다. 미스터 남이 통역인 것을 알고 혹 자기와 같은 여성에게도 일거리가 없느냐고 물어본 일이 계기가 되어 서로 인사하는 사이라는 것이 그의 설명이었다. 그 여성이 천막으로 들고 온 양동이에는 아욱국 같은 액체가 가득했다. 여성의 말로는 민간요법에 밝은 동네 노인에게 들은 대로 가려움증에 좋다는 풀잎을 삶은 것이라며 그것으로 하루에 몇 차례 환부를 씻으면 곧 효험을 보리라는 것이었다. 정성도 정성이지만 노무자들이 합숙하는 막사로 양동이로 날라 온 용기도 대단했다. 예사로운 사이가 아니라는 직감이 들면서 어느 사이에 그런 정성까지 얻게 되었는지 다시 놀라지 않을 수 없었다. 미스터 남은 이럴 것까지 없다고 어정쩡하게 말했고 여인은 허수히 여기지 말고 꼭 그리 하라며 양동이와 대야는 나중에 가져가겠다면서 서둘러 언덕을 내려갔다. 그러자 그녀가 사변 전 인천역장의 딸이며 딸 아이 하나를 데리고 피란살이를 하는 처지라고 미스터 남은 처음 듣는 소리를 들려주었다. 중키에 수더분한 얼굴을 한 삼십 대 초반의 여성이었다. 그 사이가 어느 정도인지는 알 길이 없지만 내가 모르는 사이 간현땅 한촌에서도 미스터 남의 분홍색 행보는 그치지 않았던 것이다. 나중에 노무자들이 말하는 것으로 미루어보아 그녀 편에서 스스럼없이 미스터 남에게 다가간 것 같았다.

영웅전을 읽더니

인천역장 딸의 정성에도 불구하고 미스터 남의 우환은 쉬 가라앉지 않았다. 그는 풀잎 삶은 액즙으로 환부를 규칙적으로 씻었지만 별 효험은 보지 못했다. 가려움증이 문제가 아니라 독한 녹 방지제가 고환을 성나게 했으니 그럴 수밖에 없었다. 그는 여전히 두 다리를 벌리고 어기적어기적 걸으며 끼니를 먹으러 다녔고 천막막사에서 꼼짝 않고 누워 있는 시간이 많았다. 무료해진 그는 나를 상대로 이런저런 얘기를 많이 했다. 또 의자에 앉아서 혼자 노래를 부르기도 했다. 그의 레퍼토리는 단조했고 대개 일본 노래였다. 그는 간현 첫날 밤에 부른 〈순정이중주〉라는 노래를 더러 불렀다. 별로 매력 없는 노래여서 한마디 하자 그는 사연이 있는 노래라 좋아하는 것이라며 걸어온 길을 얘기하기 시작했다. 그는 이것저것 두서없이 얘기를 들려주었는데 생각나는 것은 다음과 같은 것이다.

청주중학교 때 그는 하숙집 근처에 사는 여학생과 알게 되었다. 두 사람을 아주 가깝게 해준 것은 양쪽 모두 생모를 잃었다는 공통성 때문이었다. 그래서 휴일 시내를 벗어나 나무 그늘에 앉아 〈순정이중주〉를 부르곤 했다. 그 노래는 양친을 일찍 여읜 남녀가 부르는 노래였다. 학교를 졸업하고 그는 대학으로 진학했지만 여학생은 그러지 못하고 있다가 결국 시집을 갔다. 사실 육이오 전에는 여간 유복하고 개명한 집안이 아니고서는 딸을 대학에 보내는 일이 시골에선 아주 드물었다. 그래서 지금도 가끔 그녀 생각이 난다고도 했다. 어떤 사람한테 시집갔느냐는 물음에 '시골에서 그렇고 그런 위인이지 뭐.' 하고 역시 그다운 대답을 했다. 원 고향은 충주의 산척山尺이며 생모 사망 후 계모가 딸 하나를 데리고 후살이를 왔다고도 했다. 계모가 데려온 여동생 말고도 이복동생은 있으나 친형제는 없다고도 했다. 여러 가지로 미루어 산척면의 부잣집 장남인 것이 분명한데 부친이나 계모 얘기는 별로 하지 않았다. 그는 정치학과 학생들은 대개 졸업 전에 취직이 결정되며 사변 전에 졸업하자마자 신익희 의장의 비서로 간 선배도 있다고 말했다. 읽을거리가 없는 시골에서 가장 비근한 읽을거리는 신문이다. 그래서 어려서부터 신문을 샅샅이 훑어보는 악습에 노출된 나는 정계인물에 대해 신문에 난 정도는 소상히 알고 있었다. 해공 신익희는 국회의장을 하고 나중 야당 대통령후보가 된 인물이긴 하지만 김구, 김규식, 조소앙 등 거물 임정요인에 비하면 한 급수 아래라는 것이 육이오 전까지 신문을 통해 받은 나의 인상이었다. 해공 비서로 취직한 선배를 부러워하고 자랑스러워하는 그를 나는 나대로 우습게 생각했다. 비서라는 직종 자체를 대수롭게 여기지 않았다.

그는 이런저런 얘기 끝에 중학 졸업반일 때 청주의 무슨 옥屋에서 동정을 잃었는데 그것이 지금도 후회막급이라고 말했다. 동급생과 술을 먹고 객기를 부리는 바람에 그리되었는데 동정은 잘 간수해두었다가 좋아하는 사람과 맞바꿔야 하는 것이라고 말해서 다소 의외란 느낌이 들기도 했다. 국수집 아주머니도 예쁘장하게 생겼다고 말하는 데다가 달천이나 간현에서의 행태로 보아 그의 분홍색 행보의 역사는 장구하고 화려할 것 같았다. 어디 가나 예쁘장하다는 소리를 듣고 명문대 학생이고 또 따르는 여성도 많은 것 같으니 세상에서 말하는 염복가가 아니냐고 처음으로 듣기 좋은 소리를 했다. 그는 싫지 않다는 듯한 표정이 되더니 "알고 보면 여자란 참 약한 거야." 하고 알 듯 모를 듯한 소리를 하였다. 사변 전에 설정식薛貞植이 번역한 『햄릿』을 읽은 적이 있다. 왜 걸작이라고 하는지 도무지 이해가 되지 않았고 그 때문에 자기회의에 빠지기도 했다. 그러나 "상처 입은 사슴은 울러 보내라."란 대목이 가슴에 와 닿았고 "약한 자여, 그대 이름은 여자니라."란 대목은 어디선가 들어본 것 같아 머리에 남아 있었다. 그래서 지금껏 읽은 책 중 가장 감명 깊게 읽은 것이 무어냐고 물어보았다. 그는 멈칫하더니 『푸르타크 영웅전』이라고 말했다. 영웅전은 어린 독자로 하여금 자신도 영웅이 될 수 있다는 설렘을 안겨주게 마련인데 영웅전을 읽고 감동한 그가 중앙선 연변의 한촌에서 고환 가려움증의 후유증으로 꼼짝 못하고 있다고 생각하니 웃음이 나와 참느라고 혼이 났다. 하다못해 골절상을 입었다든지 고열에 신음하는 열병을 앓는다면 영웅전 독자에게 어울리는 것이 아닌가 하는 엉뚱한 생각이 들었기 때문이다. 대개 학생 시절엔 소설책 몇 권 정도는 읽는 것이 예사이다. 그가 우리 문학은커녕 그 연배들이 대개 읽은 일본 작가의 작품도 읽은 것이 전혀 없다는 것을 알고 얼마쯤 신기하다는 느낌이 들기도 했다. 결국 시골 중학의 우등생으로서 대학에 들어갔다는 것, 어디 가나 예쁘장하게 생겼다는 소리를 듣는다는 것이 그의 턱없이 높은 콧대와 자존심의 근거였다. 그렇게 생각하니 참 허망한 자존심이란 느낌이 들면서 달천 하역장에서 사무용 가방이 빵빵하리만큼 큰 돈을 번 것이 영웅전 애독자에게 그나마 어울리는 성취가 아닌가 여겨졌다.

미스터 남은 사변 전에 신문 잡지라도 보았다면 알았을 터인 김동석, 박치우, 오기영 등 당대 논객들의 이름도 알지 못하였다. 그가 알고 있던 거의 유일한 이름은 박승걸朴勝杰이란 학생 시인이어서 아주 그다웠다. 얘기 중에 그는 자기 소속학과가 얼마나 인기학과인가를 자랑하기 위해 박승걸의 이름을 댄 것이다. 예과 학생 때부터 박승걸은 시인으로서 학생들 사이에서 널리 알려졌으나 학부 진학 때는 예상을 깨고 정치학과를 지원했다는 것이었다. 박승걸이라면 나도 알고 있었다. 사변 전《경향신문》문화면에 난 그의 시를 읽은 적이 있다. 또 벽초 홍명희洪命熹가 서문을 부친 얄팍한 시집을 지금 가지고 있다. 박승걸은 시골詩骨을 타고 났으니 공정功程을 쌓아 대성하라는 취지의 벽초의 기대와는 달리 그 후 그는 행방이 묘연해졌다. 미스터 남은 또 문과 학생들 가운데는 문학합네 하고 술 마시고 연애하며 '데카당스' 흉내를 내는 못난이들이 많다고 했다. 괴테를 연구합네, 셰익스피어를 연구합네 하고 양서 끼고 왔다 갔다 하는 친구들도 있는데 도대체 그런 개인연구를 해서 뭣 하느냐, 자기 자신이 그럴듯한 업적을 남겨야 하지 않느냐, 모두 못난이 짓이라고도 했다. 졸업 후 유명 정치인 비서로 가는 이를 제외하고 대부분의 사람들은 그에게 한갓 못난이에 지나지 않는가 보았다.

그의 거동 불편이 계기가 되어 나는 그에 대해 많은 것을 알게 되었다. 그러나 많은 것을 알게 되면 그만큼 상대방에 대한 이해도 깊어진다는 속설이 그와 나의 경우엔 해당되지 않았다. 이해가 깊어지기는커녕 사람됨에 대한 불신이 커졌을 뿐이었다. 최소한 저런 사람은 되지 말아야겠다는 생각까지 들었다. 그 당시 읽을거리가 전혀 없었다. 책만 있다면 얼마든지 읽어낼 수 있는 시간과 지적 욕구를 가지고 있었으나 책이 없었다. 부대 쓰레기통에서 추리소설 따위를 구할 수는 있었다. 그러나 당시 추리소설 읽기도 영어공부에 큰 도움이 된다는 생각은 하지 못했다. 또 소설을 읽어내기에는 영어가 너무 짧았다. 중학 4년생이라고 하지만 실상 중학생 노릇한 것은 만 3년이 안 되었다. 미군정 때 9월 가을학기를 학년 초로 정했던 것을 다시 원상복귀시키기 위해 과도조처로 1950년 6월을 학년 초로 만들었기 때문이다.

당시 더러 구해볼 수 있는 잡지에 《Quick》이란 미니 주간지가 있었다. 그 후에는 보지 못했지만 문고판 크기에 20페이지 안팎의 시사잡지로 여느 시사주간지와 비슷한 내용을 요약해서 간략하게 다룬 것이다. 그것도 읽기가 어려웠다. 대충 사진이나 보면서 페이지나 넘기곤 했는데 모르는 구석이 나오더라도 미스터 남에게 물어보고 싶은 생각은 나지 않았다. 모르는 것에 관한 한 지금도 누구에게나 물어보는 편이다. 그에게 물어보지 않은 것은 그게 싫었기 때문이다. 그에겐 호기심의 충족을 본원적으로 봉쇄하는 괴이한 저지력이 있었던 것 같다.

밥집의 공포

한 열흘쯤 상체를 앞으로 숙이고 어기적어기적 걷던 미스터 남은 몇 주 후에야 겨우 완쾌하게 되었다. 그가 아직 완쾌하기 전쯤에 우리는 놀라운 소리를 듣게 되었다. 미스터 남, 그리고 노무자 두 사람과 함께 저녁을 먹으러 언덕 위의 막사를 내려서는 참이었다. 식사 동료인 나머지 노무자 한 사람이 우리 쪽으로 올라왔다. 사십 대 초반의 그는 상기되어 있었다.

"아니, 세상에 이런 일이 있어요? 이렇게 감쪽같이 속일 수가 있어요? 참 기가 막혀……."

"?"

"글쎄, 주인집에 문둥이가 살고 있다잖아요? 아들 하나가 문둥이래요!"

"아니, 그게 무슨 소리야? 차근차근 얘기해봐요."

"조금 전에 들은 소리인데 주인을 바꾸라는 거요. 그러면서 하는 말이 문둥이네 집이라는 거요. 수군수군하는데 우리만 모른 거 같아."

"어, 참, 재수에 옴 붙었네!"

"기분 나빠 어디 밥 넘어가겠어요? 당장 가서 돈 물러 받고 주인 바꿉시다."

미스터 남의 얼굴이 흙빛이 되었다. 아마 나는 더했을 것이다. 그나마 마당이 넉넉하니 집안 형편도 넉넉한 쪽이 아니겠느냐며 권유해서 정한 것인데 정말 날벼락 같은 소식이었다. 당시 우리는 주급 받는 날 일주일 밥값을 선불로 치렀다. 처음 시작하는 밥장사니 선불이라도 해주는 게 당장 우리한테 유리할 것이라는 계산이 깔려 있었다. 나이 지긋한 반장 송씨가 말했다.

"우선 가서 잘 알아봅시다. 사실이면 주인을 갈아야지요."

"아니 속일 것을 속여야지 그런 걸 속이고 밥장사를 해? 말도 안 돼!"

"혹 손님 끌려고 괜한 소리를 퍼뜨리는지도 모르잖소? 그러니 가서 우선 알아봅시다."

"알아보고 자시고 이 좁은 바닥에서 없는 소리 만들겠어요? 당장 들통이 날텐데."

"알 수 없어요. 장사 시샘은 무섭거든. 동업자끼린 별거 다 가지고 헐뜯고 그래요."

"자, 빨리 가서 따집시다."

"이렇게 몰려가지 말고 몇 사람만 가요. 다른 사람들은 이 집 쳐다보기도 싫다면서 오지 않았다고 해요. 그러면서 사실이면 돈 물러달라 해야지요."

"그게 좋겠네요."

"자, 내가 가리다. 누구 한 사람만 같이 가요."

송씨와 사십 대의 노무자가 주인집을 향했다. 우리도 어슬렁어슬렁 뒤따라갔다. 딱히 어디 갈 데가 없는 데다가 어디서 저녁을 먹긴 먹어야 했기 때문이다. 나는 속으로 사실이 아니기를 바랐다. 밥 손님을 끌기 위해서 동네 누군가가 퍼뜨린 헛소문이길 기도하듯이 바랐다. 그럴 확률은 극히 적다고 생각하면서도 물에 빠진 자가 지푸라기에 매달리듯이 간절히 바랐다. 그게 내가 사는 길이라 생각했기 때문이다. 요즘이야 한센병 환자라 하지만 당시엔 나병 환자라면 존댓말이고 보통 문둥이라 했다. 요즘처럼 신문에 질병이나 예방책 등 의학상식이 하루 건너로 기사화되지도 않았다. 한센병에 대해서도 치료 불가능한 무서운 천형병天刑病이라는 것과 전염병이라고만 알고 있었다. 사변 전 충주 마지막 재 넘어 산중턱에 한센병 환자가 혼자 사는 초막이 있어서 더러 그 앞을 지날 때는 긴장을 하곤 했다. 거지 중에도 섞여 있다 해서 거지도 두려워했다. 호랑이도 순사도 무서워하지 않았지만 문둥이만은 무서웠다. 김동리의 「바위」도 부채질을 했다. 사변 전에 나온 『한하운 시초』 속표지에는 손가락 한두 개가 빠져나간 손바닥이 찍혀 있다. 보기만 해도 흉하고 겁이 나서 시집을 읽으면서도 속표지에는 손을 대지 않았다. 그런데 환자를 숨겨둔 집에서 달포 넘게 밥을 붙여 먹은 것이 아닌가! 뿐만이 아니었다. 소변은 그때그때 천막막사 언덕배기의 풀섶이나 강변에서 처리했지만 같은 솥 밥 먹는 우리들은 큰 쪽은 밥 붙여 먹는 집 뒷간에서 처리하였다. 그러니 육신의 상하 출입구가 모두 문둥병 병균에 휑하게 노출되는 망조의 생활을 해온 것이 아닌가!

주인집에서 나온 송씨는 환자를 헛간에서 기거하게 하고 바깥출입을 못하게 한다는 주인의 실토를 전해주었다. 말 안 해서 미안하지만 아들의 병은 오래된 것이고 떨어져 살기 때문에 가족도 별일 없다면서 걱정하지 말라고 하더라는 것이다. 그나마 동네에선 웬만큼 사는 처지이기 때문에 환자를 저리 집 안에 숨겨두는 것 같다고 송씨는 말했다. 그의 손에는 물려 받은 사흘치의 밥값이 들려 있었다. 누구도 선뜻 받으려 하지 않았다. 모두 꺼림칙해서 그러는 게 틀림없었다. 미스터 남이 한마디 했다.

"기분도 그렇고 하니 그 돈 가지고 가서 한잔하고 저녁도 먹읍시다. 아주 돈 맡겨놓고 가끔 가서 먹어요."

"그럽시다요."

갈 데가 있을 리 없었다. 결국 양색시 집 옆의 주막으로 향했다. 모두 기가 죽은 채 툴툴거리고 밥집 욕을 하면서 술잔을 기울였다. 내 앞에 국수가 놓였지만 헛구역질이 나면서 도무지 입맛이 당기지 않았다. 그래도 연장자인 송씨가 숱한 고비를 넘기며 살아왔는데 별일 있겠느냐, 감쪽같이 속인 것이 괘씸하고 말짱하게 속은 것이 창피하지, 걱정할 것 없다고 일행을 다독거렸다. 그러더니 나를 보고 한마디 했다.

"학생, 걱정할 것 없어. 재앙이란 사람을 피해 다니는 거야. 전방에서 싸우는 군인들 중에서 물론 죽는 사람들이 있게 마련이지. 그러나 죽는 사람보다 사는 사람이 더 많아. 총알이 사람을 피해 가기 때문이야. 사람을 피해 가기 때문에 비 오듯 총알이 날아와도 살 사람은 사는 거야. 병이나 우환도 마찬가지야. 사람을 피해 다녀. 더구나 학생같이 순진한 어린 사람은 말이지."

송씨는 젊은 시절에 사회운동을 했다는 인물로 변비가 있는 모양이니 식전에 냉수를 먹으라고 내게 일러주었던 이다. 내가 되게 겁먹고 기가 질린 것을 눈치 채고 일부러 들려주는 위로의 말임을 나는 모르지 않았다. 그러나 창작동화같이 들릴 뿐 그의 말은 별 위안이 되지 않았다. '순진한 어린 사람'이기 때문에 더욱 만만히 보고 재앙이 덮칠 것이란 섬뜩한 불안감이 뇌리를 떠나지 않았다. 밑바닥 인생으로 추락했다는 간헐 첫날 밤의 소회는 한센병 환자 집에서 달포 넘게 먹고 싸고 한 사실이 안겨준 암담함에 비하면 약과에 지나지 않았다. 살다 보면 눈앞이 캄캄해지고 절망감을 느낄 때가 있게 마련이다. 그러나 그때 같은 처참한 절망감은 별로 없었다. 밤에 잠이 오지 않아 막사 밖으로 나갔다. 억울하고 참담해 살아 있듯 선연한 8월 초 은하수 아래서 껑충껑충 뛰었다. 파멸이, 그것도 징그럽게 추악한 파멸이, 막사 언덕 아래 구렁에서 나를 기다리고 있다는 확신과도 같은 예감에 온몸으로 전율했다. 어느 날 난데없는 도색반점桃色斑點이 몸에 보이고 그게 한하운의 한센병 단초였다는 사연을 기억하고 있었다. 『한하운 시초』에 붙인 시인 이병철李秉哲의 발문에서 읽은 대목이다. 목욕할 때 혹 도색반점은 없나 하고 유심히 몸을 살피게 되었다. 은밀한 버릇은 그곳을 떠난 후에도 오랫동안 고쳐지지 않았다.

9. 여름밤의 산술

숫자를 헤다

한센병 환자 집에서 밥을 붙여 먹던 다섯 사람은 곧 뿔뿔이 헤어졌다. 당장 다섯 사람을 한꺼번에 받아줄 집도 없거니와 우선 끼니를 때워야 하니 제가끔 알아서 다른 밥집에 끼어든 것이다. 소식을 들은 인천 역장 딸이 미스터 남과 내게 밥을 해대겠다고 나섰다. 언덕 막사 바로 아래쪽에 집이 한 채 있었는데 두 아들을 군대에 보낸 늙은 양주만이 사는 처지였다. 그곳을 빌려 밥을 해대겠다며 이문 남길 생각은 전혀 없고 그저 모녀가 밥이나 얻혀 먹으면 더 바랄 게 없다고 미스터 남에게 제의한 것이다. 미스터 남이 그리 하자는 말에 나도 잘됐다고 생각했다. 사실 언행이 거친 노무자들 사이로 끼어드는 것보다 한결 편하다고 생각했기 때문이다. 결국 역장 딸은 노부부 집 윗방으로 이사를 하고 우리는 세끼를 거기서 먹게 되었다. 도회지에서 온 여성답게 음식솜씨가 정하고 깔끔해서 진작 그러지 못한 것이 후회막급이었다. 역장 딸도 진작 왜 생각을 못했는지 모르겠다며 객지에서 의지도 되고 참 든든하다고 만족해하였다. 달포 넘게 속은 것이 분하고 창피하기도 했지만 그 전 밥집 얘기는 전혀 입 밖에 내지 않았다. 내심 막연한 공포에서 벗어나지 못했기 때문에 불안을 새삼 들추는 게 두려웠기 때문이다. 미스터 남이나 나나 그 점에 관해선 말 없는 교감이 이루어져 있었다.

역장 딸에게 삼시 세때를 의지하게 되면서 그러나 못마땅한 구석이 없던 것은 아니다. 미스터 남에게 호감을 가지고 있는 것은 알고 있었지만 때로는 비위가 상하는 경우도 없지 않았다. 똑같은 밥값 내고 먹는 처지인데 미스터 남을 챙기는 게 유난스러운 경우가 많기 때문이다. 그 집에서는 점심에 상추쌈을 많이 먹었고 노부부네 된장이나 고추장 신세를 많이 졌다. 맛있는 상추를 구하러 동네를 다 돌아다녔다면서 이것 드셔보라 권하는 것이야 자유라 치더라도 미스터 남에게만 그러니 한두 번도 아니고 은근히 부아가 났다. 미스터 남은 맞받아 정말 맛있다고 치하를 했는데 말끝에 나보고도 먹어보라 하는 것이 도리일 테지만 미스터 남에겐 도대체 그런 도량이나 남에 대한 배려라곤 없었다. 그런다고 내가 상추를 못 집어먹는 것은 아니지만 그래도 참 야박하다는 평소의 생각이 다시 들곤 하였다. 늘 같은 상 보기가 민망해서 문막 쪽에 가서 장을 보아 왔다던 어느 저녁때였다. 밥을 먹다 말고 미스터 남이 "이크" 하고 젓가락 든 손을 멈추었다. 미스터 남이 먼저 한 점을 떼어 먹은 간고등어에서 구더기가 꿈틀거리는 것이 보였다. 나는 부지중에 외면을 하였다. 간고등어에 손을 대지 않은 것이 그나마 다행이란 생각이 들었다. 간고등어 얹어놓은 접시를 상 밑으로 내려놓았다가 식사가 끝난 후 다시 올려놓았다. 상을 치우러 온 역장 딸은 간고등어가 그대로 남아 있는 것을 보고 왜 이걸 남겨놓으셨느냐며 미스터 남의 얼굴을 빤히 쳐다보았다. 아무런 단서도 찾지 못한 그녀는 곧 내 안색을 살폈다. 그러더니 재빨리 변명 삼아 한마디 했다. 같은 푸성귀만 상에 올리기가 무엇해서 성의를 보인다는 게 이리되었다고 그녀는 진정 미안해하였다. 안색만 살피고도 사태를 단박에 파악하는 것을 보니 눈치가 빠르고 눈썰미가 있다는 생각이 들었다. 그렇게 눈치가 말짱한 사람이 유독 미스터 남만 챙기는 것이 한편으로 고깝기도 하고 야속하기도 하였다. 미스터 남은 그럴 수도 있는 거지 뭐 별것 아니라며 웃음까지 지어 보이고 딴전을 쳤다.

그럴 때의 미스터 남은 도량 있고 의젓한 신사가 되어 있었다. 그래 잘들 놀아보아라! 이 속 보이는 암수들아! 당신이 언제부터 그리 통 큰 대인이 됐어? 순간 그런 반심이 들기는 했지만 문둥병 환자 집에서 먹고 싸고 한 생각을 하면 역장 딸에게 삼시 세때를 의지하는 것은 참 잘된 일이라고 속으로 다짐을 했다. 시간이 지나면서 내가 두 사람의 눈가리개 구실을 하고 있다는 생각이 들 때가 많았다. 미스터 남에 대한 역장 딸의 정성은 지극하였고 눈꼴이 실 때도 많았다. 사랑의 감정은 세계를 무화시키고 두 사람만 광야의 말뚝처럼 세워놓게 마련이지만 그래도 자리를 가리는 것이 도리다. 시도 때도 없이 교환하는 추파에 이쪽에서 민망해지는 경우가 많았다. 별로 호감을 가지고 있지 않은 사람이 주고받는 추파는 얼마쯤 추저분해 보인다. 적극적으로 싫어하는 인사의 음담패설처럼 혐오스러운 것이 없다는 것은 훨씬 뒷날에야 알게 되었다. 보기 싫은 놈 앞에서 담배도 피지 않고 어떻게 견디느냐는 게 담배를 못 끊는 변으로서는 가장 그럴듯한 거짓말이라 생각되는데 담배를 끊은 나도 그렇게 말하는 심정만은 충분히 이해한다.

청량리에서 중앙선을 타고 가면 경기도와 강원도의 접경지대에서 짧은 터널이 나오고 터널을 벗어나자마자 길지 않은 철교가 나온다. 철교가 놓인 강이 간현강이고 조금만 가면 곧 간현역이 나온다. 강변에 있는 언덕에 우리 막사가 있어서 곧잘 강건너 야트막한 산을 바라보고는 했다. 저녁을 먹고 난 후 막사 언덕에서 바람을 쏘이고 있었다. 한여름이라 저녁밥 먹고 나서도 날이 환했다. 노무자 한 사람이 저거 사람 아니냐며 맞은편 야산을 손으로 가리켰다. 서 있던 몇 사람이 모두 그가 가리킨 쪽을 바라보다가 사람은 무슨 사람이냐며 발설자에게 핀잔을 주었다. 그러나 발설자는 잘 보라며 다시 두어 그루 소나무와 참나무 사이를 손으로 가리켰다. 그러자 "맞다, 보인다."는 소리가 났다. 그러고 보니 분명 사람이 하나 '세워 총'의 자세로 서 있었다. 갈데없는 사람의 형상이었다. 처음엔 아니라던 노무자들이 대체 왜 저렇게 혼자 서 있는 것이냐며 모두 의아해했다. 혹 빨치산의 척후나 수색대원이 아니냐는 소리도 나왔고 아무래도 수상하다고 동조하는 이도 있었다. 그는 꼼짝도 않고 그렇게 거기 서 있었다. 조마조마하게 한참을 지켜보고 있는데 누군가가 아주 흡사하기는 하지만 사람은 아니라고 단정적으로 말했다. 저렇게 오랫동안 꼼짝 않고 한곳에 서 있는 사람이 대체 어디에 있느냐, 우리가 헛보는 것이라고 그는 힘주어 말했다. 그의 말이 맞는 것 같았다. 그러나 사람의 형상을 하고 있는 것 또한 사실이었다. 헛보는 것이라고 말한 이는 내일 낮에 한번 다시 보라고, 틀림없이 저 형상이 그대로 남아 있을 것이라고 거듭 말했다. 나는 계속 지켜보았다. 움직이지 않는 것은 사실이었다. 그러나 이쪽에서 손가락질하며 웅성웅성하는 것을 보고 정체를 은폐하기 위해 저렇게 꼼짝 않고 서 있는 게 아닌가 하는 의심이 들기 시작했다. 오늘 밤에 무슨 변을 당하는 것은 아닌가? 미군 보급부대 거점처럼 기습에 적합한 과녁이 어디 또 있을 것인가? 염탐하기 위해 대담하게 바로 강 건너편 야산까지 나왔다가 이쪽에서 알아차리고 웅성웅성하니까 위장전술을 쓰고 있는 것은 아닌가? 워낙 저 아저씨들은 그 방면에 도통한 사람들이 아닌가? 그사이 주위도 서서히 어두워져가니 모두 막사로 들어가고 남아 있는 사람은 없었다.

이튿날 아침 일어나자마자 막사 밖으로 나가 건너편 야산을 바라보니 안개가 걸쳐 있어 잘 보이지 않았다. 한낮이 되어 다시 바라보았다. 어제 그 형상은 그대로 남아 있었다. 환한 대낮에 보니 소나무 사이로 잎사귀 없는 잡목 하나가 서 있고 그게 사람 형상으로 보인 것이었다. 저녁을 먹고 모두들 막사로 돌아왔을 때쯤 내가 그 얘기를 꺼냈다. 사람 형상으로 보였지만 대낮 환할 때 보니 쭉정이 같은 나무더라는 말에 전날 저녁 일찌감치 사람이 아니라고 말했던 노무자가 말했다.

"거 봐. 내가 뭐랬어? 그렇게 오랫동안 꼼짝 않고 서 있는 사람이 어디 있담?"

"그래도 처음엔 모두 사람이라 했잖아요? 아주 흡사했어."

"난 또 무슨 일 벌어질 줄 알았지. 처음엔 말이요."

"높은 산도 없는데 갸들이 어딜 넘본단 말이요?"

"지키는 열 명이 도둑 한 명 못 당한다고 후닥닥 덮치면 당하는 거지 별수 있어요?"

"그나저나 전쟁은 어떻게 돼가는 건지? 계속 이 노릇을 해야하는 건가요? 새 소식 있으면 우리한테도 들려줘요."

마지막으로 나온 말은 미스터 남을 향해 한 소리였다. 그래도 통역이니 미군과 얘기도 나누고 해서 세상 돌아가는 소식은 알고 있으려니 해서 하는 소리였다. 그런대로 고된 신역을 하는 처지고 보니 노무자들이 시국상황에 대해 관심을 표명하는 일은 거의 없었다. 그날그날 별일 없으면 그것으로 족한 처지였다. 그나마 일자리 얻어 가족들 먹여 살리는 것을 다행으로 알고들 있었다. 청주에서 시작해서 원주까지 북상해 왔으니 겨울 피란 때보다 사정은 좋아진 것이고 그것을 든든하게 생각들 하고 있었다.

"나도 어떻게 돌아가는지 모르겠어요. 미군들도 모르긴 마찬가지구요. 그저 그날그날 때우고 때 되어 제 나라로 돌아갈 생각들뿐이지요. 정전회담이란 것을 하고 있는데 양편에서 고집을 피워 별 진전은 없고 한동안 이 상태가 계속된다고 보아야지요. 그렇게 생각하고 견디다가 요행 정전이 되면 그건 횡재라고 여기구요. 그나마 지금은 여름이니 상관없지만 겨울 되면 어떻거나 지금부터 걱정이네요. 우선 이 막사생활도 수월치 않을 테고."

사실 신문이 있는 것도 아니고 라디오가 있는 것도 아니니 세상 돌아가는 일에는 모두 캄캄하였다. 그저 미군 칸보이가 오면 전쟁은 계속되고 있고 전방에 큰 변동은 없어 후퇴는 하지 않고 있다는 정도만 실감하고 있었다. 앞으로 어떻게 될까 내심 불안한 것은 사실이지만 사람이란 난경에 적응하게 되어 있어 우선 큰일만 일어나지 않으면 이럭저럭 견디어가게 마련이다. 적응하고 있다는 것은 사실상 적응 안 되는 상태에 익숙해진다는 것일뿐 진정한 적응이 아니라는 대목을 뒷날 읽게 되지만 딱 맞는 말이다. 밥집에서 사단을 겪고 난 후에는 전쟁에 대한 공포보다 문둥병에 대한 공포가 훨씬 더 당면과제인 양 떠올랐다. 생각만 해도 기분이 나쁘고 딱히 누구에게라고 말할 수 없는 분노와 적의가 생겨나곤 했다. 동년배 친구가 있을 수 없는 처지여서 누구에게 말도 못하고 혼자 속을 끓였다. 틈이 나면 강으로 내려가서 목욕을 하고 익숙지 못한 평영을 시도했다. 팔매질도 계속했다.

사실 돌려 생각하면 좋은 일자리였다. 일주일에 한 번 임금표 payroll를 작성하는 것이 맡은 일인데 60여 명의 임금표 작성은 수월했다. 명단 적고 출석과 결석 일수 적고 출석 일수에 일당을 곱하면 주급 총액이고 그것을 적은 뒤 서명란만 비워두면 일은 끝났다. 결석하는 일이 좀처럼 없어서 계산도 간단했다. 청주 노동사무소 초기에는 노동경험이 없는 사람들이 많아 결석이 잦았던 모양이지만 이제 사정은 달라졌다. 하역 경험도 쌓이고 요령도 생기고 또 작업을 감당할 수 있는 사람들만 따라왔기 때문에 신역이 고되어 쉬는 법도 없었다. 반장이 결석을 출석으로 보고하고 임금을 가로챈다는 얘기를 달천에서 들은 바 있었기 때문에 그런 쪽으로도 신경을 쓰고 관찰도 해보았다. 그러나 그런 폐풍은 없어진 것 같았다. 우선 인원수가 적어지고 서로 빤히 아는 처지이니 벼룩이 간 빼먹는 일이 어려워졌을 뿐 아니라 서로 경험담을 나눈 터라 반장의 횡포에 넘어갈 사람도 없었다. 하기야 부정의 방법도 상황에 따라 기막히게 정교해지는 만큼 벼룩이 간 빼먹는 일도 예외는 아니었을지 모른다. 그러나 전처럼 뻔뻔스런 반장의 횡포 소리는 들려오지 않았고 세심하게 살펴도 그런 낌새는 보이지 않았다.

맡은 일이 수월하기는 했지만 그렇다고 미스터 남에 대한 불만이 없어지지는 않았다. 그는 손가락 하나 까딱 안 하고 있다가 내가 작성한 임금표에서 착오를 발견하기 위해 골똘히 눈알을 굴렸다. 그의 성벽을 알기 때문에 책잡히지 않으려고 나는 몇 번이나 재검을 했고 그는 내 과오를 적발하는 은밀한 가학적 쾌감을 즐기는 데 번번이 실패하곤 했다. 부대 통역인 미스터 손에게 많은 대민업무를 헌납한 미스터 남은 문자 그대로 미 해병대 보급부대의 잉여인간이요 무용지물이었다. 내가 그의 무노동 임금을 샘내거나 탓한 것은 결코 아니다. 청주 시절 임금표 작성을 자청해 전담해서 김 선생이나 권 선생에게 잘 보이려던 저자세 행보를 알고 있었기 때문에 윗전이 되었다고 얼씨구나 모든 것을 내게 맡기고 자기는 감사나 하는 태도 표변이 알미웠을 뿐이다. 노무현장과는 멀어져 있기도 하고 미스터 손이란 부대 통역이 따로 있으니 끼어들 여지가 없어서인지 그가 새로 '쩨비기' 동업에 나선 것 같지는 않았다. 달천에서는 눈치도 못 챘지만 이젠 나도 전 같지 않았다. 막사생활을 하는 처지여서 쥐도 새도 모르게 일 꾸미기도 어려웠지만 한 번으로 족하다 생각했는지도 모른다.

밤이 되어 한참 아래쪽 신작로 변으로 내려가 서 있으면 가끔 자동차가 지나가고는 했다. 거의 모두 국군이나 미군의 군용차였다. 트럭이 대부분이지만 스리쿼터나 지프도 더러 섞여 있었다. 머리를 쳐들어 왼편을 보면 사뭇 위쪽 고개를 넘어오는 차량의 헤드라이트 불빛이 보이기도 했다. 불빛은 이내 사라지고 그러다가 한참이 지나서 신작로 앞으로 지나갔다. 원주 쪽에서 넘어오는 차량은 간현을 통과하게 마련이기 때문이다. 고개에서 불빛이 보인 후 얼마가 지난 후에 간현 역전을 통과하는지 숫자를 헤아려보았다. 하나, 둘, 삼십육, 칠십구, 햐쿠나나주니 172, 고햐쿠로쿠주우560, 센고주우1050……. 일제 말기에 초등학교에 들어간 나는 구구단을 일본어로 익혔다. 그래서 지금도 속셈을 할 때 구구단은 일어로 한다. 그래야 빠르다. 마찬가지로 수를 헤아릴 때 백 단위를 넘어서면 일어가 더 빠르다. 일어는 기계적으로 나오지만 백일흔둘은 그보다 느리게 나온다. 그 당시 몇까지 헤아려야 불빛이 신작로 앞을 지나가는지는 이제 통째로 까먹었다. 숫자가 번번이 다르게 나왔다. 차량 쪽의 속도 탓도 있었을 것이고 내 편의 속도 탓도 있었을 것이다. 어쩌다 그 수가 얼추 일치하면 그게 그렇게 신기할 수가 없었다. 막사 안이 답답해지면 신작로 변으로 나와 헤드라이트 불빛을 기다리며 숫자를 세었다. 내가 마련한 이 여름밤 고독의 산술은 한동안 내 소일거리가 되어주었지만 그 후 써먹은 적은 별로 없다. 동년배 친구도 없이 혼자 서 있는 강원도 중부 생활전선의 소년병이란 생각이 들면 무언가 억울하다는 심정이 되곤 했다. 불과 십몇 년 후부터 널리 퍼지기 시작한 트랜지스터 라디오만 있었더라도 나는 훨씬 더 윤택한 고독을 누릴 수 있었을 것이다.

휴가 3박 4일

원주로 이동해 온 지도 달 반이 넘었다. 집안일도 궁금하고 생활비도 전해주어야 했다. 주급 지급일이 되어 지급이 끝난 후 테일러 중위에게 집엘 다녀와야겠다고 말했다. 미스터 남이 옆에서 몇 마디 거들었다. 중위는 며칠이 필요하냐고 물었다. 사흘이면 된다고 했더니 휴가 일수는 일하는 날로 간주되니 일주일 이내에서 마음대로 쓰라고 말했다. 나흘이면 아주 충분하다고 하자 왕복 편의를 위해서 증명서를 하나 만들어주겠다며 두꺼운 메모지 비슷한 것에 타자를 치더니 카드를 만들어 내게 건네주었다. 그리고 내 이름 옆에 서명을 하라고 일렀다. 제일 위에 내 이름이 적혀 있고 이 카드의 소유자는 우리 부대 노동사무소의 서기로 일하는 바 혹 차량 편승을 위시해서 부탁하는 게 있으면 도와주기 바란다는 취지의 말이 적혀 있었다. 끝자락에 중위 테일러라 적고 서명은 따로 그 아래에다 하였다. 하라는 대로 'Chong Ho Yoo'라 서명을 했다. 그러고 나서 보니 중위 이름 위에 'The First Combat Service Group'이라 적혀 있는 것이 눈에 띄었다. 이때 처음으로 부대 이름이 '미 해병대 제1사단 제일 전투지원단'임을 알게 되었다. 해병대라고만 알고 있었지 부대 이름 같은 것에는 전혀 관심이 없던 터였다. 지금도 그 '제일 전투지원단'이란 것이 청주 주둔 부대와 동일한 것인지 그렇지 않으면 원주 간현 주둔 부대 고유의 이름인지는 알 길이 없다.* 테일러 중위가 상냥한 인품임은 알고 있었으나 주급 지급일 이외에는 별로 접촉이 없었다. 그러나 카드를 만들어주는 것을 보니 생각보다 세심하고 자상한 성품이었고 좀 더 친해질 수 있었는데, 하는 생각이 들었다. 지금 생각하면 나의 서명은 이를테면 사진의 대용품인 셈이다.

이튿날 오전 춘천 쪽으로 가는 부대 스리쿼터에 편승해서 원

---

* 사전에 보면 group은 두 개 이상의 대대와 본부로 구성된 전략 및 행정단위라 되어 있다. 이것은 육군의 경우인데 청주에선 모르지만 간현 주재 부대는 사전정의와 일치할 정도의 인원은 못 되었다.

주까지 갔다. 원주 한복판 충주 쪽으로 내려가는 길목에서 차를 기다렸다. 당시 원주에서 민간버스는 운행되지 않았고 교통정리하는 군인에게 부탁했더니 의외로 선선하게 청을 들어주었다. 몇 번 차를 세워 어디 가느냐고 묻더니 충주 간다는 군용트럭에 나를 태워주었다. 군용트럭엔 운전석과 조수석의 두 사람말고는 아무도 없었다. 트럭 화물칸에 혼자 앉아 가는 것도 첫 경험이었다. 그러나 얼마 안 가서 차멀미가 나기 시작했다. 속이 메슥메슥한 거야 그전에도 경험한 바 있지만 이번엔 증세가 달랐다. 금방 토할 것 같고 견디기가 어려웠다. 누워도 보고 다시 일어나 앉기도 했지만 뾰족한 수가 없었다. 한구석에 그예 토하고 말았다. 두 시간 안팎의 거리인데 차에서 내렸을 땐 아주 녹초가 되어 있었다. 나를 보자 모친은 얼굴이 왜 그 모양이냐고 놀라는 기색이었다. 차멀미가 나서 좀 토했다고 하자 모친이 받았다. "원주 가서 곯은 모양이구나. 몸이 허하니 멀미가 심하지." 듣고 보니 그렇기는 했다. 강에서 미역도 감고 팔매질도 하고 했으나 아무래도 먹는 것이 부실했던 게 사실이었다. 문둥병 환자 집에서의 사단 후 한동안 입맛이 싹 가신 적도 있었다. 내 걱정을 하는 모친도 여름을 타는지 신수가 그전만 못하였다.

꼬박꼬박 챙겨둔 새경을 내놓으며 복직 건은 어떻게 되었느냐고 물어보았다. 새 학기 초에 시켜준다더라, 충주중학에서는 두 사람만 된다더라고 모친은 힘없이 말했다. 새 학기라야 얼마 남지 않았지만 울화통이 터졌다. 분노는 사람에게 생기와 독기를 안겨준다. 오래 쌓인 독기가 터져나오는 탓인지 갑자기 힘이

솟구치는 것 같았다. 누구를 향한 것도 아니게 그냥 막말이 터져나왔다.

"아니, 월급쟁이가 일 년 넘게 월급 한 푼 못 받으면 어떻게 살란 말인가, 누구는 하고 싶어 부역했나, 저희들이 부역자 만든 거지, 개성서 아침 먹고 평양서 점심 먹고 저녁은 압록강에서 처먹는다고 만날 흰소리 치더니, 사흘 만에 서울 뺏기고 쥐새끼처럼 도망간 주제에 무슨 낯짝으로 백성들을 벌준단 말인가, 저희들이 벌을 받아야지, 무릎 꿇고 싹싹 빌어도 시원치 않은 판에……."

"그런 소릴 함부로 하면 어떡하니. 말이라고 다 하는 거 아니다. 모든 것을 돌려 생각해야 해. 목 달아난 사람도 많은데 목 붙어 있는 게 다행이라 생각해야지. 여태 잘 참고 견디었는데 조금 더 못 기다릴 게 뭐 있니? 네가 객지에서 고생이다만 그 덕에 식구가 굶지는 않는 것 아니냐. 그 나이에 돈 버는 경우가 어디 흔하냐? 다 복이라 생각하고 고맙게 여겨야지. 마음에 담아두면 언젠가 쏟아지는 법이다. 생각을 고쳐먹고 모든 것을 편하게 생각해야 해. 세 치 혀 마구 놀렸다가 화 입는단 말 못 들어보았느냐."

언변으로 모친을 당해낼 재주는 없었다. 그러나 문둥이 집에서 달포나 밥 먹었다 소리를 들으면 모친도 조금은 달라질 것이란 생각이 들면서 지난해 여름 일이 주마등처럼 머리를 스쳐 갔다. 아마 7월 4일이었을 것이다. 그날따라 미군 비행기가 많이 날았고 독립기념일이라 저러나 보다고 부친이 말한 것이 기억

나기 때문이다. 마즈막재 넘어 오각골이란 곳으로 잠시 피해 있
었던 우리는 어떻게들 하는지 동정도 살피고 아는 사람들과 상
의도 할 겸 집으로 향했다. 마즈막재에서 망을 보던 군인 상사
에게 어떻게 돼가느냐, 어떻게 하는 것이 좋으냐고 물었더니 직
업이 무어냐고 되물었다. 교육공무원이라는 부친의 말에 상사
는 공무원이라면 오래 걸린다 생각하고 피란을 가라고 말했다.
얼마 동안이나 가 있어야 하느냐는 모친의 물음에 그건 자기들
도 알 수 없다고 말했다.

나머지 가족은 일단 집으로 가고 부친과 나는 중학교로 향했
다. 중학교 교정에는 온통 쓰레기가 가뜩 차 있고 탄피라던가
내버린 찬통 같은 것이 마구 흩어져 있었다. 야전침대 같은 것
도 보였다. 교정 전체가 그런 잡동사니로 그득했다. 교사 한 사
람과 상급생 하나가 쓰레기를 뒤지고 있었다. 그들 말로는 잠시
학교에 주둔하고 있던 부대가 꼭두새벽에 후퇴했다는 것이었
다. 현관으로 들어서니 개똥 모자에 세로로 줄단추가 달린 바지
차림의 교장이 의자에 앉아 있었다. 단단하게 생긴 단구의 중년
이었다. 한희요韓熙堯란 이름의 교장은 사변이 발발한 뒤 6월 29
일쯤에 부임한 신임 교장이었다. 부친이 다가가 인사를 하자 학
교를 지키기 위해 이렇게 앉아 있는 참이라고 그는 말했다. 방
금 전에 고개를 지키는 군인이 피란을 가라고 하더라는 부친의
말에 그는 쨍쨍한 목소리로 반문했다.

"피란을 간다면 어디로 갑니까?"

"우선 남쪽으로 가봐야 할 것 아닙니까?"

"남쪽 어디까지 갈 겁니까?"

"그래도……."

"부산까지 간다, 그리고 나선 어쩔 겁니까? 바다 속으로 들어가나요?"

부친은 더 말을 잇지 못했다. 한희요 교장의 입장은 분명하였다. 그러고 보면 29일인가 부임 인사 때에 강당에서 한 말도 예사롭지 않았다. 국군이 후퇴한 후 서울을 마구 폭격한다니 피해는 민간인이 보는 것 아니냐며 힐난조의 말을 해서 좀 별나다고 생각한 바 있었다. 학교를 지킨다며 현관에 앉아 있는 그의 진의는 의심할 여지없이 뚜렷했다. 부친이 무어라고 했는지는 기억에 없다. 국군 하사관의 말과 교장의 말에 거푸 흔들린 부친은 다시 가족을 끌고 오각골로 향했다. 그 이튿날 저녁 충주농업학교 교사로 있던 이모부가 합류하면서 부친은 다시 동요하기 시작했다. 이모부는 이모부대로 동정을 알아보고 나서 아무래도 떠나는 것이 낫겠다고 말했다. 이제 가족 동반 피란은 불가능하니 당사자들끼리만 떠나자고 말했다. 의기투합한 두 동서는 꼭두새벽에 남행길에 올랐다. 그러나 사흘도 못 되어 인민군에게 추월당해 멋쩍은 얼굴로 되돌아왔다.

그 뒷얘기는 지금 소상하게 밝힐 계제가 아니다. 부친이 부역자가 되지 않으려면 교장 말 따위를 무시하고 그 길로 남행길에 올랐어야 했을 것이다. 우유부단 좌고우면하다 기회를 놓친 것이다. 당시 충주중학의 교원 수는 대략 20명이었다. 그중 남하해서 대구까지 갔다가 9·28 후 개선한 이가 5명, 부역자가 13

명, 학생에 의한 피살자가 1명, 기타 군입대자와 행방불명자가 두엇 있었다. 부역교원 중 추정 월북이 3명, 9·28 후 면직이 8명이고 2명은 정직 처분을 받았다. 부친은 그 두 명 중의 한 사람이었다. 좋게 얘기하면 매사에 나서기를 좋아하지 않는 성품 때문이었고 짓궂게 말하면 무능해서 교내의 소소한 벼슬 하나 하지 못했기 때문이다. 부역이래야 학교에 나가서 모택동의 자유주의 배격에 대한 교양강습을 받고 회의에 참석하고 손뼉이나 친 정도다. 학교가 열린 것도 아니고 이따금 학생들을 소집해보았자 모이는 학생도 없었다. 상급학생들 중 열성분자가 얼마 안 되는 학생들 앞에서 교양강습을 했고 열성적으로 학생 교양에 임한 교사들은 면직도 면직이지만 수복 후 학생들에게 수모를 당한 것으로 알고 있다. 한희요 교장은 저들 세상이 되고 나서도 교장으로 있다가 군청의 교육장으로 갔다는 소문인데 9·28 수복 후에 그를 보았다는 사람은 없었다. 그는 선의나 악의의 함이 없이 엄밀히 중립적인 의미에서 몹시 인상적인 인물이다. 일찌감치 태도를 정해서 흔들림이 없었고 다부진 데가 있었는데 당시 내가 아는 사람 중 그런 이는 아주 드물었다. 그것이 그의 사상적 배경 때문인지 정세판단에 따른 약빠른 편승인지 혹은 겸사겸사 그런 것인지에 대해서는 알 길이 없다. 충주중학 졸업생 가운데도 반짝 교장이었던 그의 이름을 아는 사람이 거의 없다.

뒷날 부친의 부역 때문에 내가 사회적 불이익을 당한 적은 없다. 좁은 바닥에서 피차간에 사정을 너무나 빤히 알고 있기 때문에 수복 직후는 몰라도 부역자라고 손가락질하는 사람도 없었다. 그러나 냉정히 따져보아도 당시 부친이 받은 징계가 가혹하고 부당한 것이었다는 생각은 지금도 변함이 없다. 파면된 교사의 태반에 대해서도 같은 생각을 하고 있다. 중학 때 야구선수였던 부친은 1957년 오십 대 초에 뇌출혈로 쓰러졌는데 사변통의 곤궁과 내적 갈등으로 말미암은 화병이었다는 것이 나의 진단이다. 술 담배를 전혀 하지 않다가 사변 후 담배는 조금씩 피우기 시작했다. 면직된 부역교원 중 체육을 담당했던 남동우 교사는 보도연맹 가입자로 사변 직후 경관의 가정방문을 받았다. 연행하기 위해서인데 위기를 직감한 그는 농구화 끈을 단단히 매고 집을 나와 한길로 들어서자마자 달음박질쳤다. 경관은 권총을 빼들고 동작을 취했으나 육상선수였던 그는 순식간에 유효사거리를 벗어났다. 뒤돌아본 그는 유유히 손을 흔들어 작별인사를 보냈다는 것인데 동물적 기민성은 이렇게 존명存命가치가 되는 법이다. 사상이나 신념보다 심리적 신체적 동물적 기민성의 결여가 많은 부역자를 낳았다는 것이 나의 관찰이다.

원주를 떠날 때 복직이 성사됐다면 천막 막사생활을 끝내도 되리라는 은근한 기대감을 가지고 있었던 게 사실이다. 그러나 더 기다려야 할 형편이 되고 보니 중학 친구들을 만나볼 생각도 없어지고 거리를 나돌아다닐 생각도 나지 않았다. 그때 들은 희소식은 작은 이모네가 경상도 점촌에서 무사히 피란 생활을 했다는 것뿐이었다. 집에서 해주는 밥이나 먹다가 이틀 밤을 잔 뒤 다시 돌아간다고 집을 나섰다. 충일여관이란 충주 제일의 숙박소 앞 네거리가 군용트럭 따위를 편승하는 장소였다. 오전 내내 기다려도 원주 가는 차편이 없었다. 제천 가는 것은 있는데 원주 쪽은 없었다. 나 말고도 원주 간다는 사람들이 몇 명 있어서 군용트럭이 오면 함께 몰려가 손을 들고 알아보았지만 허사였다. 여럿이 손을 들어도 그냥 지나가는 차량도 있었다. 무슨 방도를 강구해야지 그냥 기다린다고 될 일이 아니라 생각되어 오후 일찌감치 집으로 돌아갔다. 저녁때 알아보겠다며 거리로 나간 부친은 쉽게 방도를 찾아냈다. 시내 여관 곳곳을 찾아다녀 보니 한 군데 군용트럭이 서 있었다. 군인 숙박객을 찾아서 알아보니 그 트럭이 이튿날 원주를 가기는 하는데 제천 경유해서 간다는 것이었다. 편승을 부탁했더니 아침 아홉 시에 나오면 된다고 해서 단단히 부탁해두었다는 것이었다.

이튿날 아침, 점심으로 준비한 주먹밥을 하나 허리에 차고 여관으로 갔다. 군인 두 사람에게 깍듯이 인사하고 태워달라고 부탁했다. 그들은 알고 있다며 시원시원하게 대해주었다. 아홉 시가 조금 지나 출발한 트럭은 충일여관 네거리에 이르자 한 옆으로 비켜서서 정거하였다. 제천이나 원주 갈 사람들은 타라며 군인들은 편승객을 모집하다시피 했다. 좀 이상하다 싶었지만 예닐곱 명이 동행하게 되니 든든한 느낌이었다. 대개 30세 전후의 남자들이었다. 충주에서 제천을 가자면 노래에도 나오는 박달재를 넘어야 한다. 지금이야 탄탄대로지만 당시만 하더라도 상당히 험한 길이었다. 박달재를 넘어 내리막길을 달리던 트럭은 신작로를 벗어나 조그만 소로로 접어들더니 더 이상 갈 수 없는 산자락에서 정거했다. 조수석에서 내린 군인이 우리보고도 내리라며 반은 부탁 반은 명령조로 말했다.

"저 위에 산판이 있습니다. 부대에서 사용할 나무를 운반해야 합니다. 보다시피 우리 두 사람 가지고는 시간이 오래 걸립니다. 군에 협조한다는 생각으로 작업을 도와줘요. 빨리 끝내고 가는 게 피차 좋지 않습니까? 자, 같이 올라갑시다."

그러면 그렇지, 하는 생각이 들었다. 단순 호의로 편승할 사람을 호객할 리가 없지 않은가? 모두들 영문을 모르겠다는 투로 군인 뒤를 따라갔다. 한참 산길을 오르자 여기저기 가지 쳐 베어놓은 소나무가 누워 있는 산판이 나왔다. 시범 삼아 군인이 먼저 굵직한 소나무 하나를 어깨에 둘러메었다. 모두들 따라 했다. 단단히 걸렸구나 생각하고 만만한 것 하나를 골라 메고 뒤따라 산을 내려갔다. 무게도 무게지만 거리가 만만치가 않았다. 그런 일은 전에도 경험이 있었고 언제까지 이 짓거리를 해야 하나 생각하니 한심한 생각이 들었다. 10명이 채 안 되는 인원이라 작업은 좀처럼 진척이 되지 않았다. 부지런히 오르락내리락한 셈이지만 트럭 화물칸에 옮겨놓고 보면 나무는 얼마 되지 않았다. 재수가 있다고 좋아했더니 겨우 이 모양이라며 다른 이들은 투덜대었다. 막사생활에서와 마찬가지로 동년배가 없었기 때문에 그저 잠자코 나무만 옮겼다. 될수록 조그만 나무를 골라 잡는 것이 내가 발휘할 수 있는 요령의 전부였지만 어쩐지 눈치가 보여 그것도 마음대로 못했다. 여름 땡볕 아래서 얼마나 산길을 오르내렸는지는 알 길이 없다. 화물칸이 제법 그득해지자 군인 두 사람은 더 하자거니 그만하자거니 주고받다가 이제 끝내자며 내려오는 사람을 기다리다 그곳을 출발했다.

벌써 한낮은 기울고 슬슬 배가 고파왔다. 그러나 주먹밥이라도 꺼내 먹는 사람은 아무도 없었다. 제천을 지나고부터 트럭의 속력이 빨라졌다. 트럭이 우리를 원주 시내 한복판에 내려놓은 것은 얼추 오후 세 시가 넘어서였다. 동행자들은 모두 뿔뿔이 흩어졌다. 길가 아무 데서나 걸터앉아 주먹밥을 먹으며 세상에 공것이 없다는 말을 다시 되뇌었다. 되로 주고 말로 빼앗아 가는 것이 세상이라는 게 실감으로 다가왔다. 두 시간 거리 태워 주고 세 시간 중노동으로 부려먹는 것이 세상일 아닌가? 뒷날 'You don't take something for nothing' 이란 영어를 직관적으로 알아차리고 곧 기억하게 된 것은 삶 경험에서 얻은 실감 때문이었을 것이다.

중심부에서 여주나 문막 쪽으로 가는 차량을 기다려보았으나 쉬 나서지 않았다. 군인도시로 성장한 원주에서는 군용트럭 왕래가 잦았으나 그만큼 붙잡고 얘기하기도 어려웠다. 한번 걸어가보는 것도 괜찮겠다는 생각이 들었다. 물론 오전의 예상치 않은 노동으로 몸은 지쳐 있었으나 피란길에 익혀둔 보행은 어느 정도 자신이 있었다. 걸어가다 차를 만나면 손을 들어보리라 생각하고 걷기 시작했다. 뿐만 아니라 고개에서 간현으로 오는 헤드라이트 불빛을 기다리곤 한 처지인데 그 고개를 도보로 넘어보는 것도 그럴듯하게 생각되었다. 대충 40리 거리였는데 지나가는 차량은 더러 있었으나 내 거수신호에 응답하는 차는 없었다. 사실 이곳은 차비를 대신할 산판도 없지 않은가! 그렇게 생각하고 걸었다. 시골길은 더 멀게 느껴지게 마련이고 혼자 가는 길은 쉽게 끝나지 않았다. 주위 풍경이 단조하기 때문에 더욱 그랬다. 그러나 해거름에는 간현역에 도착할 수 있었다. 막사에 들르니 미스터 남은 보이지 않았다. 역장 딸 밥집으로 가니 막 저녁상을 물린 뒤였다. 일주일치를 선불로 치르기 때문에 사실 며칠분은 거저 버린 것이어서 새로 차려달라는 것이 미안한 일은 아니라 생각했다. 역장 딸도 그 점은 알고 있었고 별 내색 없이 다시 차려주었다. 예상했던 대로 미스터 남이 괜히 인상을 쓰며 못마땅한 티를 내었다. 나의 부재가 그들의 밀월이었음을 짐작할 수 있었다. 좋다, 조금만 더 참아라, 내가 곧 자리를 비켜줄 것이다, 그러나 당신도 그리 신통한 한솥밥 친구를 만나지는 못할걸, 그런 생각을 하며 저녁을 먹었다. 막사로 돌아가서 이내 곯아떨어졌다.

마당에서 주운 소식

이튿날 노무자들의 대화를 통해 감독 미스터 홍이 결혼하게 된다는 것을 알게 되었다. 3반 반장 황씨가 중간에 들어서 자기 처제와의 혼인을 주선했다는 얘기였다. 그때 비로소 미스터 홍의 고향이 충남 예산인가 당진인가 어쨌건 그쪽임을 알게 되었다. 전시이고 피차간에 격식을 차릴 처지가 아니니 당장 해치우자고 황씨가 서둘러서 미스터 홍이 동의했다는 것이고 며칠 안에 신부감이 도착하면 그대로 식을 올린다는 얘기였다. 순간 갈데없는 정략결혼이구나, 하는 생각이 들었다. 더펄더펄하는 성미에다 말솜씨도 있고 낯가죽이 두꺼워서 그렇지 그의 영어는 사실 말이 아니었다. 내 자신 처음엔 속았지만 그의 정체를 파악하는 데 오랜 시간이 걸리지는 않았다. 그를 과대평가하고 당장의 이득을 위해 황씨 편에서 서두르는 것임이 분명해 보였다. 반장 황씨는 노무자들 사이에선 평이 좋지 않았다. 청주 시절 결석을 출석으로 해주고 임금 가로채기를 잘하는 것으로 호가 나 있었던 모양으로 달천에서 노무자들이 성토하는 것을 들은 적이 있었다. 반드시 그래서가 아니라 가죽점퍼 차림에 미군 군화를 신고 눈동자 움직임이 묘하게 빠른 그에게 호감이 가지 않았다. 중키인 그는 보탤 것도 뺄 것도 없는 야무진 체격이었고 만나는 사람마다 말을 걸고 인사치레가 밝았다. 그러니만큼 매사에 손해는 절대 보지 않을 사람이었다. 살살이라는 별명도 있었고 어쩐지 경계심이 생기는 위인이었다. 게다를 신고 콩 한 가마니를 번쩍 들어올린다는 게 신부에 대해 황씨가 여기저기 떠벌리고 다닌 덕담의 하나였다. 그것이 신부에 대한 덕담으로 적절한 것인지 의문이었지만 듣고 보니 신부에 대한 궁금증이 생기는 것은 사실이었다.

막사에서 책상에 앉아 있는데 황씨가 들렀다. 미스터 홍 결혼식에 부좃돈을 받기 위해서였다. 동서될 사람의 부좃돈을 받으러 다니는 게 어색하기는 하다, 그러나 동서보다는 노무자 모두를 위해 수고하며 미군과 교섭하는 감독을 위한 부조돈이라 생각하며 다닌다. 학생은 물론 우리와는 입장이 다르지만 그래도 좋은 일에 성의를 보이는 게 좋지 않으냐, 세상은 주는 것만큼 받게 되어 있다며 나를 꼬드겼다. 결석을 출석으로 보고하고 새치기했다는 그의 전력이 생각나며 거둔 돈이 제대로 미스터 홍에게 전달될까, 하는 의문이 생겼다. 뿐만 아니라 부조돈은 현장에서 각자 내면 됐지 왜 미리 수금하러 다니는가, 하는 의문도 생겼다. 그러나 청주서 부친이 덕을 본 일이 있기 때문에 다만 얼마라도 성의를 보여주고 싶은 마음은 있었다.

"사실은 엊그제 집에 다녀왔어요. 몽땅 털어놓고 와서 지금 수중에 돈이 없습니다."

"정 그렇다면 내가 꾸어줄까? 나중에 돌려받기로 하고."

"대개 얼마씩들 내고 있나요?"

"제가끔 형편 따라 내는 것도 좋지만 알다시피 여기 형편이란 게 다 비슷하잖아? 그래서 일률적으로 액수를 정해서 걷고 있는 참이야."

그러면서 그가 언급한 액수는 생각보다 많았다. 솔직히 당시 받은 임금 액수나 임금 차이에 대해 기억에 남아 있는 것은 아무것도 없다. 화폐 개혁도 두 번 있었고 화폐가치는 늘 떨어졌으니 그럴 수밖에 없다. 액수를 보아도 부조돈이 제대로 전달되지 않을 것이란 의심은 거의 확신으로 변했다.

"청주에서 감독님이 제 부친에게 급유소 일을 맡겨 신세진 일이 있습니다. 그래서 늘 고마워하고 있어요. 차제에 보답을 해야지요. 이번 주급 받게 되면 꼭 감독님께 인사를 닦겠습니다."

황씨는 알겠다며 꼭 그리 하라 이르고 막사를 나갔다. 만만히 넘어가지 않아 실망하는 기색이 역력했지만 위기를 넘겼다는 안도감으로 나는 흡족했다. 눈 뜨고 있어도 코 베어 먹는 세상이라는 섬뜩함을 다시 느꼈다. 벼룩의 간을 빼먹으려 중학생에게까지 덤비다니. 저녁때 미스터 남에게 얘기를 했더니 자기에겐 부줏돈 내라는 소리 없더라며 덧붙였다.

"사람 보아가며 등치는 거야. 앞으로도 조심해."

혼인식이라야 아주 간단했다. 하역을 쉬는 일요일날 미스터 홍이 침식을 하고 있는 집 마당에 노무자들이 모였다. 애초에 동네에서 제일 번듯하다고 해서 그가 택한 밥집이어서 마당도 제법 넓었다. 제일 연장자 축에 들어가는 데다 사회경험이 많은 송씨가 이를테면 주례인 셈이었다. 신랑 신부 맞절도 시키고 간단한 축사도 했다. 신부는 한복이고 신랑은 평상복 차림이지만 거기 토를 다는 사람은 없었다. 게다 신고 콩 한가마니를 번쩍 들어올린다는 신부는 생각보다 얼굴이 피둥피둥한 것이 생기 있고 야무진 인상이었고 몸은 빵빵했으나 보기 흉할 정도는 아니었다. 나이 지긋한 사람 중에는 보통 내기가 아니겠는데, 하고 수군거리는 이도 있었다. 언니 되는 황씨 부인은 신부에 대면 폭삭 늙었다는 느낌이었다. 진작부터 간현에서 살림을 차리고 있었지만 처음 대한 그녀는 처음 보는 사람에게도 신부 언니 된다고 자기소개를 하며 깍듯이 인사를 차렸다. 황씨가 나서서 여러분들 후원 덕분에 혼인식을 할 수 있었다고 사의를 표한 후

때가 때이니만큼 국수 한 그릇으로 보답하려 하니 모두 맛있게 들고 탁주도 한잔하라고 인사말을 했다. 나는 일부러 황씨가 보는 앞에서 "저의 성의입니다." 하고 사무용 흰 종이에 싼 '촌지'를 미스터 홍에게 내밀었다. 미스터 홍이 기거하는 방이 그대로 신방이 될 모양이었다.

앞날이 아무래도 불안해 보이던 이 소략한 정략결혼식을 내가 지금껏 생생하게 기억하는 것은 그러나 그 속 보이는 계산 때문이 아니다. 혼인잔치라고 벌인 마당 한구석에 신문 한 장이 굴러다니고 있었고 활자에 주려 있었던 나는 당장 주워 읽었다. 읽을거리가 별로 없는 시골에서 신문은 손쉽게 구할 수 있는 읽을거리여서 어려서부터 신문을 샅샅이 읽어치우는 버릇이 있었다. 아마 포장지로 썼던 것이 떨어져 있었던 모양인데 아주 오래된 날짜의 지방지 《국제신보》였다. 사회면에 연락선 침몰사고 보도가 있었고 다수 조난자의 이름이 적혀 있었다. 그런데 이게 웬일인가? 그 가운데 심재각沈載珏이란 이름이 보이는 게 아닌가! 소스라쳐 놀랐다. 그 밑에 적혀 있는 연령 18세도 본적지 충주 살미면乫味面도 틀림없는 심재각의 것이었다. 날짜를 꼽아보니 한 달도 훨씬 넘은 오래전 일이었다. 다시 한 번 놀랐다. 그런 줄 알았으면 집에 갔을 때 한번 가보는 건데, 하는 생각도 들었다. 그러나 다른 사람도 아니고 심재각이 죽다니! 이렇게 빨리 가다니! 당치 않다는 생각이 들면서 실감이 가지 않았다. 최근 연대의 국문학도 박재석朴在石 군이 수고해서 찾아준 1951년의 대형 해난사고 보도는 이렇게 되어 있다.

7월 11일 오후 5시경 부산시 충무동 부산 제빙회사 앞 부두에서 승객 130명을 태우고 다대포로 향한 여객선 제5 편리호가 출항한 지 20여 분 만에 송도 앞바다에서 침몰하여 80여 명이 익사했다.

심재각은 나의 초등학교 동기생이다. 나이는 나보다 위였지만 한 책상에 나란히 앉은 짝꿍 시절도 있었고 집도 근처여서 가까운 사이였다. 의협심이 강해 전학 와서 비슬비슬하는 나를 감싸주기도 해서 내가 많이 의지한 편이었다. 말 잘하고 당차고 야심적이고 승벽이 강한 그는 해방 후 급진파 소년으로 변해갔다. 그의 삼촌 영향 탓이었지만 좌파 교사들의 영향도 컸다. 툭하면 어서 제2차 해방이 되어야 한다던지 친일파 민족반역자는 모조리 처단해야 한다는 섬뜩한 얘기를 해서 동급생들을 주눅들게 하였다. 육이오 전 초대 문교장관 안호상安浩相이 청량리 예과 자리에 일민一民고등학교를 설립한다는 언명을 한 적이 있다. 스스로 일민주의를 창안하고 일민주의자임을 자처한 그는 일본의 엘리트고등학교를 모델로 한 특수학교를 세우려 한 것이다. 그러나 뜻대로 되지 않았고 그가 장관직을 물러남으로서 흐지부지되고 말았다. 그 무렵 심재각은 일민고등학교에 가겠다며 같이 가자고 부추기러 다녔다. 일민고등학교는 서지 않았지만 육이오 직전 사립의 중앙과 보성이 고등학교 학생을 모집했다. 심재각은 보성고등학교에 지원해서 합격한 것으로 알고 있다. 시골에서는 드문 일이었다.

육이오 때는 함께 의용군에 지원해 가자며 동기생들을 찾아 다녀 난처하게 만들었다는 소문이 있었다. 우리는 어차피 다 가게 된다, 2차나 3차로 가는 것보다 1차로 나가야 돌아와서 인정을 받게 된다고 설득했다는 것이다. 대개 소문이란 과장되게 마련이고 심재각의 경우에도 사람됨의 일단을 그럴듯하게 드러내서 더욱 퍼져나간 것이 아닌가 생각한다. 동년배들이 생각도 못하는 것을 앞당겨 생각하고 얘기해서 동년배를 자극하고 놀래 주기를 잘했다. 그만큼 야심적이었고 공부도 열심히 하는 쪽이었다. 그 심재각이 이제 부산 앞바다 해난사고 조난자로 드러난 것이다. 그 소식은 나에게 큰 충격이요 놀라움이었지만 한편 자신을 돌아보게 하는 계기가 돼주기도 했다. 전방 가까운 한촌에서 보내는 천막생활을 억울하게만 생각했는데 나보다 더 억울한 경우도 있지 않은가, 하고 자성하게 된 것이다. 사람은 자기 불행보다도 타인의 불행을 통해 체념을 배우게 된다고 하는데 심재각의 불행이 내게 체념 비슷한 것을 가르쳐준 것도 사실이다. 앞서 가야 한다는 그의 남다른 승벽과 야심이 그를 멀리 부산 앞바다까지 가게 했다는 생각이 미치자 운명의 반어反語 앞에 숙연해지지 않을 수 없었다. 너무 앞서 가려다 보니 남보다 앞서서 세상을 떠나게 된 것이 아닌가. 그런 생각이 들자 밥집의 공포와는 전혀 다르지만 두렵다고 할 수밖에 없는 삶의 외경감이 가슴에 밀려왔다.

혼인잔치 마당에서 우연히 주워 본 신문을 통해 접하게 된 심재각의 비극적 최후를 나는 다들 알고 있다고 생각했다. 현지의

연고자를 빼고 고향 쪽에서 그의 최후를 알고 있는 것이 나뿐이
었고 그래서 본의 아니게 비보悲報의 우체부 노릇을 하게 된 것
은 한참 뒤의 일이다. 신문을 접할 기회가 없는 한촌의 농가 마
당에서 주워 본 묵은 신문에서 그의 죽음 소식을 접했다는 사실
자체가 인연의 깊이를 말해주는 것이 아닌가, 하는 생각이 들고
그럴 때마다 안됐다는 생각과 함께 괜스레 미안한 심정이 되고
는 하였다.

10. 마법의 손거울

소나기 스무 형제

　노무자들이 제일 바빠지는 것은 철도의 화물열차가 남쪽에서 올라올 때와 칸보이가 북쪽에서 내려올 때이다. 화물열차가 오면 짐을 부려야 하고 칸보이가 오면 보급품을 트럭에 실어야 한다. 그 사이는 이를테면 노동 휴한기인 셈이다. 칸보이가 들이닥친 저녁 해거름이었다. 저녁을 먹으러 아랫집으로 내려갈 참이었다. 미스터 남은 앞서 내려갔고 천막 막사 안에는 몸이 불편하다며 점심때부터 누워 있는 지긋한 연배의 노무자가 한 사람 있을 뿐이었다. 갑자기 숨을 헐레벌떡이며 젊은 여자가 천막 안으로 들어왔다. 길가 주막 곁에서 영업을 해서 안면이 있는 양색시였고 깔깔대고 웃기를 잘하는 반듯하게 생긴 바로 그 여자였다. 분 냄새와 향수 냄새를 확 끼치면서 다짜고짜 숨겨달라고 그녀는 사정을 했다. 천막막사가 비록 넓기는 했으나 사람이 숨어 있을 만한 구석이라고는 없었다.

"보다시피 어디 그럴 만한······."

"아이, 급해요. 저기 따라오고 있어!"

그녀는 막사 안을 급히 둘러보더니 입구 맞은편 구석으로 쏜살같이 달려가 노무자의 담요를 뒤집어쓰고 천막에 바짝 붙어 누워버렸다. 얼핏 보아도 도무지 어설프기 짝이 없는 은신이었다. 누운 채 그녀는 담요나 홑이불 몇 장을 포개놓아달라고 통사정했다. 할 수 없이 다가가서 부탁하는 대로 해주었다. 그러고 보니 노무자 몇 사람의 이부자리를 정돈해놓은 것 같기도 했지만 영 미심쩍기 짝이 없었다. 내가 빠져나갈 사이도 없이 미군 두 사람이 들이닥쳤다. 칸보이 운전병들이 흔히 그렇듯이 얼굴에 뽀얗게 먼지를 뒤집어쓰고 있었다.

"색시, 해브 예스, 라잇?"

"색시, 해브 노."

"해브 예스!"

"해브 노!"

"예스!"

"노!"

미군은 웬 애송이가 하나 입구 가까이에 앉아 있으니 알아듣기 쉽게 한다고 일부러 엉터리 영어를 해댄 것이다. 한 병사가 이렇게 나를 상대로 해괴한 영어를 하고 있는 사이 다른 병사는 코를 킁킁거리면서 막사 안침으로 들어가며 사방을 두리번거렸다. 누워 있는 노무자에게도 무어라 한마디 하였다. 내심

조마조마하였다. 그러나 그것도 잠시였다. 그는 쉽게 사냥감을 찾아냈다. 여자의 비명이 들리고 손목을 잡은 병사는 희죽대면서 천막 입구 쪽으로 그녀를 끌고 왔다. 그러자 내게 해괴한 영어를 해댄 병사가 그녀를 가리키며 소리쳤다.

"해브 예스! 유, 싸나마베치!"

그는 내 궁둥이를 한 번 발길로 차더니 손목을 잡고 여자를 끌고 가는 동료와 함께 언덕을 내려갔다. 숨겨달랄 때와는 달리 여자는 아주 심상한 얼굴로 잡힌 손목을 빼돌리더니 군말 없이 다소곳이 따라갔다. 그게 신기하면서도 기묘한 배신감을 안겨주었다. 전방에서 달려온 성에 굶주린 사계절 발정기의 팔팔한 짐승들이 예민해진 후각으로 아주 쉽게 짝을 찾아내리라는 것을 그녀도 나도 상상하지 못했었다.

나중에 들으니 사정은 아주 간단했다. 동료 셋이서 이웃해서 각방을 쓰고 있는데 마침 하나는 '출장'을 가고 없었다. 또 한 사람도 어쩐 셈인지 부재중이었다. 대개 칸보이가 들이닥치는 주기가 있는데 그때 양색시들의 예측이 빗나갔던 모양이다. 혼자 있는데 칸보이가 들이닥치니 여자가 지레 겁을 먹고 무턱대고 도망친 것이다. 혼자서 소나기 스무 형제를 감당하기가 버거웠기 때문이다. 그러나 날랜 병사들은 곧 낌새를 알아차리고 뒤쫓아와 사태를 종결시킨 것이다. 나만 중간에서 애매하게 궁둥이를 차인 셈인데 어디에 하소할 길도 보상받을 길도 없는 이런 무상無償의 피해는 그제나 이제나 약자의 몫이다. 그 정도로 끝난 것이 다행이라고 자위하는 것 또한 마찬가지다. 사실 신대륙

원산의 발정한 들짐승이 반도의 미친개 되어 무슨 짓인들 못할 것인가? 천막의 난입자들이 소란을 피우며 나타났다 사라진 것은 불과 10여 분밖에 되지 않을 것이다. 그러나 그 장면은 그 후에도 오랫동안 수시로 내 머릿속에서 재현되곤 하였고 그것을 합산한 시간의 총계가 얼마나 되는지는 헤아릴 길이 없다. 뒷날 마르케스의 『백 년 동안의 고독』을 읽다가 하루저녁에 60명의 손님을 받고 땀바가지가 되는 혼혈 창부 얘기를 접하고도 막사의 숨바꼭질이 생각났다. 마르케스는 전기적傳奇的 과장의 명수요, 그래서 흥미진진하지만 세상에는 이런 허풍을 통해서만 드러나는 진실도 있는 법이다.

어느 점심나절이었다. 미스터 남과 천막 안에 있는데 역장 딸이 가쁜 숨결로 천막 안으로 들어섰다. 미스터 남의 고환가려움증 후유증에 좋다는 약초 달인 물을 들고 천막에 들른 일이 몇 번 있었지만 그 뒤로는 없던 일이었다. 우리를 보더니 겸연쩍은 얼굴로 미군이 뒤따라오는 것 같아 겁이 나서 들렀다고 그녀는 말했다. 천막 밖으로 나가 보니 부대 책임자인 대위가 건들건들 느린 걸음으로 언덕을 올라오고 있었다. 몇 번 보아서 부대장이라고 알고 있는 건장한 체구의 장교였다. 미스터 남도 나와서 인사를 했다. 대위가 막사에 들른 일은 그것이 처음이었다. 아마 무료해서 산책 삼아 들러본 것인 듯했다. 막사 안에 들어선 대위는 역장 딸을 보더니 의아한 표정이 되었고 역장 딸은 역장 딸대로 계속 겸연쩍은 얼굴을 하고 있었다. 마침 막사 언덕을 지나가는 참인데 아래쪽에서 대위가 올라오는 것을 본 역장 딸은 자기를 보고 쫓아오는 줄 알고 슬슬 막사 쪽으로 다가갔다. 그런데 계속 대위가 따라오자 헐레벌떡이며 천막 안으로 도망쳐 온 것이다. 미스터 남은 대위에게 이 여자는 군인이라면 무조건 두려워한다고 웃음을 지으며 설명을 했지만 대위의 의아한 표정은 가시지 않았다. 미스터 남은 모든 여성이 그런 것은 아니지만 우리 여성 가운데는 불필요하게 미군이나 한국군을 막론하고 군인을 두려워하는 사람들이 있다고 계속 설명을 했다. 대위의 표정에는 변화가 없었고 모든 군인을 두려워한다는 말이 간현 주재 '제일 전투지원단' 책임자에겐 영 납득이 되지 않는 모양이었다.

식사 때 미스터 남은 장교나 되는 미군이 부녀자 폭행을 한다는 것은 있을 수 없는 일이라고 역장 딸에게 말했다. 여전히 겸연쩍은 표정으로 그녀는 마침 혼자였고 저쪽도 혼자여서 겁을 먹었다며 그래도 조심을 해야 하는 것 아니냐고 받았다. 그렇게 말하는 그녀가 그때만은 어쩐지 측은하게 여겨졌다. 사실 어린 딸 데리고 피란생활하는 사이 찌든 것도 사실이겠지만 조심을 안 해도 될 것이란 느낌이 불쑥 들었기 때문이다. 물론 인두겁을 뒤집어쓴 짐승들이야 특히 일선 가까운 한촌에서는 수두룩할 것이다. 그러나 조심해야 한다는 그녀의 말에서 그럴법한 현실감이나 위기감보다도 내실 없는 허영의 슬픔과 메말라서 허망한 교태의 처량함 같은 것이 진하게 느껴지는 것은 어쩔 수 없었다.

미군들이 '파파상'이라 부르는 노인이 있었다. 부대에서 주급을 받는 한국인 중에서는 가장 높은 보수를 받고 있는 사람이었는데, 목수여서 숙련직에 속했기 때문이다. 해병대 전투모를 쓰고 항상 곱자曲尺를 손에 들고 다녔다. 늘 한결같은 더딘 걸음걸이였고 소나기가 와도 뛰는 법이 없을 성싶었다. 미군들이 부탁하는 일이 많아 늘 여기저기 불려 다녔다. '파파상'이란 애칭은 일본 주둔 경험이 있는 부대원들이 붙인 것이 아닌가 생각되는데 나이도 있고 또 맡은 일의 특성 때문에 노무자들과는 별로 접촉이 없었다. 본래 말수도 없는 것 같았다. 혼자서 주인을 부쳐 기거하고 있었다. 그는 미군이 게양대에 성조기를 올리면 가던 길을 멈추고 게양대를 향해서 경례를 붙이고 서 있었다. 노무자 중에는 비웃는 얼굴로 흉을 보는 사람이 있었지만 아는지 모르는지 그는 그 점에서도 한결같았다. 기술자이기 때문에 그런 독자 행보가 가능했던 것 같은데 어디에나 괴짜가 있게 마련이고 그는 달천과 간현땅의 외톨이 괴짜였다.

마법의 손거울

그런 파파상이 막사 언덕 아래에서 황씨와 오랫동안 얘기를 주고받는 게 보였다. 그로서는 이례적인 일이었다. 좀처럼 입을 떼는 법이 없는 파파상이 계속 얘기를 하고 있는 게 궁금해서 느릿느릿 내려가 보았다. 가만히 들어보니 노인은 중부지방 말씨였고 무엇인가를 마다하는 것 같았다. 황씨는 이내 얘기를 그치고 그곳을 떴다. 그러자 노인이 내게 다가와 답답하다는 듯이 말을 걸었다. 학생도 돈을 냈느냐는 것이었다. 감독 혼인식 때 약소한 금액을 낸 것은 사실이지만 벌써 열흘 전의 일이 아닌가? 새삼스레 무슨 뚱딴지같은 소리를 하나 하는 생각이 들었다.

"그전에 감독님한테 신세진 일이 있어 약소하게 인사를 했습니다. 벌써 열흘 전 일 아닙니까?"

"그게 아니라 왜, 저, 통역관 여비라는 것 말이야."

"예?"

"통역관 여비를 거두어준다고들 하는데……"

"통역관 여비라니요?"

"통역관이 부산으로 출장을 간다나봐. 그래서 얼마씩 내서 여비에 보태 쓰게 하자는 거야. 안 하겠다고 해도 성의를 보여라, 다들 내겠다는데 혼자 독불장군으로 굴어서 좋을 게 뭐냐, 그러면서 한 소리 또 하고 또 하고 하는 거야."

"통역이 출장을 가면 미군한테 여비 받을 텐데 무엇 하러 우리가 내요?"

"그러게 말이야. 글쎄, 맡겨둔 돈 달라 듯 보채는데, 나, 원, 참……"

노인의 말씨는 걸음걸이 이상으로 더디었다. 통역을 노무자들은 통역관이라 했는데 해방 직후 통역들의 위세가 대단했을 때 생겨난 말일 것이다. 혹은 역관譯官이란 말에 새말을 덧붙인 옛말 현대화일는지도 모른다. 그러니까 부대 통역의 출장도 황씨에겐 또 가외 돈벌이의 기회가 된 것임이 분명했다. 이 핑계

저 핑계 가지가지 수를 다 쓰는구나, 하는 생각이 들었다.

"저는 안 낼 겁니다. 아저씨도 그대로 버티세요."

"그럴 참이었지만 학생 얘기 듣고 보니 잘 생각한 것 같으이. 그런데 다들 내기는 내는 건지, 원……"

여러 가지 궁금한 생각이 들어 슬슬 역구 쪽으로 가보았다. 될수록 역구 쪽에서 노무자 만나고 하는 것은 피해왔던 터이지만 어쩌다 한 번이야 어떠랴 싶었다. 미스터 손의 모습은 보이지 않았다. 식사가 끝난 후에 미군 하사관과 함께 곧잘 역구내를 왔다 갔다 한다는 말을 들은 일이 있던 터여서 저녁시간에 맞추어 역구 쪽으로 가보았다. 감독 미스터 홍과 얘기하며 서 있는 통역 미스터 손의 모습이 보였다. 가까이 가서 두 사람에게 인사를 했다. 감독 미스터 홍은 더펄더펄 하는 성격인데다가 내게 한참 생색을 내고 했던 터라 인사하면 반갑게 대해주곤 하였다. 부산 출장 가신다고요, 하고 소문을 빙자해서 부대 통역 미스터 손에게 안부 인사를 했다. 깡마른 얼굴에 호리호리한 몸매인 통역은 가는 소리로 말했다.

"출장은 무슨 출장이야. 휴가 얻어서 집에 한번 들러보는 거지. 꽤 오래됐거든."

"부산이면 시간이 오래 걸리잖아요. 화물열차 편으로 가시나요?"

"아냐. 원주에서 비행기를 타고 가셔."

이렇게 사이에 끼어든 것은 미스터 홍이었다. 아무래도 부대 통역이 실력자인 만큼 그는 청주에서도 박 선생이나 사무소의

274

김 선생에게 깍듯이 대하고는 했다. 간헐 와서는 당연히 미스터 손에게로 기울게 마련이었다. 그러자 미스터 손이 말을 이었다

"비행기 가는 날짜에 맞추어서 휴가를 얻은 거야. 올 때도 마찬가지고."

"오랜만에 가시니 좋으시겠네요. 얼마 동안이나 계세요?"

"얼마 동안은 뭐, 한 닷새 있다 오는 거지."

미스터 손과는 별로 얘기를 나눈 적이 없었다. 그럴 만한 계제가 없었기 때문이다. 조용한 성격이란 느낌을 받았고 그의 가는 목소리가 그런 느낌을 강화해준 것이 사실이다. 얘기를 들어보니 자기를 내세우는 성품이 아니어서 미스터 남과는 대조적이었다. 미스터 남도 목소리는 작았지만 곧 죽어도 자기를 내세우는 면이 강했다.

그 이튿날이었다. 아니나 다를까 황씨가 천막막사로 찾아왔다. 용하게 알고 나 혼자 있을 때 들른 것이다. 파파상의 입을 통해서 황씨가 일을 도모하고 있다는 것을 알고 있었기 때문에 어느 정도 마음의 준비는 하고 있던 참이었다. 어떤 일이 있어도 넘어가지 말아야지. 그러나 워낙 이골 난 수단꾼이라 긴장이 되지 않을 수 없었다.

"학생, 내가 왜 들렀는지 알지?"

"네? 뭐, 못 오실 덴가요. 이리 앉으세요."

"지난번엔 협조해주어 고마웠어. 그런데 또 협조해줄 일이 생겼어요. 인총은 60명이나 되지만 일을 맡고 나서는 사람이 없어서 할 수 없이 내가 또 나서게 된 거야. 소문 들었겠지만 통역관

이 부산으로 출장을 가게 됐어. 오랜만이라는데 그래도 손에 선물이라도 들고 가게 해야 할 것 아니야? 그래서 얼마씩 성의를 보여주자 했더니 다들 좋다면서 협조를 잘해주고 있어. 그래 학생만 빼놓는 것도 뭣하고 해서 들른 거야."

황씨는 출장이란 말을 썼다. 당자는 분명히 휴가라 하는데 그는 출장이라는 것이었다. 양색시도 출장을 간다 해서 이상하게 생각한 적이 있었는데 알고 보니 집 밖의 봉사를 의미하는 말이었다. 손님은 자기 방에서 받게 마련이지만 손님의 요청이나 기타 사정으로 집 밖에서 손님 접대 하는 것이 그들이 말하는 출장이었다. 그런데 반장 황씨는 이제 집에 쉬러 가는 것도 출장이라 하지 않는가! 뿐만 아니라 큰 생색내듯이 나만 빼놓을 수 없어서 돈을 내게 해주는 참이라고 하지 않는가? 예상하고는 있었지만 훤히 들여다보이는 그 속셈에 역한 비린내처럼 비위가 상했다.

"잘 알겠습니다. 그러나 저는 좀 빼주세요. 집안 형편도 그렇고……. 사실 통역 보수는 저희보다 훨씬 많습니다. 적게 받는 사람들이 많이 받는 사람 여비까지 보태줄 것은 없잖습니까?"

"전번에도 말했지만 주고받으며 살아가는 것이 세상 이치야. 주는 것이 있으면 반드시 받게 돼 있는 거야. 내가 뭣 하러 괜스레 어린 학생 돈을 축내려 하겠어? 지금 협조하면 손해 보는 것 같지만 그게 다 득이 되어 돌아오는 거야. 두고 보라고."

"저는 주지도 받지도 않겠습니다. 제 돈 내서 먹고 사주지도 거저 얻어먹지도 않겠어요. 여태 그래왔고요."

"어허, 학생은 순진해서 세상 이치를 모르는 거야. 적게 받으니 많이 받는 사람한테 협조할 수 없다? 이건 정말 뭘 모르는 소리야. 많이 가진 사람이 없는 사람 것 빼먹는 게 이 세상이야. 조금만 더 커서 경험을 해보면 알게 돼. 아랫사람이 윗사람에게 바치게 돼 있고 아랫사람일수록 가진 것이 없는 이들이야. 그리고 사주지도 얻어먹지도 않겠다는데 그렇게 꽉 막힌 독불장군으로 이 세상을 살 수 있을 것 같아? 아닌 말로 학생이 객지에서 병이라도 났다고 생각해봐. 주지도 받지도 않고 배겨낼 수 있을 것 같아? 그럴 때는 평소에 주고받은 사람이 도움이 돼주는 거야. 잘 생각해봐요. 통역관이 우리의 성의를 알면 그만큼 우리를 위해 무엇인가 보답을 해준다고. 미군은 물자도 풍부하고 통도 크단 말이야. 말만 잘하면 우리가 많은 득을 볼 수 있어. 그걸 해줄 사람이 통역관밖에 더 있어? 그건 감독도 못해. 부대에서 기거하고 밥 먹는 통역관만이 할 수 있다고."

황씨는 집요하였다. 물론 돈이 목표이긴 했다. 그러나 이제 돈 몇 푼 알겨내겠다는 것보다 어린 학생 하나 휘두르지 못한다는 덧난 체면 때문에 별소리를 다 한다는 것이 실감으로 다가왔다. 그럴수록 이 살살이 반장한테 넘어가서는 안 된다는 오기 비슷한 것이 내게도 발동하기 시작했다.

"어려운 사람들 도와줄 수 있다면 그냥은 못 도와주나요? 사실 집안 사정만 웬만하면 저도 복학을 했어요. 보충수업한다고 늦봄부터 학교가 문을 열었거든요. 지금 한 푼이 아쉬운 형편입니다. 그리고 전 곧 학교로 돌아갑니다. 언제까지 이 노릇 할 수는 없잖아요? 그러니 전 빼주세요."

"정 그렇다면 할 수 없지. 아무도 나서지 않아 나도 날 희생하며 이 일에 나선 거야. 물론 곧 돌아간다니 준 것을 언제 되받느냐고 생각할지 모르지만 그렇게 국민학생 산술하듯이 생각하면 못써. 하나는 알고 둘은 모르는 헛똑똑이가 돼서는 안 돼. 차차 알게 될 거야."

그러면서 황씨는 막사를 나갔다. 휴, 하고 안도의 한숨을 내쉬었다. 늘 군화를 신고 눈동자 움직임이 빠른 그가 찰거머리 같다는 생각을 했다. 그날 오후였다. 노무자 몇 사람이 막사 앞에서 수군수군 얘기를 나누고 있었다. 미스터 남의 돈가방 심부름을 해준 적이 있는 청주 사람 권씨도 끼어 있었다. 그 사실을 실토한 후 그는 나에게 알은체를 해주고는 했다. 나는 나대로 노래 한번 들려달라고 생떼 쓰듯이 장난 삼아 말하고는 했으나 각별히 어울릴 일은 없었다. 그가 미스터 남과 서먹서먹한 사이가 됐기 때문에 더욱 그랬다. 가만히 들어보니 역시 통역 출장 때문에 빚어진 여비 갹출이 화제였다. 툴툴거리면서 그래도 내야 하지 않느냐는 쪽으로 얘기가 진척되는 것 같았다. 3반 반장인 황씨가 주동이 되고 반장 조씨가 보조를 하는데 간현 와서 반장을 맡게 된 송씨만은 자기 몫은 내겠지만 반원에게 돈 내라 소리는 못하겠다고 해서 황씨와 조그만 옥신각신이 있었다는 것이었다. 유자코에 나이 지긋한 송씨는 노무자 중에서는 그래도 연장자다운 언행을 하는 인물이었다. 나어린 학생이라고 내게 조언도 해주고 위로도 해준 유일한 인물이기도 했다.

그가 황씨에게 동조하지 않는다는 것을 알게 되자 나도 모르게 불쑥 한마디가 튀어나왔다. 권씨가 있기 때문이기도 했을 것이다.

"통역이 그러는데 출장 가는 것이 아니라 한 닷새 휴가 가는 거래요. 게다가 원주에서 미군 비행기 타고 간다던데요."

"정말 그렇대?"

"어디서 들은 소리야?"

"제가 직접 들었어요. 감독님도 옆에 있었어요."

"출장이냐 휴가냐가 문제가 아니라 성의 표시해서 환심을 사자는 거지. 그래서……."

"돈을 직접 전해주는 이에겐 돌아가는 것이 있을지 모르지만 돈 많이 받고 비행기 타고 휴가 가는데 여비까지 보태줄 필요가 있을까요?"

"하기야 돈이 제대로 들어갈는지도 모르고……."

"그렇다고 이제 와서 못 내겠다고 할 수도 없지 않아?"

"우리가 모여서 의논을 해보았어야 하는 건데. 꼭 한 사람씩 상대를 하니 원."

여비 갹출하는 데 내심 반대하고 있었고 평도 좋지 않은 반장 황씨에 대한 불신감은 컸지만 혹시 불이익이나 당하지 않을까 걱정되어 그냥 남 하는 대로 따라하자는 분위기였다. 슬며시 약이 올랐다. 곧 간현 떠나 복학을 하게 될 것이란 내 나름의 전망도 가세해서 한마디 더 첨가했다.

"사실 통역이 무슨 권한이 있는 것도 아닙니다. 부대 통역은 사람도 무던해 보이고 하는 말도 솔직하던데요. 괜히 반장 같은 이들이 잘 보이려고 그러는 거지요. 전 안 낸다고 말했어요."

"우리도 몰라서가 아니라 좋은 게 좋다고 알면서 속는 거지, 뭐."

"억울한 일 당하더라도 말할 데가 없지 않아? 미국말 할 줄 아는 사람에게 기대는 거지."

요즘이야 다들 영어라 하지만 해방 직후에서 전후에 이르기까지 미국말이라는 말이 많이 쓰였다. 미국사람이 하는 말이니까 미국말인 셈인데 대개 중등교육을 받지 못한 사람들이 써서 부지중에 자신을 드러냈다. 그것은 계층 차이의 뚜렷한 징표이기도 하였다.

그날 밤에 황씨가 막사로 찾아왔다. 저녁을 먹고 바람을 쏘이다 막사로 올라온 뒤 한참 만이었고 미스터 남도 함께 있었다. 얼굴이 약간 불콰해진 황씨는 책상 쪽으로 다가오더니 "학생, 나 좀 봐." 하며 밖으로 나갔다. 나는 따라 나갔다. 그는 막사 옆의 벼랑 쪽으로 앞장서서 걸어갔다. 막사 언덕은 역구에서 한참 올라와야 했고 역구 반대쪽으로 내려가면 내가 목욕하고 수영하던 강가가 나온다. 언덕에서 역구 기준 왼쪽으로 내려가면 역장 딸이 방을 얻어 우리 밥을 해주는 농가가 나서고 그 아래로 인가가 듬성듬성한 마을이 형성되어 있었다. 그 반대쪽이 급경사 벼랑으로 벼랑 밑은 강물이다. 황씨는 벼랑이 시작되는 언덕 모서리로 가더니 양손을 허리에 대고 섰다. 더럭 겁이 났다.

"난 여태껏 순진한 학생으로만 보았는데 아무래도 잘못 본 것 같아. 아니 성의 표시하기 싫으면 혼자 안 내면 되는 거지 왜 딴 사람까지 충동질해서 못 내게 하는 거야. 하는 짓이 아주 맹랑하네! 거기다가 중상모략까지 하고. 나를 뭘로 보고 까부는 거야. 세상에 별꼴 다 보겠네!"

"아니, 차근차근 말씀해주십시오. 제가 뭘 잘못했다는 것인지……."

"어허, 아주 딱 잡아뗄 작정이군. 아까 노무자들한테 한 얘기를 다 들었는데 시치미를 뗄 작정이야? 뭐, 낸 돈이 누구 주머니에 들어갈지 모른다구? 그런 소리 했어 안 했어? 똑바로 말해 봐!"

"그런 소리 한 적 없습니다. 출장 가는 게 아니고 휴가 가는 것이다, 또 원주에서 비행기로 간다, 고 부대 통역이 하는 말을 직접 들었습니다. 감독님도 옆에 있었어요. 아저씨들이 출장, 출장 하길래 별 생각 없이 들은 얘기를 한 것일 뿐입니다. 누구를 중상모략한 적 없고 꿈에도 그런 생각해본 적 없어요."

"다 들은 사람이 있는데 이렇게 오리발 내밀기야?"

"들었다는 아저씨와 대면시켜주세요. 그런 적 없습니다. 그리고 저 같은 꼬마 얘기 듣고 낼 돈 안 낼 아저씨가 어디 있습니까?"

"어허, 이거 여간내기가 아니네! 이 봐, 이래 봬도 난 해방 전에 만주와 북지北支에서 10년을 빠댄 사람이야. 안 가본 데 없고 별별 사람 다 부대끼고 산전수전 다 겪은 사람이야."

"내가 먼저 얘기 꺼낸 것 없고 나온 얘기에 끼어든 것뿐입니다."

"어른 얘기에 꼬박꼬박 말대답하는 것 좀 봐. 조막만 한 것이 어따 대고 거짓말을 까발려?"

"거짓말 같은 거 안 합니다! 밀주密酒 먹고 헛소리하는 사람이 제일 싫습니다!"

"햐, 요것 봐라, 막 대드네. 너, 죽고 싶니? 너, 여기서 떠밀면 끝장이야!"

"사람 살려!"

큰 소리로 외치며 나는 막사 쪽으로 달려갔다. 뒤쫓아오는 기척이 없어 막사 입구에서 돌아보니 검은 덩치는 그대로 서 있었다. 막사로 들어가니 미스터 남이 무슨 일이냐고 물었다. 위급한 상황에 빠졌을 때 손해를 무릅쓰고 나를 도와줄 위인이 결단코 못 된다는 것을 나는 알고 있었다. 그래서 간략하게 자초지종을 얘기했다. 미스터 남도 미스터 손이 휴가 가는데 돈 걷는다는 것을 알고 있었고 거기에 분개하고 있었다. 부당한 행위에 대한 공분이라기보다도 부대 안 맞수가 누리는 특혜에 대한 사심 섞인 분개라고 하는 편이 옳을 것이었다. 그도 여비 갹출해서 건네주면 오른손으로 도리질하고 왼손으로 받아 챙기며 떼인 커미션 액수를 번개처럼 속셈할 인물이지만—하기는 그때 거기서 안 그럴 사람이 얼마나 될 것인가—상황이 그를 반짝 정의의 편에 서게 한 것이다. 막말을 해서 겁이 난 것도 사실이지만 막사로 도망쳐 오면 자기가 어쩔 거냐는 심정이 작동했던 것도 사실이다. 미스터 남은 자꾸만 문제가 번져가면 자기만 불리

해질 것이니 황씨가 더 이상 일을 벌이지 못할 것이라고 말했다. 그가 나를 협박한 것도 문제 확산을 방지하기 위한 것이고 앞으로도 그런다면 자기가 나서서 해결하겠다고 말했다. 사실 황씨를 좋게 생각하는 사람은 별로 없었고 나도 불의의 신체적 위협이 아니라면 겁날 것은 없었다. 다만 "사람 살려"라고 고함친 것은 경위야 어찌 되었던 나중 생각하니 수통스러운 일이란 생각이 드는 것은 어쩔 수 없었다.

그 이튿날 이른 오후에 황씨가 다시 막사에 들러 나를 보자 하였다. 이번에도 용케 미스터 남이 없는 시간에 들른 것이다. 나는 멈칫하였다. 그는 얼굴에 웃음기를 띄우며 어젯밤에는 술기운도 있고 해서 자기가 과한 말을 한 것 같다며 운을 떼었다.

"내가 좀 흥분이 되어 어린 학생한테 심한 소리를 한 것 같아. 가만히 생각해보니 자기들이 하고 싶은 얘기를 하면서 학생을 판 것 같아. 어쨌건 그들과도 얘기해서 피차간에 오해를 풀었어요. 까놓고 얘기해서 주머니 끈 풀어 돈 내기 좋아하는 사람이 어디 있어? 낸들 그걸 모르겠어? 잘 알고 있다고. 그렇지만 명색이 반장인데다 세상사를 그나마 많이 겪은 터라 조금씩 푼돈 내어 성의를 표시하면 반드시 우리에게 되돌아오는 것이 있다는 생각으로 추렴을 내자고 한 거야. 학생이 어떻게 생각하든 두고 보면 내 말이 맞다는 것을 알게 돼. 그러니 그 문제는 더 이상 얘기 않겠어. 다만 학생과 우락부락 말을 주고받았으니 낮살이나 먹은 사람으로 영 체면이 말이 아니네. 그래서 내가 서로 잊어버리자는 뜻으로 두 가지만 얘기할 테니 잘 새겨들어요."

"본인은 잘 모르겠지만 탁 까놓고 얘기해서 학생 말투가 좀 뻣뻣해. 퉁명스럽단 말이야. 같은 말이라도 사근사근하게 하면 오죽 좋아. 어젯밤만 하더라도 그랬어. 그러니 나도 심한 말이 나온 거야. 그러니 앞으로 늘 조심해서 특히 손윗사람과 얘기할 때 상냥한 말투가 되도록 해요. 내 말 들어 손해날 것 없을 테니."

"또 한 가지는 충고가 아니라 비결이야. 탁 까놓고 얘기해서 이건 정말 아무한테나 가르쳐주지 않는 아주 중대한 비밀이야. 학생도 이제 곧 마음속으로 사모하는 이성이 생길 거야. 좋아하는 여자가 말이지. 그런데 내가 좋아한다고 상대방도 나를 좋아해주는 건 아니잖아? 그렇다면 세상이 얼마나 편하겠어? 안 그래? 그런데 이쪽에서 정을 주면 도리어 저쪽에서 퇴짜 놓는 경우가 많은 게 얄궂은 세상사야. 그럴 때 여러 가지 고민도 생기고 비관도 하고 술도 퍼마시게 되는 거야. 그 때문에 타락하는 사람도 있고 심지어 목숨을 끊는 사람도 있어? 그런 얘기 많이 들어보았을 거야. 안 그래? 그러니 내가 짝사랑하는 사람이 나를 좋아하게 만드는 비결이 있다면 세상의 큰 고민거리 하나는 없어지는 것 아니겠어? 안 그래?"

"그런데 그런 신통한 비결이 있다고. 이건 내가 북지에 있을 때 그곳 토박이 노인한테 직접 들은 거지. 내가 그 노인에게 큰 도움을 준 일이 있어요. 그 보답으로 그 집안에서 진시황 때부터 내려오는 비방을 들려준 거야. 무엇인고 하니 손거울에 상대

여자 이름을 노랑 글씨로 써놓고 그 손거울을 낮이나 밤이나 속 주머니에 넣고 다니는 거야. 한 달이면 대개 효험이 나고 아무리 끈질겨도 석 달이면 직방으로 효험을 보는 거야. 다만 이 비방을 거푸 써먹으면 아무 소용이 없어. 그러니 꼭 필요할 때 한 사람한테만 써먹어야 돼. 그리고 여기저기 불고 다니면 부정을 타니까 일절 다른 사람에게 얘기하면 안 돼요."

"반장님은 그래서 효험을 보셨습니까?"

"그랬으면 오죽 좋았겠어? 그런데 그 얘기를 들었을 땐 난 이미 결혼한 몸이었거든. 바람피우기 위해 써먹으면 효험이 없다는 거야. 그러니 알고도 못 써먹은 거지……. 자, 나는 또 내려가 봐야 해. 내가 한 말 잊지 말아요."

황씨는 서둘러 막사를 나서 역구 쪽으로 걸음을 옮겼다. 참, 가지가지 재주를 다 부리는구나. 병 주고 약 주고, 북 치고 장구 치고, 웃으면서 뺨 치고. 뭔가 섬뜩한 생각이 들었다. 저러니 알면서 속는 거란 말이 나오는 것 아닌가? 이래 봬도 만주와 북지에서 10년을 빠졌다는 말이 헛된 말이 아니란 생각도 들었다. 그나마 서로 잊어버리자는 것으로 보아 뒤탈은 없을 것 같아 마음 놓이기도 했지만 뒷맛이 영 개운치가 않았다. 농락당했다는 불쾌감과 함께 사람에 대한 혐오감으로 마른 입 안이 쓰디썼다. 말투가 퉁명스럽다는 말은 다른 계제에도 들은 바 있어 근거 있는 것이었고 신뢰하지 못할 위인에게 일말의 정당성을 부여했다는 자의식은 이내 자기혐오로 바뀌어 부아도 나고 자꾸만 약이 올랐다. 한편 황씨가 갑작스레 화해적 태도로 나오는 것은 어인 까닭인가 하는 의혹도 생겨났다. 혹 미스터 남이 개입해서 무슨 말을 한 것일까? 그러나 아무래도 그럴 시간은 없었다.

며칠 후에야 사정을 짐작할 수 있게 되었다. 역구와 막사 사이에서 감독 미스터 홍을 만났다. 그는 나를 보자 반가운 얼굴로 별일 없느냐고 묻더니 덧붙였다.

"내 새 손윗동서가 빈틈이 없으면서도 가끔 남한테 오해도 사고 또 오해도 잘해. 사실 미스터 손의 휴가 말이야. 그것도 노무자들이 자진해서 성의를 표하도록 잘 설명하고 양해를 구해야 하는 건데 자기 마음만 믿고 일을 서둘렀어. 그래 몇몇 사람이 투덜투덜하다가 나중에 학생한테 핑계를 돌린 것 같아. 아, 왜, 그런 거 있잖아? 그래 내가 학생은 절대 그럴 리 없다고 잘 말해 주었지. 나야 학생을 청주 적부터 잘 알잖아? 혹 무슨 어려운 일 생기면 언제고 나한테 알려줘요."

생색내기지만 고마운 소리였다. 만날 때마다 깍듯이 인사한 효험이었는지도 몰랐다. 그러나 더펄더펄하는 미스터 홍과 한결 빈틈이 없는 황씨가 손을 잡고 간현땅에서 현장과 노무자의 삶을 주무른다고 생각하니 무언가 불안하고 부당하다는 느낌이 들었다. 그래서는 안 될 일이 자꾸만 생겨날 것 같았다. 부대 통역인 미스터 손과 사무소 통역인 미스터 남은 두 동서에 비하면 그나마 무던한 편이 아닌가? 서름한 사이의 풋내기 대학생과 현장의 인척 동맹군이 대거리를 한다면 아무래도 대학생 편이 약체일 거라는 생각이 들면서 공연히 내 앞에서 윗전 행세하고 티를 내며 얄밉게 구는 미스터 남이 아주 못나 보이고 초라하게 생각되었다. 어서 빨리 천막 막사를 떠나야 한다는 생각이 다시 불끈 솟았다.

막사를 뒤로하고

한낮 햇살은 따가웠지만 아침저녁 선선한 기운이 돌았다. 한낮에도 강물에 몸을 담그면 전보다 차다는 느낌이 들어서 오래 있게 안 되었다. 조금만 있으면 팔뚝에 소름이 돋았다. 오후에 강 건너 언덕을 바라보면 햇살이 한결 엷어지고 풀빛도 한풀 꺾였다는 느낌이 들었다. 밤벌레 소리가 어쩐지 더 기운차게 들렸고 막사 언덕 위로 나는 고추잠자리도 눈에 띄게 늘어났다. 후덥지근하던 여름 기운이 쇠잔해지고 그것은 막사 안의 공기를 알맞게 말려주었다. 머리 위의 은하수는 여전히 살아 있듯, 소리 날 듯 밤하늘을 세로로 지르고 있었다. 더러 비늘구름이 떠 있는 하늘도 한결 푸르러갔다. 가을이 오고 있다는 설렘은 피란길의 신산을 떠올리게 하는 북풍한설이 곧 닥치리라는 불안감으로 말미암아 반갑지만은 않았으나 변화에 대한 간구 때문에 계절의 변화도 조그만 낙이 되어준 게 사실이다.

역구의 하역작업이나 칸보이의 왕래도 여전하였고 하역현장에도 큰 변화는 없는 것 같았다. 노무자들이 한탕 했다든가 누가 '째비기'를 하다가 걸렸다는 등속의 소문은 들려오지 않았다. 게다 신고 콩 한 가마를 번쩍 들어올린다는 신부를 거저 얻어 횡재한 감독 미스터 홍은 여전히 더펄더펄 분주하였고 깡마른 통역 미스터 손의 목소리는 여전히 작고 가늘었다. 반장 송씨의 투박한 유자코는 변함없이 믿음직스러웠고 황씨의 군홧발도 밤낮으로 이리저리 황망히 움직였다. 천막 밤 막사에서 노무자들은 간간이 노래를 제창했고 레퍼토리는 늘 똑같았다. 우리쪽과 일본의 유행가가 대종을 이루었고 같은 노래에 멀미가 난어느 날은 〈빨치산의 노래〉를 부르고 나서 괜히 미안한지 혹은겁이 났는지 '갸들' 욕을 억수로 쏟아내기도 했다. 역장 딸은 여전히 미스터 남에 지극 정성이었고 조석으로 수고해주는 끼니도 늘 그만그만하게 단조로웠다. 미스터 남의 깊은 속은 알 길이 없고 겨울 저녁 곧 사라질 양지 쪽에서 한 뼘 남짓한 햇볕을탐하듯 그녀의 간곡한 정성을 당연하다는 듯 독차지하고 있었다. 문화적 황무지 속의 대책 없는 무료함은 여전히 꽉꽉했고먼지 뒤집어쓴 한길가의 잡초 같은 내 처지에서 고독이란 말은너무나 초연한 것인 듯싶어 함부로 호명하기도 어려웠다. 오연하고 청초하고 윤택한 고독은 도무지 나의 것이 아니었다. 청주탑동의 여학생 생각이 안 난 것은 아니지만 노무자들이 주고받는 상소리와 황하고 낯 뜨거운 성적 언사의 홍수 속으로 불러들이는 것이 그녀 옷소매를 허드렛물로 더럽히는 것만 같아 주저되었다. 그녀가 속해 있는 저 산 너머 청정마을에 안전하게 맡겨두는 것이 도리요 씩씩하지 못한 내 백일몽의 윤리라 생각했다. 눈에서 사라지면 마음에서도 사라지는 것을 순정이란 이름으로 합리화했는지도 모른다. 노무자들이 주막집이라 부르는 국수집 근처에는 얼씬도 하지 않았다. 함께 가보자는 사람도 없고 같이 가보자고 청할 만한 사람도 없고 혼자서 가볼 배포나 호기심은 더더욱 없었다. 그런 어느 날 빨리 돌아오라는 부친의 전갈을 받았다.

소식을 전해준 것은 같은 막사에서 한 자리 건너 자리를 잡고 있던 미스터 안이었다. 안충영安忠榮이라는 이름의 그는 미스터 남과 동년배지만 육이오 나던 해에야 대학에 들어간 지방대 학생이었다. 충주농업학교의 응원단장과 학도호국단 대대장을 해서 충주에서 중학교를 다닌 사람들에겐 낯익은 인물이었다. 어쩐 셈인지 그는 뒤늦게 강원도 간현에서 처음으로 부대와 연을 맺었는데 그 경위에 대해선 모두 잊어버려 아는 바가 없다. 간현으로 이동한 후 한참 뒤의 일이었다. 응원단장을 지냈다는 이력에서 짐작할 수 있듯이 활발하고 외향적인 성격의 그는 집이 같은 충주라는 것을 알고 내게는 고향 후배라며 정답게 대해주었다. 그의 집이 빙현동이어서 용산동 우리 집과 가까웠다. 그가 휴가를 다녀온다 해서 우리 집에 들러달라고 부탁했고 우리 집에 들른 그는 될수록 빨리 돌아와 복학하라는 전갈을 받고 내게 전해준 것이다. 학교 출석일수가 모자라 진급에 문제가 있다는 것이었고 집안 문제는 해결되었다고도 했다. 그러나 기혼이었던 그는 휴가 일수를 다 채우고도 집안 볼일을 더 보고 돌아와 부친의 전갈은 한참 뒤에 받은 셈이다. 대기하고 있던 터라 사실 너무 지연되었다는 느낌이었다. 소식을 들은 것이 주중이어서 어중간했다. 며칠 더 있다가 일주일을 채워 주급을 타고 갈 작정이었다.

막사를 떠난다고 해서 미련이 있다든가 그런 기분은 전혀 없었고 다만 이왕 가는 길 빨리 가야 하는 건데 몇 푼이라도 더 받고 가야겠다는 생각이 스스로 생각해도 딱하게 느껴졌다. 비단옷을 입고 돌아가는 것도 아니고 돈을 왕창 벌어서 돌아가는 것도 아니었으니 누구에게 떠벌리고 싶은 생각도 전혀 나지 않았다. 미스터 남에게 얘기했더니 이왕이면 추천서를 하나 받아두면 혹 쓰일 때가 있을지 모른다고 말했다. 주급을 받고 나서 얘기를 같이 해보자고도 했다. 얼마 전 휴가를 갈 때 테일러 중위가 일껏 만들어준 카드는 써먹을 기회가 없었다. 교통편의를 위시해서 도움을 주라는 내용이었는데 사실상 미군에게 그것을 보여 도움을 청할 기회는 생기지 않았던 것이다.

막상 떠난다고 생각하니 새삼스레 완전한 외톨이였다는 생각이 들었다. 미스터 남과 역장 딸과 중위 이외에는 그 누구에게도 얘기할 필요가 전혀 없었다. 그래도 인사라도 차려야 할 사람이라곤 이런저런 계제에 연장자다운 배려를 보여준 반장 송씨, 반짝 덕을 본 적이 있는 감독 미스터 홍, 돈가방 심부름을 했다는 비밀을 털어준 막사의 상가수 권씨, 고향 선배인 미스터 안 정도였다. 이들 역시 외톨이로 모여들긴 했으나 그래도 일자리를 통해 그나마 유대를 맺고 있었고 막걸리잔이라도 나누며 교감하는 사이였다. 일자리로나 나이로나 나는 완전 외톨이었고 어릿어릿하는 소극적인 성격 또한 거기에 가세하였다. 학생이란 이름으로 불러주기는 했으나 내가 연소자라고 해서 특별한 배려를 받은 기억은 없다. 송씨가 유일한 예외였고 그런 맥락에서는 미군들 쪽이 훨씬 고마운 편이었다. 자기 자식이라면 껌뻑 죽지만 대체로 나어린 연소자에 대한 고려가 없을 뿐만 아니라 어떻게 하면 부려먹나 궁리만 하는 것이 우리 사회의 한 얼굴이라는 게 나의 관찰이다. 마지막 임금표를 작성하면서 나는 부대와 나를 이어주는 끈이 얼마나 실낱같이 가늘고 연약하며 우연한 것인가를 절감했다. 내가 작성하는 임금표에서 이름만 빼버리면 부대와의 연은 흔적도 없이 사라질 것이고 그다음 주일이면 미스터 남이 그 일을 깔끔하게 해치울 것이었다.

주급을 타는 날 중위에게 학교로 돌아간다는 얘기를 했다. 그가 어떤 반응을 보였는지는 전혀 기억에 없다. 미스터 남이 나서서 추천서를 하나 써달라고 부탁을 했다. 그로서는 작별에 임해서 내게 표하는 자기 나름의 선심이라고 생각했을 것이다. 중위는 그 자리에서 자필로 편지형식의 추천서를 하나 써주었다. 위에 적은 사람은 최근 반년 넘게 서기로 일했는 바 성실하고 똑똑하고 신뢰할 수 있음을 알게 되었고 이를 보증하니 혹 귀하를 위해 일하기를 원하는 경우엔 호의적인 고려를 해주기 바란다는 의례적인 문건이었다. 봉투에 넣어주었으나 봉하고 서명하지는 않았다. 그리고 아마 악수가 있었을 것이다. 중위의 추천서를 나는 상당히 오랫동안 보관해두었는데 언제 없어졌는지는 알 수 없다. 아마 휴전이 되면서 유용가치도 없어지고 해서 어디 둔 것이 슬며시 없어졌을 것이다. 미군부대에서 일했다는 것이 가난과 마찬가지로 부끄러운 일은 아니겠으나 그렇다고 자랑할 일도 가문의 영광도 아니었으니 보존가치가 있을 리 없었다. 그저 그 자체를 위해 보관해둔다는 감상적 처리와는 연이 없는 처지였다. 그때 적힌 내 이름은 Chong-Ho Yoo였다. 그 후 장성해서 영자 표기가 필요해지면서 나는 이름을 Yu Jongho로 표기하게 되었다. 될수록 간략하게 적자는 취지로 글자 수를 줄인 것이 사실이나 무의식의 차원에서는 노동사무소 문지기로 시작한 피고용자 시절의 아명이 싫어 자진해서 창씨개명한 것인지도 모른다. 그래서 라틴아메리카계 사람들은 곧잘 '용호'라 발음하는 경우가 많았다.

역장 딸이 차려준 간현땅 내 최후의 조찬을 마치고 서둘러 역구로 나갔다. 미리 맞추어둔 대로 원주 가는 부대 스리쿼터에 편승하기 위해서다. 간현역을 뒤로 하면서 별 감흥은 없었고 문둥병 환자 동네를 떠나 시원하다는 것과 다시는 이런 한촌의 천막막사로 굴러떨어져서는 안 된다는 생각뿐이었다. 그러나 막상 고갯길을 돌아 천막막사와 역구의 낯익은 정경이 시야에서 사라지자 만감이 교차하기 시작했다. 그때껏 떠밀려 흘러온 썰렁하고 남루한 내 고독의 유역流域이 굽이굽이 주마등처럼 뇌리를 스쳐갔다. 많은 것을 겪었고 많은 것에 속상했고 많은 것을 배웠다는 막연한 생각이 났으나 그 구체가 무엇인지는 분명히 떠오르는 게 없었다. 세상도 사람도 어둡고 겁나며 약자는 알량한 벼룩의 간도 빼먹히게 마련이라는 생각이 어렴풋이 자리 잡고 있었던 것은 부정할 수 없다. 그러나 강자란 무엇인가, 약자 됨을 모면하기 위해서 어떻게 해야 할 것인가, 하는 것에 대해서는 이렇다 할 뚜렷한 생각이 없었다. 분명한 것은 내가 무엇인가를 잃어버렸다는 사실이었고 그것은 나중 알게 된 글귀를 빌린다면 "별을 그리는 부나비의 꿈"을 빼앗겼다는 박탈의 상실감이었다. 뒷날 나는 그것을 소년 상실이란 이름으로 되돌아보곤 했다. 소년 상실을 계기로 해서 사리판단이 말짱한 철이 든 청년으로 진화한 것은 결코 아니다. 한편으로 두려워하면서 세상과 사람을 한결 삐딱하게 보게 되었다고 하는 편이 옳을 것이다. 울분이나 분노가 많아지고 공식문화나 제도에 대한 불신과 거부감도 커졌다. 집에서나 학교에서나 이제 모범생으로 되돌아갈 수 없을 것이라는 당시의 막연한 예감은 그 후 현실로 드러났다. 예감이란 사실 미래구상 세목의 자가발전自家發電적 미리보기일지도 모른다.

차로 원주까지는 단박이었다. 당시 원주는 군인과 군용차의 거리였다. 미군과 ROKA 표지의 한국군 차량이 쉴 새 없이 질주했다. 군용차가 겁나게 질주하는 군인의 거리가 무서운 세상과 겹쳐지면서 다시 나를 주눅 들고 불안하게 했다. 잘못하면 금방이라도 사정없이 치일 것 같은 불안감이었다. 군용담요 한 장과 옷가지 보퉁이를 등에 지고 시내 한복판 검문소 옆에서 충주나 청주 가는 군용차 편승을 기다렸다. 모르는 동행자가 몇 사람 더 있었으나 우리를 태워줄 군용차는 그날따라 쉬 나타나지 않았다.

II. 가을 목숨 시름시름

교회와 동사무소

학교로 돌아간 정확한 시점은 분명하지 않다. 대충 9월 중순
쯤이었을 것이다. 당시 충주중학교 교사는 미군이 사용하고 있
어서 학교는 교현동에 있는 성공회 교회와 동사무소를 빌려 쓰
고 있었다. 그해 종래의 중학교를 중학교와 고등학교로 분리하
는 학제변경이 시행되어 우리 동기생들은 6·7·8월인지 9월인
지 역시 분명치 않은 시기에 모두 고등학교 2년생으로 편입학한
것으로 되었다. 그것은 전국적인 규모의 현상이었고 알지 못하
는 사이에 나는 고등학교 2학년 학생이 된 것이다. 편입될 당시
형식적으로 출석일수를 따진 모양인데 그 시절에 문교부가 규
정한 소정 수업일수를 채운 학생들이 과연 얼마나 되었는지는
알 수 없다. 대충 살아 돌아와 복학한 학생들은 모두 편입시켜
주었다고 생각한다. 어쨌든 1950년 6월 이후 강요된 15개월간의

장기방학을 끝내고 학교로 복귀한 셈이다.

돌아온 학교에는 당연히 사변 전에 근무하던 교사의 얼굴은 거의 보이지 않았다. 교사 대부분이 부역 건으로 말미암아 면직된 데다가 변고를 당했거나 행방이 묘연한 터였기 때문이다. 대구까지 피란 갔다가 돌아온 댓 명 정도의 이른바 남하파 교원들은 대개 청주고등학교로 전근이 되었다. 육이오 당시 정부 말을 믿지 않고 기민하게 대처하여 남하한 이들 애국적 교사들은 겨울 피란 때도 물론 남쪽으로 향했다. 일단 전선이 안정되자 이들도 충청북도에서는 남쪽에 해당하는 청주로 모여들었다. 그러다 학교가 열렸고 결원이 많이 생긴 청주고등학교에서는 피란 온 채용가능한 교사를 영입했기 때문에 그리 된 것이다. 복직된 두 사람의 교사는 모두 징벌적인 의미로 고교 편입이 되지 않았고 따라서 부친은 중학교에 그대로 눌러 있게 되었다.

나는 그것을 다행으로 받아들였다. 겪어본 사람은 다 아는 일이지만 부친이나 가족이 교사로 있는 학교에서 학생생활을 하게 되면 몹시 불편하고 난감할 때가 많다. 이제나 그제나 모인 자리에서 교사의 흉을 보거나 욕설을 하는 것은 학생들의 집단적인 오락이자 여흥이다. 평소 권위주의적인 학교 행태에 불만이 쌓여 있던 터라 기회만 있으면 개개 교사의 흉내나 가차 없는 비난으로 가학취미를 충족시키는 것이 보통이다. 학교 당국의 처사에 대한 비판의 소리도 높다. 이럴 때 뭔가 편편치 않아 같이 가세하기도 그렇고 영 어색한 처지가 되고 괜히 지기를 못펴게 되는 것이다. 이러한 난경에서 벗어난다는 것은 사소한 대로 아주 시원한 일이었다. 학교의 배려나 본인의 희망에 따라 가족이 소속한 학년의 수업은 맡지 않는 것이 보통이다. 요행 부친의 담당 과목이 국어였고 과목의 성격상 국어교사는 여러 명이 있어 부친 수업을 듣는 재앙으로부터 면제된 것은 사실이나 어쨌든 집단성토 때 교사의 가족이 동급생에게 은연중 이중간첩 취급을 받는다는 것은 부정할 수 없다.

부친 자신이 중학 잔류의 징벌적 조처를 어떻게 받아들였는지는 모르겠다. 오랜 강제 휴직상태에서 해제된 터라 그저 감지덕지했으리라고 생각하지만 따돌림을 당한다는 것은 언제나 기분 좋은 일은 아닐 터이니 그 내심은 헤아릴 길이 없다. 그는 그런 속사정을 가족에게 털어놓는 편이 아니었다. 그러나 한 학기 후에는 학교 사정도 있고 해서 다시 고등학교로 전임했는데 고교 3학년 때는 학교를 잘 다니지 않았으므로 집단적 오락인 교사 성토대회를 방청할 기회가 별로 없었다. 그런 중에도 기억나는 일이 하나 있다. 대개 학교에는 교우지라는 것이 있어 1년에 한두 번씩 허술한 체재에 치졸한 내용이 담긴 교내 잡지를 선보이게 마련이다. 충주고등학교의 교내지 이름은 '예성'이고 지금도 명맥을 이어오고 있을 것이다. 예성藥城이란 충주의 옛 이름을 따온 것이다.

이『예성』이 교사 전원에게 앙케트를 과해서 응답 내용을 실은 적이 있었다. 내가 고3때 일이다. 질문내용은 숭배하는 인물, 학창 시절 가장 감명 깊게 읽은 책, 나의 취미, 좋아하는 음식 따위였다고 생각한다. 그런데 부친은 가장 숭배하는 인물로 이승만 박사를 들고 있었다. 나폴레옹도 있고 을지문덕도 있었으나 현직 대통령을 숭배인물로 꼽은 이는 달리 없었다. 그것을 보았을 때 솔직히 창피하다는 느낌이 들었다. 이렇게까지 안 하더라도 지금 과거지사를 따질 사람이 어디 있는가? 그런다고 부역 사실이 지워지는 것인가? 또 시시껄렁한 교내잡지 한구석에 이런 식으로 충성맹서를 한다고 누가 그 가상함을 알아줄 것인가? 비웃음만 자초할 것 아닌가? 지기를 펴게 해주지는 못할망정 이렇게 자식을 웅크리게 만들어야 하는가? 예상했던 대로 부친의 이승만 박사 숭배를 거론하며 껄껄대는 동급생들이 있었다. 당시 동급생이 부친을 가리킬 때 쓰는 말은 몇 가지 유형이 있었다. 모범생 혹은 근접 모범생들은 그냥 '유 선생님'이라 했는데 이들은 소수파였다. 그다음 배운 지 얼마 안 되는 독일의 기초단어를 빌려 '너의 Vater'라 하는 부류가 있었고 그냥 '너의 아버지'라 부르는 부류가 있었다. 비웃는 부류는 '너의 아버지'라 하는 몇몇 동급생들이었고 이들은 극소수였으나 어느 보리밭에도 깜부기는 있게 마련이다. 내 스스로 창피하다 생각하고 영 마땅치 못했으나 막상 깜부기 동급생의 놀림감이 되는 것을 보자 슬며시 반심이 생겨났다. 현직 대통령 이승만 박사를 숭배인물로 꼽은 사십 대 후반 반백이 된 무능한 교사의 심정을 너희들이 어떻게 알 수 있느냐, 이 난리 통에 너희들 자신 어떻게 될지 어떻게 아느냐, 는 반심이었다. 피는 물보다 진하다는 듣기만 해도 기분 나쁜 속언의 진실됨을 그때 처음으로 경험했던 것 같다. 부친이 부역자의 자격지심으로 정치적 보호색 삼아

이승만 박사 숭배를 표명했다는 당시의 나의 직감적 판단이 과연 백 프로 정확한 것인지는 확인할 길이 없다. 그런 것을 허심탄회하게 얘기할 부자지간이 아니었고 각자 기분이나 생각을 자유롭게 토로하는 편도 아니었다. 그러나 지금 와서 돌이켜보면 이 박사를 숭배한다는 부친의 말이 솔직한 고백이었을지도 모른다는 생각이 들기도 한다. 반은 진심으로 반은 자조적인 기분으로 이 박사에 대한 경의를 표명한 것인지도 모른다.

솔직히 부친에 관해서 잘 모르는 부분이 많다. 가령 그가 해방 직후 난립한 수많은 정당 중 어떤 정당을 지지했는지 어떤 정치인을 선호했는지 전혀 알지 못한다. 정치적으로 중도 우파 비슷한 《경향신문》을 집에서 본 것이나 기타 정황으로 보아 좌우 양 극단을 경원하는 회색인이 아니었나 생각한다. 사실 이런 회색인이 소리 없는 다수를 형성하고 있었다는 게 나의 판단이다. 육이오 때 접한 부친의 근접 정치적 발언으로는 두 가지가 생각날 뿐이다. "군가가 그리 청승맞더니 그이에 망하고 마는구나." 하고 국군이 후퇴하고 나서 자못 비장하게 장탄식하는 것을 들은 일이 있다. 또 저들 세상에 대한 심경을 토로하는 말을 꼭 한 번 들은 적이 있다. 9월 들어 얼마가 지났을 때 충주중학교에 맥고모자에 검정 고무신을 신고 얼굴이 까맣게 탄 중키의 안경잡이가 나타났다. 그는 자기가 충주중학교 교장으로 발령받았다며 신분증명서를 보여주고 직원회를 소집하였다. 부임 전에 그는 평안도 안주농업학교 교감이었는데 충주중학교 교장 발령을 받고 도보로 그 먼 길을 헤쳐 왔다고 자기소개를 하였다. 그전까지는 교내의 자치적 인민위원회가 상부의 지시를 받았는데 '정말 무서운 사람들'이라고 되풀이 부친은 말하였다. 그러니까 8월 중순쯤엔 전국의 모든 부서 책임자를 자기네 북쪽 사람으로 충원해놓은 것이다. 그런 점을 고려하면 부친의 이승만 숭배 표명은 단순 보호색적 산물이 아니고 자기 나름의 경험적 추론과 판단의 결과일지도 모른다. 그러나 이것은 추정일 뿐 정확한 진상은 세상만사가 그렇듯이 알 도리가 없다.

애기가 나온 김에 육이오 때의 삽화를 더 한 가지 첨가해두기로 한다. 당시 남한의 유일한 전력원은 영월의 화력발전소였다. 그런데 북은 이 화력발전소를 건드리지 않았다. 그래서 북이 점령했을 때 대구 쪽에서도 영월에서 송전되는 전기를 활용할 수 있었다 한다. 이것은 한국전력회사에서 장기간 근무한 친구에게 들은 애기다. 북쪽 군대도 이 전력을 필요로 했을 뿐 아니라 어차피 곧 전 국토를 '해방'할 터이니까 그대로 둔 것이라는 것이 그의 해석이지만 어쨌든 역사에는 우리가 미처 착안하지 못한 신기한 일이 많이 있다고 생각한다. 우리가 과거해석에서 신중을 기해야 하는 중요한 이유의 하나이기도 하다.

젊은 그들

학교에서 수업을 들으면서 한 가지 고충은 독일어 과목의 수업이 상당히 진척되어 처음 따라가기가 나빴다는 것이다. 고등학생이 되고 또 제2외국어를 가르칠 필요가 생겼는데 충주고교에서는 독일어를 일률적으로 가르치게 되었다. 마침 구하기 힘든 제2외국어 교사가 확보되어 있었기 때문이다. 서울대 독문과 학생인 정춘용鄭春溶 선생이 바로 장본인이다. 충주가 고향이고 충주중학을 나온 후 예과 때 이과를 선택하였으나 괴테를 알고 나서 독문과로 학부 진학한 정 선생은 당시 이십 대 초반의 혈기왕성한 청년이었다. 마침 결원이 많았던 터라 학교 측에서는 청년 교사에게 시간을 많이 맡겼고 그는 열성적으로 수업에 임하였다. 그러니 개학하고 얼마 안 되었는데도 진도가 지나치게 많이 나간 것이다. 초보자가 처음 익혀야 하는 발음교육 시간을 나는 빼먹었으니 동급생에게 대충 배워두는 수밖에 없었다. 문둥이 마을에서 미스터 남이나 역장 딸이나 황씨 같은 사람들을 접하다가 돌아온 터에 성공회 교회의 마룻바닥에 앉아 제2외국어라며 성별이 있는 단어의 설명을 들었을 때 느낀 현실과의 위화감은 기묘하고 각별한 것이었다. 너무 동떨어진 것 같아 막막하기만 했으나 시간이 지남에 따라 새로운 미지의 세계로 들어섰다는 조그만 흥분을 느끼게 되었다. 독일어를 배우게 되면서 영어시간에 그저 'to+동사의 원형'이라고만 배웠던 부정법不定法의 실체를 이해하게 되었고 그것은 소소한 대로 지적 만족을 주었다. 외국어 공부 과정에서 지적 만족을 느낀다는 것은 외국어 학습의 정도에서는 벗어나는 잉여의 반응이겠지만 어쨌건 독일어 공부가 동시에 영어 공부이기도 하다는 것을 실감하게 되었고 그것은 우리 현실의 일상과 너무나 동떨어진 독일어를 공부한다는 막막한 위화감을 완화해주었다. 처음엔 노트에 독일어 문장을 필기하며 공부했으니 답답하기 짝이 없었다. 저자가 장하구張河龜로 되어 있는 교과서를 입수해서 공부하게 된 것이 언제쯤인지는 확실치 않다. 아마 그해 연말이나 이듬해 초가 아니었나 생각된다. 어쨌건 3학년 학년말이 되었을 때는 장하구 교과서 1·2권을 다 떼었는데 당시 전국적으로도 희유한 일이 아니었나 생각한다. 시골에서 만나기 힘든 유능한 독일어 전담 교사를 만날 수 있었고 교사 없는 학과시간을 독일어로 보충한 결과였다.

제일 문제는 영어시간이었다. 사변 전에 충주중학에서 근무했던 영어교사들은 모두 청주로 전근을 간 터였다. 내가 복학한 후에도 한참 있다가 겨우 영어교사가 새로 부임해 왔다. 정연혁鄭淵赫이란 이름의 새 영어교사는 지방대학의 상과를 나왔다는 이십 대 중반의 청년으로 처음으로 교단에 서는 이였다. 아무런 사전준비도 않고 최소한의 오리엔테이션도 받지 않았는지 수업 첫 시간에 출석을 부르는데 학생 이름 끝에 씨를 붙였다. 고등학교 2학년 학생에게 이갑렬 씨라고 출석을 부르리만큼 세상물정에 어둡다고 할까 도무지 기초상식이 의문시되는 인물이었다. 요상하다 싶었지만 수업내용에 들어가서의 정연혁 선생은 정말이지 참담하기 그지없었다. 중학교 3학년 실력도 제대로 갖추지 못한 형편이었다. 당시 우리는 이양하 지음의 『Living English Reader』란 영어독본을 배웠다. 그 교과서에는 「What I Saw in America」란 과가 있었다. 앙드레 모로아가 쓴 글인데 뉴

욕에서 택시 운전수가 라디오에서 흘러나오는 음악을 듣고 브람스교향곡 3번이라고 말하더라는 얘기가 나온다. 그런 맥락에서 그는 'American civilization is no longer a dollar civilization.'이라 적고 있다. 정연혁 선생은 그 대목을 '미국문명은 일전짜리 문명이 아니다.'라고 태연자약하게 해석하였다. 그로서는 궁리에 궁리를 거듭한 결과 내린 해독이었을 것이다. 또 해석을 하는데 '너무나 퇴굴한'이라고 하는 경우도 있었다. '퇴굴한'이 무슨 뜻이냐는 질문을 받자 한참 끙끙대다가 칠판에 '퇴굴退屈한'이라고 버젓이 판서를 하기도 했다. 영어도 영어지만 우선 책 읽은 게 없는 데서 오는 기상천외한 오독이요 해석이었다. 정관사 the가 여성 주격대명사 she로 오식이 되어 있는 것을 알아채지 못하고 그 대목을 해석하느라 보기 딱한 노력을 하기도 했다. 그의 수업시간은 이렇듯 황당한 초현실주의적 삽화의 연속이었다. 요즘 흔해빠진 자습서나 참고서가 없었으니 그로서는 고충이 아주 컸을 것이다. 게다가 동급생이 그의 하숙에 들렀는데 담배를 피우라고 권하더란 소문도 나돌았다. 그 이듬해 3학년이 되었을 때 일 꾸미기를 좋아하는 몇몇이 학생 대표로 교장실을 찾아가 영어교사 교체를 진정하였다. 우리도 입시 공부를 해야 할 판인데 영어교사가 우리를 지도할 능력이 전혀 없다며 구체적인 사례를 들면서 호소했다. 그러자 깐깐하기로 호가 난 안성직安星稷 교장은 "지금 도저히 영어교사를 구할 수 없다. 아무리 실력이 딸리더라도 없는 것보다는 있는 게 낫지 않으냐. 그리 알고 돌아가."라 답변하더라고 대표가 교장 면담

결과를 전해주었다.

또 물리를 가르치는 강기용康基用 선생이 있었다. 중키에 호리호리한 몸매인 그는 일본의 어느 고등학교를 나왔다고 했는데 그 진위는 알 수 없다. 내가 들어서 알고 있는 일본 고등학교의 졸업생 수준치고는 너무 낮다고 생각되었기 때문이다. 물리시간은 원래 수업시간이 그리 많지 않은 터였으나 교원 결원 과목이 많았기 때문에 보충시간 배당이 많았다. 그 자신 물리 가르치는 데 별 취미가 없었고 학생들이 재미있는 얘기나 해달라 하면 이것저것 얘기를 들려주었다. 그런데 건들건들하는 동급생 하나가 잡담을 하면서 킬킬거린 모양이었다. 강 선생은 당사자를 가리키며 앞으로 나오라 해서 세워놓았다.

"수업시간에 그렇게 떠들고 킬킬거리면 어떻게 해? 전에도 그랬잖아?"

"아닙니다. 처음입니다."

"선생님이 얘기하는데 조용히 있어야지. 선생님은 아버지와 같은 존재야. 아버지 앞에서는 공손해야지. 안 그런가?"

"?"

"그런가? 안 그런가?"

"자식한테 연애한 얘기해주는 아버지가 어디 있습니까?"

"뭐? 요것 봐라. 뭐가 어쩌고 어째? 너희들이 얘기해달래서 해준 거 아냐?"

상기가 된 강 선생은 학생의 두 볼을 양손으로 치기 시작했다. 임시 교실이긴 하지만 있어서는 안 될 성공회 교현동 교회에서의 구타행위는 지금껏 뇌리에 선명히 남아 있어 그 장면을 마음대로 호출할 수 있다. 그는 그 후에도 수시로 일방적인 폭력행사를 자행하게 된다. 자기가 낸 시험문제를 교실에서 풀지 못하는 화학교사도 있었고 두어 달 나오다 슬며시 사라진 교사도 있었다. 의대생 신분으로 생물을 잠시 가르치다가 떠난 이가 뒷날 고대 의대에서 가르친 백승룡白承龍 선생인데 당시 하루 4시간밖에 자지 않고도 끄떡없는 괴이한 정력가라고 소문이 나 있었다. 교사들 대부분이 이십 대의 풋내기 청년으로 처음으로 교단에 선 사람이 많았고 전시의 일반적 사회풍조를 반영해서 인품이라고는 없었다. 문둥이 마을 간현의 노무현장에서 마지막으로 본 미스터 홍이나 황씨를 갈 데 없는 협잡꾼이라 생각하게끔 되었는데 돌아와 보니 학교 역시 그들과 크게 다를 바 없는 협잡꾼이나 무식꾼으로 가득 차 있다는 느낌이 들었다. 막연하게나마 사람에 대해 너무 큰 기대를 해서는 안 된다는 심정이 되어 있었지만 경멸과 불만 섞인 실망감이 쌓여가는 것은 어쩔 수 없었다.

새벽의 방문

1년여 만에 만나보는 동급생들도 많이 변해 있었다. 우선 키나 몸집이 크게 달라졌다. 비록 전시이긴 했으나 한창 성장기에 있었던 만큼 신체상의 변화가 많았다. 그전까지 키가 작은 집단에 소속해 있던 나도 어느새 중간 집단으로 이동해 있었다. 책상 없이 마룻바닥에서 수업을 받았기 때문에 대충 눈대중으로 어림 짐작했던 것이 이듬해 봄 학교 교사로 옮아 가 책상에 앉아 공부하고 그러기 위해 신장순서로 좌석을 정할 때 그것은 아주 분명해졌다. 신체변화뿐 아니라 언행도 많이 달라졌다. 모두 대담해 졌다고 할까, 거칠어졌다고 할까, 대화내용도 크게 달라졌다.

"야, 어깨 집지 말라. 재수 없어. 술 안 생긴다."

"야, 너, 출세했더라. 어제 깔치하고 행차하는 것 봤다. 어디 누구냐?"

"인마, 너 혼자 재미 보기냐? 그러면 재미없어."

"네 깔치 친구 하나 소개하든지 한잔 사든지 둘 중의 하나 해라."

"그래, 빵집도 괜찮다."

1년여 만에 돌아온 학교에는 보이지 않는 동급생도 적지 않았다. 의용군으로 나갔다 돌아오지 않는 친구도 있었고 탈출해서 돌아오긴 했으나 학교엔 나오지 않는다는 동기생도 있었다. 동기생의 이런저런 곡절을 얘기하다가 남산국민학교 동기생에게 심재각이 참 안됐다는 얘기를 했다. 그는 왜 그러냐고 물었고 나는 간현의 소략한 잔치 마당에서 주워 읽은 신문기사 얘기를 했다. 그는 그런 얘기는 처음 듣는다며 고개를 갸우뚱하였다. 그런 큰 소식은 자연히 퍼지게 마련인데 그런 얘기를 통 못 들은 것이 이상하다는 것이었다.

며칠 후 이른 새벽이었다. 그날따라 새벽 일찍이 일어난 나는 변소를 가기 위해 마루로 나섰다. 소복을 한 아주머니가 우리 골목으로 들어서는 것이 담 너머로 보였고 곧 그녀가 심재각의 어머니임을 알았다. 가슴이 뜨끔하였다. 초등학교 시절 나는 심재각의 집을 자주 드나든 편이었다. 그 후 뜸해지긴 했지만 피차간에 왕래가 있던 터라 잘 알고 있는 처지였다. 그가 변을 당한 후 좋은 소식도 아니고 직접 대해서 뭐라고 인사를 해야 하나 부담스러워 사실은 인사치레도 하지 않은 터였다. 아직 이른 새벽이어서 사람이 왕래할 시간도 아니었으니 재각이 어머니의 방문 의도는 너무나 분명하였다. 그녀는 우리 집 대문을 두드렸고 나는 급히 문을 열고 인사를 하였다.

"재각이 아버지가 학생을 급히 보고 싶어해서 내가 이렇게 꼭 두새벽에 찾아 왔어."

"그러잖아도 제가 한번 가 뵙고 인사를 드려야 하는 건데 뒤늦게 복학을 해서 이것저것 볼일도 있고 차일피일하다 보니⋯⋯."

나는 재각이 모친을 따라 골목길을 나가 그의 집이 있는 용산 2구로 향했다.

"재각이가 죽었다고 신문에 난 걸 봤다던데 어떻게 된 거야? 도무지 곧이 안 들려. 정말이야?"

다시 가슴이 뜨끔하였다. 순간 사실대로 얘기해서는 안 된다는 생각이 피뜩 들었다. 도저히 사실대로 얘기할 수가 없었다.

"네, 신문에서 재각이 이름을 본 것은 사실입니다. 부산서 배가 뒤집혔는데 백 명도 넘는 많은 사람이 타고 있었대요. 조난자명단이라며 명단이 나와 있는데 그게 모두 사망자인 것은 아니고 일단 승객명단이 나온 거예요. 생존자도 많대요."

우리 집은 용산 1구인데 큰 골목 하나를 지나면 용산 2구다. 골목 첫머리에 마당이 아주 넓은 큰 집이 있었는데 1년 위인 김진복金鎭福 형의 집이었다. 거기서 두어 번 구부러져 200미터만 가면 심재각의 집이었다. 심재각의 집 두 집 건너에는 뒷날 외무부와 통일부의 수장이 된 홍순영洪淳瑛 장관의 집이 있었다. 그는 충주중학의 2년 후배로 재각이의 아우 재훈載勳과 동기였다. 심재각의 집은 큰 규모는 아니나 헛간과 디딜방앗간이 딴 채로 나 있어 아주 작은 집은 아니었다. 그의 집에는 친척 되는 이의 출입이 잦았고 그 자신 충주에서 30리 떨어진 살미면의 신댕이란 곳을 자주 드나들었다. 그는 살미면에서 곧잘 좁쌀, 수수, 감자 같은 것을 자루에 지고 왔다. 초등학교 5학년 때 그의 집으로 놀러 간 적이 있었다. 집에는 아무도 없고 그만이 있었는데 방금 살미면 신댕이에서 돌아온 참이었다. 그가 물었다.

"너 배고프니?"

"아니."

"어째 배고파 보인다. 우리 점심 해 먹을까?"

"너 밥할 줄 아니?"

"밥하는 거 쉽다. 너 깡조밥 맛 좀 볼래?"

그는 내 대답도 기다리지 않고 좁쌀을 일어서 솥에 넣더니 물을 붓고 불을 때기 시작했다. 그 날렵함에 놀래었다. 당차고 승벽이 강한 그는 매사에 적극적이고 또 동작이 빨랐다. 그가 어떻게 해서 어린 나이에 밥하는 법을 익히게 됐는지는 모르겠다. 호기심이 많은 데다 친척들이 자주 드나들다 보니 점심 같은 것을 해대는 데서 눈동냥을 한 것인지도 모른다. 어쨌건 그가 해내온 고슬고슬한 꽁조밥을 맛있게 먹은 기억이 있다. 무슨 소꿉장난하는 느낌이었다. 그의 친척 되는 시골 아저씨 일도 생각난다. 역시 해방 직후 무렵인데 그의 집에 중년의 아저씨가 들어섰다. 재각이와 나만이 있을 때였다. 재각이는 손님이 오자 무얼 구하러 간다며 잠깐 집을 비웠다. 그때 재각이가 쓰는 윗방에는 전등이 켜져 있었다. 북에서 전기 송전을 중단하기 이전이어서 전기를 비교적 흔하게 쓰던 때였다. 전등에 낮전기가 들어온 것을 보자 그 아저씨는 전등가로 다가가서 입으로 불기 시작했다. 불이 나갈 리가 없었다. 그는 고개를 갸우뚱하더니 다시세게 불어댔다. 불이 끄떡 않자 그는 겸연쩍은 얼굴로 나를 보더니 다시 불기 시작했다. 나는 무안해할까봐 말도 못하고 슬며시 방을 나와버렸다. 당시만 하더라도 램프불과 전등을 구별 못하는 동포들이 흔했던 것이다.

재각이네 집 마당에 들어서니 그의 부친이 마당에서 서성거리고 있었다. 죄인 된 심정으로 인사를 하자 마루로 올라가 앉으며 나보고도 올라오라고 말했다. 당시 군청에 다니고 있던 재각의 부친은 생각보다 침착하였고 평정을 유지하고 있었다.

"어제저녁에 얘기를 듣고 밤에 통 잠을 못 잤어. 그렇다고 밤중에 학생을 불러올 수도 없고. 자세히 얘기를 해봐."

나는 원주 간현에서 지낸 일과 잔치 마당 한구석에서 주운 신문지에서 연락선 침몰사고에 관한 기사를 읽었다는 것을 간단히 말했다.

"신문 이름이 뭐였어?"

"말씀드린 대로 부산에서 나오는 《국제신보》라는 것이고 한참 오래된 묵은 것이었어요. 그러나 신문지가 온전치 않았고 얼마쯤 뜯겨나간 부분이 있었습니다."

"그리고 재각이 이름이 난 것이 틀림없는 거지?"

"살미면이라는 것도 났어요. 승객이 워낙 많았고 생존자도 많대요. 그래서 지금도 좀 더 분명히 확인하지 못한 것이 후회됩니다. 재각이 이름을 본 것도 그렇고 부산에서 일을 당한 것도 그렇고 너무나 놀랬거든요. 조난자라며 명단이 쭉 나와 있는데 그게 승객을 말하는 것인지 사망자를 말하는 것인지 지나놓고 보니 어사무사합니다."

"그럼 사망자명단이 아니었단 말이지?"

"네, 조난자명단이라고 돼 있었습니다."

"조난자라면……."

"조난자가 배를 탔다가 침몰사고를 당한 사람인지 혹은 변을 당한 사람인지 확인하지 못한 것이 후회됩니다. 중간이 조금 떨어져나가기도 했고요."

"조난자라면 아무래도 변을 당한 사람 같기는 한데 신문을 직접 보기 전에는 판단하기가 어렵기는 하네. 명단 숫자가 얼마나 되던가?"

"아주 많았어요. 이름 끝에 본적지와 나이도 적혀 있었습니다."

　한숨을 쉬는 재각의 부친 앞에서 내가 죄인의 신분이 된 것을 다시 확인하면서 어서 빨리 그 자리를 모면하고 싶었다. 그의 모친은 마루 끝에 걸터앉아 말없이 고개를 숙이고 있었다. 어떻게 해서 부산에 머물게 됐고 어떻게 해서 연락선을 타게 되었는지 궁금한 것이 한두 가지가 아니었으나 그런 것을 캐물을 상황이 아니었다. 어서 구두시험이 끝나기를 바랐다.

　"알겠어. 그럼 가봐. 어떻게 신문사로 알아볼 터이니까."

　명백한 사실인데도 조난자를 침몰선 승객과 동일시하도록 호도하고 오도해간 뒤 내 자신도 혹 그런 것이 아닐까 하는 착각이 드는 것이었다. 그렇다면 얼마나 좋을까? 그러나 조난자는 분명 사망자가 아닌가? 그걸 모를 리 없는 재각의 부친이 그래도 혹 아들의 옛 동급생의 착오에 일말의 기대를 거는 듯하는 것이 일변 죄송하고 일변 다행스럽기도 하였다. 그 후 나는 재각의 부모를 어쩌다 먼발치로 보게 되면 한사코 피해 다녔다. 그리고 그가 도장포를 하는 먼 친척집에서 기거하면서 학교를 다녔고 그러다 변을 당했다는 것을 얼추 알게 되었다. 재각의 부친이 신문사에 서신을 보내 문의한 결과 사망자임을 알리는 연락이 역시 서신으로 왔다는 소리도 들었다. 불길한 소식을 알려준 것이 결국 불행 초래의 공범자인 것 같은 생각에서 한동안 헤어나지 못했다. 우연히 주워 읽은 신문보도, 그리고 그날따라 드물게 새벽에 일어나 골목길에 들어선 재각의 모친을 담 너머로 보게 되어 가슴이 뜨끔했던 사실이 모두 인연의 깊이를 말해주는 것 같아 우연이 결코 단순한 우연은 아닐 거라는 생각이 들 때가 더러 있었던 것은 사실이다. 그러나 우연과 인연의 깊이를 말해주는 다른 사람들의 정말 놀라운 사례를 듣고 보면 심재각과 나의 경우는 아무것도 아니라고 생각하게 된다. 그렇다 하더라도 그가 짧막하게 이승을 다녀간 흔적을 내가 이렇듯 가녀리게 그리고 있는 것이야말로 바로 인연인지도 모른다.

한참 지난 후 사범학교에 다니는 여학생이 자살했다는 소문이 돌아서 화제가 되었다. 전시와 군대라는 것은 좋든 궂든 사회계층의 간격을 일시적으로나마 모호하게 하는 구실을 하는 것이 아닌가 생각된다. 사회 각 계층으로부터 충원된 군대는 개개 구성원의 계층 차이를 한시적으로나마 은폐하는 효과가 있다. 평화시에는 투명했던 거리가 전시에는 흐려지는 것이다. 경찰서의 사환으로 일했던 국졸 청년이 사변 통에 특무대 대원으로 근무하게 되었다. 특무대 대원이면 당시 지방에서 상당한 권력을 행사할 수 있었고 그리하여 그 위세를 몰아 여학생을 쉽게 유혹할 수 있었던 것이 아닌가 생각된다. 자세한 것은 알 길이 없고 소문이란 것은 부정확한 구석이 많은 법이다. 그러나 어쨌든 군복을 입었을 때 평준화된 외양이 실제로는 심한 계층 차이를 은폐하고 있었다는 사실이 노출되었을 때의 갈등과 주위의 압력이 사춘기 소녀의 죽음을 몰고 온 것이다. 문제의 특무대원은 그쪽의 상습범이었다는 것이 당시의 소문이었다. 알지도 못하고 얼굴을 본 일도 없는 여학생의 죽음은 전시 특유의 군인 위세의 결과였다는 사실 외에도 부수적인 사연 때문에 지금껏 기억에 남아 있다. 여학생의 자살 소식을 듣고 통곡을 했다는 남학생이 있었는데 그가 바로 내가 발설한 소식을 몇 다리 건너 전해 듣고 심재각의 부모에게 알려준 남산학교 동기생이었다.

책방에서

서울서 사립학교를 다니다가 6 · 25 직전에 충주에 전학 온 임성준任聖俊이란 동급생이 있었다. 동급생이긴 하나 나이는 훨씬 위이고 옷 입는 것이나 말하는 것이 시골 학생과는 판이하게 다른 점이 있었다. 한마디로 어른스러운 멋쟁이에 깍쟁이였다. 눈썹이 짙고 눈매가 조금은 날카로운 그가 충주 성내동에 조그만 고서점을 열었다. 고서점이라야 그야말로 좁고 답답한 공간에 책장이랍시고 송판을 듬성듬성 붙여놓고 거기에 책을 꽂아놓은 것으로 난리 통이니까 그나마 헌책방으로 통할 수 있었다. 서울 생활의 경험을 살려 그는 당시 서울에서 쉽게 구할 수 있는 일본어 서적을 트럭으로 싣고 와서 꽂아놓고 팔기 시작한 것이었다. 소문을 듣고 가보니 동급생들이 잔뜩 모여 있어 비좁은 공간을 더욱 비좁게 만들고 있었다. 책 구경을 하는 것이 아니라 어디 갈 데가 없으니까 그냥 모여서 잡담이나 한 것이다. 가지각색 일본 책이 꽂혀 있기는 한데 탐이 나는 책은 별로 눈에 뜨이지 않았다.

그런데도 내가 지금껏 그의 헌책방을 또렷이 기억하는 것은 거기서 희귀서 몇 권을 발견하고 구해두었기 때문이다. 『화사집』은 대단한 풍문 속의 시집이었으나 그것을 구해본다는 것은 생각도 못한 일이었는데 입수하게 된 것이다. 다만 청주에서 『화사집』 수록시편 중 그 일부를 재수록한 정음사판 『현대시집』을 구해 본 터여서 커다란 경이는 아니었다. 또 하나는 김태준金 台俊의 『조선소설사』이다. 하드커버 보급판인 『화사집』에는 본래 책임자의 흔적이 아무것도 없으나 문고판인 『조선소설사』에는 옛 책임자의 도장이 찍혀 있었다. 일제말기에 간행된 두 권모두 지금은 새 판본으로 간행되었으나 당시엔 구하기 어려운 희귀본이었다. 표지가 얼룩덜룩하게 된 『화사집』은 지금껏 보관하고 있으나 『조선소설사』는 수중에 없다. 1971년 초봄에 어떤 후배가 김동석의 『예술과 생활』 그리고 비컨 프레스Beacon Press판 배링턴 무어2세의 『독재와 민주정치의 기원』 원본과 함께 빌려간 뒤 돌아오지 않고 있다. 그는 황망한 생활 속에서 어떻게 되었는지 모르겠다고 하고 있으나 글을 쓰고 책을 좋아하는 사람이 이런 희귀본을 입수한 채 잊어버린다는 것은 있을 수 없는 일이다. 아는 사람은 다 알 것이다. 배링턴 무어의 책은 그와 나의 공통의 지인이 미국서 부쳐준 것이었고 세 권의 책을 한꺼번에 들고 간 후배는 읽어보고 번역 가치가 있는 것이 있으면 알려달라며 미국의 학술 계간지 한 권을 놓고 갔는데 지금껏 내 책더미 어딘가에 박혀 있을 것이다.

내가 얼마를 주고 두 권의 희귀본을 샀는지는 알 수 없다. 돈액수에 관한 한 나는 기억의 백치다. 싼 값을 치른 것은 틀림없으나 당시 내 수준에서는 적은 돈이 아니었다는 것도 확실하다. 책방 주인이 보통내기가 아니었기 때문이다. 친구인데 봐달라고 하면 그건 정말 내가 할 소리라며 죽는시늉을 했는데 그게 허풍만은 아니었다. 사실 그 난리 통에 아무리 싸구려라 하더라도 책을 사볼 독서층이 시골에는 없었다. 그 헌책방에서 본 책 중 기억에 남아 있는 것은 아리스토텔레스의 『시학』과 일본 시인 하기와라〔萩原朔太郎〕의 산문시선집 『숙명』이다. 둘 다 매력 있게 보였으나 살 처지도 심정도 아니었다. 문화적 황무지에서 생활하던 끝이라 책이 꽂혀 있는 책방이 있는 것만도 신기해서 나는 헌책방에 들어가 괜히 이 책 저 책을 빼보고는 하였다. 그러나 책방에 들르는 사람이 별로 없었다. 몇 달 동안 헌책방을 열던 학생 주인은 이내 문을 닫았고 그 후 다시 서울로 가버렸는데 몇 해 후 폐결핵으로 세상을 떴다는 얘기를 들었다.

그해 막바지 무렵이었을 것이다. 새로 서점이 하나 생겼다 해서 가본 적이 있다. 충인동 한 모퉁이에 있는 가게 좁다란 공간에 전시대가 있고 벽면으로는 책장이 있고 새 책이 꽂혀 있었다. 처음 보는 주인이 두둑한 한복을 입고 있었으니 초겨울이었을 것이다. 전시대에서 제일 먼저 눈에 띈 것이 『구상무상具常無常』이란 호화판 시집이었다. 아마 한지에 인쇄되어 있었다고 기억하는데 표지도 옛 한적漢籍처럼 되어 있어 검은 바탕에 표제는 백지에 검정 글씨체로 적혀 있고 크기는 국배판 정도였다. 그때까지 보았던 국내 시집 중에서 최고 호화판이란 느낌을 받았는데 작품을 읽어보니 호화판본에는 전혀 어울리지 않게 빈약했다. 순간 나도 모르게 맹렬한 적의가 솟았다. 내가 일선에서 멀지 않은 간현땅에서 천막 막사생활을 하고 있을 때 먼 남쪽 후방에서 여유만만한 피란생활을 하며 가당치 않은 호화판 시집이나 내다니! 지금이 어느 때인데! 너무나 부당하고 너무나 불공평한 일이란 생각이 드는 것을 어쩔 수 없었다. 들었던 호화판 시집을 내려놓고 책장을 보니 이번엔 『시산屍山을 넘고 혈해血海를 건너』란 빈약한 체재의 시집이 눈에 뜨이었다. 조영암이란 월남시인이 쓴 작품도 제목이 시사하듯이 허술하기는 해도 전쟁의 참상을 다루고 있어 적의는 생겨나지 않았다. 그러나 아무리 전쟁을 다루었다 해도, 아니 그렇기 때문에 더욱, 시의 긍지와 기본은 지켜야 할 것이 아닌가 하는 생각이 들었다. 두 시집이 도무지 시의 매력과는 거리가 먼 됨됨이를 보여주고 있었다. 얼마 후 어쩌다 다시 서점에 들러보니 두 시집 모두 보이지 않았다. 보나마나 반품된 것이 틀림없었다.

음악이나 미술이나 연극과 절연된 시골생활에서 그나마 좁은 의미의 문화를 표상하는 것은 책과 책방이었다. 간현의 천막 막사에서 내가 가장 아쉬워한 것의 하나도 책이었다. 책만 있었다면 좀 더 견딜 만한 시간이 될 수 있었을 것이다. 완벽한 문화적 황무지에서 조금쯤은 개명된 황무지로 돌아와서 접한 책과 책방은 적지 않은 위로요 위안이었다. 그것은 캄캄한 전시상황에서 그나마 구원의 가능성을 보이며 가물거리는 등불이었다. 쑥대밭에 남아 있는 인색한 은총의 이삭이었다. 책에 얽힌 소소한 일이 기억에 소상히 남아 있는 것은 아마 그 때문일 것이다.

그해 늦가을

늦가을이 되자 임시교사를 옮기게 되었다. 교현동의 성공회 교회와 동사무소에서 성내동의 감리교 교회와 창고건물로 옮겨 간 것이다. 별로 크지 않은 창고건물에 판자로 칸막이를 해놓고 2학년과 3학년 교실로 쓰고 있었다. 바닥이 흙과 자갈로 되어 있었는데 학생들이 포대 조각이나 가마니때기를 갖다 깔고 앉아 수업을 하였다. 우리보다 훨씬 거친 편이었던 3학년 반에선 걸핏하면 교과시간이 끝나고 나서 "시마이다!" 하고 깔고 앉은 가마니때기 같은 것을 마구 던져 창고 교실을 온통 먼지투성이로 만들곤 했다. '시마이'란 끝장을 가리키는 일본말로 당시만 하더라도 흔히 쓰였다. 창고 맨바닥에 앉아서 하는 공부가 누구에겐들 편했을까마는 특히 공부하기 싫은 학생들이 수업방해를 해놓고 나가버리니 매일같이 그런 소동이 벌어져도 뾰족한 방지책은 없었다. 칸막이를 했다고는 하나 천장 쪽은 통해 있었기 때문에 우리 쪽도 먼지투성이가 되기는 마찬가지였다. 밖으로 나가 먼지를 피하는 수밖에 없었고 그러다 보니 수업시간은 잘 지켜지지 않았다. 나가보았자 창고 앞에 조그만 공간이 있고 그 다음은 바로 폭 좁은 신작로였다. 그러니 학교를 꼬박꼬박 나간다는 것이 점점 무의미해졌다. 수시로 시간을 빼먹었으나 달리 갈 곳도 없어 뒷골목을 배회하거나 방천 둑 위를 어슬렁거릴 수 있을 뿐이었다.

이때쯤에 사회생활과를 담당한 새 교사가 부임해 왔다. 국사를 가르친 윤남한尹南漢 선생과 경제를 가르친 김정연金正淵 선생이 그들이다. 이들은 비교적 지긋한 연배로 아마 삼십 대 초였다고 생각되는데 그러니만큼 학생들을 제압하는 힘이 조금은 있지 않았나 생각된다. 해방 전 빙상선수로 이름이 나 있던 이와 동명이인이었던 김정연 선생은 턱수염을 기르고 있어 염소라는 별명을 얻었는데 당시 고시공부를 하고 있다는 소문이었고 가르치는 분야의 지식이 단단한 편이었다. 그는 늘 최호진崔虎鎭의 『경제원론』을 끼고 와서 수업에 임하였다. 뒷날 고시행정과에 패스해서 총무처에서 근무했으나 얼마 안 되어 병으로 세상을 떴다. 고생한 보람을 누린 시간이 너무 짧아 주위에서 모두 안타까워했다. 윤남한 선생은 공부해서 사람 되라는 정공법보다는 공부 안 하고 놀아서 대체 무슨 큰 재미가 있느냐는 투의 측면공격으로 학생들에게 시간선용을 종용했으나 상황이 상황이니만큼 별 효과는 없었다. 뒷날 중앙대학에서 가르쳤고 양명학연구에 전념하였던 윤 선생은 정년을 채우지 못하고 세상을 떴다. 독일어의 정춘용 선생과 사회생활과의 두 분은 학생들이 어렵게 생각한 교사였고 남하파인 수학의 김도규金度圭 선생이 담당과목을 감당할 수 있었다. 그 이외의 교사에겐 문제가 많았다. 교회와 성직자의 권위가 웅장한 교회건축과 종교음악에서 그 절반이 생겨났다고 한다면 정부의 권위도 땅에 떨어진 판국에 창고교실에서 학교의 권위와 교사의 교권이 유지될 리 없기는 하지만 대체로 교사들의 인품이나 지적 수준이나 한심하기 짝이 없었다.

그 무렵 나에게 자극을 주고 자신을 돌아보게 한 동급생 친구는 김관진金寬鎭 군이다. 나보다 두 살 위였던 그는 모든 면에서 멀찌감치 앞서가고 있었다. 쌍둥이 형제의 아우였으나 정신적으로는 형이었다고 생각한다. 충주의 남산학교로 처음 전학 가보니 그도 나보다 한발 앞서서 몇 달 전에 전학해 온 처지였다. 어디서 전학해 왔느냐는 물음에 그는 "남양에서 왔다."고 대답했다. 일제 말 전쟁 시기여서 우리는 남양南洋이란 말을 아주 빈번히 접하고 있었다. 궁금해서 남양 어디냐, 어느 섬이냐고 물었더니 그는 남양南洋이 아니라 남양南陽에서 왔다면서 함경북도 국경지방의 지방 소도시를 내게 가르쳐주었다. 일어에서도 남양南洋과 남양南陽은 발음이 같지만 국경지방에서 전학해 온 그에게는 아주 먼 곳의 알지 못할 불가사의한 분위기가 돌고 있는 것처럼 생각되었다. 해방 직전 변두리 국경지방에서 충주로 이사해 온 그의 부친은 본시 대구 출신이지만 오랜 시간 북에서 살았고 이사 와서 곧 큰 과수원과 논밭을 구입해서 충주에서는 아주 윤택한 가세였다. 앞날을 예견하기나 한 것 같은 이주요 조처였다. 빙현에 있는 그의 집은 시골에서 말하는 고대광실에 해당됐는데 특히 사랑채의 지하 저장실이 굉장히 넓었다. 동급생 쌍둥이 형제는 운동도 잘하고 공부도 잘하는 데다 가장 세련된 복장과 신발을 하고 다녀 동급생들의 부러움을 샀다. 체육시간에 운동장 열 바퀴 돌기 장거리경주를 하면 늘 쌍둥이 아우가 1등이고 형이 2등이었다. 육이오 때 집안이 모두 대구의 큰댁으로 피란을 갔다가 돌아온 터요 겨울 피란 때도 마찬가지였다.

집안의 한은 장남의 행방불명이었다. 육이오 당시 서울사대 영어과 2년생이었던 그는 서울을 벗어나 시골로 돌아와 보니 가족이 모두 피란 가서 집은 비어 있었다. 수안보에 있는 매부 집에 숨어 있다가 얄궂게도 9월 중순쯤에 의용군에 가게 되었고 그 후 소식이 끊어졌다. 그는 충주중학에서는 소문난 공부꾼이었다.

큰 형의 영향을 받은 데다 형이 공부하던 영어책이 많아서 관진 군은 일찌감치 그쪽 공부에 열심이었다. 장기간의 방학 끝에 돌아와 보니 그동안 줄곧 학교를 다닌 그는 장족의 진보를 보여주고 있었다. 일제 때 흔히 쓰던 오노〔小野圭次郎〕의 영문법 책이나 『The Use of Life』의 일어대역판을 가지고 공부해서 동급생 중에서 단연 앞서가고 있었다. 뒤늦게 돌아와 여러 가지로 심란한 터에 그동안 쉬지 않고 실력을 쌓아온 그를 보자 나도 적지 않은 자극을 받았다. 운동 잘하는 것을 선망하기는 했으나 못하는 것에 열패감을 느끼지는 않았다. 내가 선택한 것이 아닌 단순한 신체적 차이의 소산이라고 치부했기 때문이다. 그러나 학업에서 뒤진다는 것은 달랐다. 내가 할 수 있는 일이 책 읽기와 공부밖에 더 있는가? 그런 생각이 들자 자신의 이모저모를 반성하지 않을 수 없었다. 영어사전을 찾아서 단어의 뜻을 확인한 뒤에 대충 해석을 해보고 뜻이 통하면 넘어가는 식으로 해서는 안 된다는 생각이 들었다. 번역되어 나온 A. W. 메들리의 『삼위일체 영어』를 구해서 처음부터 끝까지 공부했다. 해방 전 고등학교 수험생을 위해 일본에서 만들어진 이 책은 자습용으로서는 당시에 나온 책 중 제일 나은 것이라 생각한다. 통독하고 나니 읽기에 관한 한 영어에 어느 정도의 자신이 생겨난 것이 사실이다. 이 책을 공부하고 나서 비로소 관계대명사 that과 동격의 명사절을 유도하는 접속사 that을 구문상으로 분명하게 구별할 수 있게 되었다. 그전까지 그것을 분명하게 구분하지 못한 것은 대충 해석하는 것으로 만족했고 또 교실에서 그것을 분명하게 가르쳐주는 교사가 없었기 때문이다. 『삼위일체 영어』를 떼고 나서 교과서를 다시 읽어보니 외국어에 대한 두려움이 없어지고 영어문장에서도 여유 있게 문장의 묘미를 감득할 수 있게 되었던 것 같다.

앞서 얘기한 교과서에는 『보물섬』의 영국 작가 스티븐슨의 「물방앗간의 윌Will O' The Mill」이란 과가 있었다. 영국 쪽에선 드문 일종의 형성소설 흐름의 짤막한 단편으로 산간계곡 물방앗간의 양아들인 윌의 일생을 다룬 우의寓意적인 작품이다. 교과서는 이 단편의 첫 부분을 발췌해서 수록했는데 지나가는 젊은 나그네가 산골소년 윌에게 들판의 도시에 대한 환상의 허황됨을 일러주는 장면이 있다. 또 장성한 윌이 소녀에게 끌리는 장면이 있다. 그 끝자락에 다음과 같은 대목이 보인다.

The river might run for ever; the birds fly higher and higher till they touched the stars. He saw it was empty bustle after all; for here without stirring a foot, waiting patiently in his own narrow valley, he also attained the better sunlight. (강물은 영원히 흐를 터이다. 새들은 마침내 별에 가 닿을 때까지 점점 더 높이

날아오른다. 그는 결국 모든 것이 공허한 소동임을 깨달았다. 왜냐하면 여기 자신이 사는 좁은 계곡에서 발끝 하나 까딱하지 않고 끈기 있게 기다리며 그 또한 보다 좋은 햇살을 얻게 되었기 때문이다.)

위의 대목에서 햇살은 또 삶의 즐거움이란 함의가 있다.

"새들은 마침내 별에 가 닿을 때까지 점점 더 높이 날아오른다. 그는 결국 모든 것이 공허한 소동임을 깨달았다." 이 대목이 너무나 매혹적이어서 몇 번이고 읽어보았다. 그러나 교과서에 이런 서정적인 문장은 희귀했다. 3학년에 가서 모파상의 「실 한 오리」를 교과서에서 읽고 문학적 감동을 받았는데 번역이라 문장 자체가 인상적인 대목은 별로 없었다. 지금도 소설을 읽다가 인상적인 지문이 나오면 곧 그 지문을 되풀이 읽게 되고 그게 기억에 남는다. 아이리스 머독의 『그물을 헤치고』를 읽고 나서도 가장 선명하게 기억에 남은 것은 전체 줄거리나 등장인물보다 인상적인 지문이었다. My happiness has a sad face, so sad that for years I took it for my unhappiness and drove it away. (나의 행복은 슬픈 얼굴을 하고 있다. 너무 슬퍼 보여 오랫동안 불행으로 오해하고 내몰았다.) 이런 버릇의 첫 계기가 된 것이 아마도 스티븐슨의 「물방앗간의 윌」일 것이다. 그런 서정적인 대목뿐 아니라 모조리 기억해두는 훈련을 했다면 훨씬 좋았을 것이지만 그것을 깨달을 능력이 없었고 일깨워줄 주변인물도 없었다. 단어 하나하나를 음미하는 것도 재미있었다. 'ejaculation'

을 찾아보니 '갑작스러운 절규' 혹은 '사정'이라고 되어 있었다. 순간 사정이란 육체와 욕정의 절규가 아니고 무엇인가 하는 생각이 들면서 사춘기 특유의 성적인 설렘과 지적 쾌감을 동시에 느꼈다. 말이 비유라는 생각도 저절로 났다. 그다음부터 단어 속에 내재한 비유 찾기에 재미를 붙이기도 하였다.

그 무렵 오랫동안 해보지 못했던 작문을 틈틈이 끼적여본 것이 사실이다. 현실세계의 가파름을 얼마쯤 실감하게 됨에 따라 중학생 때처럼 시랍시고 짤막한 글짓기에 열중한다든가 하는 일은 없었다. 그러는 것이 어쩐지 두려워졌고 생존경쟁에서 옷 벗고 무장해제하고 맨몸으로 달려든다는 느낌을 버릴 수 없었다. 전쟁 이후에 책은 더욱더 희귀품이 되어갔고 이렇다 할 교양체험의 기회가 전혀 없었으니 그래도 더러 끼적거린 것은 사실이다. 그러나 외국어 공부에 재미를 붙이면서 빈약한 작문을 시도하는 일은 점점 드물어졌다. 세상에는 읽어야 할 책이 많고 외국어를 공부해두어야 좋은 책을 읽을 수 있을 것이 아닌가 생각하게 되면서 작문이 점점 무의미하게 생각된 것이다. 이제 남과 같이 입학시험이라도 치르게 되면 외국어를 잘해두는 것이 중요하며 그것이 현실에서 유리할 것이라는 생각도 지울 수 없었다. 또 천막막사 같은 밑바닥으로 굴러떨어지지 않기 위해서도 무엇인가 실력을 갖추어야 할 것 같고 그때 풍월 짓기 같은 것은 쓸모없고 무력한 것이라는 느낌도 누를 수 없었다. 똥 싼 주제에 매화타령이라는 속담이 생각났다. 잘못하면 그 짝 나는 것이 아닌가? 약자가 되는 것은 기필코 피해야 했고 내가 좋아하는 것과 조화시키려면 외국어를 비롯해서 학과 공부가 우선이라는 생각이 들었다. 아는 것이 약자도 가질 수 있는 힘이니 많이 알아야겠다고 작심했다. 학교는 도무지 믿을 수 없고 간현 땅에서 혼자였던 것처럼 공부도 혼자 하는 수밖에 없다고 생각하니 한편 긴장이 되면서 홀가분해지기도 했다.

晚秋

마침내 한번은 오고야 말 것
모든 것은 마지막을 기다리고 있다.

—스산한 일이다.

헐벗은 나무에 기대어 서서
나의 젊은 나이를 헤어본다.

—괴로운 일이다.

어제오늘 귀뚜리도 기척 없어
가을 목숨 시름시름 다해간다.

어느 날 끝나가는 가을에 부치는 소회를 적으면서 이것이 내 십 대代 백조의 노래가 되어야 마땅하다고 다짐했다. 한편으로 아쉽게 생각하면서도 시원섭섭한 채로 새 여행길에 오르는 것 같은 설렘과 동경을 경험하였다. 내 앞에는 건너야 할 망망한 앎의 신세계가 펼쳐 있지 않은가? 박탈당한 나의 소년 상실은 이렇게 자발적 방조와 협조로 비스듬히 완결되었다. 가을과 더불어 남루한 방년 17세가 저물고 있었다.

12. 세월이 간 뒤

청년은 세무공무원 집에 전화를 걸었다. 지금 남편이 수뢰사건으로 경찰조사를 받고 있는데 급히 손을 쓰지 않으면 문제가 커진다, 그러니 해결의사가 있으면 당장 현금을 가지고 출두하기 바란다는 내용이었다. 그리고 약속장소에 앉아 있으면 예외 없이 돈보따리를 들고 부인들이 나타났다. 청년은 해결을 약속하고 금액을 챙긴 뒤 유유히 현장을 빠져나갔다. 이렇게 상당액을 수금한 뒤 그는 그 돈을 불우이웃에게 나누어주었다. 꼬리가 길어 붙잡힌 그는 재판을 받게 되었는데 그에게서 도움을 받은 불우이웃들이 떼 지어 몰려와 선처를 요구하는 데모를 벌였다. 범행장소는 대구였고 이 현대판 활빈당원의 이름은 김영철金永喆이다. 이러한 내용의 기사를 1970년대 초 《동아일보》 지면에서 읽었다. 세목에서 차이가 있을지 모르지만 큰 줄거리는 틀리지 않을 것이다. 그 기사를 지금껏 기억하는 것은 내용이 너무나 재미있고 통쾌했기 때문이다. 요즘도 활빈당을 자임하는 인사들이 많지만 실제로는 제 실속을 챙길 뿐 사회적 약자에게 도움을 주는 이는 없다. 내가 신문 이름을 기억하는 것은 당시 뒤늦은 학생생활을 하던 학교의 도서관에서 열람할 수 있는 국내 신문이 《동아일보》뿐이었기 때문이고 활빈당원의 이름을 기억하는 것은 동명이인 시골 동창생이 있기 때문이다. 거의 40년의 세월이 지난 오늘 그 청년은 어떻게 되었을까? 궁금해지는 때가 있다. 괜한 호사벽이긴 하지만 그것을 알 도리는 없다. 신문은 그때그때 새 소식을 들려줄 뿐 그 뒷얘기에는 전혀 관심이 없기 때문이다. 뉴스를 역사적 연속의 과정에서 고립시키는 것이야말로 대중매체가 하는 일이다. 이에 반해서 에즈라 파운드는 문학을 '뉴스로 남아 있는 뉴스'라고 정의한 일이 있다. 문학은 다름 아닌 영원한 새 소식이라고 내 멋대로 해석하고 있다.

역사 속에서 일어난 실제사건을 다룬 영화는 흔히 끝자락에서 등장인물의 후일담을 간략하게 보여준다. 흥미도 있고 또 정말 실제로 일어난 사건이구나, 하는 감개를 안겨주어 일거양득의 효과를 내게 된다. 뉴스로 남아 있을 뉴스를 지향하는 정신의 소산이기도 하다. 이 글에 등장하는 모든 인물은 실재인물이요, 그들의 거동 역시 실제로 있었던 일이다. 글을 끝내면서 그들의 뒷얘기를 첨가해두는 것이 실화나 회상기의 관습을 지키는 일이 될 것이니 알고 있는 대로 그들의 뒷얘기를 적어두려한다.

어느 해군장교

강원도 간현에서 학교로 돌아오고 나서 1년 6개월 후에 나는 대학에 진학하게 되었다. 그러니까 고등학교 학생생활을 한 것은 1년 반 밖에 되지 않는다. 1953년 2월 25일 100 대 1로 평가절하해서 원圓을 환圜으로 고치는 화폐개혁이 단행되었다. 그 직후 임시수도인 부산에서 입학시험을 치르기 위해 원주에서 중앙선 기차를 탔다. 제천에서 타지 않고 원주로 가서 탄 것은 그만큼 좌석 차지하기가 쉽다고 소문이 나 있었기 때문이다. 초만원의 아우성판인 데다가 차창의 유리가 깨진 것이 많아 증기기관차가 내뿜는 연기가 그대로 객차 안으로 들어왔다. 초저녁에 탄 차가 이튿날 오전이 되어서야 부산에 도착했다. 모두들 얼굴에 시꺼멓게 검정이 앉아 있었다. 4월 개학 뒤 대학신문에서 그해 졸업생의 동정 기사를 읽게 되었고 정치학과 졸업생 남완희가 간부후보생으로 해군사관학교에 입교하게 되었다는 것을 알게 되었다. 그해 여름 휴전이 성립되었고 정부는 서울로 돌아왔다. 7월 중순에 방학이 되었는데 환도 후의 준비 관계로 10월 1일에야 개학이 되었다. 70여 일의 긴 방학이 휴전 이상으로 해방감을 안겨주었다.

54년 늦가을 무렵이었을 것이다. 당시 나는 인사동에 있는 음악다방 르네상스에 자주 드나들었다. 음악애호를 자임하는 동급생이 있어 그의 꼬임으로 함께 드나들게 된 것이다. 그의 집에서 차이코프스키의 안단테 칸타빌레나 티보가 연주하는 베라

치니의 바이올린 소나타를 듣고 매료된 것이 계기가 되었다. 어느 날 군복을 입은 미스터 남을 그 다방에서 만났다. 두 사람씩 나란히 마주 앉게 의자가 배치되어 있어 나무의자 네 개가 한 무리를 이루고 있었다. 내가 앉아 있는 의자 맞은편으로 해군장교 복장을 한 젊은이가 다가와 앉았다. 보니 해병대 보급부대에서 만났던 미스터 남이었다. 나는 반갑게 인사를 했고 대학신문을 통해 해군에 입대했다는 것은 알고 있었다고 말했다. 그도 반가워하면서 나의 근황을 물었다. 그 무렵 헤밍웨이가 〈노벨문학상〉을 수상했다고 해서 시사주간지 《타임》인가 《뉴스위크》인가가 커버스토리로 헤밍웨이를 다루고 있어서 막 한 권을 샀던 터라 그게 탁자 위에 놓여 있었다. 그는 주간지를 들어 읽어가더니 한참 후 어느 대목을 손가락으로 가리키며 해석을 해보라고 말했다. 하라는 대로 하자 이번에는 다른 대목을 가리키며 무슨 뜻이냐고 물었다. 오래간만에 만난 옛 수하인 영문과 학생의 영어실력을 테스트해보기 위해서였다. 옛날 그대로구나, 제버릇 개를 못 주는구나, 하는 생각이 들면서 좋은 기분이 아니었다. 한참 후 그는 약속이 있다면서 나가버렸다. 다정한 사이가 아니라도 자기의 주소나 근무장소를 알려주면서 한번 놀러오라던가 하는 것이 보통이겠지만 그에게 그런 구석은 없었다.

학교를 나온 후인 1959년인가 중학동 한국일보사 근처의 다방에 앉아 사람을 기다리고 있었다. 손님들로 북적북적하는 다방이었고 초저녁 퇴근 무렵이었다. 이번엔 신사복을 입은 미스터 남이 그 다방에 들어섰다. 나는 인사를 했고 그는 악수를 끝내더니 약속시간보다 조금 늦게 나왔다면서 한구석에 앉아 있는 손님 쪽으로 다가갔다. 얼마 안 있어 두 사람은 함께 다방을 나갔다. 분명히 제대를 한 모양인데 자기의 근황을 알려주는 법도 없었고 그것을 물어볼 여유도 주지 않았다. 그러나 그의 언동으로 보아 어디 제대로 자리를 잡은 것 같지는 않았다. 역시 오래 상종할 사람이 아니라는 인상을 받았다. 일자이후 나는 그를 본 적이 없다. 원주 간현땅에서 그는 해공 신익희의 비서가 된 학과 선배를 자랑스럽게 얘기한 적이 있었다. 그러나 그가 그쪽으로 나간 것 같지는 않다. 그 후 그의 고향이라는 충주 산척면 사람을 만나면 그의 동정을 알아보려고 했다. 우리 또래 연배들은 전혀 그에 대해 알지를 못했다. 미스터 남의 청주중학 동기생이었다는 사람을 만난 적이 있는데 그의 창씨이름이 미나미 다다오[南忠男]라고 말하면서 조금 거만한 편이었다고 말한 것이 기억난다. 남南, 임林, 유柳 씨는 일본인 성에도 있기 때문에 그것을 빙자해서 창씨를 안 한 경우도 많다. 특히 남 씨는 창씨개명령이 나올 무렵의 조선총독이 미나미[南次郎]였기 때문에 새로 성씨를 만든 사람은 거의 없다. 그러나 남완희南宛熙가 南忠男으로 변했듯이 이름만은 일본식으로 고친 것이 보통이었으니 사실상 창씨개명을 한 셈이다. 미스터 남에 대해 궁금해진 것은 순전히 인간적인 흥미에서 나온 것이지 어떤 애착이나 회고의 감정과는 전혀 무관하다. 그가 나온 학교의 동창회명부를 찾아본 적이 있다. 그의 이름은 있었으나 다른 사람들과는 달리 직업란이 빈칸으로 남아 있었다. 몇 다리만 건너뛰면 다 서로 알게 마련인 이 좁은 바닥에서 그의 소식을 이리 오래 듣지 못한 것을 보면 그가 어떤 불의의 사고나 불행으로 세상을 뜬 것인지도 모른다. 우연의 일치지만 내가 아는 정치학과 졸업생 가운데 월북한 사람이 더러 있다. 미스터 남은 여러 정황증거로 보아 월북을 할 사람도 아니고 또 이민을 갈 사람도 아니다. 그렇다면 그는 위급한 상황에서 돈가방 은닉이란 중대임무를 맡겼던 나에게 영구 미제의 빚을 남겨놓은 채 이승을 뜬 셈이다.

지금 돌이켜보면 그때 그가 번 돈은 상당한 액수였다고 생각된다. 옛날 사무용 손가방이 지폐로 빡빡했으니 적은 액수가 아닐 것이다. 그는 내게 두어 번 빼돌렸을 뿐이라 했지만 그것을 곧이곧대로 믿을 수는 없다. 정식으로 수복이 안 된 시절이었으니 우리의 경찰력도 미진한 데다가 수사에서의 한미공조란 관념도 있을 수 없는 시기요 장소였다. 게다가 부대 안팎에서 영어를 할 수 있는 거의 유일한 인물이었으니 모든 것을 자기에게 유리하게 몰아갈 수가 있었을 것이다. 여차하면 도망가면 그만이었을 터이고 그것을 모를 리 없는 그는 상황을 충분히 활용했을 것이다. 그러니 그의 빼돌리기 사업이 한두 번으로 끝났을 리가 없다. 머리카락도 보이지 않게 꼭꼭 숨어 있는 은둔자로 살아 있다면 여든을 갓 넘긴 노인일 것이다.

안동 권문權門의 수재

1950년대 말은 자유당정권의 끝자락이기도 하다. 학교를 나온 후 낙향한 나는 1950년대 말에 충주사범학교에서 근무하게 되었다. 당시의 사범학교 교장이 청주 소재 미 해병대 노동사무소에서 통역보수를 받던 권희준 선생이다. 그는 충주중학교에서 가르쳤으나 나는 직접 배운 바가 없었다. 누구한테나 의지하려던 처지였으니 청주에서 처음 보았을 때 나는 충주중학교 학생임을 알렸으나 그는 아무런 반응도 보이지 않아 무안했던 기억은 지금도 여전하다. 충주사범학교에서 수하직원으로 만났을 때도 그는 청주 얘기는 입 밖에 내지 않았고 나도 그것을 거론하지 않았다. 이태의 『남부군』에 보면 지리산 빨치산의 생존자들이 서울 시내에서 만나면 서로 외면하고 스쳐 지나갈 뿐이라는 얘기가 나온다. 서로 옛날을 떠올리기가 싫고 상대를 믿을수도 없고 복잡한 사연들이 있기 때문일 것이다. 권희준 교장도 별로 자랑스럽지 못한 옛일을 다시 떠올리고 싶지 않은 심정이었을 것이다. 그렇지 않으면 그때쯤엔 완전히 잊어버리고 말았을지도 모른다. 귀찮은 일은 빨리 잊기 쉽고 또 그가 근무한 것은 실상 아주 단기간이었기 때문이다. 첫 출근한 날 조회가 끝난 후 그는 나를 교장실로 호출하였다. 나를 세워놓고 그는 훈계를 늘어놓았다. "교사는 여러 모로 학생의 사표가 되어야 한다, 특히 교사양성기관인 사범학교 교사는 그러하다, 그런데 넥타이도 매지 않고 학교에 나오면 어떻게 하느냐."며 나를 질책

하더니 내일부터는 복장을 단정하게 하고 꼭 넥타이를 매고 오라고 일렀다. 나는 넥타이를 매는 것이 그렇게 중요한 것인지 몰랐는데 덕분에 구령단에 서서 전체 학생에게 부임인사를 하는 부담스럽고 어색한 의식을 면제받았다. 권 교장은 넥타이를 매지 않은 것이 학교나 당신의 권위에 대한 발칙한 도전이나 냉소라고 생각했던 것 같다.

1950년대 말이라면 한국의 국민소득이 100불에 훨씬 못 미치고 우리가 필리핀이나 캄보디아보다도 못살던 시절이다. 그때 권 교장은 지프차로 출퇴근을 하였다. 고등학교 수준의 학교장이 차를 타고 다닌 것은 아마 전국에서 유례가 드물 것이다. 운전수와 차량 부수경비는 학교의 기성회비에서 나갔다. 당시 학교에서는 명절이나 김장 때 약간의 수당을 지급하였다. 기성회비에서 나가는 것이었고 기성회비는 45프로 이내에서 교직원의 후생복지에 쓸 수 있다는 규정이 있었다. 사실상 45프로는 후생복지를 위해서 쓰라는 말과 진배없었다. 그런데 워낙 가난하던 시절이니 지프차의 운영은 지출을 불가피하게 했고 그것은 교직원의 후생복지에도 흔적을 남겼다. 김장 때가 다 지나가도록 아무런 소식이 없었다. 어느 날 직원조회가 끝나갈 즈음 연만한 교사가 운을 떼었다.

"교장선생님, 김장 때도 훌쩍 넘겼는데 올해는 아무런 소식이 없습니다. 예년과 마찬가지로 배려를 해주셨으면 해서 한 말씀 드리려는 것입니다……."

그러자 권 교장이 버럭 소리를 질렀다.

"아니, 교육자가 그렇게 돈을 밝히면 어떻게 해요? 열심히 가르치고 성실하게 근무할 생각을 해야지……."

그러면서 직원조회를 일방적으로 끝내고 교장실로 가버렸다. 모두 실망과 분노에 찬 얼굴로 서로의 얼굴을 바라보았다. 그러나 그런 폭언 앞에서 무력하기만 한 것이 교사였다. 얼마 안 있어 4·19가 일어났다. 그런 혁명적 사태가 일어나면 대개 윗자리에 있는 사람은 얼마쯤 불안감을 느끼게 되는 게 사실이다. 권 교장도 눈에 뜨이게 풀이 죽었다. 그 후 안 가던 교직원 야유회를 간 적이 있다. 당시 학교에는 충주중학 졸업생이 세 사람 있었다. 직접 배우지는 않았지만 모두 그의 제자뻘이 되는 셈이다. 교장은 세 사람을 따로 불러 한갓진 곳으로 가더니 자리를 잡고 우리에게도 앉으라고 말했다. 그러면서 이번 총선거에 출마를 할까 고려 중인데 어떻게 생각하는지 각자 의견을 말해보라고 하는 것이었다. 순간 스스로 묘혈을 파는구나, 하는 생각이 퍼뜩 들었다. 그는 대중 정치가가 되기에는 부족한 점이 너무 많았다. 호감이 가는 인품이 아닌 데다 매우 독선적이고 거만하였다. 그런 그가 만면에 미소를 띠우고 한 표를 부탁해보았자 어울리지도 않고 표가 나올 리도 없었다. 그는 또 호소력 있는 대중연설을 할 능력이 전혀 없었다. 쿵쿵거리는 소리에다가 우리말 발음도 명료하지 않았다. 지역에서의 평판도 좋은 편이 아니었다. 우리 중의 누군가가 민의원으로 나가느냐, 혹은 참의원으로 나가느냐고 물었다. 글쎄 아직 확정한 것은 아니고 그래서 솔직한 의견을 구하는 것이라고 그는 말했다. 이번엔 무슨 정당으로 나가느냐는 질문이 있었다. 그것 역시 확정된 것은 없고 무소속 출마도 고려 중이라고 그는 말했다. 무엇인가 의견을 말해야 할 것 같아서 나도 한마디 했다.

"제 생각에는 가능하다면 무소속보다는 정당을 택하는 것이 좋을 듯합니다. 민주당 신파에는 교장선생님 대학 동창들이 많지 않습니까? 그분들의 도움을 받아 공천을 받도록 하는 것이 좋을 것 같습니다."

사실 당시 장면張勉이 엄지손가락 노릇하던 민주당 신파에서는 현석호玄錫虎, 김영선金永善, 임문석林文碩, 홍익표洪翼杓 등 경성제대 졸업생들이 한목소리 내고 있었다. 인심을 사야 할 처지가 된 권 교장은 내 말에 고개를 끄떡이며 참고하겠다고 선심 쓰듯이 말했다. 그는 곧 사표를 냈고 7 · 29 선거에 충북 북부지역 참의원에 무소속으로 출마해서 참담한 낙선을 했다. 그도 민주당 후보로 입후보하는 것이 유리하다는 것쯤은 알고 있었으나 무슨 방도가 없었던 것 같다. 낙선 후 무직생활을 오래했던 그는 5 · 16 후 한참 있다가 서울여상의 교장으로 가 있었다. 연금이나 퇴직금이 없던 시절에 퇴직한 그는 말년에는 딸네집에 얹혀살며 곤궁한 생활을 한 것으로 전해지고 있다. 후사가 없었던 그는 한때 양자를 들였으나 갈라섰다. 고희를 넘겼다고 하니 허약해 보이는 외양에 비하면 비교적 수를 누린 셈이다.

고은 지음의 『이상李箱평전』을 보면 그가 이상의 보성중학 동기생이란 말이 나온다. 또 그 동기생 중에서 처음 1등을 하다가 충주에서 온 권희준한테 1등을 빼앗기고 2등만 했다는 평론가 이헌구李軒求의 말이 나온다. 보성에서 1등을 했기 때문에 당시엔 들어가기 어렵다던 경성제대에 진학할 수 있었을 것이다. 동기생 중에는 또 당진 갑부의 아들인 원용석元容奭, 동경제대에 들어가 외무고시에 합격해서 일본 외교관 생활을 한 장철수張澈壽가 있었다. 권희준 교장이 대학 졸업 후 무엇을 했는지는 알 수 없다. 젊은 시절 방탕을 해서 병을 얻었고 그로 인해 목소리와 발음이 불투명해졌다는 소문이었지만 진위는 알 길이 없다. 다만 일제 말년에 고향인 월악산 근방 제천 한수寒水 면장을 지낸 것만은 분명하다. 바로 옆인 덕산德山 면장을 지낸 이는 심봉갑 씨로 내 중학 동기생의 부친이요 보통학교 졸업생이다. 그래서 권희준 선생에게 나는 늘 의문부호를 가지고 있었다. 교장으로서의 그의 발언 중 앞뒤가 맞는 것으로 기억하는 것은 획일적으로 체육교육을 시키는 것은 문제가 있다, 심장이 약한 학생에게 무리하게 장거리달리기를 시키면 되겠느냐는 말이었다. 몸이 허약한 편인 그도 학생 시절 체육시간이 부담스러웠던 모양이다.

어느 일요일 오전에 학교 용인이 집엘 들렀다. 교장선생이 나를 보자며 학교에서 기다린다기에 급히 가보았다. 권 교장이 서울대학 영어 입시문제를 교장실 칠판에 적어놓고 의문점을 물었다. 아들이 입학시험을 치른 친구가 문제를 들고 와 묻는데 알쏭달쏭하더라는 것이었다. 세목은 생각나지 않지만 의문의 여지가 없는 문제였다. 제국대학을 나온 수재라며 필요 이상 떠받드는 풍조가 있었는데 모두 미개한 시절의 근거 없는 폐습이라는 것이 나의 관찰이다. 한수면에는 안동 권씨의 집성촌이 있었고 19세기 초에 세자비로 간택을 받은 규수가 있었다. 그 규수가 간택소식에 강물에 몸을 던졌고 그 원혼이 내려 문중에 강신무降神巫가 끊이지를 않았다는 얘기가 전해온다. 반명班名을 하는 집안이어서 쉬쉬했으나 인근에서는 널리 알려진 사실이다. 권희준 선생은 한수면 안동 권씨 가문의 소문 자자한 수재였다.

안동 김문金門의 신사

청주 노동사무소 시절의 통역인 김용한 선생과 역시 1950년대 말에 해후하게 되었다. 그가 충주고등학교 교장으로 부임해 와서 환영회 비슷한 모임이 있었는데 그 자리에서였다. 그는 단박에 나를 알아보고 반가워하였다. 전혀 모른 체한 권 선생이나 괜히 윗전행세를 계속하려는 미스터 남과는 달랐다. 상냥한 성품은 여전하였고 그것을 다시 확인할 수 있었다. 청주에서는 미군 장교가 유 선생 칭찬을 많이 했다면서 옛날의 '유 군'을 '유 선생'으로 승진시켜주기도 했다. 그러나 그와 접촉할 기회는 많지 않았다. 시골 고등학교 교장도 많이 바쁜 자리였고 사교적인 그는 여러 모임에 부지런히 불려다니는 모양이었다. 게다가 4·19가 나서 학교가 극히 부산하고 소란스러워졌다. 서울에서 시작된 '어용교수 물러가라'란 구호가 시골까지 전파되어 학교마다 어용교사 배격이 한창이었다. 수업거부에다가 실명을 거명하며 물러가라는 구호를 써 붙이고 연좌데모를 하는 것이 유행이었다. 대개 생활지도 주임들이 공격대상이 되었다. 부임한 지 얼마 안 된 김용한 교장은 이렇다 하게 책잡힐 일이 없었고 또 그런 일을 할 만한 시간도 없었다. 그러나 시내 학교 중에서는 고등학교가 교사 배격운동을 주도한 편이어서 이를 무마하기 위해 동분서주했던 것 같다.

내가 김 교장 사택을 찾은 것은 그해 가을이다. 초등학교와 중학 동기인 남정현南正鉉 군은 고교 때 전학을 가서 경기고를 나왔다. 그 후 화학과를 나와 충주고교 교사로 있어서 당시 자주 만나는 사이였다. 주말이면 대개 등산을 함께했다. 표고 600미터 정도의 산이니 등산이랄 것도 없고 1시간 정도 올라가 능선을 타고 걷다가 정상에서 쉬면서 동요나 부르다 내려오는 정도였다. 다음 주에는 계족산에 가보자고 약속한 뒤 일요일 약속시간에 기다려도 그가 나타나지 않았다. 한참을 기다려도 오지 않아 그의 집으로 가보았다. 당시 그는 중형 집에서 기거하고 있었는데 그의 조카가 나와서 서울로 갔다는 얘기만 하고 도무지 시원한 대답을 하지 못했다. 자초지종을 알기 위해선 김 교장을 찾아가보는 것이 첩경이라 생각했다.

교장 사택은 용산동에 있었는데 평범한 한옥이었다. 내객이 왔다는 것을 알고 방문을 열고 나온 이는 부인이었다. 첫눈에 부잣집 맏며느리라는 것이 드러나는 유족하고 넉넉한 인상이었다. 직장과 성명을 대자 곧 김용한 교장의 올라오라는 소리가 나고 방문이 열렸다. 이럴 때 흔히 하는 진작 찾아뵈어야 하는 건데 운운하는 건성의 인사를 끝내고 나는 동기생 건이 궁금하다는 얘기를 꺼냈다. 당시의 구체적 상황은 너무 복잡해서 다 잊어버렸다. 요컨대 잠정 조치로 남군이 먼저 임시발령을 받았으나 우선순위가 앞선 대기자가 나타나 도에서 그를 정식발령을 냈다. 따라서 임시발령을 받은 남군은 잠시 쉬고 있다가 정식발령을 받게 될 것이라는 얘기였다. 갑자기 휴직처분을 받은 남정현 군은 만나는 사람에게 자초지종을 구구하게 설명하는 것이 성가시고 창피하다 생각해서 서울 백형 댁으로 가버린 것임이 분명해졌다. 사근사근하고 자상하면서도 김 교장은 해당자의 입장에 대한 고려나 언급은 전혀 없었다. 그러면서 남 선생은 사람은 좋은데 꽉 막힌 데가 있다고 덧붙였다. 남 선생이 아니라 나보고 하는 소리 같아 더 할 말이 없었다.

그러자 옆에 앉아 있던 부인이 재빨리 화제를 돌렸다. 맏아들 윤동이가 공부에 성의가 없어 걱정이라며 사범학교 여학생을 하나 쫓아다니는 것 같다고 진정 걱정스러운 표정을 지으며 말했다. 그러면서 혹시 그쪽으로 들어서 아는 것이 없느냐고 물었다. 초면인데 흉허물 없이 물어보는 솔직함에 호감이 갔다. 나는 들은 바 없다고 사실대로 말하고 어느 과목이라도 한두 개 재미를 붙이도록 해주는 것이 필요할 것이라고 말했다. 김 교장은 또 이것저것 집안 얘기도 들려주어서 무던한 인품임을 다시 느꼈다. 그 후 그는 오랜 기간 충주고 교장으로 근무하였고 지역사회의 평도 좋았다. 상냥한 성격에 매너가 좋고 또 권 교장처럼 표 나게 태를 내는 법도 없었다. 그러나 충주고에서 근무한 사람들은 대체로 긍정적인 평을 하면서도 속이 차가운 사람이요 호강만 하고 자라 어려운 사람들의 사정을 전혀 몰라준다고 말하는 것이 보통이었다. 반기문潘基文 총장이 다녔다 해서 충주고가 알려지게 되었지만 그의 재학 시절 충주고 교장이 김용한 선생이었다. 성공한 인물의 성장과정에는 많은 사람들의 도움이 있게 마련이지만 김 교장도 반 총장에 대한 배려와 도움이 많았다고 알려져 있다. 그게 아주 두드러져 반 총장보다 학년이 1년 위인 김윤동은 "아버지는 나보다도 반기문을 더 열심히 챙기고 봐준다."고 말하곤 했다 한다. 충북 여러 곳의 교장을 지냈던 그는 만년의 몇 해를 고혈압으로 투병생활을 하다가 1994년에 74세로 세상을 떴다.

충주에는 임진란 때 배수진을 친 신립申砬이 부하 5천과 함께 전사한 탄금대가 있다. 악성 우륵이 가야금을 켰다 해서 탄금대彈琴臺라 한 것이다. 이 탄금대가 있는 산을 대문산大門山이라 한다. 충혼탑도 있고 음악당도 있고 「감자꽃」의 동요시인 권태응의 노래비도 서 있다. 이 산은 안동 김씨네 소유로 김용한 선생도 거기 묻혀 있다. 청주 시절 천석꾼 집안의 장손이라 했지만 사실은 몇 천 석이었다고 하는 얘기를 나중에 들었다.

30년 후

성공회 교회와 동사무소에서 독일어를 가르친 정춘용 선생은 대여섯 해 후 사법고시에 합격하여 법조계로 들어갔다. 졸업장이 없어서 불편을 겪는 터에 고시준비를 하던 동료 교사 김정연 선생이 권해서 함께 공부를 하게 된 것이다. 고시합격 후 청주와 서울에서 법관생활을 하다가 나중 변호사로 활동했다. 그동안 줄곧 정 선생은 간헐적으로 뵙는 처지였고 오랜 시골살이를 끝내고 상경한 1975년 이후는 비교적 자주 뵙게 되었다. 선생의 신상비화를 듣게 된 것은 훨씬 뒷날의 일이다.

80년대 중반의 어느 날 점심을 마친 후 한담을 하는 자리에서 정 선생이 육이오 때 경험을 털어놓았다. 서울에 잔류해 있으면서 이리저리 피해보았으나 결국 의용군으로 나가게 되었다. 8월 말이었으니 그때까지 용하게 배겨낸 것이다. 그러나 결국 변변한 훈련이랄 것도 없이 부대에 배속되어 남쪽으로 향했다. 그러나 얼마 지나지 않아 부대는 전진을 멈추고 후퇴를 하게 되었다. 계룡산 근처까지 왔을 때는 완전히 패잔병이 되어 부대원도 다 흩어지고 세 사람이 남아서 함께 행동했다. 패잔병의 패주는 고단하고 힘드는 일이었다. 나중에는 끼니를 구걸하다시피 했다. 도저히 배겨낼 수가 없었다. 정 선생은 동행인 인민군 두 사람에게 속내를 내보였다.

"이제 전세는 기울었어요. 무한정 이렇게 북으로 후퇴해보았자 활로는 생기지 않아요. 산을 타는 것도 하루 이틀이지 이러

다간 골병이 들 것이오. 끼니를 구걸해보았자 주민이 신고하면 곧 잡히고 맙니다. 그러니 산을 내려가 투항을 합시다. 아버지가 군수이기 때문에 어느 정도 손을 쓸 수 있어요. 내가 책임지고 동무들의 안전을 보장하겠어요. 고향까지 가기만 하면 됩니다. 여태까지의 우의로 보아 나를 믿어주시오. 우리 다같이 살길을 찾읍시다. 진정입니다."

한 사람은 신의주 출신으로 해방 전엔 머슴살이를 한 처지로 그중 연장자였고 다른 이는 황해도 사람으로 무던한 성품이었다. 두 사람은 심각한 표정이 되어 얼굴을 마주 보더니 신의주 출신이 말문을 열었다.

"동무는 예가 고향이지 않소. 그러나 우리는 북이 고향이오. 죽으나 사나 고향으로 돌아가야 할 것 아니오? 동무의 마음은 알지만 근거라곤 없는 남쪽에서 우리가 어떻게 살겠소? 안 그렇소?"

그러면서 황해도를 바라보았다. 그도 고개를 끄떡이며 동조하였다. 그러자 신의주가 말을 이었다.

"우리는 그냥 산을 타고 올라가 보겠으니 동무는 내려가시오. 겪어보니 몸도 약하고. 그래요. 당장 내려가시오."

잘못 속내를 드러냈구나, 정 선생은 후회막급이었다.

"나 혼자만 살자고 하는 얘기가 아닙니다. 산을 타고 어떻게 그 먼 길을 간단 말입니까? 그러지 말고 같이 갑시다."

그러나 두 사람은 꿈쩍하지 않았다. 그러더니 혼자 내려가라고 재촉하는 것이 아닌가? 할 수 없이 손을 내밀고 작별을 고했다.

"부디 조심들 해서 무사히 돌아가도록 하세요."

야산을 내려오는데 등골이 오싹했다. 아무래도 뒤에서 쏠 것 같았다. 그렇다고 내달리면 더욱 위험을 자초하는 것일 터였다. 금방 총소리가 날 것 같고 등에 진땀이 났다. 오금도 저렸다. 그러나 날 듯 날 듯 총소리는 나지 않았다. 한참 가다가 뒤를 돌아보았다. 그러자 두 사람은 손을 들어 흔드는 것이 아닌가. 아 살았구나! 정 선생도 손을 흔들어 보였다. 두 사람을 의심했던 것이 너무나 미안하고 죄스럽게 느껴졌다.

야산에서 내려온 정 선생은 한길을 따라 가다가 충남과 충북 접경의 도로상에서 국군에게 잡혔다. 그리고 다른 포로들과 함께 국군의 지시에 따라 대오를 짓고 청주 쪽으로 이동해 갔다. 대부분 남쪽의 의용군 출신들이었다. 포로대열이 청주에 도착하였고 시내의 도로에 앉아서 휴식을 취하고 있었다. 여전히 대오를 지은 채였다. 그런데 그때 아는 얼굴이 하나 도로변을 지나다가 정 선생을 보고 다가왔다. 충주중학의 후배였다. 두 사람은 반갑게 인사를 했고 후배는 단박에 상황판단을 했다. 급히 되돌아간 후배는 얼마 후에 몇 사람의 민간인들과 함께 나타났다. 그중 한 사람이 동네의 치안위원장이라며 포로 인솔책임자와 얘기를 나누었다. 나이 지긋한 중년 인사도 가세해서 한참 얘기를 주고받았다. 마침내 인솔자는 민간인 일행에게 정 선생의 신병을 인도하였다. 이때의 중학 후배가 나중 영어영문학회 회장을 지낸 김용권 선생이다. 정 선생은 석교동에 있는 김 선생 댁에서 이틀을 머문 뒤 군복을 평복으로 갈아입고 수복된 고향으로 향했다. 집안엔 아무런 변고도 없었다. 정 선생은 탈출에서부터 석방에 이르기까지 참 운이 좋았다며 김 선생이 아니었다면 잘해야 거제도수용소쯤으로 흘러가서 어찌됐을지 생각만 해도 아찔하다고 35년 전의 일을 되새기는 것이었다.

김 선생은 나의 중학 및 대학 3년 선배로 같은 과 소속이었다. 그러고 보니 정 선생은 만나 뵐 때마다 김 선생 안부를 묻곤 했었다. 내가 더 자주 만나는 편이었기 때문이다. 그런 사연이 있었구나, 하는 생각이 들었다. 그 후 김 선생을 만난 자리에서 정 선생한테 들은 얘기를 했다. 어떻게 그렇게 시치미들을 뗄 수 있느냐는 말에 김 선생은 처음엔 묵묵부답이었다. 부친이 당시 청주에서 제사공장을 운영하고 있었는데 외출했다가 이동 중 휴식을 취하던 포로 청년 가운데서 정 선생을 발견하고 곧 부친에게 알렸다. 지방유지였던 부친의 부탁으로 수복 후 위세가 당당했던 치안위원장이 신상에 관한 다짐을 받고 나서 정 선생 신병을 인도받은 것이라는 것은 한참 채근 끝에 들려준 얘기다. 타의로나마 의용군에 가담했다는 것이 불리하게 작용할 수 있던 시절이니 김 선생은 35년 동안 완강히 침묵을 지킨 것이다. 부끄러운 일은 숨기지만 생색나는 일을 함구하기란 쉬운 일이 아니다. "아! 그 친구, 내가 데리고 있었어. 사람이 그냥 무던해서 내가 많이 봐주었지." 하고 너털웃음을 터뜨리는 사람들이 이 세상엔 얼마나 많은가! 정말 봐주기나 했을까? 술이나 등쳐먹은 게 아닐까? 일자이후 김 선생에 대한 경의가 더 두터워졌다. 정 선생은 현재 많이 노쇠한 편이지만 시조 쓰기를 새 취미로 삼고 계시고 여든을 바라보는 김 선생은 엎드려 팔굽혀펴기를 왼팔로 스무 번 하는 묘기를 변함없이 보여주고 있다. 알고 있는 사실을 세상 사람들이 모두 털어놓는다면 인간극은 한결 복잡하고 진기하다는 것이 드러날 것이다.

툭하면 폭력을 잘 쓰던 강기용 선생은 현재 분규가 있는 청주 서원대학교 창립자의 계씨다. 창업 당시 많은 사람들의 돈을 끌어다 썼는데 한 채권자는 돈을 받지 못하자 채무자인 창립자를 찾아가 그 면전에서 음독자살했다는 얘기가 돌았었다. 강 선생은 1960년대 그 대학의 실력자가 되어 일했다는 얘기를 들었는데 그 후 학교가 다른 이에게 넘어갔으니 어찌 되었는지 모르겠다. 영어를 가르쳤던 정연혁 선생은 오랫동안 충주고에서 근무했는데 수삼 년간 시달린 끝이라 그냥저냥 자기 과목을 감당했다는 얘기였고 나중에는 학생들에게 무서운 교사 노릇을 했다고 들었다. 충북 단양에 어상천이란 곳이 있다. 충북에서는 가장 구석진 오지로 어상천으로 간다면 귀양 가는 것으로 치부했었다. 정 선생은 만년에 어상천중학의 교감이 되었으나 단신 부임해서 무시로 청주를 드나드는 고된 생활을 계속했다. 그것도 보탬이 되었던지 정년 전에 세상을 떴다고 들었다. 학교의 스승에게서 배운 것보다 동년배 전후의 친구에게서 배운 것이 참으로 많았고 그것은 내 삶의 '불행 중 다행'이었다. 그 최초의 경우였던 고교 시절의 친구 김관진 군은 독문과에 진학했고 독일어 실력이 뛰어났었다. 우여곡절 끝에 중퇴한 뒤 그는 고향을 지키며 지금 독실한 신도가 되어 모범적인 장로 노릇을 하고 있다. 연하장을 보낼 때도 성서대목 적어놓기를 거르지 않는다.

옛 시인의 허사로고

통폐합 얘기가 있었던 사범학교는 5·16 직후 통폐합되어 교육대학으로 발족했다. 그것은 남선전기와 경성전기를 한국전력회사로 합병한 것과 함께 군사정부의 과감한 행정조처였다. 1962년 사범학교 후신으로 새로 발족한 청주교대에서 근무하게 되어 하숙생활을 하게 되었다. 어느 날 오후 마음먹고 탑동의 이중복 씨 댁을 찾아갔다. 형무소를 지나 양관에 이르는 낯익은 길은 예전과 같았고 우리 가족이 서너 달이나 신세졌던 집도 그대로였다. 그러나 거기 달려 있는 문패에는 딴 이름이 적혀 있었다. 출입문에서 집채까지 꽤 거리가 된다. 그만큼 터가 너른 집이었다. 안으로 들어가서 물어보고 싶은 것을 참았다. 당초 이중복 씨 댁을 확인해놓고 그다음 정식으로 인사를 갈 요량이었기 때문에 그랬는지도 모른다. 그 후 다시 한 번 들른 적이 있다. 양관 쪽이 걷기에도 괜찮았기 때문에 산책 삼아 가본 것이다. 이번에는 안에 들어가 그전 주인의 행방을 물어보았다. 그러나 낯선 이의 방문과 의문에 대해 그 집 안주인은 친절하지도 자상하지도 않았다. 자기네도 이사 온 지 얼마 안 되는데 바로 전의 주인이 이씨는 아닌 것 같다고만 말할 뿐이었다. 그냥 돌아오는 수밖에 없었다. 그 후 한참이 지나서 이중복 씨가 본 고향인 남이면으로 이사했다는 것을 알게 되었다. 그때나 이때나 심적으로 여유 있는 생활을 못하는 터수라 뒷날을 기약하며 차일피일하다가 영 찾아가지를 못하고 말았다. 수인사를 제대로 못했다는 자책감과 뉘우침이 크고 사회적 낭비의 강요가 많은 우리네 일상에 대한 반감도 많다. 어려운 시절 풋살구 같던 내 백일몽의 일방적 피동적 파트너가 되어주었던 탑동의 여학생은 영 다시 볼 기회가 없었고 뒷얘기도 아는 바가 없다. ─안다 한들 또 어쩌겠는가.

60년대 말까지 청주역을 자주 드나든 편이었다. 역전 광장 앞에 있던 통운회사도 그대로 있었고 또 역사와 통운회사 중간쯤에 한 옆으로 서 있던 이층집도 그대로 서 있었다. 그러나 그 후 청주역 역사는 두 번이나 이사를 했고 옛 역사나 통운회사는 흔적이 없어져버렸다. 한동안 MBC가 서 있던 옛 역사 자리는 지금 공터가 되어 새 건물 들어서기를 기다리고 있다. 공원같이 널널하고 나무가 많던 탑동의 양관 근처엔 인가가 빽빽하게 들어서서 옛 자취라고는 찾을 길이 없고 양관은 충북 유형문화재 제133호가 되어 있다. 달천역은 달천강 철교가 복구되면서 다시 간이역으로 복귀했다. 그러나 그 후 한결 규모 큰 역사가 새로 섰다. 달천역에서 국도로 가는 길은 여전히 좁지만 그 주변에는 모두 새 가옥이 들어섰다. 그 전날 노동사무소랍시고 책상을 차려놓고 우리가 기거했던 농가 사랑채 자리에는 번듯한 양옥이 서서 마당에는 아반떼 차가 주차하고 있었다. 올봄의 일이다.

원주나 원주 문막이라고만 얘기하던 간현을 지난여름 다시

찾아가보았다. 청량리 기점 중앙선을 타면 간현역에서 정거하
는 기차는 하행 하나 상행 하나가 있을 뿐이요, 나머지는 본체
만체 지나가버린다. 간현역은 옛날과 너무 달랐고 역무원은 지
금의 역사가 1958년에 신축된 것이라고 말해주었다. 거기서 천
막막사가 있던 언덕까지가 아주 멀어 보인다. 옛날 목욕을 하고
팔매질을 했던 강가는 이제 유원지로 변했고 막사가 있던 언덕
은 완전히 수풀로 변해 있었다. 강물과 터널이 아니라면 인지가
어려웠을 것이다. 머지않아 새 철길이 완공되면 동화와 간현역
이 합쳐서 서원주西原州역이 될 것이라 한다. 한센병 환자를 숨
기고 밥장수를 하던 농가의 흔적도 대중할 길이 바이없었다. 황
량하던 옛 마을은 낚시터와 놀이터를 갖춘 무성한 녹색공간이
되어 있었고 웬 멍청하게 생긴 백발노인이 하나 철 아닌 이삭줍
기라도 하는지 주변을 어슬렁어슬렁 배회하고 있었다.

그 겨울 그리고 가을

지은이 | 유종호
펴낸이 | 양숙진

초판 1쇄 펴낸날 | 2009년 2월 5일
초판 5쇄 펴낸날 | 2016년 6월 30일

펴낸곳 | ㈜현대문학
등록번호 | 제1-452호
주소 | 06532 서울시 서초구 신반포로 321(잠원동, 미래엔)
전화 | 516-3770
팩스 | 516-5433
홈페이지 www.hdmh.co.kr

© 2009, 유종호

값 15,000원

ISBN 978-89-7275-431-2 03810